Wolfgang Henke

KARNIVOR

Roman

Bibliographische Information der Deutschen Nationalbibliothek:

Die Deutsche Nationalbibliothek verzeichnet diese Publikation in der Deutschen

Nationalbibliografie, detaillierte Daten sind im Internet über dnb.dnb.de abrufbar.

TWENTYSIX – Der Self – Publishing – Verlag

Eine Kooperation zwischen der Verlagsgruppe Random House und BoD – Books on

Demand

© 2016 Wolfgang Henke

Herstellung und Verlag:

BoD – Books on Demand, Norderstedt

ISBN: 9783740714178

Wieder einmal hatte Doktor Paul Paulsen einen anstrengenden Dienst in der Notaufnahme des Klinikum Mitte hinter sich gebracht.

Eigentlich hätte er nun allen Grund zur Freude gehabt – schliesslich lagen zwei Wochen Urlaub vor ihm, doch seine Laune befand sich auf dem absoluten Tiefpunkt.

Er stopfte seinen müffelnden Arztkittel in einen Wäschesack, duschte im Personalumkleideraum, zog sich an und verliess das Klinikum ohne einen Blick zurück.

´Jetzt ist es also wirklich aus…`, dachte er, und meinte seine von Anfang an äusserst zerbrechliche Beziehung mit der Endoskopie – Schwester Sara, die ihm vor einer halben Stunde eröffnet hatte, dass sie sich von ihm trennen und aus der gemeinsamen Wohnung ausziehen würde.

Paul wusste, dass sie Ernst machte – allzu oft hatten sie sich in den letzten zwei Jahren gestritten.

Es waren zwar fast immer nur Belanglosigkeiten gewesen, die zu ihren explosiven Streitgesprächen geführt hatten, aber das änderte nichts an der zermürbenden Einsamkeit, die daraufhin folgte, wenn sie beide, gefangen im Gefühl der totalen Handlungsunfähigkeit, manchmal tagelang kein Wort miteinander sprachen.

Sara hatte noch eine Nachtschicht abzuleisten.

Danach, so war es geplant gewesen, hatten sie gemeinsam an die amerikanische Westküste fliegen wollen, um zu surfen und nebenbei, unter der Sonne Kaliforniens, ihre Beziehung zu retten.

Zu Pauls grossem Bedauern würde es dazu jetzt allerdings nicht mehr kommen…

Er liess den heutigen Dienst vor seinem geistigen Auge noch einmal Revue passieren.

Wie es dem Notfallpatienten mit den Anzeichen einer akuten Virusinfektion wohl ging?, fragte er sich.

Es war beunruhigend gewesen, in welchem Zustand sich der Patient befunden hatte, der kurz vor Pauls Feierabend, vom Notarztwagen in die Ambulanz eingeliefert worden war.

3

Der Bewusstseinszustand des circa sechzigjährigen Mannes hatte geschwankt zwischen panisch – erregt und eingetrübt bis somnolent.

Obwohl er am ganzen Körper stark geschwitzt hatte, hatte sich seine Haut, die von unzähligen schwärenden Abszessen bedeckt war, kalt angefühlt – fast wie bei einem Toten. Letztlich hatte man seine gesamte körperliche Verfassung denn auch als präfinal bezeichnen müssen. Die Herztätigkeit des Mannes war schwach gewesen, arrhythmisch, von röchelnden, unergiebigen Atemzügen begleitet, die, nachdem er mehrfach gallig erbrochen hatte, zu einem kehligen Brodeln abgeebbt waren.

Paul hatte die medizinische Erstversorgung übernommen und den Patienten danach auf die Intensivstation verlegt.

Dort würde man natürlich alles Erdenkliche tun um den Schwerstkranken zu retten, doch Paul schätzte dessen Überlebenschancen trotz Allem, als nicht besonders hoch ein.

Er wurde die Erinnerung an die blutunterlaufenen, zugeschwollenen Augen des Patienten nicht los.

Diese Augen hatten ihn angestarrt – verzweifelt, gequält, aber auch irgendwie wahnsinnig und... voller Wut?!

Ja, sie waren hasserfüllt gewesen!

„Was für ´n Quatsch!", murmelte Paul, über sich selbst den Kopf schüttelnd.

Er interpretierte schon wieder zu viel in Dinge hinein, die eigentlich nebensächlich waren.

Vielleicht hatte Professor Doktor Doktor Albrecht, sein ungeliebter Chef, doch Recht, wenn er in arrogant – väterlicher Manier behauptete: „Sie sind zu emotional, um ein guter Arzt zu sein, Paulsen!"

Genervt von seinem eigenen Gedankensalat setzte sich Paul auf eine altmodische Parkbank von der der Lack abblätterte.

Es war an der Zeit sich zu überlegen wie er mit seiner veränderten Lebenssituation umgehen sollte.

Normalerweise würde er jetzt nach Hause gehen, sich eine Tiefkühl – Pizza in den Ofen schieben, ein bisschen durch die TV – Kanäle zappen und dann, erschöpft von den Mühen des Tages, in` s Bett fallen.

Morgens gegen Sieben würde Sara von der Nachtschicht heimkehren, sich an ihn kuscheln und kurz darauf einschlafen.

Paul würde wenig später so leise wie möglich aufstehen, Kaffee kochen und schon mal ein paar Sachen für die Reise nach Kalifornien zusammenpacken.

Selbstverständlich musste er nun umdisponieren, denn wenn Sara überhaupt noch einmal die Wohnung betrat, dann nur um ihre persönlichen Dinge zu holen und hinterher, ein für alle Mal, das Weite zu suchen...

Was Paul betraf, so wollte er auf gar keinen Fall dabei sein, während das geschah!

Er zückte sein Handy und rief Daniel Hausner, seinen besten und vermutlich auch einzigen Freund an.

„Hi Daniel! Hier ist Paul. Kann ich vorbei kommen? Ich würd` wohl auch gern bei dir übernachten, falls das geht..."

„Kein Problem!", entgegnete Daniel Hausner am anderen Ende der Verbindung. „Ich hab` nur nichts Anständiges zu essen im Haus. Vielleicht könntest du auf dem Weg noch ein paar Kleinigkeiten besorgen?!"

„Das mach` ich. Danke, Mann! Bis gleich..."

Den ganzen Tag über hatte eine unerträgliche Hitze geherrscht.

In den Abendstunden war Wind aufgekommen, der jedoch so gut wie keine Abkühlung brachte, sondern Paul das Gefühl gab, heissen Wüstensand in seine knochentrockene Kehle zu saugen.

Das Wetter machte die Leute fertig.

Sie sassen schwitzend und entnervt in ihren Autos, regelten nervös an der Einstellung ihrer Klimaanlagen herum und fingen sofort übertrieben aggressiv an zu hupen, wenn jemand nicht gleich in die Gänge kam, nachdem die Ampel vor der sie standen, auf Grün umgesprungen war.

Von nah und fern erklang das alarmierende Heulen der Rettungswagen, die all die kollabierten, exsikkierten oder alkoholisierten Opfer des mörderischen Klimas aufsammelten.

Paul hoffte, dass die Vorräte der isotonischen Infusionslösungen in den Krankenhäusern der Stadt reichen würden, um den Flüssigkeitshaushalt der ganzen Abgeklappten wieder in geregelte Bahnen zu lenken.

Kein Vogel sang.

Selbst die Schwalben die am Abendhimmel ihre Kreise zogen, gaben keinen Laut von sich.

Einzig die Raben und die Krähen schienen rundum zufrieden zu sein mit der Situation –
ungelenk, aber mit einer Attitüde spöttischer Überheblichkeit, staksten und flatterten sie über
den Asphalt, dessen abfallübersäte Oberfläche ihnen reichlich Nahrung bot.

Während sie sich um halb aufgegessene Hamburger, hinabgeplatschte Speiseeiskugeln und
die Fliegen auf den Hundescheissehaufen zankten, gaben sie raue Krächzer von sich.

Es klang als riefen sie sich gegenseitig irgendwelche Obszönitäten zu.

Hinter der CO2 – geschwängerten Dunstglocke am Himmel, konnte man vereinzelt, violett
glimmendes Wetterleuchten sehen.

Die ganze Stadt schien erschöpft zu seufzen: Bitte lieber Gott, lass es regnen und
wenigstens ein kleines bisschen kühler werden!

Paul betrat den Neo – Preisknüller – Supermarkt.

Es war Freitag, einundzwanzig Uhr und sieben Minuten.

-2-

Doktor Christopher von Schmalenkamp schlenderte in den Behandlungsraum U 03, in dem
Sara die Vorbereitungen für eine Notfall – Gastroskopie traf.

„Auf der Intensivstation ist gut zu tun…", berichtete er in gemütlichem Plauderton.

„Wie kommt ´s, dass sie dann nicht dort sind?", fragte Sara ihn schnippisch.

„Schwester Sara!" Doktor von Schmalenkamp setzte einen tadelnden Blick auf. „Ich vertrete
heute Nacht den Chef und habe mich dementsprechend vor allem um unsere kostbaren
Privatpatienten zu kümmern! Die Dame, die ich gastroskopieren soll – sie ist doch
Privatpatientin, oder etwa nicht?"

„Doch, doch, sicher…", murmelte Sara, während sie den Untersuchungstisch mit einem
grünen Laken bespannte.

Von Schmalenkamps blasiertes Geschwafel ging ihr auf die Nerven.

„Gibt`s Kaffee?", erkundigte er sich, wobei er grinsend in den Ausschnitt ihres Kasacks linste.

Sara pustete sich eine Haarsträhne aus dem Gesicht.

Ihr war heiss.

Selbst das gut klimatisierte, sonst eher kühle Untergeschoss des Klinikums, atmete nichts als stickigen, lauwarmen Dunst ab.

„Sie kennen den Weg zur Kaffeemaschine im Pausenraum doch bestimmt ziemlich genau…", meinte sie, wobei ihre Worte kälter waren als die Blutkonserven im Kühlschrank.

Wie nicht anders erwartet, stellte sich Doktor von Schmalenkamp trotz seines allzeit selbstbewussten Verhaltens, bei der Magenspiegelung so dilettantisch an wie ein unfähiger Medizinstudent im Praktikum, und Sara wünschte es wäre Paul, dem sie assistierte.

Paul Paulsen war ein wunderbarer Internist, aber ein in vielerlei Hinsicht schwieriger Mensch – zu schwierig für eine langlebige Partnerschaft mit ihr.

Deshalb hatte Sara sich von ihm getrennt, und sie bereute es nicht.

Früher oder später würde sie auch dieses Krankenhaus und diese Stadt verlassen, eventuell beruflich ganz neue Wege beschreiten.

Vielleicht würde sie eine Schauspielschule besuchen, einen Klamottenladen aufmachen, oder ein Kunststudium anfangen und nebenher kellnern.

Sara wusste, dass sie mit fünfundzwanzig zu jung war für eine Midlife – crisis, doch sie wusste auch, dass jetzt der Zeitpunkt gekommen war, ihrem Leben noch mal eine andere Richtung vorzugeben…

Nach schier endlosem Herumstochern mit dem Endoskop, diagnostizierte Von Schmalenkamp schliesslich eine Magenschleimhautentzündung bei der Privatpatientin.

„Ich schreib` grad den Untersuchungsbericht und die Therapieempfehlung…", sagte er. „Eine Kopie davon bitte sofort in`s Fach von Professor Albrecht! Er wird übrigens gleich im Haus sein, um sich den multimorbiden Notfall auf Intensiv anzusehen."

Sara nickte. „Okay. Ich muss noch einige Sachen aus dem Materialraum besorgen – bin in fünf Minuten wieder da!"

Hinter einer rot lackierten Stahltür auf dem Flur zwischen Endoskopie – Abteilung und Intensivstation, befand sich ein stiller, funktionsloser Innenhof.

Sara schlüpfte durch die Tür und steckte sich hastig eine Zigarette an.

Der Wind trieb dunkle Wolkenfetzen über den Himmel und wirbelte Blätter durch die Luft, wie im Herbst.

Die Temperatur betrug trotz der Abendstunde, immer noch knapp dreissig Grad.

Im Radio hatten sie vor drastisch erhöhten Ozonwerten gewarnt und der Bevölkerung geraten, sich weitestgehend in geschlossenen Räumen aufzuhalten, viel Wasser zu trinken und unnötige Anstrengungen zu vermeiden.

Die Tür wurde von innen geöffnet.

Sofort warf Sara ihre Kippe weg.

Sie hasste es beim Rauchen während der Arbeitszeit gesehen zu werden – womöglich noch von Professor Albrecht höchstpersönlich.

Zum Glück war es aber nur Sofia, die durch die Tür kam – eine Krankenpflegeschülerin, die ihren letzten Praxiseinsatz vor dem Examen, auf der medizinischen Intensivstation absolvierte.

„Rauchst du noch eine mit?", fragte sie, doch Sara schüttelte den Kopf.

„Ich muss wieder ´rein. Schmalenkamp nervt sonst noch mehr... Hoffentlich verzieht der sich bald in ´s Bereitschaftszimmer!"

„Warte..." Sofia sog zweimal kurz hintereinander an ihrer Zigarette und drückte sie dann auf dem Boden aus. „Du musst dir unbedingt den Patienten anschauen, wegen dem sie sogar den Albrecht benachrichtigt haben. Der fängt jetzt an, um sich zu schlagen und zu beissen, obwohl er klinisch so gut wie tot ist... Keiner weiss was mit dem Typen los ist!"

Das Szenario das sich Sara Sekunden später bot, beunruhigte sie nicht nur – es erfüllte sie mit Entsetzen.

Der Patient lag im Isolierzimmer.

Man konnte durch eine Glasscheibe dort hinein sehen.

Drei Personen hatten sich um das High – Tech – Krankenbett in der Mitte des Raumes versammelt.

Es handelte sich hierbei um Doktor Oskar Stern, Oberarzt und Leiter des

Tropenmedizinischen Instituts, einundvierzig Jahre alt, leidenschaftlicher Fussballfan,

Ehemann und stolzer Vater zweier Töchter, sowie der Neurologin Luise Hartmann, die stets

mit kaum verständlichem hessischen Dialekt sprach und nur noch ein Jahr bis zum

wohlverdienten Ruhestand hatte, und Angelique Bauer, Nachtschwester auf der

Intensivstation, vierundzwanzig, nebenberuflich Tänzerin in einer Strip – Bar, um sich ihre

ausufernde Shopping – Sucht zu finanzieren, und alleinerziehende Mutter eines achtjährigen

Sohnes.

Alle drei trugen grüne Gummischuhe, unförmige Anti – Infektionsschutzanzüge, Mundschutz

und OP – Haube.

Das EKG zeigte eine Null – Linie an.

Offenbar gab es nichts mehr das man für den Patienten hätte tun können.

Sein aufgedunsener bleicher Körper wies eine violett – grünliche Marmorierung auf und seine

weit geöffneten, gelb verfärbten Augen, starrten gebrochen an die Decke.

Dann passierte das Unglaubliche!

Schwester Angelique hatte dem Patienten den Rücken zugekehrt, um sich am Wandspender

die Hände zu desinfizieren, da legte der Patient ihr blitzschnell von hinten einen Arm um

ihren Brustkorb.

Sie stiess einen gellenden Schreckensschrei aus, der jedoch abrupt abgerissen wurde, als

der Patient voll unbeherrschter Brutalität, seine Zähne in ihren Hals schlug und ihre

Schlagader verschlang.

„Oh, Scheisse!", schrie Oberarzt Stern schockiert.

Er ging mit einem Infusionsständer auf den Patienten los, traf ihn damit hart am Kopf,

stolperte aber über das Stromkabel eines mobilen Sonographie – Gerätes und fiel zu Boden.

Der Patient stürzte sich sofort auf ihn.

Mit einem gurgelnden Wutlaut verbiss er sich in dessen Oberkörper.

Das Gesicht des Patienten war jetzt eine entstellte Fratze des Hasses, von der das Blut

seiner beiden unschuldigen Opfer tropfte.

Das gepunktete Krankenhemd das er trug, legte eine Tätowierung auf seinem linken

Unterarm frei – es schien sich um eine naturwissenschaftliche Formel zu handeln.

9

Vielleicht war er ein begeisterter Chemiker, Mathematiker oder Biologe gewesen – bevor er zu dem mutierte das er jetzt war...

Sara reagierte mit hysterischem Kreischen, komplett erfüllt von niemals zuvor erlebtem Grauen.

„Oh mein Gott!", murmelte Sofia, die Augen starr auf das Geschehen hinter der Glasscheibe gerichtet.

Ein unterschwelliger Ausdruck dunkler Faszination lag in ihrem Blick.

Luise Hartmann, die Neurologin, versuchte, die einen Spalt breit offen stehende Glastür zu erreichen.

Erbrochenes rann unter dem Mundschutz an ihrem Hals herab.

Sie kam nicht bis zur Tür...

-3-

Kriminalhauptkommissar Conrad Kronberg hatte bereits diverse Disziplinarverfahren am Hals, aber jetzt hatten diese Schweinepriester, die sich seine Vorgesetzten nannten, ihn tatsächlich auch noch suspendiert.

Er sei momentan nicht tragbar für das Polizeipräsidium, hatte Direktor Behrendsen, der miese kleine Wichser, ihm in seiner schnöseligen Art, für die er normalerweise kräftig eins auf die Fresse kriegen müsste, mitgeteilt.

Nicht mehr tragbar – was für ein Hohn!

Sie hatten ihn aus dem Verkehr gezogen, weil er an einer heissen Sache dran war!

Er war schon immer an irgendeiner heissen Sache dran gewesen.

Deshalb war er natürlich unbequem für die ganzen Sesselfurzer ganz oben, und auch für ihre durch jahrelanges hartnäckiges Schleimen erworbenen Freunde in Politik und Wirtschaft.

So ein junger Typ von der internen Dienstaufsichtsbehörde hatte ihn vorgestern noch gewarnt, als er Zeuge geworden war, wie Conrad auf dem Parkplatz des Präsidiums, einen kräftigen Schluck aus einem Flachmann genommen hatte und dann in seinen Dienstwagen gestiegen war.

„Herr Kronberg...", hatte der Junge gesagt. „Sie sollten sich momentan besser etwas unauffälliger verhalten – es gibt da nämlich ein paar Leute, die ihnen liebend gern den Arsch aufreissen würden..."

Conrad hatte sich eine Zigarette angezündet und gelangweilt durch das geöffnete Seitenfenster gefragt: „Ist das so?! Und weswegen wollen sie mir den Arsch aufreissen?"

„Mann, Kronberg!" Der Junge hatte versucht streng zu klingen. „Sie wissen doch genau, dass ihre Methoden als Ermittler, in neunundneunzig Komma neun Prozent ihrer Fälle, nicht den Vorschriften entsprechen!"

„Ich scheiss ` auf die Vorschriften!", hatte Conrad geantwortet und war losgefahren.

Jetzt stand er also da – ohne Marke, ohne Waffe und ohne seinen aktuellen, heissesten Fall.

Er sah auf seine Armbanduhr – es war gleich viertel nach neun am Abend.

Er beschloss dem nahe gelegenen Supermarkt einen Besuch abzustatten, bevor er nach Hause fuhr.

Der Verkehr hatte sich gelichtet, so dass es ihm möglich war, kräftig auf ´s Gaspedal zu treten.

Conrad war bekannt für seinen offensiven, rücksichtslosen Fahrstil und schon so oft geblitzt worden, dass er mit den Beweisbildern, ein ganzes Fotoalbum hätte füllen können.

Trotzdem hatte er den Führerschein bis jetzt noch nie abgeben müssen, da er sich fast immer eine dienstliche Begründung für seine erheblichen Geschwindigkeitsübertretungen aus den Fingern gesogen hatte.

Mit fünfundachtzig Stundenkilometern pflügte er über die Hauptverkehrsstrasse, die den Kern der Innenstadt in zwei Hälften teilte.

Scharenweise und empört krächzend, stoben die Raben am Strassenrand in die Luft, um sich vor ihm in Sicherheit zu bringen.

Nicht mal der Fahrtwind brachte Kühlung bei dieser Affenhitze – im Gegenteil, Conrad hatte das Gefühl, dass züngelnde Flammen durch die offenen Fenster in das Innere seines fast vierzig Jahre alten Daimlers drangen.

Er zog eine zerknitterte Zigarettenschachtel aus der Brusttasche seines durchgeschwitzten Hemdes, doch sie war leer.

„Na toll!", murmelte er und warf die Schachtel nach draussen.

Mit quietschenden Reifen kurvte er auf den Parkplatz des Neo – Preisknüller – Supermarktes.

Beinahe hätte er eine ältere Dame, die einen vollgeladenen Einkaufswagen vor sich her schob, über den Haufen gefahren.

Die ältere Dame zeigte ihm entrüstet den Vogel.

„Pass auf dass ich dich nicht wegen Beamtenbeleidigung einbuchte, du Miststück!", knurrte Conrad leise zwischen zusammengebissenen Zähnen, während er quer auf zwei Stellplätzen parkte.

Ihm fiel jedoch schnell wieder ein, dass er überhaupt niemanden einbuchten würde – schliesslich war er suspendiert.

Er war kein Bulle mehr, und wenn seine Pechsträhne noch etwas andauerte, konnte er vermutlich bald Arbeitslosengeld beantragen...

Es war nicht mehr viel los.

Lediglich vier andere PKWs und ein schwerer Lastwagen mit schwedischem Kennzeichen, standen auf dem Discounter – Parkplatz.

Pappbecher, Zeitungsseiten und Plastiktüten, wurden vom Wind über den brodelnden Asphalt geweht.

Die Leute die den Markt verliessen, schickten erschöpfte, sehnsüchtige oder skeptische Blicke gen Himmel – hoffend, dass es regnen und sich abkühlen möge.

Auch Conrad blickte nach oben.

Da bauten sich ziemlich gewaltige, fast schwarze Wolken zu Gebilden auf, die wie verdammte Scheisshaufen aussahen, und dahinter grummelte leiser Donner, als hätte ein ferner Gott Blähungen.

Hin und wieder zuckten kleine Blitze auf, die von einer violetten Aura eingehüllt waren.

Angespannt schienen sie darauf zu warten, dass man sie vollends entfesselte, damit sie ihren infernalischen Reigen eröffnen könnten.

´Weltuntergangsstimmung...`, dachte Conrad, eher belustigt als beunruhigt.

Seine emotionale Situation liess seit einiger Zeit, ausser Ironie, Wut und Sarkasmus, kaum noch andere Gefühlsregungen zu.

Natürlich hatte er keine Ein – Euro – Münze für den Einkaufswagen.

Schon lag ihm ein übertrieben derber Fluch auf den Lippen.

Da erinnerte er sich, wie so manches Mal, an den abgenutzten, gelben Plastikuniversal – Chip, den er ständig in seiner linken Hosentasche aufbewahrte, seit er ihn von Maria, seiner Ex – Frau, vor schätzungsweise hundert Lichtjahren, einmal zugesteckt bekommen hatte, weil er schon damals, nie Kleingeld dabei gehabt hatte, wenn er einkaufen gegangen war.

Irgendwie brachte Conrad es nicht über sich, den Chip wegzuwerfen, obwohl dessen Existenz damit verbunden war, dass er an Maria denken musste, und das hatte diese Schlampe im Grunde gar nicht verdient!

Sie durfte im Übrigen auf keinen Fall, Wind von seiner Suspendierung bekommen.

Wenn sie es Charlotte erzählte, würde er als Totalversager dastehen.

Das konnte er sich nicht leisten.

Conrad hatte nämlich keineswegs vor, den ohnehin geringen Anteil am Sorgerecht seiner Tochter, auf `s Spiel zu setzen!

Das Wichtigste war, dass man ihn wieder in den Dienst stellte – und zwar so schnell wie möglich.

Alleine würde er allerdings beim Voranbringen dieses Ziels jämmerlich verkacken, aber glücklicherweise verfügte er über einen rechtlichen Beistand, der mit allen Wassern gewaschen war.

Sein Anwalt, Robert Maria Dorn, war ein korrupter, gewissenlos erfolgsorientierter Hurensohn.

Und noch etwas zeichnete ihn aus – er stand in Conrads Schuld.

Conrad hatte ihm nämlich vor einigen Jahren durch eine Falschaussage den Arsch gerettet, als Dorn sich vor Gericht verantworten musste, weil er unter dem Verdacht stand, Parties zu veranstalten, auf denen die Teilnehmenden unter Kokaineinfluss, Sex mit minderjährigen Mädchen aus Osteuropa hatten.

Die ganze Angelegenheit war nie richtig aufgeklärt worden...

Während Conrad den Supermarkt betrat, rief er Robert Maria Dorn auf dessen privatem Handy an.

Die Alkoholika standen gleich im ersten Gang.

'Bestens!', dachte Conrad, und packte ein.

„Pass auf, Dorn!", sprach er in sein veraltetes Mobiltelefon. „Keine Zeit für lange Reden! Ich wurde suspendiert. Du musst diese Scheisse rückgängig machen! Ich bin morgen früh um acht bei dir! Und sei bloss da, sonst gehst du vielleicht doch noch in den Bau. Du weisst schon – wegen deiner kleinen Vorliebe für Teenieärsche und Pulverschnee..."

Conrad grinste.

Es tat gut, zu spüren, nach wie vor mächtig zu sein.

Er beendete das Gespräch, ohne dass Dorn zu Wort gekommen war.

Wilder Kampfgeist erfüllte ihn.

Er würde es den Wichsern, die ihn kalt gestellt hatten, zeigen!

Die jüngsten Ermittlungen in seinem Fall, der verdammt noch mal so heiss war, dass sich daran der eine oder andere wirklich einflussreiche Wichser, gewaltig die Finger verbrennen könnte, gaben ein perfektes Druckmittel ab...

-4-

Vorsorglich deckte Daniel Hausner den Esstisch, denn Paul konnte jeden Moment eintreffen.

Wie Daniel ihn kannte, brachte er tolle Zutaten für ein Abendbrot sowie jede Menge Hunger mit.

Da konnte es nicht schaden, zeitnah mit den Vorbereitungen zu beginnen.

Daniel füllte die Weingläser mit einem gut gekühlten, weissen Zweitausenddreizehner aus der Pfalz.

Er nahm eines der Gläser, leerte es in drei durstigen Schlucken, konnte sich ein wohliges *Aaahh* nicht verkneifen, und goss es erneut voll.

Vorgekostet hatte er also schon einmal.

Der Wein war gut, entfaltete trotz seines extrem kalten Zustandes ein wunderbar frisches Traubenaroma in der Kehle – genau das Richtige bei diesem Wetter!

Er trat an eines der weit geöffneten Fenster seines riesigen Wohnzimmers.

'Wenn Paul sich nicht beeilt, wird er gleich nass bis auf die Knochen...', dachte er.

Der Ausbruch eines Gewitters schien unmittelbar bevorzustehen.

Von überallher hörte man das Sirenengeheul von Polizei – und Krankenwagen.

Ein blecherner Knall erschallte von der Zufahrtsstrasse zum Klinikum Mitte.

Kurz darauf ein zweiter, dritter, vierter und fünfter.

Dort schien es eine Massen – Karambolage gegeben zu haben.

Daniel wiegte besorgt den Kopf und hoffte, dass niemandem etwas Ernsthaftes geschehen war.

Die Leute in der Stadt standen wegen der Hitze schon seit Tagen kurz vor dem kollektiven Nervenzusammenbruch, aber jetzt drehten sie wahrscheinlich langsam wirklich durch...

In Sekundenschnelle erhob sich ein zorniger Sturm.

Daniel schloss sämtliche Fenster seiner Eigentumswohnung, die das gesamte Dachgeschoss eines dreistöckigen Altbaus einnahm.

Aus einem Lautsprecher auf dem Dach eines langsam die Strasse entlang patrouillierenden Polizeiwagens quollen irgendwelche Hinweise für die Bevölkerung, doch Daniel konnte nicht verstehen, worum es ging, denn jetzt grummelte es nicht mehr nur leise am gespenstisch ausgeleuchteten Himmel, sondern es krachte und donnerte ohrenbetäubend.

Dann kam der Regen – sintflutartig stürzte er zu Boden und verursachte innerhalb kürzester Zeit, die ersten Überschwemmungen.

„Ach du Scheisse!", murmelte Daniel angesichts der entfesselten Naturgewalten.

Er griff nach seinem schnurlosen Telefon und versuchte Paul auf dessen Handy anzurufen.

Er bekam keine Verbindung.

Konnte ein Unwetter das Telefonnetz lahm legen?

In der heutigen Zeit?

Daniel wusste es nicht.

Zu sehr sah er es als selbstverständlich an, immer und überall auf der Welt, telefonieren oder online gehen zu können.

´Bestimmt steht Paul in wenigen Augenblicken vor meiner Tür, oder er wartet im Supermarkt darauf, dass sich die Witterungsverhältnisse etwas beruhigen...´, hoffte Daniel.

Der Aufenthalt im Freien gestaltete sich jedenfalls zunehmend lebensgefährlicher.

Daniel neigte dazu sich schnell Sorgen um andere Leute zu machen – möglicherweise einer der Gründe, neben seiner beständigen gut gelaunten Herzlichkeit, dass er so viele Freunde hatte.

Natürlich fanden manche es auch einfach chic mit ihm Kontakt zu haben, weil er Inhaber eines exklusiven Modegeschäfts war, und, nicht zu vergessen, stockschwul obendrein!

Er lächelte in sich hinein.

Vielleicht war er früher einmal schwul gewesen, aber mittlerweile lebte er seit Jahren allein, ging nicht in die einschlägigen Homo – Kneipen und verspürte nicht das geringste sexuelle Verlangen – weder zu Frauen, noch zu Männern.

Dieses Thema war ein für alle Mal gegessen.

Daniel bekam nicht mal mehr eine Morgenlatte.

Er war froh über seine allmählich erworbene Asexualität, die es ihm ermöglichte, auf einer nahezu meditativ entspannten Bewusstseinsebene zu leben.

Durch die hellhörigen Wände des Altbaus waren Schritte im Treppenhaus zu hören.

Freudig öffnete Daniel seine Wohnungstür.

Das konnte nur Paul sein!

Er polterte zwar sonst nicht so beim Treppensteigen, doch vielleicht war er so erschöpft, dass er die Füsse kaum noch hoch bekam.

„Beeil dich! Ich bin am Verhungern...", rief Daniel, in der geöffneten Tür stehend, fröhlich in das Treppenhaus.

Nach dem Anruf, verbunden mit der Bitte um einen Schlafplatz, war ihm gleich klar gewesen, dass Paul Probleme mit Sara hatte.

Paul würde Daniel nicht damit vollheulen – das war nicht seine Art.

Gerade deswegen jedoch, sollte er in guter Stimmung Willkommen geheissen werden.

´Ich werde es ihm heute erzählen!`, beschloss Daniel spontan und meinte damit sein Vorhaben, für zwei Jahre, in ein buddhistisches Kloster nach Tibet zu gehen.

Er wollte Paul darum bitten sich in dieser Zeit um seine Wohnung zu kümmern – selbstverständlich inklusive freiem Wohnrecht und der Hinterlegung von Geldern, falls diverse Ausgaben anstanden.

Er vertraute Paul voll und ganz.

Man konnte sogar sagen, dass er ihm mehr vertraute, als Paul sich selbst.

Paul litt nämlich unter einem extrem mangelhaften Selbstbewusstsein, womit er sich selber permanent das Leben schwer machte, obwohl es dafür eigentlich gar keinen Grund gab.

Schliesslich war Paul sehr sympathisch, durchaus gutaussehend und in seinem Job verantwortungsbewusst und kompetent.

Daniel liess die Wohnungstür offen und ging zurück in ´s Wohnzimmer, um ein paar Kerzen anzuzünden.

„Tu mir bitte einen Gefallen und zieh` deine nassen Schuhe aus!", sagte er, als sein weiss lackierter Holzfussboden unter schwerfälligen Schritten, geräuschvoll knarrte.

Die Kerzen brannten.

Daniel drehte sich um.

Es war allerdings nicht Paul, der da nun vor ihm stand, sondern das Grauen in seiner reinsten Form.

Die Hölle schien sich aufgetan und einen ihrer schrecklichsten Bewohner direkt zu ihm geschickt zu haben.

„Was willst du hier? Hau ab!", schrie Daniel entsetzt.

Angesichts seines Besuchers, wich er taumelnd zurück.

Er stolperte über einen niedrigen Couchtisch, riss dabei zwei dicke Stumpenkerzen mit und landete schmerzhaft auf dem Boden.

Sein silbergrauer Flokati – Teppich fing sofort Feuer.

Gierig züngelnden Flammen breiteten sich rasend schnell aus.

Daniel wünschte sich in diesem Moment nichts sehnlicher als einfach nur Opfer eines Wohnungsbrandes zu werden, denn er war davon überzeugt, dass ihm der unerwünschte, völlig absurd entartete Eindringling, einen weitaus schlimmeren Tod bescheren würde.

17

Rein anatomisch betrachtet, handelte es sich bei dem Ungeheuer das sich jetzt auf ihn stürzte, um einen Menschen – einen Mann um die fünfzig, bekleidet mit Jogginghose, Unterhemd und Badelatschen, doch sein Verhalten hatte absolut nichts Menschliches an sich.

Der Mann sah aus als ob er bereits mehrere Tage in einem Sarg tief unter der Erde gelegen hatte.

Er gab ein kehliges Brüllen von sich, biss Daniel in den Unterleib und frass in grotesker Eile dessen Hodensack.

Erfüllt von nie erahntem Schmerz, galten Daniels letzte Gedanken dem Buddha Padmasambhava, den er um eine günstige Wiedergeburt anflehte.

Sich Hoffnungen auf einen Eintritt in ´s Nirwana zu machen – das wagte er nicht.

Dazu hatte er während seiner irdischen Existenz, die unerwartet ein solch jähes Ende nahm, vermutlich längst nicht genug Pluspunkte gesammelt...

-5-

Es wunderte Paul, dass bei den Leuten die sich im Neo – Preisknüller – Supermarkt aufhielten, keine Panik ausgebrochen war, als aus unsichtbaren Lautsprechern, die normalerweise dem Zweck dienten, Kunden mit hypnotischer, weich gespülter Popmusik zu hemmungslosem Konsumverhalten aufzufordern, eine Durchsage mit dem Inhalt erklang, das Geschäft bis auf weiteres nicht zu verlassen, da ansonsten akute Lebensgefahr bestünde.

Kurz nach dieser Durchsage hatte der stellvertretende Marktleiter, ein blasser junger Mann mit fettigen Haaren, der so dünn war, dass man Sorge haben musste, er würde jeden Moment vor Entkräftung kollabieren, hektisch die gläsernen Türen des Marktes abgeschlossen.

Unzufriedenes Murren der wenigen Kunden, war die Reaktion gewesen.

Auch Paul war maximal genervt.

Sicher, da draussen herrschte das spektakulärste Unwetter seit Langem – trotzdem sollte es jedem mündigen Bürger doch wohl möglich sein, auf eigenes Risiko dorthin zu gehen, wohin er wollte, auch wenn die Gefahr drohte, vom Blitz getroffen oder von einem Dachziegel erschlagen zu werden...

Paul stand bereits an der Kasse.

Ihm knurrte der Magen.

Frustriert starrte er in seinen Einkaufswagen, in dem sich diverse Köstlichkeiten befanden – Strauchtomaten, duftender Basilikum, Fladenbrot, eingelegte Peperoni, ein Töpfchen Zaziki, eine wohlgeformte Gurke, Mozzarella – Käse, Salami, Krautsalat, eine halbe Wassermelone und eine Packung extra cremiges Vanilleeis.

Obwohl er aufgrund Saras Entscheidung sich von ihm zu trennen, litt wie ein verstossener Hund, hatte er sich auf den Abend mit Daniel Hausner gefreut, denn Daniel war ein aussergewöhnlicher Mensch und Paul schätzte sich immer wieder glücklich, dass er das Privileg genoss, ihn zum Freund zu haben.

Er nahm sein Handy um Daniel darüber zu unterrichten, dass er auf unbestimmte Zeit im Neo – Preisknüller – Supermarkt festsass, doch er bekam keinen Netzanschluss.

„Na toll...", murmelte er enttäuscht.

Draussen donnerte und blitzte es, als sei die Welt im Begriff, jeden Moment unterzugehen. Monsunartige Regenfälle verwandelten die Stadt in einen Ozean.

„Wer hat bestimmt, dass wir in diesem beschissenen Laden hier festgehalten werden?", fragte Conrad Kronberg den stellvertretenden Marktleiter, der gerade eilig an ihm vorbei laufen wollte.

„Es handelt sich lediglich um eine vorübergehende Sicherheitsmassnahme..." Mit diesen Worten hatte der schlaksige Knabe tatsächlich vor, ihn abzuspeisen, aber da war er bei Conrad an der falschen Adresse.

Er packte den Grünschnabel grob an dessen dunkelblauen Kittel und betrachtete mit zusammengekniffenen Augen das Namensschild, das akkurat auf Brusthöhe des Kittels, angebracht war. „Mein lieber Herr Peters, entweder sie klären mich auf der Stelle auf, oder ich werde ihren Vorgesetzten ein paar Takte über sie, beziehungsweise ihre Umgangsformen gegenüber der Kundschaft, erzählen... Glauben sie mir – sie werden ihren jämmerlichen Posten hier los sein, bevor sie *Scheisse* sagen können!"

Herr Peters sah Conrad verschreckt an, überlegte einen Moment und beschloss dann sich zu beugen.

„Das Unwetter hat nichts damit zu tun...", sagte er mit gedämpfter Stimme. „Es besteht seit ein paar Minuten eine polizeiliche Anordnung, dass sich niemand in dieser Stadt ausserhalb geschlossener Räume aufhalten darf, bis Entwarnung gegeben wird!"

Conrad nagelte Herrn Peters fest, mit dem eiskalten Blick seiner stahlgrauen Augen – jenem Blick, der in gnadenlosen Verhören, schon so manchen Straftäter geständig gemacht hatte.

„Ich bin die Polizei, mein Sohn!", knurrte er drohend. „Wenn sie meinen Dienstausweis sehen wollen, müssten sie allerdings aufschliessen und mich zu meinem Wagen gehen lassen..."

„Nein, nein, ich glaube ihnen auch so...", stammelte Herr Peters.

Dicke Schweisstropfen bildeten sich auf seiner Stirn und über seinen schmalen Lippen. „Aber ich habe wirklich keine weiteren Informationen... Auch für mich ist die ganze Situation sehr unbequem – vor allem, weil ich meinen Chef telefonisch nicht erreichen kann und somit hier die volle Verantwortung trage!"

Erst jetzt liess Conrad den Kittel von Herrn Peters los.

„Verantwortung!", schnaubte er verächtlich. „Ihr Typen wisst doch gar nicht was das ist!"

Paul hatte die Szene mit gerunzelter Stirn beobachtet und kurz in Betracht gezogen einzugreifen, als der unsympathische Kerl mit dem zerknitterten Hemd und dem Fünf – Tage – Bart, den schmächtigen stellvertretenden Marktleiter, am Kragen gepackt hatte.

Zum Glück hatte er ihn nach kurzer Zeit jedoch wieder freigegeben, ohne dass Schlimmeres passiert war.

Das war Paul nur allzu recht.

Er verfügte zwar über einen ausgeprägten Beschützerinstinkt, war allerdings gleichzeitig so konfliktscheu, dass es manchmal schon fast an Feigheit grenzte.

Diese Konfliktscheue hatte Sara ihm schon oft zum Vorwurf gemacht – beispielsweise wenn er widerstandslos und schicksalsergeben, Dienste übernommen hatte an gemeinsamen freien Tagen, die eigentlich für partnerschaftliche Qualitätszeit vorgesehen gewesen waren.

20

Unauffällig musterte Paul den Grobian der vorgab, Polizist zu sein und der gerade sein

Handy an ´s Ohr hielt, um es nach einer Weile, leise fluchend, wieder in die Tasche seiner

formlosen, dunkelbraunen Anzughose zu stecken.

Auch er hatte also kein Netz.

In seinem Einkaufswagen befand sich nichts ausser einer Tiefkühl – Lasagne, einer Flasche

billigen Whiskys Marke Lebertod und einigen Dosen No – Name – Bier.

Eine der Dosen riss er jetzt auf.

Gierig trank er einen grossen Schluck, wobei ihm eine ganze Menge des schäumenden

Gebräus an Kinn und Hals herunter lief.

Danach drängelte er sich an Paul vorbei, griff sich eine Schachtel Zigaretten aus dem Tabak

– Depot vor der Kasse, riss das Zellophan ab und zündete sich ungeniert einen

Glimmstängel an.

Obwohl Paul abgestossen war von dem Benehmen des Mannes, erfasste ihn plötzlich

ebenfalls das Verlangen nach einer Zigarette.

Er hatte das Rauchen vor gut zwei Jahren aufgegeben, doch die Lage in der er sich befand,

schien bestens dafür geeignet zu sein, wieder damit anzufangen.

Trotzdem blieb er stark und widerstand dem unverhofft aufgetretenen Suchtdruck.

Joachim Peters fühlte sich katastrophal.

Kalter klebriger Schweiss drang aus seinen Achselhöhlen und lief ihm am Oberkörper hinab.

Schon immer hatte er mit übermässiger panikartiger Nervosität zu kämpfen gehabt, aber

heute war es wieder einmal besonders schlimm.

Seinen gestressten Darm hatte er vor wenigen Minuten sturzbachartig entleert.

Dennoch spürte er schon wieder ein schmerzhaftes Grummeln im Unterbauch, das

unmissverständlich einen erneuten Toilettenbesuch ankündigte.

Vorher jedoch musste er Helene Damm und Diana Kaminski, den Kassiererinnen der

Spätschicht, unbedingt noch Instruktionen geben, wie sie mit der aktuellen

Ausnahmesituation umzugehen zu hatten.

Er winkte sie zu sich heran und zog sie verschwörerisch hinter das Waschmittelregal.

„Wir müssen...", sagte er leise, beinahe flüsternd. „Unbedingt verhindern, dass die Kunden

ein anarchisches Verhalten an den Tag legen..."

„Wie meinen sie das?", wollte Helene Damm verständnislos und leicht gereizt, wissen.

Sie war sechsundvierzig Jahre alt, geschieden, übergewichtig, hatte zwei erwachsene Söhne, die beide im Ausland studierten, und hasste es, ihre Lieblingssendung, eine amerikanische Krimi – Fliessbandserie im Fernsehen zu verpassen – was genau in jenem Moment passierte.

Diana Kaminski, gerade mal neunzehn und mitten in der Ausbildung zur Einzelhandelskauffrau, hatte das Gefühl, ihre Zeit im Neo – Preisknüller –Supermarkt zu verschwenden.

Sie wartete darauf endlich von einer Modelagentur entdeckt zu werden, konnte sich aber auch vorstellen, demnächst als Popstar, die Massen zu begeistern.

Gelangweilt machte sie eine Blase mit ihrem Kaugummi.

Joachim Peters kniff verkrampft seine Hinterbacken zusammen.

Wenn er sie jetzt entspannen würde, hätte das zur Folge, dass er seine Hose ruinieren würde.

„Der Herr dort zum Beispiel…" Er deutete auf Conrad Kronberg. „Raucht und trinkt hier verbotenerweise ungeniert, obwohl seine Waren noch nicht mal bezahlt sind. Die anderen werden seinem Beispiel folgen, wenn wir nicht konsequent durchgreifen!"

Er bemühte sich um einen strengen, keinen Widerspruch duldenden Tonfall. „Kümmern sie sich darum!"

Helene Damm war unbeeindruckt von seinen Worten.

„Herr Peters… Was genau sollen wir jetzt denn tun?", fragte sie mit einem Anflug von Hohn, während Diana Kaminski herzhaft gähnte, ohne die Hand vor den Mund zu halten.

„Weisen sie darauf hin, dass Rauchen und der Verzehr von unbezahlten Nahrungsmitteln, im Neo – Preisknüller – Supermarkt untersagt ist und kassieren sie ganz normal ab. Danach sollen die Kunden sich hinter dem Kassenbereich aufhalten. Dort können meinetwegen ein paar Flaschen von dem günstigsten Mineralwasser sowie ausreichend Pappbecher, bereitgestellt werden."

In der Hoffnung dass seine Anweisungen sofort befolgt werden würden, drehte Joachim Peters sich auf dem Absatz um und hastete Richtung Lager davon.

Das Mitarbeiter – WC wartete auf ihn…

Hektisch nestelte er an dem klemmenden Reissverschluss seiner Hose herum, wobei er am ganzen Leib zitterte und von einem Bein auf das andere tänzelte.

Als er die Hose endlich herunter gelassen bekam, hatte er bereits einen schleimigen, hellbraunen Fleck in seiner karierten Boxershorts.

„Scheisse!", flüsterte er äusserst zutreffend.

Schnell liess er sich auf die Brille des Porzellanthrons fallen.

Unter lauten unkontrollierbaren Darmgeräuschen, spritzte wässriger Stuhlgang aus seinem gereizten Anus.

Er machte sich allmählich Sorgen.

Nicht dass er allzu sehr an seinem Leben hing – dafür empfand er es als zu ereignislos, öde und unerfüllt.

Trotzdem spielte er mit dem Gedanken, demnächst mal einen Arzt aufzusuchen um eine Koloskopie vornehmen zu lassen.

Er war dreiundzwanzig Jahre alt und hatte nicht vor an Darmkrebs zu sterben – eher würde er sich aufhängen...

Nachdem er sich den Hintern abgewischt hatte, vergrub er seine schmutzigen Shorts unter zusammengeknüllten Papierhandtüchern im Abfalleimer neben dem Waschbecken und wusch sich gründlich die Hände.

Es war ein seltsames, irgendwie unangebracht privates Gefühl, die Jeans direkt auf nackter Haut zu tragen.

Als er schliesslich, bleich und erschöpft, wieder zurück in den Laden kam, erwartete ihn eine böse Überraschung.

Helene Damm und Diana Kaminski hatten die beginnende Anarchie nicht unterbunden – ganz im Gegenteil.

Sie standen mit den Kunden von denen sich einige an unbezahlten Lebensmitteln aus dem reichhaltigen Bestand gütlich taten, herum und unterhielten sich.

Alle beide rauchten sie!

´Jetzt gibt ´s ein Donnerwetter!`, dachte Joachim Peters und es donnerte in der Tat – allerdings draussen und zwar mit solcher Gewalt, dass die dicken Sicherheitsscheiben in ihren Fassungen klirrten.

23

Die Lichter gingen aus.

Für einen Moment herrschte erschrockene Stille, dann tönte Conrad Kronbergs raue befehlsgewohnte Stimme: „Kerzen! Wir brauchen Licht! Hey Peters, sieh zu, dass du 'n paar Funzeln angezündet kriegst!"

Paul ging zum Fenster und sah hinaus.

Das Gewitter war urplötzlich vorbei.

Der Sturm hatte sich gelegt.

Der Starkregen war zu einem leichten Nieseln abgeflacht.

Es war stockfinster.

Scheinbar war nicht nur im Neo – Preisknüller – Supermarkt der Strom ausgefallen, sondern in der ganzen Stadt.

Beunruhigt stellte Paul fest, dass einige Häuser in Brand standen.

Trotzdem war weit und breit keine Feuerwehr, keine Polizei und auch kein Krankenwagen zu sehen, obwohl in solch einer Nacht doch eigentlich Grosseinsatz angesagt sein müsste.

Da liefen Menschen schreiend durch die Nacht.

Pauls Herzschlag beschleunigte sich.

Er bekam einen trockenen Hals.

'Irgendwas ist passiert! ', dachte er. 'Etwas Schlimmes...'

Jemand kam von aussen auf das Fenster zu gerannt, prallte gegen die Scheibe und sackte zusammen.

Es war eine Frau, circa vierzig Jahre alt.

Ihr Oberkörper war blutüberströmt.

Ihre rechte Schulter fehlte – dort wo sie sein sollte, klaffte eine ausgefranste Wunde aus der ihr Blut in schwappenden Bächen heraussprudelte.

Sie presste eine blutige Hand an die Scheibe und sah Paul an – die Augen schreckensgeweitet, in panischer Todesangst.

„Aufmachen!", schrie Paul, während er zur Eingangstür stürzte. „Sofort die Tür aufmachen! Und Verbandsmaterial besorgen – zur Not auch erstmal nur Küchenrollen oder sowas!"

Nichts geschah.

Paul konnte es nicht glauben.

Ungeduldig fuhr er den stellvertretenden Marktleiter an: „Los, machen sie schon! Oder wollen sie den Tod dieser Frau verantworten?!"

„Ich habe meine Anweisungen...", sagte Joachim Peters.

Seine dünne Stimme zitterte. „Es darf keiner 'rein und keiner 'raus. Solange bis ich von offizieller Seite eine Entwarnung bekomme!"

„Die Telefone funktionieren nicht...", ereiferte Paul sich. „Da können sie lange auf eine Entwarnung warten! Ausserdem ist das Gewitter vorbei, also bewegen sie sich endlich, sie Idiot!"

Er begann wild gegen die Glastüren zu treten.

Jemand legte ihm von hinten eine Hand auf die Schulter.

Paul drehte sich um.

Der Polizist mit den schlechten Manieren stand ihm gegenüber.

„Machen sie keinen Fehler, Mann!", sagte er. „Peters ist ein Idiot, natürlich... Trotzdem sollten wir jetzt auf ihn hören."

„Sind sie wahnsinnig?" Paul sah Conrad Kronberg ungläubig an. „Hier stirbt gleich ein Mensch, wenn wir nichts unternehmen!"

Conrad schob ihn zurück vor das Fenster. „Sieh gut hin, barmherziger Samariter!", flüsterte er direkt in Pauls rechtes Ohr.

Die verletzte Person kauerte leblos im strömenden Regen.

Ihr Anblick kam Paul erschreckend bekannt vor.

Die marmorierte Haut, der seltsame Ausdruck in den Augen.

Diese Frau erinnerte ihn an seinen letzten Patienten – den Notfall vor gefühlten hunderttausend Stunden, der vermutlich nicht mehr allzu lange im Krankenhaus überlebt hatte.

„Sie ist tot...", sagte er.

„Passen sie auf..." Conrad sprach noch immer flüsternd.

Das Blut der Frau sah klumpig aus, schien bereits zu gerinnen.

Ihr Gesicht verfärbte sich, als ob sie Totenflecken im Zeitraffer bekam.

Plötzlich sprang sie auf.

Ihre ikterisch gelben Augen quollen fast aus den Höhlen.

Mit einem Ausdruck bodenlosen Hasses stierten sie Paul an.

Die Frau stiess ein entmenschtes Kreischen aus, wollte sich auf ihn stürzen.

Offensichtlich nahm sie die Glasscheibe nicht als Hindernis wahr, denn sie lief, rasend vor

Wut, immer wieder dagegen.

Der Rest der eingeschlossenen Personen hatte das Geschehen bisher, gefangen in

stummem Entsetzen, atemlos verfolgt.

Jetzt gellte ihr kollektiver Angstschrei durch den Supermarkt.

Abermals legte Conrad seine Hand auf Pauls Schulter.

„Das Einzige das sie für diese Lady noch tun können, ist, ihr eine Kugel in den Schädel zu

jagen...", stellte er fest.

„Oh mein Gott!", hauchte Paul. „Kann ein Virus sowas machen...?"

„Verdammt!" Conrad sah ihn argwöhnisch an. „Was wissen sie über den Virus, Mann?"

-6-

Vorerst schienen sie in Sicherheit zu sein.

Sara kam es trotzdem so vor als wären sie in eine Falle getappt.

Sie befand sich jetzt seit über zwei Stunden in Behandlungsraum U 03 – sie,

Krankenpflegeschülerin Sofia, Doktor Christopher von Schmalenkamp sowie OP- Pfleger

Alexander Berg und Professor Doktor Doktor Albrecht, die beide das Pech gehabt hatten,

genau zur falschen Zeit am falschen Ort aufgetaucht zu sein.

Professor Albrecht hatte die Intensivstation im Untergeschoss betreten, als die beiden ersten

Opfer des infektiösen Patienten, Schwester Angelique Bauer und Oberarzt Oskar Stern,

gerade aufgestanden waren, um von lebensgefährlich verletzten Menschen, zu grauenhaften,

mordlüsternen Bestien zu mutieren, während der tot geglaubte Patient selbst, die

freiliegenden Organe aus dem zerfetzten Körper von Doktor Luise Hartmann verspeiste.

Der Professor hatte seinen Augen nicht getraut.

Wie vom Donner gerührt hatte er dagestanden und sich in seine edle schwarze

Bundfaltenhose gepinkelt.

Traumgleich, hinter einem dumpfen akustischen Schleier, hatte er die angsterfüllten

Stimmen von Schwester Sara und Doktor von Schmalenkamp vernommen.

„Kommen sie! Schnell! Sonst sind sie verloren!"

Sie waren in den endoskopischen Behandlungsraum U 03 geflüchtet, zusammen mit einer

Krankenpflegeschülerin – einer unverschämten Göre, die Professor Albrecht bereits mehrfach

durch ihr Äusseres und ihre Art, unangenehm aufgefallen war.

Oberarzt Stern, der keinerlei Ähnlichkeit mehr mit seiner ursprünglichen Persönlichkeit gehabt

hatte, war mit unverhohlener Tötungsabsicht auf den Professor zu gestapft gekommen.

Sein Verhalten und sein Aussehen hatten eine einzige Monstrosität dargestellt.

Die nicht minder furchteinflössende Schwester Angelique war ihm gefolgt, obwohl ihr Hals

nur noch eine offene Wunde war und sie eigentlich keinen Tropfen Blut mehr in sich haben

durfte.

Zu seinem Glück war es Professor Albrecht schliesslich noch rechtzeitig gelungen, seine

sekundenlange Handlungsunfähigkeit zu überwinden.

Er war zu den anderen in U 03 gehastet.

Bevor sie die schwere Schiebetür verriegelt hatten, war OP – Pfleger Alexander Berg noch

mit hinein geschlüpft.

Alexander Berg hatte eigentlich nur kurz nach dem Rechten sehen wollen, denn das Getöse

das er vom Nachbarflur her vernommen hatte, war ihm merkwürdig vorgekommen.

„Komisch...", sagte Sofia. „Irgendwie riecht es hier nach angetrockneter Pisse – findet ihr

nicht auch?"

Unwillkürlich richteten sich alle Augen auf den Schritt von Professor Albrechts schwarzer

Hose, wo sich ein blasser salzhaltiger Fleck gebildet hatte.

Professor Albrecht setzte ein Pokerface auf, während er beiläufig den knielangen Arztkittel

zuknöpfte, um den Beweis seiner affektiven Schock – Inkontinenz zu verbergen.

Der finstere Blick den er Sofia zuwarf, sprach Bände.

27

Er entschied, sich ihre Personalakte vorzunehmen und zu veranlassen, dass man sie vom Krankenpflegeexamen ausschloss, sobald die momentane, untragbare Situation, hier beendet sein würde.

Sofia grinste.

Sie wusste, dass sie ein abgebrühtes Miststück war.

Typen wie Professor Albrecht stellten für ihr hart antrainiertes Selbstbewusstsein keine ernstzunehmende Gefahr dar.

„Wir müssen eine Möglichkeit finden, nach draussen zu kommen…", sagte Sara.

„Nein!", widersprach Professor Albrecht.

Es schien ihm wichtig zu sein sich unbedingt als Autoritätsperson zu profilieren. „Hier drin sind wir sicher. Ausserdem wird die Polizei uns ohnehin innerhalb der nächsten dreissig Minuten bergen und in Sicherheit bringen!"

Sofia lachte respektlos. „So ´n Quatsch! Die Bullen werden nicht kommen – genauso wenig wie irgendjemand anderes!"

„Zügeln sie sich! Sie sind eine Schande für unser Krankenhaus!" Professor Albrecht versuchte überlegen zu klingen, doch seine Stimme vibrierte vor Empörung.

„Zügel` dich selbst, Albrecht! Sie haben hier gar nichts mehr zu melden! Meinetwegen können sie ja bleiben und auf Hilfe warten bis sie auch zu so ´nem Mutanten werden. Ich will hier nur weg! So schnell wie möglich!"

Sie entriegelte die Schiebetür.

Mit angehaltenem Atem, öffnete sie sie.

Vorsichtig…

Millimeter für Millimeter…

„Ich würd` das lassen!", riet Christopher von Schmalenkamp mit gedämpfter Stimme.

„Psssst!", machte Sofia.

Der Türspalt war jetzt gerade gross genug um hindurch zu spähen.

Auf den ersten Blick schien im Flur alles in Ordnung zu sein.

Dann kam ein Arm, schob sich durch den Spalt und griff nach Sofias Gesicht.

Kalte, blutbesudelte Finger, bekamen ihre Haare zu fassen.

28

Sofia schrie auf.

Sie versuchte zurückzuweichen, aber es gelang ihr nicht.

„Pass auf deinen Kopf auf!", befahl ihr Alexander Berg, ergriff den stählernen

Verschlusshebel und wummerte die Schiebetür mit voller Wucht gegen den eingedrungenen

Arm.

Bis auf ein wütendes Aufheulen von aussen, passierte allerdings nichts weiter, daher packte

Alexander Berg den Hebel nun mit beiden Händen, riss die Tür für eine Sekunde lang weit

auf, um sie dann nochmals kräftig gegen den Arm zu hämmern.

Jetzt war die Tür zu.

Schnell riegelte Alexander Berg sie wieder ab.

Der Unterarm des Angreifers hing in Sofias Haaren.

Sie musste ein paar Strähnen heraus reissen, um ihn ab zu bekommen.

Voller Abscheu schmiss sie ihn auf den grün gekachelten Fussboden.

Es war der Arm von Oberarzt Stern – deutlich zu identifizieren an der Uhr, die er stets am

linken Handgelenk getragen hatte.

Als er noch er selbst gewesen war, hatte er oft genug stolz erwähnt, dass dieser sündhaft

teure Premium – Chronograph ein Geschenk seiner Frau war und er ihn selbst dann noch

tragen würde, wenn er tot und halb verwest wäre.

Halb verwest schien er unerklärlicherweise jetzt schon zu sein.

Aber war er auch tot?

„Es gibt nur eine Möglichkeit, lebendig aus dem Untergeschoss ´raus zu kommen…", sagte

Alexander Berg.

Er hatte einen starken russischen Akzent.

Nachdenklich betrachtete er den abgetrennten Unterarm.

Dunkles, fast schwarzes geronnenes Blut, sickerte träge aus der Amputationswunde.

„Und was ist das für eine Möglichkeit?", wollte Christopher von Schmalenkamp wissen.

Er war blass.

Auf seiner Stirn glitzerten hunderte kleinperlige Schweisstropfen.

Alexander Berg warf einen ernsten Blick in die Runde. „Was auch immer mit unseren

Kollegen und Patienten passiert ist – wir müssen sie töten, bevor sie uns töten!"

29

Vor der Tür waren schlurfende Schritte und bedrohlich klingendes gutturales Gebrummel zu vernehmen – archaische Laute, die man mit Hominiden aus der Steinzeit in Verbindung bringen wollte.

„Ich glaube, dass ihre Gehirne sehr stark beeinträchtigt sind. Wir sind ihnen also überlegen. Vorausgesetzt, wir benutzen unseren Verstand!"

Das spärliche Licht das die Notstromaggregate produzierten, leuchtete den Raum kränklich und fahl aus.

Sara beobachtete Sofia, die ihren hellblauen Kasack auszog und begann, sich über einem stählernen Reinigungsbecken ihre langen, knallrot gefärbten Haare mit ph – neutraler Handseife zu waschen.

Ihr weisses Top hörte weit über dem Gummizug der hellblauen Hose auf, so dass ihr String – Tanga sich unter dem dünnen Stoff, deutlich abzeichnete.

Ihre beinahe unnatürlich helle Haut schimmerte so rein und makellos wie frisch gefallener Schnee.

Sofia war der feuchte Traum vieler männlicher Angestellter des Krankenhauses.

Keiner von ihnen hätte aber jemals eine Chance bei ihr gehabt, denn Sofia stand auf Männer, die so wild, tätowiert, unnahbar und gefährlich waren, dass man sie im normalen Leben nur sehr selten traf. Ansonsten bevorzugte sie Frauen die Interesse an einer rein sexuellen Beziehung hatten.

Sara hatte sie auf eine gewisse Art faszinierend gefunden, seit sie sich erstmals auf einer Examensparty begegnet waren.

Daraufhin hatte sich nach und nach eine lockere, unverbindliche Freundschaft zwischen ihnen entwickelt.

Sofia hatte alle Register gezogen um Sara zu verführen, doch Sara hatte ihr immer widerstanden – bis auf das eine Mal, wo sie in der Damen – Umkleide, wenige, unvergessliche Sekunden, hemmungslos miteinander herumgeknutscht hatten.

Jetzt schlich sich die Erinnerung an jenen Moment in Saras Bewusstsein und sie kam sich wie eine totale Idiotin vor.

Wie konnte sie in der entsetzlichen Lage in der sie alle sich zurzeit befanden, nur an Sofias leidenschaftliche Zungenküsse denken?!

Sie schämte sich für ihre unmoralischen Gedanken.

Alexander Berg nahm ein paar Einweg – Plastikbecher, die normalerweise für Urinproben vorgesehen waren, füllte sie mit Leitungswasser und verteilte sie.

„Wir müssen trinken…", sagte er. „Sonst verringert sich unsere Leistungsfähigkeit. Das können wir uns nicht erlauben!"

Sara lächelte dankbar.

Es tat gut zu wissen, dass es jemanden gab, der sich nicht davor scheute, die Verantwortung zu übernehmen.

Wäre Paul mit ihnen hier unten gewesen, hätte er vermutlich diese Rolle übernommen, aber Paul war nicht da.

Vielleicht würde sie ihn nie wieder sehen…

Noch vor wenigen Stunden wäre ihr das relativ egal gewesen.

In diesem Augenblick jedoch, versetzte ihr die Vorstellung einen schmerzhaften Stich in ihrem Herzen.

Sie hinterfragte ihre eigentlich so sorgfältig getroffene Entscheidung, ihn zu verlassen.

„Wir brauchen Waffen!", meinte Alexander Berg.

Christopher von Schmalenkamp zog ungläubig die Augenbrauen hoch. „Wo wollen sie die her kriegen? Wir befinden uns in einem Krankenhaus, und nicht in einem NATO – Stützpunkt!"

Professor Albrecht schüttelte missgestimmt den Kopf.

Er fing an seine Brille mit dem Zipfel seiner Krawatte, auf die er auch bei über dreissig Grad nicht verzichtete, ausgiebig zu putzen.

Alexander Berg trank einen Schluck Wasser und räusperte sich. „Aus allem das in diesem Raum ist, lassen sich Waffen herstellen – es ist nur eine Frage der Kreativität…"

„Alex, du bist mein Held!", verkündete Sofia.

Schmale Rinnsale tröpfelten aus den Spitzen ihrer frisch gewaschenen Haare und wurden von ihrem Top aufgesogen.

Mit ihrer beeindruckenden Oberweite hätte sie jeden Wet T – Shirt – Contest gewonnen.

Eine ganze Herde der klinisch toten Menschen war lange Zeit um den Neo – Preisknüller – Supermarkt herumgeschlichen.

Die unheimlichen Gestalten schienen nicht besonders viel von ihrer Umwelt mitzubekommen, aber sie reagierten auf Bewegungen, Geräusche und Licht.

Mittlerweile hatten sie sich von der Fensterfront und dem Eingang des Gebäudes zurückgezogen, nachdem Conrad Joachim Peters befohlen hatte, die Notstrombeleuchtung, die sich eingeschaltet hatte, schleunigst wieder zu deaktivieren.

Ausserdem hatte Conrad die Eingeschlossenen angewiesen, sich mucksmäuschenstill in die hinterste Ecke des Discounters zu verziehen.

Jetzt hockten neun Menschen verängstigt auf dem Boden vor einem Konservenregal.

Sie warteten darauf, dass sie errettet würden.

Natürlich gab es nur einen der als Erretter in Frage kam – Hauptkommissar Conrad Kronberg höchstpersönlich.

Er war der Leitwolf, das Alpha – Männchen!

Alle hatten das ziemlich schnell kapiert, bis auf diesen Paulsen, der sich aufgrund seines Arztberufes, scheinbar für etwas ganz besonderes hielt.

Paulsen hatte den Virus erwähnt, als er starr vor Schreck, Zeuge geworden war wie sich die tödlich verletzte Frau vor diesem Scheissladen, in ein aggressives, wahnsinniges Monster verwandelt hatte.

Selbstverständlich war Conrad sofort hellhörig geworden.

Er hatte weitere Informationen eingefordert, doch Paulsen, Conrads Einschätzung nach der Prototyp eines arroganten Akademikers mit Gutmenschen – Plakette auf der Brust und Stock im Arsch, hatte etwas von Schweigepflicht und vorschnellen Diagnosen gefaselt und sich dann erst einmal zurückgezogen, um in Ruhe nachzudenken.

32

„So, Muchacho, die Schonzeit ist vorbei...", sagte Conrad schliesslich zu ihm. „Wir müssen reden!"

„Es wäre mir recht, wenn sie mich nicht Muchacho nennen würden...", entgegnete Paul. „Wir können uns gerne duzen – ich heisse Paul."

„Paul Paulsen?" Conrad lachte kurz und bissig auf. „Was haben deine Eltern sich denn dabei gedacht?!"

Conrad Kronberg selbst, vertiefte den Eindruck den Paul ohnehin schon von ihm hatte – nämlich ein ausgemachter Unsympath allererster Güte zu sein.

Im Gegensatz zu den anderen Eingeschlossenen, verfügte er allerdings über einen rationalen, scharfen Verstand, und genau das war entscheidend in der surrealen Abgründigkeit, in der sie alle sich momentan befanden.

Nachdem sie sich die Hände gereicht hatten, schob er Paul aus Sicht – und Hörweite der anderen, direkt vor das Schnapsregal, griff zielsicher nach einer Flasche des teuersten Whiskys den der Bestand zu bieten hatte und schraubte den Verschluss auf.

„Lass uns ein bisschen über den Virus plaudern...", meinte er leutselig.

„Du hast schon ein paar Bier intus. Ich denke es wäre besser, wenn du jetzt aufhören würdest, Alkohol zu trinken..."

„Aufhören?!" Conrad nahm einen ausgiebigen Schluck aus der Flasche ohne das Gesicht zu verziehen. „Ich hab` noch nicht mal angefangen!"

Er steckte sich eine Zigarette an und blies Paul den Rauch in ´s Gesicht.

„Wenn du leben willst, rat` ich dir zu kooperieren – wir sind schliesslich jetzt Partner. Vergiss das nicht, Doktor Paul!" Er sprach *Doktor Paul* aus, als meinte er, *erbärmlicher Hosenscheisser.*

Paul fand dass Conrad dem Klischee eines abgehalfterten Cops, den ein Hollywood – Drehbuchautor nicht besser hätte erschaffen können, zu hundert Prozent entsprach.

Er fuhr sich beidhändig durch seine dunkelblonden Haare, die trotz seinen erst vierunddreissig Lebensjahren, bereits von etlichen, silbern glänzenden Strähnen durchzogen waren.

„Ich hatte Dienst in der Notaufnahme des Klinikum Mitte...", fing er an zu erzählen. „Kurz bevor mein Dienst endete, wurde noch ein Patient eingeliefert, dessen körperliche Verfassung ich als extrem ungewöhnlich und besorgniserregend bezeichnen würde. Da er weder Kreditkarten, Personalausweis, oder sonst irgendetwas dabei hatte, liessen sich keinerlei Rückschlüsse auf seine Identität ziehen..."

Als Paul alles über den Patienten und seiner Ähnlichkeit mit den lebenden Toten, die scheinbar die Herrschaft über die Stadt übernommen hatten, berichtet hatte, zog Conrad nachdenklich die Stirn kraus.

Es war also passiert...

Es gab eindeutige Zusammenhänge in Pauls Schilderungen und der Angelegenheit, in der er zuletzt ermittelt hatte und die ihm schliesslich die Suspendierung eingebracht hatte.

Diese Tatsache bedeutete, dass die grösstmögliche Scheisse überhaupt eingetreten war!

Dennoch bestand die Chance, Einfluss auf den weiteren Verlauf der Dinge auszuüben.

Wenn Conrad alles richtig machte, würde er letztendlich mit Ruhm und Ehre überhäuft werden.

Den Posten des Polizeipräsidenten zu übernehmen, wäre die logische Konsequenz daraus.

„Eins steht fest... ", sagte er. „Wenn wir nicht tatenlos zusehen wollen wie diese Seuche sich immer weiter ausbreitet, während wir hier drin hocken und uns vor Angst in die Hosen scheissen, müssen wir ausrücken!"

„Ja." Paul nickte. „Wir sollten uns auf den Weg machen. Informieren wir die anderen!"

Er wollte sofort los, doch Conrad packte ihn mit festem Griff am Handgelenk. „Ho ho, nicht so eilig, Doktor Paul! Lassen sie die Zivilisten aus dem Spiel! Glaubst du etwa diese Gruppe könnte eine Dynamik entwickeln, die unserer Mission zuträglich wäre?!"

„Wir werden sie nicht einfach zurück lassen!" Paul blitzte Conrad wütend an. „Jeder einzelne wird selbst entscheiden ob er mit uns kommt, oder lieber hier bleibt bis die Situation wieder unter Kontrolle ist."

Conrad fügte sich.

Paul mochte ein weichlicher Schnösel sein, aber der Aufwand seinen Willen zu brechen, stand in keinem Verhältnis zu dem Nutzen, den Conrad davon hätte.

Pauls Art zu denken war nüchtern, doch trotzdem äusserst emotional.

Conrad fand, es war das Denken einer Frau.

In diesem Zusammenhang kam ihm zum zweiten Mal an diesem verfluchten Abend, Maria in den Sinn.

„Fahr zur Hölle, du Schlampe!", murmelte er.

„Wie bitte?!", fragte Paul irritiert.

„Ach, nichts…" Conrad trank einen weiteren grossen Schluck aus der Whiskyflasche. „Hab` nur grad an meine Alte gedacht… Ex – Alte, musst du wissen… Wir sind geschieden."

„Wundert mich nicht…", sagte Paul leise, und jetzt war es an Conrad „Wie bitte?!" zu fragen.

Paul winkte ab. „Lassen wir unser Privatleben aus dem Spiel. Wir haben weiss Gott Wichtigeres zu tun!"

Conrad lachte dreckig. „Ich verwette meinen Arsch, dass du auch geschieden bist, oder zumindest in Trennung lebst. Und wenn nicht, fickt dein Frauchen mit ´nem anderen ´rum, während du im Krankenhaus Überstunden abreisst!"

Er rülpste und zündete sich die nächste Zigarette an. „Machen wir uns doch nichts vor! Als Arzt ist es genauso unmöglich, eine funktionierende Beziehung zu führen, wie als Bulle – vorausgesetzt, du nimmst deinen Job ernst. Und glaub` mir, mein Freund, ich hab` genug Menschenkenntnis, um zu sehen, dass du das tust! Du magst braungebrannt und glattrasiert sein, aber deine Augenringe verraten dich…"

Paul verspürte absolut keine Lust, mit Conrad über seinen Beruf oder sein Beziehungsleben zu reden.

Eins musste man dem Kerl allerdings lassen: er schien wirklich Talent zu haben, innerhalb kurzer Zeit, den wunden Punkt bei seinem Gesprächspartner herauszufinden…

´Wie konnte ich Idiot nur ausgerechnet heute, nachdem Sara zwischen Tür und Angel mit mir Schluss gemacht hatte, Dienst nach Vorschrift tun und pünktlich in den Feierabend gehen?`, fragte Paul sich.

Die Angst um Sara schnürte ihm die Kehle zu.

Wahrscheinlich wimmelte es im Klinikum Mitte von lebenden Toten – und er hing in einem bekloppten Supermarkt ab und hörte sich die zynischen Reden eines versoffenen Kriminalbeamten an.

Er musste unbedingt so schnell wie möglich zu ihr, musste Sara retten, oder wenigstens mit ihr zusammen untergehen.

Weil er sie liebte!

Er liebte sie noch immer über alles.

Bereitwillig würde er für sie in den Tod gehen – nur um ihr zu beweisen, was für eine bedeutende Rolle sie in seinem ansonsten so unbedeutenden Leben spielte!

-8-

Der nächste Morgen brachte keinerlei Abkühlung.

Die abgestandene Luft im Neo – Preisknüller – Supermarkt war feuchtwarm und roch wie ein modriger Tümpel in den Tropen.

Conrad und Paul hatten sich nach viel Diskutiererei darauf geeinigt, erst nach Sonnenaufgang aufzubrechen, da Conrad die Meinung vertrat, dass ihre Chance zu überleben, bei Tageslicht erheblich höher war.

Er hatte sogar eine verhaltene Hoffnung bei einigen der anderen geweckt, indem er gemutmasst hatte, dass die lebenden Toten bei Tageslicht womöglich einfach zu Staub zerfielen.

Paul hatte diese Äusserung nicht für besonders realistisch gehalten und auf Conrads alkoholisierten Zustand geschoben.

Ein Blick aus der Fensterfront des Supermarktes gab im Schummerlicht des beginnenden Tages jedenfalls keine Auskunft darüber, ob dort draussen überhaupt noch irgendeine Form von Leben existierte...

Es bot sich ein apokalyptisches Szenario.

Abgeknickte Laternenmasten und entwurzelte Bäume lagen auf der von Schutt und Morast überschwemmten Strasse – über und neben völlig demolierten Autos.

Der Regen hatte viele der ausgebrochenen Feuersbrünste nicht löschen können, sondern sie lediglich auf Schwelbrände reduziert, deren Qualm nun aus etlichen Gebäuden drang.

Es herrschte absolute Stille.

Kein Vogel zwitscherte, keine Glocke läutete, keine resolute menschliche Stimme ordnete eine Beseitigung der Katastrophenschäden an.

„Im Lager!", kreischte Diana Kaminski, die auf die Toilette hatte gehen wollen, plötzlich gellend. „Herr Peters – er ist im Lager!"

Sie taumelte in die Arme von Helene Damm und kotzte direkt auf deren mütterliche Brust.

Diana hatte sich vor ein paar Stunden eine Dose kalte Ravioli mit Conrad geteilt.

Die Teigtäschchen die nun über Helenes Kittel rannen, waren kaum angedaut.

Die Tomatensauce hatte wegen der Magensäure allerdings einen etwas blasseren Farbton angenommen.

Gefolgt von Conrad, stürzte Paul in den Lagerraum.

Es war sofort klar, dass jede Hilfe zu spät kam für den stellvertretenden Filialleiter Joachim Peters.

Er hing, ein robustes, dunkelblaues Multifunktionsseilseil um den Hals geknotet, an einer der stählernen Querstreben unter der Decke, mitten im halbdunklen Raum.

Er musste während die anderen einen kurzen unruhigen Schlaf geschlafen hatten, die Vorratsregale hinaufgeklettert sein und sich dann auf die Querstrebe geschwungen haben, um seinem Leben ein Ende zu bereiten.

Der Leichnam war kein schöner Anblick.

Durch den Genickbruch war sein Kopf in einem unnatürlichen Winkel, seitwärts geneigt.

Die aus seinen blassen Lippen heraushängende Zunge, hatte eine bläulich – schwarze Färbung angenommen und war auf das dreifache ihrer normalen Grösse angeschwollen.

„So ein Versager...!", murmelte Conrad verächtlich.

Paul lag eine Zurechtweisung auf den Lippen, doch er schüttelte nur verständnislos den Kopf.

„Wer hat dir bloss in ´s Hirn geschissen, Kronberg...!?", sagte er leise.

Er versuchte den Kloss in seinem Hals hinunter zu schlucken und hob seine Stimme: „Ich werde jetzt da hoch steigen und das Seil durchschneiden. Ich hoffe dass ich von dir erwarten kann, die Leiche aufzufangen, statt sie einfach auf den Boden fallen zu lassen!"

Conrad zuckte die Schultern und grinste schmierig.

Paul fragte sich wie man am frühen Morgen schon ein solcher Dreckskerl sein konnte.

´Vielleicht hätte ich mit Joachim Peters reden müssen...`, dachte er. ´Ich habe doch schliesslich von Anfang an gemerkt, dass er den ganzen Druck, der auf ihm lastete, kaum aushalten konnte...`

Der Tod des stellvertretenden Filialleiters stellte ein weiteres Gewicht dar, mit dem Paul ohne Zögern, die Last seines ohnehin chronisch schlechten Gewissens, ergänzte.

Die permanente Befürchtung, nicht gut genug zu sein, den Erwartungen die an ihn gestellt wurden, nicht zu entsprechen – das fühlte sich an, als trüge er ständig einen Sack mit schweren, scharfkantigen Gesteinsbrocken auf seinem Rücken, der bei Weitem nicht so breit war wie der vom Weihnachtsmann!

„Versuch` immer ein bisschen besser zur Welt zu sein, als sie zu dir ist...", hatte Daniel Hausner in einer ihrer philosophischen Diskussionen, einmal zu Paul gesagt. „Aber versuch` nicht, ständig der Beste zu sein, weil das niemandem nützt – nicht mal dir selbst. So was nennt sich Egoismus!"

Wahrscheinlich war genau das sein Problem.

Er war ein Egoist, ein verdammter Egoist, der durch seine abstrakte Ichbezogenheit, langsam aber sicher, den Bezug zur Realität verlor...

„Wir müssen davon ausgehen...", sagte Conrad. „Dass uns Gefahr droht, wenn wir das Gebäude verlassen. Ist einer der Anwesenden im Besitz einer feuerbereiten Schusswaffe?"

Natürlich traf das auf keinen der Anwesenden zu.

Conrads Frage löste lediglich Verunsicherung und frisch befeuerte Todesangst aus.

„Wenn wir die Augen aufhalten und keinen unnötigen Lärm verursachen, werden wir keine Waffen brauchen...", sagte Paul behutsam. „Sicherheitshalber wird Kriminalhauptkommissar Kronberg natürlich seine Dienstwaffe bereithalten."

Er sah Conrad an. „Oder nicht?"

„Sie ist im Auto...", nuschelte Conrad.

´Wie komm` ich aus dieser Nummer jetzt bloss wieder ´raus?`, überlegte er – nach wie vor fest entschlossen, seine Suspendierung unbedingt geheim zu halten.

Nur drei Personen erklärten sich dazu bereit, Conrad und Paul zu begleiten.

Die restlichen Fünf zogen es vor, im Supermarkt zu bleiben, um auf eine offizielle Entwarnung zu warten.

„Wir werden durch die Hintertür verschwinden!", sagte Conrad. „Die die hier bleiben, sollten besser gut hinter uns abschliessen…"

Den Schlüssel zum Hinterausgang hatte er im Filial – Office gefunden. „Und jetzt genug gequatscht – machen wir uns auf den Weg!"

Er zündete sich die erste Zigarette des Tages an und bekam einen dermassen heftigen Hustenanfall, dass er sich mit knallrotem Kopf auf eine der abtauenden Gefriertruhen stützen musste.

Während er einen langen dünnen Speichelfaden mit dem Handrücken abwischte, bemerkte er, dass Paul ihn skeptisch beobachtete.

´Dieser eingebildete Quacksalber braucht nicht auf die Idee kommen, ich könnte nicht in Form sein…`, dachte Conrad grimmig und zog demonstrativ tief und energisch an seiner Zigarette.

„Worauf warten wir?!", polterte er, ganz und gar Leitwolf.

Im Supermarkt war es schon heiss und stickig gewesen.

Im Freien wurde man von der extremen Temperatur fast erschlagen.

Das Unwetter hatte die Klimaverhältnisse nicht entspannt, sondern sie eher dramatisiert.

Für fast jeden lebenden Organismus war die glühende, staubtrockene Luft die einem in den letzten Tagen die Bronchien verkohlt hatte, schon eine besondere Herausforderung gewesen – eine Herausforderung, die nun noch eine Steigerung erfuhr.

Die Luft war dick, feucht und sauerstoffarm.

Sie roch nach verwelkten Friedhofsblumen, nach Rauch, Gülle und warmen Küchenabfällen.

Knapp über dem von Trümmern und Dreck übersäten Boden, waberten milchig – weisse Nebelschwaden.

Auch die dichte Wolkenschicht die den Himmel bedeckte, schien weiss zu sein – schmutzig weiss.

Hinter ihr verbarg sich eine grelle Sonne, vor deren subtilen, stechenden Strahlen, es kein Entkommen gab.

´Eine Atmosphäre wie nach einem nuklearen Zwischenfall…`, dachte Paul.

„Wo steht dein Wagen?", fragte er Conrad.

Vorsichtig schleichend und sich ständig nach allen Seiten umblickend, führte Conrad, Paul Paulsen, Diana Kaminski, Emil Sartorius, einen rüstigen Rentner, und Ole Edwardsson, einen schwedischen Fernfahrer, über den Parkplatz des Neo – Preisknüller – Supermarktes.

Bei seinem Wagen angekommen, öffnete Conrad die Beifahrertür und tat so als suchte er im Handschuhfach nach seiner Dienstwaffe. „Verflucht! Ich muss sie im Präsidium liegen gelassen haben...“

Paul zog die Augenbrauen hoch. „Dann nimm wenigstens deine Marke mit! Es könnte irgendwann eventuell von Vorteil sein, wenn sich einer von uns als Staatsdiener ausweisen kann...“

Diesmal verzichtete Conrad darauf, im Handschuhfach herumzuwühlen.

„Die Scheiss – Marke ist auch im Präsidium!“ Er schlug die Autotür zu.

„Staatsdiener!“, grollte er. „Am Arsch hängt der Hammer!“

„Ich hab` was Besseres als 'ne Knarre oder 'ne Marke!“, behauptete Ole Edwardsson.

Er ging zu seinem LKW, stieg in die Fahrerkabine und kam mit einem Baseballschläger zurück.

Es war Samstagmorgen – sechs Uhr, achtundzwanzig.

-9-

'Vielleicht war alles nur ein Alptraum oder ein übler Horrortrip...`, dachte Jacob, als er aufwachte.

Er beschloss nie wieder zu kiffen, falls er sich die schrecklichen Ereignisse der letzten Nacht nur eingebildet hatte.

Jacob sah sich um.

Er war allein.

Seine Gastgeber waren also schon aufgestanden.

Die dünnen Bastmatten auf denen sie genächtigt hatten, lagen feinsäuberlich zusammengerollt, in einer Ecke des Zimmers.

Jacob rollte seine Matte ebenfalls ein und legte sie dazu.

Er sah aus dem geöffneten Fenster.

Sofort wurde ihm klar, dass er sich nichts eingebildet hatte.

Die Strassen waren verwüstet und menschenleer.

Zerfetzte Leichen, beziehungsweise deren Gliedmassen und Organe, lagen verstreut herum –
zwischen Müll, Schlamm und Schrott.

Jemand passierte die Kreuzung vor dem Haus in dem er sich befand.

Jacob war im ersten Stock.

Er öffnete den Mund um der Person etwas zuzurufen und hob einen Arm, um sie heran zu
winken.

Kurz bevor er diesen fatalen Fehler begangen hätte, bemerkte er, dass es sich um einen der
Mutanten handelte.

Schnell wich er vom Fenster zurück.

Sein Herz raste.

Er hatte eine Scheiss – Angst vor den lebenden Toten, doch solange sie einen nicht sahen
oder hörten, griffen sie auch nicht an.

Ein Gutes hatte die ganze Situation trotz allem: Es gab keinen Grund mehr, das Kiffen
aufzugeben...

„Guten Morgen!", sagte er, nachdem er eine schmale Holztreppe hinabgestiegen war und die
Küche des Shaolin – Kulturzentrums betrat.

„Guten Morgen, Jacob!", entgegnete Chen Li freundlich.

Er sass im Lotussitz auf dem Boden und trank Tee.

Jiao Li, seine zwanzig Jahre jüngere Halbschwester, stand am Herd und rührte in einem
Topf aus dem ein äusserst appetitanregender Duft strömte.

„Setz` dich!", forderte Chen Jacob auf und klopfte auf ein orangefarbenes Kissen neben sich.

Jacob setzte sich.

Jiao reichte ihm eine Tasse Tee.

Der Tee war unglaublich köstlich und belebend, und Jiao sah bei Tageslicht noch schöner
aus als in der letzten Nacht, in der die Li – Geschwister Jacob vor dem sicheren Tod,
bewahrt hatten.

Die Welt konnte untergehen.

Jacobs Leidenschaft für hübsche Mädchen tat das keinen Abbruch.

Er liebte sie alle – Kleine, Grosse, Schüchterne, Freche, Langhaarige, Kurzhaarige, Schlaue, weniger Schlaue, Dünne oder weniger Dünne.

Es war egal aus welchem Teil der Welt sie stammten, welche Sprache sie sprachen, oder welcher Religion sie angehörten.

Derartige Unterschiede waren für ihn nicht relevant, wenn es um die Liebe ging...

Als das Unwetter ausgebrochen war, war Jacob gerade auf dem Heimweg gewesen.

Er bewohnte ein Ein –Zimmer – Appartement in einem Personalwohnheim, das zu einer Stiftung für Altenpflege gehörte.

Den Luxus dieser preisgünstigen Unterkunft hatte er dem Umstand zu verdanken, dass er ein freiwilliges soziales Jahr bei der Stiftung absolvierte.

Obwohl er noch nicht mal sechs Monate dort wohnte, hatte er schon eine beträchtliche Anzahl von Mädels in diesem Appartement flachgelegt – unter einer rot angesprühten Glühbirne, die über seiner zerbombten Matratze baumelte.

Die vergangene Nacht hatte ihm allerdings kein amouröses Abenteuer beschert, sondern das absolute Grauen in seiner reinsten Form.

Von jetzt auf gleich, war das Chaos ausgebrochen.

Die Leute waren übereinander hergefallen, hatten sich zerfleischt und aufgefressen.

Innerhalb kürzester Zeit, hatte die Zivilisation einfach aufgehört zu existieren.

Es gab nur noch irrsinnig wütende Bestien auf der Jagd nach menschlichem Leben, das sie entweder vernichteten, oder durch Bisse zu ihresgleichen machten.

Wären Chen und Jiao Li nicht zur Stelle gewesen und hätten ihn nicht von der Strasse in ´s Shaolin – Kulturzentrum gezerrt, wäre auch Jacob einer Meute der mutierten Wahnsinnigen zum Opfer gefallen...

Jiao servierte eine pikant gewürzte Hühnersuppe zum Frühstück.

Jacob merkte jetzt erst wie ausgehungert er war.

Schon nach den ersten Löffeln, rollten ihm dicke Schweissperlen über die Stirn.

Trotzdem konnte er sich nicht bremsen und verschlang die Suppe, als wäre es seine Henkersmahlzeit.

„Sei vorsichtig!", mahnte Chen. „Es ist ein wenig scharf..."

´Aber längst nicht so scharf wie deine Schwester!`, dachte Jacob.

„Ist schon okay...", sagte er. „Schmeckt übrigens super!"

Er lächelte Jiao an, doch die ignorierte ihn konsequent.

Offenbar gehörte sie zu dem Typ Frau, der extrem schwer, bis gar nicht, herumzukriegen war.

Jacob schwor sich dennoch, es wenigstens zu versuchen – und wenn es das letzte sein sollte, das er in seinem Leben tun würde!

„Wir müssen von hier weg...", sagte Chen nach dem Essen zu ihm. „Die furchtbare Krankheit hat sich weit ausgebreitet. Kannst du mit einem Schwert umgehen?"

Jacob klemmte sich seine schulterlangen schwarzen Haare hinter die Ohren und hoffte dass man ihm seine Verunsicherung nicht anmerkte.

„Ich schätze, dass ich`s hinkriegen würde!", behauptete er betont lässig.

Er wollte Jiao mit seiner angeblichen Unerschrockenheit imponieren.

Sie kehrte ihm den Rücken zu, während sie das Geschirr abwusch.

Obwohl sie eine eigentlich eher formlose, cremefarbene Leinenhose trug, zeichneten sich darunter ihre zarten Kurven deutlich genug ab für jemanden, der ein wenig Phantasie besass – und Jacob besass eindeutig mehr davon als manchmal für ihn gut war.

Nur mit grosser Mühe konnte er den Blick von ihrem wohlgeformten Hintern abwenden.

„Sobald es dunkel wird, gehen wir...", meinte Chen. „Bis dahin werde ich dir einen Crash – Kurs in Shaolin – Quan Kung Fu geben. Der Umgang mit dem Schwert wird hierbei, entgegen aller Regeln, im Vordergrund stehen!"

-10-

Sie waren jetzt seit beinahe zwei Stunden unterwegs.

Trotzdem hatten sie vermutlich nicht einmal einen Kilometer hinter sich gebracht seit sie den Neo – Preisknüller – Supermarkt verlassen hatten.

Dies hatte mehrere Gründe.

Zum einen gestaltete sich der Weg zwischen all den Trümmern die zu passieren waren, relativ schwierig.

Zum anderen war der weit über Achtzigjährige Emil Sartorius, trotz seines ausgezeichneten Allgemeinzustandes, nicht mehr ganz so gut zu Fuss.

Der Hauptgrund ihres langsamen Vorankommens bestand jedoch darin, dass sie sich immer wieder verstecken mussten, wenn einzelne oder in Rudeln auftretende, lebende Tote, ihren Weg kreuzten.

Unkoordiniert und orientierungslos, lediglich getrieben vom Verlangen zu fressen, streiften sie durch das ansonsten menschenleere, urbane Terrain.

Die Stadt war ausgestorben.

Bis auf träge herumschwirrende Fliegen, fette, sich zufrieden räkelnde Maden, Kakerlaken und Ratten mit dreckigem, verfilztem Fell, begegneten ihnen keine Lebewesen.

„Hier trennen sich unsere Wege!", sagte Emil Sartorius, als sie an eine Kreuzung kamen, auf der offensichtlich eine gewaltige Massenkarambolage stattgefunden hatte.

In den zerbeulten Fahrzeugen sassen die tödlich verunglückten Insassen, die immerhin das Glück gehabt hatten, nicht Opfer der Mutanten geworden zu sein.

Ein bis auf das Muskelgewebe zerfetzter menschlicher Brustkorb, lag in einer Lache aus Öl, Benzin, Kühlwasser und Blut – von Armen, Beinen, Unterleib oder Kopf, fehlte jede Spur.

Diana Kaminski gab ein trockenes Würgen von sich.

Sie hatte nichts mehr in ihrem Magen, das sie auskotzen konnte.

Paul machte sich Sorgen um ihren Elektrolythaushalt, aber nicht nur um ihren.

Die Gefahr aufgrund Flüssigkeitsmangel und Unterzuckerung gefährlich abzubauen, stand jedem seiner Gefährten in 's Gesicht geschrieben.

„Machen wir eine kurze Pause!", ordnete er an.

Er verteilte kleine Mineralwasserflaschen sowie Traubenzuckerplättchen, die er im Supermarkt in seinen Rucksack gepackt hatte.

Weil er glaubte, dass die Befolgung von Regeln und Gesetzen massgeblich dazu beitrugen, gesellschaftliche Strukturen auch in Extremsituationen zu erhalten, hatte er den Betrag, den die Artikel normalerweise gekostet hätten, auf das Förderband von Kasse Drei gelegt.

Zusammengedrängt im Eingangsbereich eines Schuhgeschäftes, rasteten sie – die Blicke dorthin gerichtet, wo Tod und Zerstörung am Wenigsten sichtbar waren.

„Wie meinen sie das: Hier trennen sich unsere Wege!?", fuhr Conrad Herrn Sartorius an.

„Haben sie jetzt vor, ihren üblichen Morgenspaziergang im Park zu machen, oder wollen sie vielleicht lieber nach Hause, um sich das Frühstücksfernsehen ´reinzuziehen und dabei ein schönes Tässchen Kaffee zu schlürfen?!"

Herr Sartorius lächelte milde.

„Ich habe tatsächlich vor, meine Wohnung aufzusuchen...", meinte er. „Allerdings geht es mir diesbezüglich nicht um Kaffee, sondern um Therese, meine liebe gute Frau. Ich muss zu ihr – sie wird sich Sorgen um mich machen..."

„Gottverdammt, Sartorius!", schnaubte Conrad. „Ihre Frau ist entweder infiziert, oder ihre angefressenen Einzelteile verrotten irgendwo... Sehen sie das ein!"

Ole Edwardsson sah Conrad missbilligend an.

„Red´ nicht so grob mit ihm, Mann!", brummte er drohend.

Paul fand dass es ein Segen war, Ole in ihrer Mitte zu haben.

Er schien durch und durch ehrbar zu sein.

Ausserdem hatte er die Gruppe schon vor einigen angreifenden Infizierten bewahrt, indem er ihnen mit seinem Baseballschläger, die Schädel zertrümmert hatte.

Herr Sartorius reagierte bewundernswert gelassen auf Conrads verletzende Worte.

„Werter Kommissar Kronberg...", sagte er, wobei ein trauriges Lächeln seine Mundwinkel umspielte. „Ich habe nun fast neunzig Jahre auf dieser Welt, in dieser Stadt, überstanden, und es war nicht immer einfach – das können sie mir glauben! Vieles hat sich verändert in all den Jahren – manches zum Guten, manches zum Schlechten. Meine Liebe zu Therese aber hat sich nie verändert. Sie ist nie schwächer geworden – im Gegenteil. Mit jedem Tag unserer dreiundsechzigjährigen Ehe, wurde sie stärker und stärker..."

Er fuhr sich zerstreut mit einer Hand durch seine seidigen, schlohweissen Haare. „Aber was rede ich hier... Akzeptieren sie einfach, dass ich nach Hause muss, um zu sehen, wie es meinem Thereschen geht!"

„Ich begleite sie!", sagte Ole, Herrn Sartorius anerkennend auf die Schulter klopfend.

„Ich ebenfalls!", schloss Paul sich an.

Er war ergriffen von den Worten des alten Mannes und dachte an seine noch nicht einmal drei Jahre währende Beziehung, die für Sara bereits Geschichte war – für ihn hingegen keineswegs.

´Erst retten wir Therese, und dann Sara…´, dachte er, von wildem Optimismus überflutet. ´Und zu guter Letzt wird es ein Happy – End für alle Beteiligten geben!´

Conrad schmiss seine leere Mineralwasserflasche gegen die eingedrückte Windschutzscheibe eines schwarzen SUV, hinter dessen Steuer, eine junge Frau ohne Kopf sass.

„Okay!", grunzte er unzufrieden. „Folgen wir Herrn Sartorius!"

Sie fanden Therese Sartorius tot auf.

Es gab keine Anzeichen für äusserliche Gewaltanwendung.

Sie lag einfach nur da – wie friedlich schlafend, auf dem makellos sauberen Linoleumfussboden ihrer Küche.

Pauls Verdachtsdiagnose lautete: Plötzlich aufgetretener Herzstillstand oder Gehirnblutung.

Für eine Reanimation war es eindeutig zu spät.

Die Finger ihrer rechten Hand umklammerten noch den Henkel einer weissen Porzellantasse, auf der in hellroter schnörkeliger Schreibschrift, ihr Name aufgeprägt war.

Emil Sartorius ging vor ihr auf die Knie.

Er küsste sie sanft auf die Stirn.

Ihr Gesicht sah entspannt aus – fast schien es, als lächelte sie.

´Ja, der Tod kann manchmal gütig sein…´, dachte Paul.

Allem Anschein nach, war Therese Sartorius schnell und schmerzlos gestorben – undramatisch im trauten Heim.

Ihr Tod war vermutlich eingetreten, kurz bevor das Chaos die Stadt heimgesucht hatte.

„Sehen sie das?", fragte Herr Sartorius versonnen.

Er deutete auf eine zweite weisse Porzellantasse, die mit eingehängtem Hagebuttenteebeutel auf der Arbeitsplatte neben der Spüle stand. „Sie wollte gerade für uns den Abendtee kochen, weil sie dachte, dass ich gleich wieder da sein würde. Gestern Abend bin ich nämlich nur so spät noch in den Supermarkt gegangen, um ein Brot zu kaufen. Sonst hätten wir nichts zum Frühstück gehabt, und wir frühstücken immer schon um sechs Uhr, müssen sie wissen…"

Er strich seiner verstorbenen Frau liebevoll über den Kopf.

„Ich bin bald wieder bei dir...", sagte er. „Sorge dich nur nicht um mich, mein liebes Täubchen..."

Mit Tränen in den Augen, erhob er sich, nahm den Teebeutel aus der zweiten Tasse auf der *Emil* stand, und steckte ihn in die Brusttasche seines hellgrün karierten Holzfällerhemdes.

Paul und Conrad trugen Therese in´s Schlafzimmer der Eheleute Sartorius und legten sie auf eine geblümte Tagesdecke, die über einem bauschigen Federbett ausgebreitet war.

Es duftete nach Lavendel in diesem Raum.

„Ich werde einen Bestatter konsultieren, wenn..." Emil Sartorius schaute Conrad und Paul traurig und ratlos an. „Nun, wenn alles... wieder normal ist... Bis dahin würde ich gern weiterhin ihre Gesellschaft in Anspruch nehmen."

„Okay...", sagte Conrad. „Ab jetzt wird allerdings nicht mehr hilflos durch die Gegend geirrt! Unser nächstes Ziel ist das Polizeipräsidium. Dort werden wir uns mit Schusswaffen und reichlich Munition, eindecken!"

-11-

Nach über fünf Stunden intensiven Kung – Fu – Trainings war Jacob schweissgebadet und sowohl körperlich als auch seelisch, total ausgepumpt.

Dennoch fühlte er sich so gut wie lange nicht mehr.

In seiner blühenden Fantasie sah er sich als furchtlosen Shaolin – Kämpfer, der die ganze Stadt in gerechtem Zorn von all den Menschenfressern befreite und hinterher von schönen Frauen umworben wurde, die sich nichts sehnlicher wünschten, als mit einem echten Helden in`s Bett zu hüpfen.

Chen Li hatte seine Unterweisungen mit einer Sitz – Meditation begonnen und immer wieder darauf hingewiesen, dass Jacob nur von dem Training profitierte, wenn es ihm gelänge, beim Meditieren an Nichts zu denken – nur an Leere und Klarheit.

Zwischen den Kampfeinheiten hatte Chen drei Meditationssequenzen eingeschoben.

Ausserdem hatte er einen Vortrag über Kultur und Philosophie des Shaolin Quan Kung – Fu gehalten, während er Jacob im unbewaffneten Nahkampf, etliche Male, teilweise sehr schmerzhaft, auf die Matte geschickt hatte.

Zwischendurch hatten sie in der Küche gesessen und grünen Tee getrunken.

„Du hast gute Anlagen...", hatte Chen gesagt. „Das wusste ich. Sonst hätte ich dir keine Unterweisungen gegeben, obwohl ich jetzt für dich verantwortlich bin. Bei Anbruch der Nacht werden wir das Haus verlassen und versuchen aus der Stadt zu fliehen. Es geht mir dabei besser, wenn du dich ein wenig selbst verteidigen kannst..."

Irgendwann sagte er: „Das muss reichen. Jetzt müssen sich deine Muskeln lockern, also nimm ein Bad! Jiao wird dich danach massieren."

Jacobs Augen leuchteten.

Er konnte sein Glück kaum fassen.

Chen fügte allerdings sofort hinzu: „Deine Gedanken sollten sich während der Massage nicht verirren – das mindert deine Kampfkraft, und von der hängt dein Leben ab!"

„Kein Problem...", entgegnete Jacob, obwohl es ihm mehr als abwegig erschien, einen kühlen Kopf zu behalten, wenn Jiaos Hände seinen Körper berührten...

Allzu lange kam Jacob allerdings nicht in den Genuss von Jiaos Massagekünsten.

Kurz nachdem sie angefangen hatte seinen Nacken – Schulterbereich mit heissem Öl zu bearbeiten, erschien Chen auf der Bildfläche.

„Auf der Strasse nähern sich Leute!", verkündete er. „Eine fünfköpfige Gruppe! Sie tragen Waffen, aber es sind Zivilisten. Sie sind nicht mutiert!"

Jacob streifte sich hastig sein schwarzes T – Shirt über und folgte Chen und Jiao in den Meditationsraum, in dem sie auch die letzte Nacht verbracht hatten.

Von dort hatte man den besten Blick auf die Strasse, auf der sich im Schneckentempo, eine Gruppe von fünf Menschen näherte.

„Sie sehen nicht böswillig aus...", flüsterte Chen. „Machen wir sie auf uns aufmerksam!"

Er sties einen leisen, aber gut akzentuierten Pfiff aus und winkte aus dem Fenster.

Die Gruppe hatte sie bemerkt.

Sie steuerte das Shaolin – Kulturzentrum an.

Jiao öffnete die Eingangstür.

Sie führte die neuen Gäste in den Meditationsraum.

Nachdem man sich vorgestellt hatte und Chen Jiao gebeten hatte, frischen Tee aufzubrühen,

setzten sich alle halbkreisförmig auf den Boden des grossen kargen Raumes, in dem das

Aroma unzähliger abgebrannter Räucherstäbchen herrschte.

„Erstmal vielen Dank für eure Gastfreundschaft…", ergriff Paul das Wort.

Ole nickte zustimmend und prostete Chen, Jiao und Jacob, mit seiner Teetasse zu.

„Wir sind auf dem Weg zum Klinikum Mitte. Ich bin dort Arzt, Internist… Wir glauben, dass

die Seuche sich von der Klinik aus verbreitet hat. Einen konkreten Plan für unser weiteres

Vorgehen, haben wir ansonsten aber leider noch nicht… Vielleicht möchtet ihr euch uns

trotzdem anschliessen…?"

Conrad räusperte sich geräuschvoll.

Er hatte einen unbeholfenen, verkrampften Schneidersitz eingenommen.

Man sah ihm an, dass er derartige Sitzpositionen nicht gewohnt war.

„Wohlgemerkt, wir glauben, dass die Seuche im Klinikum Mitte ihren Ursprung hat, doch

wissen tun wir es nicht…", sagte er betont nüchtern. „Es ist allerdings sehr gefährlich, mit so

vielen… äh… Personen, unterwegs zu sein. Wir sollten daher eine Auswahl treffen. Drei, vier

Männer, würden sicher reichen. Dieser Standort scheint mir relativ sicher zu sein. Am besten

wäre es also, wenn der Rest hier bleibt, bis die Gesamtsituation wieder unter Kontrolle ist!"

Chen schenkte Conrads Worten, keine Beachtung.

Er wandte sich Paul zu.

„Du bist Arzt…", meinte er. „Erzähl` uns etwas über diese Seuche!"

„Naja, viel weiss ich nicht, aber ich kann euch meine Vermutungen mitteilen… ", sagte Paul.

Er spürte, dass Conrad, der neben ihm sass, vor unterdrückter Wut kochte.

Wahrscheinlich riss ihm in näherer Zukunft endgültig der Geduldsfaden, nachdem seine

Autorität nun schon zum wiederholten Mal, untergraben worden war.

Während Paul sprach, betrachtete Jacob die Neuankömmlinge – besser gesagt, er musterte

sie flüchtig, bis sein Blick an Diana Kaminski, die ihm schräg gegenüber sass, kleben blieb.

49

Er schätzte dass sie ungefähr in seinem Alter war und er fand sie heiss, einfach nur hammermässig heiss!

Sie hatte zwar längst nicht so viel Klasse wie Jiao – im Gegenteil, sie wirkte mit ihren strohblond gefärbten Haaren, der unnatürlichen Solarium – Bräune, ihren French nails und einem übertrieben sexy Outfit, eher billig.

Gerade das, sowie ihre trotzig zur Schau gestellte desinteressierte schlechte Laune, übte jedoch auf ihn einen unwiderstehlichen Reiz aus.

Er versuchte nicht allzu offensichtlich auf ihr freizügiges Dekollete´ zu starren, denn es fehlte nicht mehr viel und er hätte zu sabbern angefangen.

Plötzlich fing Diana an zu kichern.

Irritiert fragte Jacob sich, ob sie sich über ihn lustig machte, da sie genau in seine Richtung sah.

Fand sie ihn so lächerlich?

Schnell dämmerte ihm was los war.

Er hockte im Schneidersitz auf dem Boden.

Ausser seinem T – Shirt trug er nichts weiter als ein weisses Frotteehandtuch, das er sich nach dem Bad und vor Jiaos leider jäh abgebrochenen Massage, um die Hüften geschlungen hatte, und das in dieser Position, natürlich intime Details seiner Anatomie freilegte.

Mit hochrotem Kopf, veränderte er seine Position.

Einen Moment lang herrschte peinliches Schweigen im Raum.

Jacob wartete bis ihn keiner mehr belustigt, tadelnd oder mitfühlend ansah, und Paul mit seinen Ausführungen fortfuhr.

Dann stand er auf, um sich erst einmal zurück zu ziehen.

Er stieg in seine knapp unter den Knien abgeschnittene Bundeswehrhose, schlüpfte in seine Skaterschuhe, und betrat den Trainingsraum.

Hier hatte er heute stundenlang geschwitzt und gelitten, aber auch grosses Glück erfahren – das Shaolin – Kampfkunst – Glück, das ganz anders war als Dope – Glück oder Sex – Glück.

Er begann mit einer Geh – Meditation.

Chen hatte ihm während der Unterweisungen bescheidenes Lob zukommen lassen, aufgrund seiner Körperbeherrschung und seiner Geschicklichkeit.

Allerdings hatte der Meister nicht mit Kritik gespart, bezüglich der Konzentrationsfähigkeit seines Schülers.

Jetzt zog Jacob, tief in sich versunken, seine Kreise, umrundete die nur gelinde aufpralldämpfenden Matten in der Mitte des Raumes und versuchte an nichts zu denken – weder an die geheimnisvoll – faszinierende Schönheit von Jiao, noch an Dianas aufregenden Playboy – Bunny – Style, und schon gar nicht daran, wie es wohl wäre, endlich etwas von dem Marihuana zu rauchen, das er in einer Seitentasche seines Rucksacks aufbewahrte.

Irgendwann kam Chen in den Trainingsraum.

„Du lernst schnell...", sagte er zu Jacob, dem es tatsächlich gelungen war, seinen Geist mit produktiver Leere zu füllen. „Aber jetzt leg` dich noch ein bisschen hin und versuch` zu schlafen! Wir werden unsere neuen Freunde nachher auf ihrem Weg zum Krankenhaus begleiten. Es ist riskant, doch das ist jeder andere Weg und jedes andere Ziel zurzeit auch..."

-12-

Sofia seufzte genervt.

Mit einer ungeduldigen Geste, strich sie sich die Haare aus der Stirn.

„Eins steht fest:", sagte sie. „Ich verbringe nicht noch eine Nacht in diesem Krankenhaus – schon gar nicht in diesem Scheiss – Keller! Man kann kaum mehr atmen hier..."

Professor Albrecht warf ihr einen finsteren Blick zu, sagte aber nichts.

Er hatte es aufgegeben sie zurechtzuweisen – was vermutlich daran lag, dass er eingesehen hatte, wie zwecklos und uneffizient dies war.

„Wir kommen hier schon ´raus...", meinte Alexander Berg mit grimmiger Miene.

Er trug oben herum nur noch ein geripptes Unterhemd, das er sich in den Bund seiner grünen OP – Hose gestopft hatte.

Die vergangenen Stunden waren nicht spurlos an ihm vorbei gegangen.

51

Er wirkte seelisch und körperlich mitgenommen.

Mit etwas Fantasie konnte man ihm eine gewisse Ähnlichkeit mit Bruce Willis in den *Stirb langsam* – Filmen attestieren.

Seit sie den Behandlungsraum U 03 verlassen hatten, hatte er fünf oder sechs der untoten Kreaturen, die das Krankenhaus bevölkerten, erledigt.

Vor Ausbruch der Seuche, die Christopher von Schmalenkamp ziemlich zutreffend als *vollkommen absurd* bezeichnet hatte, waren es ganz normale Menschen gewesen – Leute die wie er, verheiratet waren, Familie hatten und vielleicht sogar Sonntags in die Kirche gegangen waren.

´Gott sei meiner Seele gnädig…`, dachte Alexander Berg.

Er zwang sich, nicht daran zu denken, dass seine Frau und seine drei Kinder, aller Wahrscheinlichkeit nach, längst tot oder Schlimmeres waren.

„Immerhin sind wir nicht mehr in U 03…", sagte er. „Also werden wir es auch schaffen, aus dem Gebäude heraus zu kommen!"

´Dein Wort in Gottes Ohr, Alex!`, dachte Sara.

Sie wurde das Gefühl, dass der Keller des Krankenhauses, ihr kollektives Grab werden sollte, nicht los.

Jegliche Hoffnung, die ihr Verstand noch zu produzieren vermochte, setzte sie darauf, dass Alexanders Tatkraft und sein positives Denken, ihnen tatsächlich das Überleben ermöglichen würde.

Sara war nicht religiös.

Obwohl sie Interesse hatte an allem Spirituellem, bezeichnete sie selbst sich als Atheistin.

Alexander hingegen war hundertprozentig gefestigt in seinem christlichen Glauben.

Er ging wenn es sein Schichtdienst zuliess, mindestens zweimal wöchentlich in die Kirche, trank so gut wie nie Alkohol, und hatte genau drei Prioritäten nach denen er lebte: Gott, Familie und Arbeit.

Diesem Mann, der immer nach Seife und ein wenig nach frisch – redlichem Männerschweiss roch, und der zwar meistens ernst, aber nie unfreundlich war, hatten sie es zu verdanken, dass sie der Treppe zum Erdgeschoss und damit dem Ausgang, zumindest ein kleines bisschen näher gekommen waren.

Alexander hatte einen Durchbruch geschaffen zum an U 03 angrenzenden Personalaufenthaltsraum, wo sie einige, wenn auch von der Hitze schlappe Lebensmittel vorgefunden, und ein paar Stunden geschlafen hatten.

Dann hatten sie sich wie im Krieg, Stück für Stück, Meter für Meter, auf dem Flur des Untergeschosses, weiter vorgekämpft – von einem der Behandlungs – und Diagnostikräume, zum Nächsten.

Alexander hatte sich um die Untoten gekümmert.

Mit gezielten Schlägen der Axt, die eigentlich zum Feuerbekämpfungs – Notfallset gehörte, hatte er die Schädel derer gespalten, die sich in ihrer fehlgeleiteten Gier nach Menschenfleisch, an ihnen vergreifen wollten.

„Diesmal werde ich voran gehen!", sagte Sara, dazu entschlossen, Mut zu beweisen und sich ebenso wie Alexander, für die kleine, verzweifelte Zwangsgemeinschaft, der sie nun einmal angehörte, einzusetzen.

Sie umklammerte ihre Waffe – ein Schreibtischbein aus glänzendem Metall, so fest mit beiden Händen, dass ihre Fingerknöchel weiss hervor traten.

Alexander schüttelte nachsichtig lächelnd den Kopf.

„Ich weiss dass du das Herz am rechten Fleck trägst, Sara...", meinte er. „Aber ich bin ein Mann und der kräftigste von uns – deshalb gehe ich als erster!"

Christopher von Schmalenkamp hüstelte verlegen.

Alexanders Worte kränkten ihn vermutlich an einer empfindlichen Stelle.

Er beeilte sich, ein möglichst hartes, männliches Gesicht aufzusetzen, um zumindest seine Bereitschaft zum Heldentum zu demonstrieren.

Sofia klopfte ihm auf die Schulter.

„Keine Sorge, Chris – du bist der Zweitkräftigste!", behauptete sie grinsend.

Eigentlich hatte sie an der kompletten Ärzteschaft des Krankenhauses – *Ärscheschaft* wie sie sagte, etwas auszusetzen.

Ausgerechnet der blasierte, ständig notgeile Von Schmalenkamp war bisher seltsamerweise von ihrer vernichtenden, oft masslos übertriebenen Kritik, verschont geblieben.

Sara hatte sich manches Mal gefragt, warum das so war und sie war zu dem Schluss gekommen, dass Sofia ihm gegenüber, vermutlich derart wenig Respekt empfand, dass es sich für sie noch nicht einmal lohnte, ihn zu verabscheuen.

Insgeheim mutmasste Sara allerdings, es müsste einen anderen Grund geben, für das beinahe freundschaftliche Verhältnis zwischen der rotzfrechen Pflegeschülerin und dem aalglatten Oberarztstellenanwärter mit Adelstitel.

Es war ihr vor sich selbst peinlich, dennoch hatte es keinen Sinn, sich etwas vorzumachen.

Die Vorstellung, Sofia und Von Schmalenkamp, könnten möglicherweise ein Geheimnis teilen von dem sie nichts wusste, störte sie – störte sie sogar ganz immens!

Sara hatte eigentlich immer gedacht, Eifersucht sei eine Schwäche, die sie nicht betraf.

Sie hatte sich nie mit Kritik zurückgehalten, wenn jemand in ihrem Umfeld, besonders Paul, diese Schwäche gezeigt hatte...

Mit äusserster Vorsicht öffnete Alexander die Tür des Behandlungsraumes U 07, in dem sie sich seit dem Nachmittag befanden.

Er teilte Sofias Meinung – auch er hatte keineswegs vor, eine weitere angsterfüllte Nacht im Kellergeschoss zu verbringen.

Die Mutanten reagierten sehr sensibel auf Geräusche.

Schon der geringste Laut reichte aus, und sie stürzten sofort herbei.

Momentan war der Flur leer, doch das hatte nichts zu bedeuten.

Hinter jeder Ecke, konnte einer der Untoten lauern.

Wurde einer von ihnen erst auf sie aufmerksam gemacht, würde es nicht lange dauern, bis weitere seiner Artgenossen hinzukamen.

Alexander vermutete dass die ersten von ihnen, während er sich mit den anderen Überlebenden in Behandlungsraum U 03 verschanzt hatte, in´s Erdgeschoss vorgedrungen waren.

Von dort aus, hatten sie womöglich eine Epidemie biblischen Ausmasses, losgetreten.

Die Tatsache, dass weder Polizei noch Militär interveniert hatte, sprach auf jeden Fall dafür...

´Trotzdem... ´, dachte Alexander. ´Dies war zuvor ein zivilisiertes, straff organisiertes und strukturiertes Land. Irgendwann wird Hilfe kommen, und bis die eintrifft, werden wir uns selber helfen!´

In seiner rechten Hand führte er die Axt aus dem Feuer – Notfallset.

Seine linke Hand hielt den Griff einer fünfzig Mal fünfzig Zentimeter grossen Metalltür, die vormals zu einem der Vorratsschränke der Endoskopie – Abteilung gehört hatte.

Jetzt diente sie ihm als Schild.

„Alles okay….", flüsterte er den anderen zu. „Folgt mir!"

Sara, Sofia, Christopher von Schmalenkamp und Professor Albrecht gehorchten, wobei sie den von Alexander geforderten Sicherheitsabstand einhielten.

Die offen stehende, orange lackierte Brandschutztür, hinter der das Treppenhaus lag, kam immer näher.

Irgendjemand hatte die Tür geöffnet und mit einem abgenutzten Holzkeil am Boden verkantet, obwohl eine Hinweistafel an der Tür besagte, dass genau dies zu unterlassen sei.

Alexander schüttelte verdrossen den Kopf.

Er mochte es nicht, wenn Regeln gebrochen wurden – hier konnte man wieder einmal sehen, was dabei heraus kam.

Wäre die Tür ordnungsgemäss geschlossen gewesen, hätte keiner der Untoten das Untergeschoss verlassen können.

Ihre Intelligenz reichte aus, um Menschen aufzuspüren und zu fressen, aber nicht dafür, die Klinke einer schweren Stahltür herunterzudrücken, sie zu öffnen und hindurch zu schlüpfen.

Alexanders Ärger verflog jedoch schnell wieder.

Tatsache war, dass sie sich in einer Katastrophensituation befanden.

Ob eine offene Tür dafür verantwortlich gemacht werden konnte, war mehr als fraglich…

Plötzlich musste er lächeln.

Die Worte von Sylvia, seiner Ehefrau, kamen ihm in den Sinn,

„Du bist ein richtiger Spiesser geworden, seit du die Vierzig überschritten hast!", hatte sie vor kurzem, gespielt vorwurfsvoll behauptet, während sie zärtlich seinen kahlen Kopf gestreichelt hatte.

„Ich liebe dich, Sylvia mein Engel!", flüsterte Alexander kaum hörbar.

Er beschloss in Zukunft weniger spiessig zu sein…

Auf einmal waren sie da – zuerst nur zwei der entmenschten Gestalten, die mit ungelenk ausgestreckten Armen und mordlüsternem Knurren, den Flur entlang geschlurft kamen.

Dann erklang aus dem Treppenhaus ein abartiges Geschrei.

Ein wuselndes Rudel von Mutanten stürmte auf Alexander zu.

„Komm zurück, Alex! Es sind zu viele!", hörte er Sara rufen, doch es ging nicht.

Die lebenden Leichen hatten ihn bereits umringt.

Wie von Sinnen schlug er mit Axt und Schild auf die Angreifer ein.

Literweise klatschte deren klumpiges Blut gegen die auf Hochglanz polierten Kacheln an den Wänden.

Alexander brüllte wie ein Stier, während er sich bemühte, die Reihen seiner Gegner zu lichten.

Es waren hauptsächlich Patienten – teilweise lediglich mit Klinikflügelhemden bekleidet, aber auch Angestellte des Krankenhauses waren dabei.

Gerade hatte Alexander Joseph Herrlein, einen Doktor der Unfallchirurgie, dessen komplette linke Gesichtshälfte weggefressen war, mit der Axt niedergestreckt, da wurde er gebissen.

Obwohl sich Helga Lehmann, Krankenschwester aus der Ambulanz, in einem normalerweise nicht mit dem Leben zu vereinbarenden körperlichen Zustand befand, da ihre Bauchdecke aufgerissen war und ihre Gedärme über den Boden schleiften, hatte sie ihre Zähne in Alexanders Unterarm geschlagen, um ein Stück Fleisch heraus zu reissen, das sie schnell und unbeherrscht verschlang.

Alexander wurde kreidebleich.

Schild und Axt fielen aus seinen Händen.

„Na los!", schrie er. „Tötet mich! Fresst mich auf! Ich will nicht so werden wie ihr seid!"

Dieser Wunsch ging in Erfüllung.

Noch bevor Alexander Berg zu Boden fiel, machten sich die Mutanten über ihn her, zerfetzten ihn und liessen so gut wie nichts von ihm übrig.

Professor Albrecht und Doktor von Schmalenkamp flüchteten zurück in Behandlungsraum U 07.

Sara und Sofia schafften es nicht soweit.

Sie stürzten in den nächstbesten Raum und knallten die Tür hinter sich zu.

Dort war es dunkel, extrem eng und es roch nach aggressiven Putzmitteln.

Sie waren in einer Besenkammer gelandet – einem Raum, der Platz bot für Schrubber, Eimer und einen Putzwagen, jedoch nicht ausgerichtet war für zwei menschliche Wesen, die Platz und Sauerstoff verbrauchten.

Sofias kochend heisser Atem ging hektisch, fast hyperventilierend.

„Wir werden hier unten alle draufgehen...", hauchte sie, fast nicht wahrzunehmen für Saras Ohren, in denen es, begleitet vom Puckern ihres rasenden Herzschlags, rauschte, als ob sie unter einem Wasserfall stehen würde.

-13-

Man konnte nicht gerade behaupten, dass alles so lief, wie Conrad Kronberg es sich wünschte.

Nein, ganz im Gegenteil – nichts schien unwichtiger zu sein als seine Meinung bezüglich des Vorgehens, dessen Sinn und Zweck der aufmüpfigen Truppe, die zu leiten eigentlich sein Wille war, scheinbar nicht ganz einleuchtete.

Conrad war unruhig.

Er hätte schon längst weiter sein können.

Die Zeit arbeitete gegen ihn – das war ihm klar.

Er steckte sich eine Zigarette an.

Chen Li, dieser kleine Klugscheisser, hatte ihn zwar darauf hingewiesen, dass in den Räumen des Shaolin – Kulturzentrums, Rauchen nicht erwünscht sei, aber darauf war geschissen!

Ausserdem war Conrad allein in der Küche und blies den Rauch durch das geöffnete Fenster hinaus.

Ein Blick auf seine Armbanduhr sagte ihm, dass noch dreissig Minuten bis zum Aufbruch blieben.

Sie hatten sich darauf geeinigt, erst nach der Dämmerung loszuziehen.

Die späte Stunde konnte ihnen allerdings keinen Schutz bieten, denn abgesehen davon, dass es den Infizierten scheissegal war, welche Tageszeit gerade herrschte, würde es in dieser Nacht gar nicht richtig dunkel werden.

Das grelle Sonnenstich – Licht des Vormittages war irgendwann in den Nachmittagsstunden verblasst. Seitdem herrschte ein wolkenverhangenes, kränklich glimmendes Schummerlicht.

In der äusseren Fensternische war ein Thermometer angebracht.

Es zeigte neunundzwanzig Grad an.

„Das darf alles nicht wahr sein...", seufzte Conrad.

Er sehnte sich nach einem Bier.

In diesem verfluchten Esoterik – Laden gab es nur Mineralwasser und irgendwelchen Tee, der die Seele reinigte – wahrscheinlich weil man tierischen Dünnschiss davon bekam...

Angefangen hatten die aktuellen Probleme damit, dass Doktor Paul darauf bestanden hatte, den Neo – Preisknüller – Supermarkt mit einer Gruppe zu verlassen.

Conrads Meinung nach hatte das nichts weiter bedeutet, als sich unnötigen Ballast an die Hacken zu binden.

Als nächstes war dem Wunsch dieses senilen Tattergreises Sartorius nachgegeben worden, der unbedingt in seine Wohnung gemusst hatte, nur um sich ein paar Tränen wegen seiner toten Frau 'rauszudrücken.

Immerhin war es später möglich gewesen, sich im Polizeipräsidium mit einem grosszügigen Vorrat an Schusswaffen und Munition zu versorgen, und erfreulicherweise hatte Doktor Paul es versäumt, ihn an seinen Dienstausweis zu erinnern.

Die grösste Schnapsidee aber war es gewesen, sich mit den Leuten aus dem bekloppten Shaolin – Tempel hier zusammen zu tun!

Conrad dachte über die Personen nach, die ihm gerade das Leben schwer machten – Doktor Paul, der blauäugig – besserwisserische Arzt, Diana Kaminski, eine Hohlfrucht ohnegleichen und ihre schwächste Stelle überhaupt, dicht gefolgt vom altersschwachen Emil Sartorius, der mit rühriger Art versuchte seine Demenz zu überspielen, und Ole Edwardsson – zwar ein kräftiger Kerl, der bereits eine Menge Mut bewiesen hatte, dem Conrad jedoch trotzdem nicht über den Weg traute.

58

Dieser verdammte Wikinger strahlte einen naiven Stolz aus, den Conrad überhaupt nicht leiden konnte.

Als ob eine derartige Konstellation nicht schon unerfreulich genug gewesen wäre, musste er sich jetzt zusätzlich mit drei weiteren Querulanten herumärgern.

Und eines war so sicher wie das Amen in der Kirche: noch mehr auf den Sack als ihm ein Edwardsson oder Paulsen ging, gingen ihm die überheblichen, in ihrer Mitte ruhenden Li – Geschwister!

Jacob, diesem langhaarigen Bürschchen, das die Lis aufgesammelt hatten, sah man sofort an, dass er ein Kiffer war.

Er trug ein schwarzes T – Shirt auf dem in weissen Buchstaben *Skateboarding is not a crime,* aufgedruckt war – vermutlich war vieles anderes, ebenfalls *not a crime* für ihn...

Trotzdem störte seine Anwesenheit Conrad noch am wenigsten.

Er baute darauf, dass der kleine Jacob einfach sein Maul halten würde, wie er es bisher getan hatte.

Paul betrat die Bildfläche.

„Na, Doc – bist du bereit zu töten?", fragte ihn Conrad.

Er schnipste seine Zigarettenkippe aus dem Fenster. „Das ist kein Spaziergang, unser Ausflug zum Krankenhaus!"

„Ich weiss...", sagte Paul.

Er wirkte angespannt. „Mal ehrlich, Conrad – was versprichst du dir eigentlich genau davon?"

Conrad lächelte süffisant.

„Dasselbe wie du...", meinte er.

„Ich will aus einem persönlichen Grund in`s Klinikum!", entgegnete Paul. „Meine Freundin ist Krankenschwester. Sie hatte gestern Nachtdienst. Ich muss wissen, ob es ihr gut geht..."

„Natürlich sprichst du von deiner Ex – Freundin...", sagte Conrad beiläufig, das *Ex* jedoch belehrend hervorgehoben.

„Ich wüsste nicht, was das einen *Ex* – Bullen zu interessieren hätte..."

´Nicht schlecht!`, dachte Conrad.

Doktor Paul konnte also auch ein hinterhältiger Fiesling sein.

Jetzt war die Katze aus dem Sack und es machte Conrad weit weniger aus, als er gedacht hätte.

Es war fast ein bisschen erleichternd, jemanden an seiner Schande teilhaben zu lassen. „Ich wurde tatsächlich vorübergehend vom Dienst suspendiert und zwar nicht, wie einige kleine Schwanzlutscher behaupten, wegen meiner angeblich zu individuellen Ermittlungsarbeit…"

Er zündete sich die nächste Zigarette an. „Nein, ich war vielmehr im Begriff, eine Riesenschweinerei aufzudecken, die übrigens in unmittelbarem Zusammenhang steht mit der Scheisse, in der wir seit gestern Abend stecken!"

„Du willst also den Erstüberträger der Seuche im Klinikum finden…", sagte Paul. „Sofern er noch dort ist… Und dann?!"

„Dann sehen wir weiter…" Für Conrad war das Gespräch beendet.

Paul hätte gern noch mehr über Conrads Pläne erfahren.

Weil aber der vereinbarte Zeitpunkt zum Ausrücken unmittelbar bevorstand und sich ihre Truppe nach und nach um sie scharte, bedachte er Conrad lediglich mit einem skeptischen Blick, in den er eine ganze Menge *Unterschätz` mich bloss nicht mehr, Kronberg!* legte.

„Check doch mal den Waffenbestand!", wies Conrad Ole Edwardsson an. „Bestimmt haben wir noch ein paar Schiesseisen für unsere neuen Freunde übrig…"

Chen Li hob abwehrend die Hände.

„Wir werden uns mit unseren Schwertern verteidigen!", meinte er, eine kurze Verbeugung andeutend.

´Fehlt nur noch, dass er sich ein Stirnband umwickelt…`, dachte Conrad.

Er sah Chen, Jiao und Jacob, verständnislos den Kopf schüttelnd, an. „Tut was ihr nicht lassen könnt… Aber ich rate euch: Wenn wir angegriffen werden, was zu neunundneunzig Komma neun Prozent anzunehmen ist – bleibt immer hinter meiner Schusslinie, sonst sterbt ihr bevor ihr überhaupt die Gelegenheit hattet, euch in eins dieser reizenden Geschöpfe auf der Strasse zu verwandeln!"

„Es gibt keinen Grund zur Sorge…", entgegnete Chen mit einer erleuchteten Affektiertheit, für die ihm Conrad am liebsten eins auf die Fresse gegeben hätte.

Gottverdammt, er war nervös!

Ein kleiner Drink würde ihn wieder auf Vordermann bringen – am besten wäre ein doppelter, braungold glänzender schottischer Whisky mit zwei dicken, knackenden Eiswürfeln im Glas…

Jacob wusste nichts über die Menschen mit denen er jetzt, einzig und allein verbunden durch den Willen zu überleben, zusammen war, aber er hatte mitbekommen, dass Spannungen untereinander herrschten.

Die Stimmung hätte deutlich besser sein können – umso mehr als dass es vermutlich die letzte Stimmung war, die sie je erleben würden...

Dieser Kronberg, dem man es auf einen Kilometer Entfernung ansah, dass er ein Bulle war, und zwar einer von den richtig üblen Bullen, war nicht gerade ein Sympathieträger, sondern eher jemand, der einem wegen eines kleinen Dope – deals, gleich den Lauf seiner Kanone in ´s Ohr bohren würde, um den beschlagnahmten Stoff hinterher selbst zu verticken – ein Bad Cop!

Jacob kannte sich mit Bad Cops aus und Conrad Kronberg war definitiv einer von ihnen.

Seinen Ratschlag, der eigentlich eher eine Drohung gewesen war, hinter ihm zu bleiben, befolgte Jacob allerdings liebend gern.

Sein Ego war nicht so gross als dass er eine Bestätigung seines neu erworbenen Kampfkunst – Talentes in Form einer gewaltsamen Auseinandersetzung mit blutgeilen Mutanten brauchte, um es aufzupolieren...

Conrad Kronberg ging mit Ole Edwardsson und Doktor Paul Paulsen voran.

Sie sahen aus wie Guerilla – Kämpfer im Feindesland – Patronengurte um den Oberkörper geschlungen und Maschinenpistolen beziehungsweise Pumpguns, im Anschlag.

Die Waffen stammten aus dem Polizeirevier.

Es waren beschlagnahmte Mordinstrumente, die aus der Asservatenkammer stammten und nicht im regulären Bestand der Wache zu finden waren.

Kronberg schien genau zu wissen, dass Gangster – Kanonen meistens ein bisschen mehr Wumms hatten, als die vergleichsweise humane Bewaffnung eines regulären Polizisten.

Den dreien folgten Emil Sartorius und Diana Kaminski.

Diana trug eine Uzi vor sich her, schien jedoch keinen rechten Bezug dazu zu haben.

Sie wirkte verstört, abwesend, irgendwie mitleiderregend.

Trotzdem konnte Jacob, der hinter ihr ging, den Blick nicht abwenden von ihrem fantastischen Arsch, der unter ihrem knappen Minirock wunderbar zur Geltung kam.

Chen und Jiao Li bildeten zuerst die Nachhut, rückten dann aber ein Stück auf, so dass sich Jacob zwischen ihnen befand.

Jiao verströmte einen leichten Duft von Rosenöl und Sauberkeit.

Jacob bemühte sich den Duft so tief wie möglich zu inhalieren.

Die Vorstellung von seinem baldigen Tod, der mit jedem Schritt in dieser Stadt, die sich auf so grausige Weise verändert hatte, wahrscheinlicher wurde, verlor an Schrecken, wenn Jiaos Geruch dabei seine Nasenflügel streichelte...

-14-

Harald war eingeschlafen.

Wie ein schwerer, nasser Sack, hing er in seinem schwarzen Ledersessel.

Er war nackt, wie sie selbst auch.

Sandy hätte gerne etwas angehabt, aber Harald hatte es ihr verboten.

Ihre Klamotten lagen verstreut im Zimmer herum.

Es schien eine Ewigkeit her zu sein, dass Harald ihr befohlen hatte, für ihn zu strippen, während draussen das absolute Chaos ausgebrochen war und die Menschen begonnen hatten, sich gegenseitig aufzufressen.

Auf Zehenspitzen und mit angehaltenem Atem, schlich Sandy an Harald vorbei, zum weit geöffneten Wohnzimmerfenster.

Sie wusste, dass der Versuch ihn im Schlaf zu überwältigen, fehlschlagen würde.

Harald liess sich nicht austricksen!

Ausserdem hielt er in seiner rechten Faust immer noch das Jagdmesser, dessen fünfzehn Zentimeter lange scharfe Klinge, Sandy zu Recht fürchtete.

Harald hatte ihr damit ein grobes Andreaskreuz in die Haut zwischen ihren Brüsten geritzt, wie ein tumber Bauer aus dem Mittelalter, der mit ausdruckloser Miene das Schwein markierte, das er als nächstes schlachten wollte, um es einem Metzger zu verkaufen, der es schliesslich in seine Einzelteile zerlegen würde.

Die Wunde brannte wie Feuer.

Da Harald ihr untersagt hatte sich zu waschen, zogen sich angetrocknete Blutschlieren über ihren Körper, bis hinab zu ihren Fussknöcheln.

Sandy befand sich mittlerweile seit fast vierundzwanzig Stunden in Haralds Wohnung – ein vierundzwanzig Stunden währender Alptraum, aus dem sie, egal was noch alles passieren mochte, auf jeden Fall eines gelernt hatte: Sie würde nie wieder einen Hausbesuch machen!

Es war das Geld das sie gereizt hatte, an solch einem unerträglich heissen Abend und kurz vor einem Gewitter, noch einen Job zu übernehmen.

Als ihr auf Vibrationsalarm eingestelltes Smartphone gebrummt hatte, hatte sie gerade in der Wanne gelegen und ein kühles Vollbad genommen.

Eigentlich hatte sie gar nicht drangehen wollen.

Nach dem schätzungsweise zwanzigsten Brummen, hatte sie es dann doch getan.

Natürlich mussten die Geschäfte laufen – egal wie das Wetter war.

´Vielleicht kann ich den Kunden auf Morgen vertrösten…`, hatte sie gedacht.

„Ja, hallo? Hier ist Sandy…", hatte sie sich freundlich und gut gelaunt gemeldet.

Sie war schon lange zu der Überzeugung gekommen, dass die Art wie sie sich am Telefon präsentierte, massgeblich zu einem positiven Geschäftsabschluss beitrug.

Blöd war nur dass man lächeln musste, wenn man eine sexy – herzliche Begrüssung mit angemessen naivem Tonfall, hinbekommen wollte.

„Hallo… bist… du Sandy?"

Sandy war aus der Wanne gestiegen und hatte sich ein Badetuch umgewickelt.

„Ja… hab` ich doch eben gesagt…", hatte sie geantwortet, allerdings längst nicht mehr so freundlich.

Der Anrufer hatte ziemlich laut geatmet und unbeholfen geklungen – irgendwie gestört…

Er war es auf jeden Fall wert gewesen, ihn ganz schnell abzuwimmeln!

„Kannst du… heute Abend noch… bei mir vorbeikommen?", hatte er gefragt.

„Nein, ich hab` momentan leider überhaupt keine Zeit!" Sandy hatte ihrer Unfreundlichkeit noch ein wenig Überheblichkeit und Gelangweiltsein zugefügt.

Es hatte einen Moment in der Leitung gerauscht.

Gerade als Sandy das Gespräch hatte wegdrücken wollen, hatte der Anrufer „Ich zahle sehr gut!", gesagt.

„Wieviel?"

„Zweitausend Euro! Für die ganze Nacht…"

„Na gut, okay… Hotel oder Privat?"

„Privat…"

„Wenn du mir deine Adresse gibst, kann ich ganz schnell bei dir sein…", hatte Sandy dann, nun wieder deutlich freundlicher, gesäuselt und damit einen grossen Fehler begangen.

Einen sehr grossen Fehler…

Zu Anfang war es gar nicht mal schlecht gelaufen mit Harald, ihrem Kunden.

Er wohnte mitten in der City, verfügte über ein modernes Loft im dritten Stock eines Hauses, in dem sich ansonsten nur Anwaltskanzleien, Marketing – Büros und sonstige Geschäftsräume befanden.

Bereitwillig hatte er ihr die vereinbarte Geldsumme ausgehändigt, nachdem Sandy ihn sofort nach Betreten der Wohnung, dazu aufgefordert hatte.

Weder er noch sein Loft, war ungepflegt oder hatte bedrohlich gewirkt.

Zwar war beides so gar nicht nach ihrem Geschmack, aber das war eben unter anderem, Teil ihres Berufes…

Sie hatten sich auf Haralds Ledercouch gesetzt, erst einmal nur geredet und Drinks zu sich genommen.

Harald hatte sich genauso unbeholfen, aufgeregt und latent lüstern benommen, wie Sandy es befürchtet hatte.

Er hatte Wodka – Lemon getrunken.

Sie hatte sich für ein mit Tequila – Aroma versetztes Bier entschieden und darauf bestanden, die Flasche selbst zu öffnen, was ihn offenbar irritiert hatte.

Sandy hatte jedoch einfach nach ihren Grundsätzen gehandelt.

Sie hatte keinen Bock auf K. O. – Tropfen oder irgendeinen anderen Scheiss, der ihre Sinne womöglich benebelte.

Kurze Zeit später waren unzählige Polizei – und Krankenwagensirenen zu hören gewesen, vermischt mit unverständlichen, aber äusserst eindringlich klingenden Lautsprecherdurchsagen.

Von der Strasse war Geschrei heraufgedrungen – hysterisch, schmerzerfüllt, panisch.

Ein gigantisches Unwetter hatte sich erhoben.

„Wir sollten das hier abbrechen…", hatte Sandy gesagt. „Ich glaube es passiert gerade irgendeine Katastrophe!"

Harald war aufgestanden.

„Nein!", hatte er entgegnet.

„Ich habe für dich bezahlt – für die ganze Nacht! Du bleibst hier!" Sein ohnehin schon rot glänzendes Gesicht war noch roter und noch glänzender geworden.

Seine Stimme hatte gebebt vor Aufregung, während er sich die schwitzigen Handflächen an seiner beigefarbenen Cargohose abgerieben hatte.

Sandy hatte verständnislos den Kopf geschüttelt.

„Tickst du nicht ganz sauber?!", hatte sie ihn angefahren und sich ihre Handtasche geschnappt.

Sie war schon fast an ihm vorbei gewesen, doch Harald hatte ihr ein Bein gestellt.

Hart war sie auf den weiss gefliesten Boden geschlagen.

Er hatte ihr einen Fusstritt in die Rippen versetzt.

„Mach dich nicht unglücklich!", hatte sie mühsam, unter Atemnot und Schmerzen, hervorgebracht. „Lass mich einfach gehen! Ich geb` dir dein Geld zurück und wir vergessen das alles hier… Okay?"

„Vergessen?" Harald hatte sich mit zitternden Händen einen Zigarillo angezündet. „Du wirst den Tag an dem du dich in mich verliebt hast, niemals vergessen! Und jetzt zieh` dich aus - wir wollen Spass miteinander haben!"

„Drauf geschissen!" Sandy hatte versucht Harald mit Ablehnung einzuschüchtern.

Trotz seiner unerwarteten Gewaltanwendung ihr gegenüber, war er schliesslich nur ein kleiner, verklemmter Spiesser, voller Komplexe im einsamen Streberherz.

Verhängnisvollerweise hatte sie zu diesem Zeitpunkt noch nicht wirklich realisiert, dass er zusätzlich ein Psychopath erster Klasse war.

Sein Faustschlag hatte sie mitten auf der Stirn getroffen.

In dem Moment, in dem der gewaltige Donner erschollen war und in der ganzen Stadt die Lichter ausgegangen waren, hatte sie das Bewusstsein verloren.

Harald hatte gewonnen.

Er hatte die berühmten, rautenförmigen blauen Potenzpillen eingeworfen, um Sandy daraufhin mehrmals mit zunehmender Aggressivität, auf jede erdenkliche Weise, zu vergewaltigen.

Immer wieder hatte er von ihr gefordert, sie solle ihm sagen, dass sie ihn liebe.

Obwohl jede diesbezügliche Verneinung ihr schmerzhafte Schläge und Stösse einbrachte, hatte sie sich vehement geweigert, ihm diesen Wunsch zu erfüllen.

Wenn ihr Körper auch schwach war – ihr Geist würde es nicht sein!

Harald kannte keine Grenzen mehr, aber Sandy hatte sich an den Gedanken geklammert, dass er sie vielleicht nicht töten würde, bevor er ein Liebesbekenntnis von ihr bekommen hatte.

Hätte er aber erst seinen Willen und sie verärgerte ihn dann, würde er sie in seiner Enttäuschung wohl ohne grosses Federlesen, sofort abschlachten.

Sandy schaute aus dem Fenster.

Dass sie nicht einfach mit dem Kopf voran hinaus sprang, bewies, dass sie noch sehr an dem bisschen Leben hing, das Harald von ihr übrig gelassen hatte.

Plötzlich hielt sie den Atem an.

Eine Woge der Hoffnung erfasste sie.

Würde man sie retten?!

Da unten schlich eine Gruppe von gesunden, nicht zu Menschenfressern mutierten Leuten, lautlos durch die ausgestorbene Fussgängerzone!

Sie hatten eine ganze Menge Waffen bei sich.

Dennoch handelte es sich bei ihnen offensichtlich nicht um irgendein Sondereinsatzkommando, sondern um ganz normale Zivilisten.

Sandy konnte nicht verstehen, weshalb die Regierung nichts unternahm – eine gross angelegte Evakuierung der Überlebenden, oder so etwas.

Medien, Politiker – die müssten doch in heller Aufregung sein...

Egal.

Da unten waren Menschen!

Menschen die sie aus Haralds Spinnennetz befreien könnten.

Die Spinne schlief noch.

Sandy musste es wagen.

„Hilfe!", schrie sie, mit beiden Armen winkend. „Hier oben!"

Die Gruppe blieb stehen.

Acht Augenpaare sahen zu ihr hoch.

„Sollen wir dich da oben 'raus holen?", rief einer aus der Gruppe – ein gutaussehender, schlanker Mann, schätzungsweise irgendwo in den Dreissigern.

Seine Stimme klang besorgt.

Sandy wurde sich bewusst, dass sie komplett textilfrei am Fenster stand und wahrscheinlich genauso aussah, wie eine Frau auszusehen hatte, die stundenlang von einem sadistischen Irren gequält und vergewaltigt worden war.

Sowohl ihre Nacktheit als auch ihr desolater Zustand waren momentan allerdings nebensächlich.

Gerade wollte sie *Ja! Holt mich 'raus, befreit mich! Egal wo ihr hingeht, nehmt mich mit! rufen,* als sie die stumpfe Seite von Haralds Jagdmesser zwischen ihren Beinen spürte.

„Sag` jetzt bloss nichts Falsches!", raunte Harald ihr direkt in's Ohr, während er sich von hinten an sie schmiegte.

„Sag` dass bei uns alles in Ordnung ist!"

„Bei uns... ist... alles in Ordnung...", stammelte Sandy.

Die stumpfe Seite der Klinge wanderte hoch zu ihrem Anus und verweilte dort mit leichtem Druck.

„Sag` dass wir allein klar kommen!", flüsterte Harald.

Sein Speichel benetzte Sandys Ohr. „Sonst schlitz` ich dich auf, vom Arschloch bis zur Speiseröhre!"

Sandy gehorchte.

Sie hatte keine Wahl.

Die Spinne hatte sie zurück in ihr Netz gezogen.

Dem Mann der ihr angeboten hatte sie ´rauszuholen, schien die Situation jedoch verdächtig vorzukommen.

„Ich glaube es ist trotzdem besser, wenn wir mal hochkommen und nach dem Rechten sehen...", meinte er sachlich, wobei er Harald misstrauisch musterte.

„Nicht nötig!", rief Harald daraufhin. „Wir haben`s uns anders überlegt. Wir kommen ´runter!"

Er sah Sandy mit seinem speziellen Blick an – einem Blick den sie zu fürchten gelernt hatte.

Kindische Wut, Hinterhältigkeit und dumpfer Wahnsinn, spiegelte sich darin.

Dieser Blick passte eigentlich nicht zu seinem runden Dorftrottelgesicht mit den rot glänzenden Pausbacken.

„Zieh dir was an!", befahl er ihr. „Und denk` immer daran: Du bist meine Freundin, also verhalte dich auch so! Tust du etwas das mir missfällt, töte ich dich – egal wie viele Leute dabei sind!"

„Herzlich Willkommen!", begrüsste sie, unten angekommen, ein bulliger Typ mit Bierbauch und schweissglänzender Glatze voller Sarkasmus und steckte sich eine Zigarette an.

Er stellte sich als Kriminalhauptkommissar Conrad Kronberg vor und schien der Anführer der Gruppe zu sein.

„Noch mehr Fresschen für die Untoten!", spottete er. „Los, hauen wir ab! Wir haben ´ne Menge Lärm veranstaltet und ich schätze, hier wird es gleich von Infizierten nur so wimmeln..."

Sandy wurde schnell klar, dass sich ihre Situation nicht grundlegend verbessert hatte.

Harald konnte sie jetzt zwar nicht mehr so ohne weiteres nach Lust und Laune vergewaltigen.

Trotzdem gehörte ihr Leben ihm, hing an einem seidenen Faden, den er nach wie vor jederzeit durch schneiden konnte, wenn es ihm gefiel.

Die Gefahr, ein Opfer der Menschenfresser werden zu können, nahm in ihrem Bewusstsein so gut wie keinen Raum ein.

Dreiundzwanzig Uhr, neun Minuten.

Sie lagen mittlerweile weit hinter ihrem grob gesteckten Zeitplan.

Emil Sartorius war tot.

Die Infizierten hatten ihn komplett aufgefressen.

Er war kurzzeitig, von den anderen unbemerkt, ein Stück hinter der Gruppe zurückgeblieben und Opfer einer Blitz – Attacke geworden.

Die Infizierten waren aus einer Seitenstrasse hervorgequollen – es war eine ganze Herde gewesen.

Einige von ihnen hatten sie ausgeschaltet, doch irgendwann hatten sie nur noch flüchten können.

Für Herrn Sartorius wäre da ohnehin schon jede Hilfe zu spät gekommen…

Paul machte sich deswegen Vorwürfe.

Er hätte besser auf den alten Mann achten sollen.

Andererseits war der Tod das gewesen, nach dem sich Sartorius gesehnt hatte.

„Ich kann es kaum erwarten, meine liebe Therese wiederzusehen…", hatte er Paul lächelnd, nur wenige Minuten vor dem Angriff, anvertraut.

Kurze Zeit später hatte Harald sich verletzt.

Wegen einer von Conrad vorgeschlagenen Abkürzung, waren sie auf eine knapp zwei Meter hohe, efeuumrankte Backsteinmauer geklettert und auf der anderen Seite, im Inneren einer Parkanlage, herunter gesprungen.

Harald war bei der Landung ungünstig aufgekommen und mit dem rechten Fuss umgeknickt.

Er hatte sich auf dem Boden herum gewälzt und geschrieen wie am Spiess.

„Halt ´s Maul!", hatte Conrad ihn angefahren. „Gerade haben wir die verdammten Mutanten abgehängt, und du Idiot, lockst mit deinem beschissenen Geschrei gleich die nächsten an!"

Augenblicklich war Harald verstummt, aber er hatte Conrad auf eine Weise angesehen, die dem Ex – Kommissar nicht gefallen hatte…

Haralds Fussknöchel war in Sekundenschnelle dramatisch angeschwollen.

Paul hatte eine kurze Pause verordnet.

Conrad und Paul entfernten sich ein Stück von den anderen.

Sie lehnten sich nebeneinander an den gewaltigen Stamm einer uralten Platane.

Es war nicht mehr weit bis zum Klinikum Mitte.

„Hast du gesehen wie Sandy absteht?", fragte Conrad mit gedämpfter Stimme.

„Glaubst du Harald hat mit ihrem Zustand etwas zu tun?" Paul bot Conrad einen Schluck aus seiner Mineralwasserflasche an.

Conrad trank von der schal – warmen Plörre und gab die Flasche zurück.

„Da kannst du deinen Arsch drauf verwetten!", meinte er. „Wir sollten Harald hier zurück lassen. Erstens hält er uns mit seinem Fuss nur auf und zweitens ist er ein ganz übler Typ – ein Gestörter! Verrückter als eine Scheisshausratte! Ich kenn` mich aus mit solchen Vögeln – das kannst du mir glauben..."

Paul runzelte die Stirn.

Ihm war nicht wohl dabei, irgendjemanden absichtlich von der Gruppe auszuschliessen, auch wenn es sich um einen wie Harald handelte, der auch ihm auf Anhieb äusserst suspekt gewesen war. „Lass uns vorher mit ihm und Sandy reden. Wir sollten uns nicht von Vorurteilen lenken lassen. Und wenn wir Harald in einen Rollstuhl stecken, kommen wir auch wieder besser voran!"

„Wo hast du denn bitteschön vor, auf die Schnelle einen Rollstuhl herzukriegen, Doktor Paul?"

„Das sollte doch wohl kein Problem sein, in einer Stadt in der nur noch Tote ´rumlaufen, die keinerlei materielle Besitzansprüche stellen..."

„Quatsch nicht so geschwollen! Na los, verhören wir die Perle und ihren Psycho – Lover!"

„Also, Harald... was ist los?", begann Conrad sein sogenanntes Verhör.

„Was hast du mit der Kleinen hier..." Er deutete mit einem Kopfnicken auf Sandy, die neben Harald auf dem Boden kauerte. „Angestellt?"

Harald holte tief und theatralisch Luft, als würde er eine dramatische Rede halten wollen.

Conrad bremste ihn jedoch schon vorher aus. „Ich will keinen Scheiss` hören! Erzähl` mir einfach was du in den letzten, sagen wir, vierundzwanzig Stunden so getrieben hast. Das reicht mir schon – natürlich vorausgesetzt dass du immer brav bei der Wahrheit bleibst. Danach hören wir uns Sandys Version an und dann sehen wir weiter..."

70

„Sandy ist meine Freundin…", sagte Harald, während er seinen verstauchten Knöchel rieb.

„Sie war auf dem Weg zu mir, kurz bevor das Gewitter losging. Ein paar Jugendliche haben sie überfallen – direkt vor dem Haus, in dem ich wohne. Sie haben ihr die Handtasche weggerissen und sie brutal misshandelt! Ich hab` zufällig aus dem Fenster geschaut. Natürlich bin ich sofort ´runter gerannt um ihr zu helfen, doch die Täter sind abgehauen… Ich wollte einen Krankenwagen rufen und die Polizei, aber sie wissen ja selbst, dass man auf einmal nicht mehr telefonieren konnte…"

„Oh ja, das weiss ich…" Conrad sah Harald provokant grinsend an. „Und das ist auch der einzige Punkt der wahr ist, in deiner Story! Ich bin gespannt, wie deine *Freundin,* den Sachverhalt schildert!"

Als Sandy Haralds Erörterungen bestätigte und sogar behauptete, dass er aufgrund ihrer Verletzungen sehr besorgt gewesen sei, liess Conrad sich nicht anmerken, dass dies so überraschend wie enttäuschend für ihn war.

Er zündete sich eine Zigarette an.

„Ich krieg` schon ´raus, was du für ein Spiel spielst…", sagte er zu Harald. „Hab` schon wesentlich härtere Nüsse geknackt!"

Die Pause im Park kam Jacob sehr gelegen.

Er sass mit Diana auf der Beckenkante eines länglichen flachen Zierbrunnens und drehte einen Joint.

Eigentlich lag der Fokus seines Interesses auf Jiao Li.

Leider verhielt die sich ihm gegenüber aber immer noch so unterkühlt wie ein Eiszapfen.

Sie hatte nichts von ihrer Unerreichbarkeit eingebüsst…

Bei Diana hingegen hatte er schliesslich, trotz seiner unbeabsichtigten und megapeinlichen Unten – Ohne – Show im Shaolin – Kulturzentrum, relativ leicht landen können.

Er war ständig in ihrer Nähe gewesen und hatte versucht sie mit kleinen Blödeleien und Flirtversuchen zu erheitern, oder anderweitig irgendwie aus der Reserve zu locken.

Anfangs hatte sie darauf gar keine Reaktion gezeigt.

Dann hatte sie sich genervt gegeben, bis sie sich hin und wieder, ein Lächeln nicht mehr hatte verkneifen können.

Von da an war für Jacob klar gewesen, dass sie seinem Charme über kurz oder lang erliegen würde.

Als sie von einer Herde der Infizierten angegriffen worden waren, hatte er Diana, die sich vor Entsetzen nicht selbst verteidigen konnte, sogar das Leben gerettet.

Tragischerweise war bei diesem Gefecht der freundliche Herr Sartorius um ´s Leben gekommen.

Jacob hatte den alten Mann sehr gemocht.

Obwohl seine Frau tot und seine Stadt im Chaos versunken war, hatte er sich vorbildlich ruhig, besonnen, sogar herzlich, dem Rest der Gruppe gegenüber verhalten.

Jacob wollte sein wie Emil Sartorius, wenn er denn jemals solch ein biblisches Alter erreichen würde…

Er zündete den Joint an.

Auf diesen Moment hatte er seit einer Ewigkeit gewartet.

Er wusste zwar dass Chen sein Verhalten missbilligen würde, aber Chen befand sich, zusammen mit Jiao und den anderen, in ausreichendem Sicherheitsabstand.

Nachdem er tief inhaliert hatte, bot er Diana den Joint an.

„Du bist echt ein Freak!", meinte sie. „Die Welt geht unter und du bist am Kiffen!"

Sie nahm die qualmende Tüte entgegen.

Die Art wie sie an ihr zog, verriet deutlich, dass sie nicht zum ersten Mal Dope rauchte.

Jacob wurde sehr breit – ganz sicher viel zu breit für die Gesamtsituation.

Dennoch war es eine Wohltat, seine strapazierte Seele ein wenig in Urlaub zu schicken.

„Du hast knallrote Augen!", sagte Diana.

Sie fing an zu lachen bis ihr die Tränen über das Gesicht liefen und sie sich kaum wieder einkriegte.

´Es läuft gut…`, dachte Jacob. ´Einen Lachflash bekommt man nur, wenn man sich in Gegenwart desjenigen mit dem man kifft, wohl fühlt. Das ist Gesetz! Und Diana ist  so unfassbar sexy, dass nur ein Eunuch in ihrer Gegenwart nicht an `s Ficken denken würde…`

Er legte einen Arm um sie.

Seine Hand wanderte unter ihr T - Shirt.

Ihre Haut war heiss, samtweich und fühlte sich fantastisch an.

Seine Fingerspitzen ertasteten ihr Bauchnabelpiercing.

Ihr Lachen wurde zu einem Kichern, dann zu einem Glucksen, dann küssten sie sich.

Dianas Lippen schmeckten nach Grass, und ihre Zunge nach warmen Himbeeren.

Ihre Brüste, die sich im Rhythmus ihres immer schneller gehenden Atems, hoben und senkten, drängten sich Jacobs Berührungen entgegen.

Langsam schob er seine andere Hand unter ihren Minirock und unter das kleine Stoffdreieck ihres Slips.

Ihr Mund löste sich von seinem, war jetzt an seinem Ohr.

Feuchtwarmes Keuchen und ein leise gehauchtes Stöhnen, drangen durch seinen Gehörgang direkt in sein von Glückshormonen überschwemmtes Gehirn.

Plötzlich sprang sie auf, kreischte wie von Sinnen.

In dem brackigen Brunnenwasser war jemand!

Es war ein Torso – ein Torso mit Kopf, dessen kalte Stirn Dianas Arm berührt hatte, als er kurz davor gewesen war, sie dort hinein zu beissen.

Er musste im Brunnen gelegen haben und aufgetaucht sein, während Jacobs und Dianas Aufmerksamkeit sich auf andere Dinge konzentriert hatte.

Der Torso – Typ versuchte auf den Stümpfen seiner Oberschenkel vorwärts zu kommen.

Selbst in derart verstümmeltem Zustand war der Trieb, Unheil und Leid zu verbreiten, ungebrochen.

Hungrig auf siebenunddreissig Grad warmes, rohes Fleisch, röchelte er gierig.

Aus seinem Schlund ergoss sich ein Schwall cremefarbener Maden.

Es war erstaunlich wie schnell manche der Infizierten verwesten – andere von ihnen schienen eher zu vertrocknen, um dann etwas geisteskrank – mumienhaftiges an sich zu haben.

Ein Schuss donnerte.

Das Geschoss aus Conrad Kronbergs Pumpgun, traf den Torso – Typen mitten im Gesicht.

Gehirnmasse, Maden und Knochensplitter, regneten in das Wasser des Brunnens.

„Was zum Teufel habt ihr euch dabei gedacht, euch von der Gruppe zu entfernen?", polterte Conrad.

73

Mit strammen Schritten, eine Zornesfalte zwischen den Augen und einer Zigarette im Mundwinkel, kam er auf Jacob und Diana zu.

Der Rest der Gruppe folgte ihm.

Sandy und Chen stützten den bewegungseingeschränkten Harald.

Jacob und Diana standen da wie bestellt und nicht abgeholt – unfähig, auch nur ein Wort zu sagen, und zitternd wie Espenlaub.

Conrad merkte sofort, dass sie beide dicht bis in die Haarspitzen waren.

Er wollte gerade dazu ansetzen sie verbal zur Sau zu machen, doch Chen legte ihm eine Hand auf die Schulter und schüttelte den Kopf.

„Wir sollten jetzt leise sein…", meinte er. „Und solange wir in diesem Park sind, ist es besser, wenn die Schusswaffen schweigen."

Conrad stierte ihn ungläubig an.

Seine stark ausgeprägten Tränensäcke zuckten vor mühsam unterdrückter Wut.

Chen fuhr unbeirrt fort: „Du weisst es selbst – je mehr Lärm wir machen, desto mehr Infizierte werden auftauchen. Sie werden uns einkesseln!"

„Wie seinerzeit in Stalingrad…", grummelte Conrad sarkastisch, aber natürlich wusste er, dass Chen Recht hatte.

Auch wenn dessen extrem besonnenes, diszipliniertes Gehabe ihn maximal aggressiv machte, dachte er, dass es Typen wie dieses verdammte Schlitzauge, mehr bei der Polizei geben müsste…

„Sie kommen…", sagte Paul.

Er schob ein volles Magazin in seine Maschinenpistole.

„Keine Schüsse!", mahnte Chen.

Lautlos und leichtfüssig, sein leicht gebogenes Shaolin – Schwert beidhändig umgreifend, ging er den Infizierten entgegen.

Jiao, auch sie mit gezogenem Schwert, folgte ihm.

Bisher waren die Angriffe schnell, invasionsartig und unter grässlichem Geschrei, erfolgt.

Diesmal bot sich ein anderes Bild.

Die lebenden Toten kamen langsam und vereinzelt hinter Rosen – und

Rhododendronsträuchern hervor, staksten steif und leise knurrend, aus dem Schatten von

Platanen.

Motten flatterten kraftlos um sie herum.

Sie wirkten wie Schlafwandler, die aus der Hölle emporgestiegen waren.

Einige von ihnen waren staubbedeckt.

Trockener Mörtel, Holzsplitter, Putz und Silikon, hafteten an ihrer Kleidung und ihren Haaren,

als wäre ein Haus über ihnen eingestürzt.

Die ersten von Chen und Jiao abgesäbelten Köpfe, plumpsten dumpf auf den Rasen.

Jacob bezwang seine Lähmung.

Er zückte sein Schwert, um die Gefährten zu unterstützen.

Obwohl er total breit war, glaubte er voll bei der Sache zu sein.

Er war der Ansicht dass sein Geist und sein Körper, eine unbesiegbare Einheit darstellten.

Jeder Schritt war durchdacht, jede Bewegung floss so aus ihm heraus, wie Chen es ihm in

seinem Kampfkunst – Blitzexkurs beigebracht hatte.

Er war eine Maschine – darauf programmiert, Köpfe von Infizierten abzuschlagen oder zu

spalten, ohne dabei selbst infiziert zu werden.

Tief in seinem Herzen glühte nach wie vor die Hoffnung – zusammengefasst in dem

bescheidenen Wunsch, möglichst bald einfach wieder so weiterleben zu können wie vor der

Seuche.

Solange es Skateboards, Grass und selbstverständlich hübsche Mädels gab, konnte ihm die

restliche Welt zwar gestohlen bleiben, aber es wäre schon schön, wenn sie weiterhin noch

ein bisschen existieren würde…

Sich zu einem echten Shaolin – Kämpfer ausbilden zu lassen, war auch ein Wunsch von

dessen Erfüllung er träumte.

Ob der sich uneingeschränkt mit seinen anderen Leidenschaften unter einen Hut kriegen

lassen würde, war allerdings eine Frage, die es noch zu klären galt…

Durch seine ausschweifenden Gedanken litt Jacobs Konzentration.

Plötzlich grabschten graue, staubige, tote Altherrenhände nach ihm.

Sie krallten sich an seinem T – Shirt fest.

Ein graues, staubiges Altherrengesicht direkt neben ihm, riss einen blutleeren Mund auf.

In diesem Mund befanden sich nur fünf oder sechs schiefe gelbe Altherrenzähne, doch die waren allemal kräftig genug, um die Haut von Jacobs Hals zu zerfetzen und ihn zu infizieren.

Jacob schrie, besser gesagt, er versuchte zu schreien.

Nur ein kümmerliches Fiepen entrang sich seiner Cannabis – trockenen Kehle.

Er hatte sein Ende vor Augen.

Gleich würde ihn der alte Herr im grauen Anzug beissen, sein Lebenslicht löschen und ihn zu seinesgleichen machen.

Die anderen aus der Gruppe hätten vermutlich wenig Sinn für seine neue Persönlichkeit, daher würde Chen oder Jiao ihm wenig später, zweifellos den Kopf abhacken.

Möglicherweise vergoss Diana dann ein oder zwei Tränchen, aber er wäre trotzdem schnell vergessen – spätestens wenn Cop Kronberg mit dem Fuss eine Kippe auf seinem Schädel ausgedrückt und „Kein grosser Verlust – weiter geht´s !", gegrummelt hatte.

Jiao war geistesgegenwärtig und blitzschnell.

Sie rettete Jacob das Leben.

Präzise und mit für eine solch zierliche Person erstaunlicher Kraft, trieb sie ihr Schwert mittig in den Schädel des staubigen alten Herren, so dass er, gespalten bis zum Brustkorb, augenblicklich zu Boden ging.

Jacob wurde über und über mit zäh – schmierigem, nach Fäulnis stinkendem Blut, besudelt.

Er wusste nicht ob er kotzen, einen Herzinfarkt bekommen oder in Ohnmacht fallen sollte.

Letztendlich entschied er sich dafür, Jiao einfach nur mit grossen Augen anzuschauen.

„Danke…", flüsterte er. „Danke für deine Hilfe!"

„Keine Ursache…", erwiderte sie nüchtern.

Schuldbewusstsein und Scham stahlen sich in Jacobs nun schlagartig wieder klar gewordenes Bewusstsein.

Durch das Kiffen und dem Herumgemache mit Diana, hatte er ein Fehlverhalten gezeigt, das in Jiaos Weltbild höchstwahrscheinlich von allergröbster Verantwortungslosigkeit zeugte und nur mit absoluter Verständnislosigkeit quittiert werden konnte.

Die Infizierten waren erledigt.

Im Park herrschte jetzt Totenstille.

„Verdammt gute Arbeit!", sagte Conrad schliesslich zu Chen und Jiao.

Das Kompliment ging ihm bestimmt sehr schwer ab.

Trotzdem klopfte er Chen sogar noch anerkennend auf die Schulter.

Auf einmal fingen Glocken zu läuten an.

Ihr Klang war weder weihevoll noch feierlich, sondern unregelmässig, missklingend und

grotesk – disharmonisch.

„Sie sind auch in der Kirche…", bemerkte Ole Edwardsson mit finsterer Miene.

„Ich hatte ohnehin gerade nicht vor, beichten zu gehen…", brummte Conrad. „Los, weiter

jetzt! Wir müssen jede verdammte Sekunde in der wir noch am Leben sind, nutzen!"

-16-

Sie hatten einen umgekippten aber funktionstüchtigen Rollstuhl, der mitten auf der Strasse

gelegen hatte, gefunden und Harald hinein gesetzt.

Sandy schob den Rollstuhl.

Ole Edwardsson bemerkte nach kurzer Zeit, dass Sandy drauf und dran war, abzuklappen.

Sie war überfordert damit, den übergewichtigen Harald vor sich her zu schieben – noch dazu

in ihrem Zustand.

Angeblich war sie unmittelbar vor Ausbruch der Seuche zusammengeschlagen und

ausgeraubt worden, aber Ole glaubte das nicht.

Niemand glaubte das.

Sandy war auch ganz sicher nicht Haralds Freundin.

Ole war Fernfahrer.

Zwangsläufig hatte er sich über all die Jahre in denen er diesen Job schon machte, eine

recht gute Menschenkenntnis angeeignet.

Schöne Mädchen die es für Geld mit einem trieben, erkannte er auf Anhieb – ebenso wie

ihre häufig unattraktive Kundschaft.

Sandy war ausgesprochen schön, während Harald nichts weiter darstellte, als einen blassen,

psychisch krank wirkenden Fettsack.

Er hatte ihr vermutlich einen Haufen Kohle für ihre Dienste angeboten.

Irgendwann hatte er dann sein wahres Gesicht gezeigt und sie misshandelt, missbraucht und gedemütigt.

„Ich übernehm` jetzt mal…", sagte Ole, schob Sandy sanft beiseite und umfasste die Handgriffe des Rollstuhls. „Auch wenn ich normalerweise keine perversen Frauenschläger spazieren fahre!"

„Darling…", wandte Harald sich im Tonfall eines überheblichen Snobs an Sandy. „Bin ich ein perverser Frauenschläger?"

„Nein, Harald…", sagte Sandy.

Ihre Stimme klang matt und resigniert.

Ole dachte sich seinen Teil.

Selbst für ihn, Eins achtundneunzig Meter gross und Hundertzwanzig Kilo schwer, war es auf Dauer ziemlich anstrengend, den dicken Harald in einem unhandlichen Rollstuhl mit fast platten Reifen, durch die Gegend zu schieben.

Die klimatischen Bedingungen erleichterten die Sache auch nicht unbedingt.

Vor der Hitze gab es kein Entkommen.

Ausserdem schien es als müsste man die dicke Luft zur Seite drücken, um halbwegs zügig voran zu kommen.

Ole hatte wieder diese Stiche im Schulterbereich.

Sein linker Arm kribbelte, als wäre er eine Hauptverkehrsstrasse für Ameisen.

Das Atmen war mühsam.

Ein stählerner Ring schien sich um seinen Brustkorb gespannt zu haben.

Die Ärzte nannten das *Angina pectoris* – ein Warnsignal, das einen Herzinfarkt ankündigen konnte.

Ole nannte es *verdammte Affenpisse*, aber er wusste, dass er genau in das medizinische Schema derjenigen passte, deren Pumpe vorzeitig schlapp machte.

Er war achtundvierzig, hatte bis vor kurzem locker an die fünfzig Zigaretten am Tag geraucht, ernährte sich hauptsächlich von cholesterindurchtränkter Raststätten – Kost, schlief oft genug maximal drei, vier Stunden pro Nacht und hatte ständig Stress damit, den Kram, den er auf seinem LKW durch ganz Europa transportierte, pünktlich beim Kunden abzuliefern.

Für Ole war das *kandierte Scheisse auf Toast*.

Die Ärzte sagten *Risikofaktoren* dazu.

Doktor Paul war Arzt.

Vielleicht sollte Ole ihm von seinen Beschwerden berichten.

Andererseits – was sollte das bringen?

Selbst für den besten Arzt der Welt dürfte es ziemlich schwierig sein, auf offener Strasse, belauert von geschätzten abertausenden Menschenfressern, einen Bypass zu legen – noch dazu ganz ohne das dazugehörige Material.

Sie hielten kurz an, damit Jacob sich in ein kleines, gut einsehbares Geschäft, dessen Tür offen stand, schleichen konnte, um sich ein neues T – Shirt zu besorgen.

Das von stinkendem Mutantenblut versiffte, hatte er noch im Park entsorgt.

Ole nutzte die Unterbrechung des Marsches, um einen halben Liter stilles Mineralwasser zu trinken.

Er wischte sich mit dem Handrücken den Schweiss aus den Augen und versuchte angestrengt seinen Organismus mit einem einigermassen ausreichenden Sauerstoffgehalt zu versorgen.

Als Jacob wieder aus dem Geschäft heraus kam, trug er ein schwarzes T – Shirt auf dem ein grosses weisses A in einem Kreis, abgebildet war.

Ole musste schmunzeln.

Er mochte Jacob und beneidete ihn, ein bisschen wehmütig, um die Unbedarftheit seiner Jugend.

Conrad war nicht amüsiert.

Beim Anblick von Jacobs Shirt, schüttelte er verständnislos den Kopf und grollte abfällig:

„Reicht dir die Anarchie, die wir hier haben, etwa noch nicht?!"

Wenige Minuten später gab es einen Angriff.

Ole bemerkte den Infizierten, der ihnen hinter einer Hausecke aufgelauert hatte, gerade noch rechtzeitig und zertrümmerte ihm ohne grosses Aufhebens mit seinem Baseballschläger den Schädel.

Er bekam langsam Muskelkater von dieser Tätigkeit, die er mittlerweile so oft ausgeführt hatte, dass er bereits eine gewisse kaltblütige Routine entwickelt hatte.

Vor dem Ausbruch der Seuche wäre es undenkbar für ihn gewesen, ein Lebenslicht derartig brutal auszuknipsen.

Im Grunde genommen tat er es jetzt eigentlich auch nicht – schliesslich waren die Kreaturen die er ausschaltete, bereits tot...

Den Baseballschläger hatte Ole sich vor drei Jahren zugelegt und unter dem Fahrersitz seines LKWs deponiert, nachdem er damals auf einem Autobahnrastplatz, ohne jeden Grund, von ein paar durchgeknallten Speedfreaks, verprügelt worden war und sämtliche Zähne verloren hatte.

Seitdem trug er eine Zahnprothese.

Den Schläger hatte er danach nur einmal unter dem Sitz hervor geholt, als eine Bande besoffener Halbstarker, ebenfalls auf einem Rastplatz, Streit mit ihm hatte anfangen wollen.

Sie waren pöbelnd und gegen die Türen tretend, um den LKW herum gestrichen.

Einer hatte an den rechten Vorderreifen der Zugmaschine gepisst.

Ole war daraufhin ganz langsam ausgestiegen.

Seine hölzerne Waffe im Anschlag, hatte er ruhig, jedes Wort einzeln betonend, gesagt:

„Okay... welcher von euch Wichsern will zuerst sterben?"

Die Halbstarken hatten sich eingeschüchtert verzogen – tief beeindruckt von der puren Präsenz des nordischen Trucker – Hünen.

'Verglichen mit dem was ich jetzt erlebe, kommt mir das Fernfahrerdasein so entspannt vor wie die Mittagspause in einer Krabbelgruppe...`, dachte Ole.

Er stand in Erwartung weiterer Angreifer immer noch in Verteidigungsposition vor Harald und Sandy. Plötzlich stiess Harald einen spitzen Schrei aus und sprang aus seinem Rollstuhl.

Ole drehte sich um.

Den kräftigen Stoss gegen seinen Brustkorb, den Harald ihm verpasste, konnte er nicht mehr abwehren.

Er strauchelte und landete auf dem Boden.

Im nächsten Moment füllte das entstellte Gesicht eines Infizierten sein Blickfeld aus.

Er wurde gebissen!

Die Schmerzen waren unbeschreiblich.

80

Der Infizierte hatte ihm den linken Augapfel mit den Zähnen herausgerissen und sofort hinunter geschluckt.

Die Schreckensschreie der anderen wurden vom Dröhnen eines Schusses übertönt.

Schwarze Gehirnklumpen klatschten auf den Asphalt.

Conrad hatte den Untoten erledigt.

Einhändig schüttete er die riesige Patronenhülse aus seiner Pumpgun, lud nach und legte auf Harald an.

„Fahr zur Hölle, du gottverdammter Saukerl!", knurrte er, und er hätte abgedrückt, wäre Paul nicht in die Schusslinie geraten.

Paul wollte sich um den Verletzten kümmern und er wollte nicht, dass Conrad Harald erschoss.

Selbstverständlich war es ein unbeschreiblich feiges und bösartiges Verhalten von Harald gewesen, Ole zu schubsen um sein eigenes Leben zu retten, aber ihn deswegen hinzurichten, wäre nicht viel besser gewesen.

„Stopp!", rief er Conrad zu. „Ole braucht jetzt unsere Hilfe!"

Conrads Augen funkelten wütend, doch er senkte seine Waffe und kniete sich neben Paul, der schon begonnen hatte, die Wunde zu inspizieren.

Ole wirkte ziemlich gefasst, obwohl er katastrophale Schmerzen haben musste.

Das zerfranste Loch, dort wo sein linkes Auge gewesen war, blutete stark.

„Wir müssen die Blutung stillen!", sagte Paul.

Er öffnete seinen Rucksack.

In einer verlassenen Apotheke an der sie vorbeigekommen waren, hatte er einen kleinen Vorrat von medizinischen Verbrauchsartikeln zusammengestellt und eingepackt.

„Ich wär ` vorsichtig, Doktor Paul!", meinte Conrad. „Du weisst was gleich passieren wird..."

Paul tränkte ungerührt ein paar Kompressen mit einem Schleimhautantiseptikum.

„Als erstes werde ich die Wunde reinigen...", sagte er ruhig, doch Ole schüttelte den Kopf.

„Conrad hat Recht. Ich wurde infiziert. Tötet mich bitte, bevor ich mutiere!"

„Noch ist es nicht so weit..." Paul begann Oles linke Gesichtshälfte zu desinfizieren.

Danach legte er ihm mit schnellen, sicheren Handgriffen, einen Druckverband an.

Alle bis auf Harald und Sandy, hatten sich um Ole, Paul und Conrad versammelt.

„Etwas ist anders…", meinte Jacob. „Er hätte sich doch normalerweise längst verwandeln müssen."

„Vielleicht ist der Virus nicht mehr ansteckend…", mutmasste Paul.

Er sah Ole prüfend an.

„Wie fühlst du dich?", fragte er ihn.

„Ich weiss nicht…", murmelte Ole. „Mir ist irgendwie schlecht…"

Wie zum Beweis, übergab er sich schlaff und geräuschlos auf sein ärmelloses T – Shirt.

Er war jetzt sehr blass, atmete schwer und hatte Mühe zu sprechen.

„Ich spüre es…", flüsterte er. „Da passiert was mit mir!"

„Der Virus ist nach wie vor aktiv…", sagte Conrad düster. „Er hat sich nur verändert."

Oles Haut wurde zusehends wächsener.

Klebrige Abszesse breiteten sich auf ihr aus.

Er drückte Pauls Hand.

„Danke für die Versorgung, Mann!", sagte er schwach lächelnd, und an Conrad gewandt: „Feuer frei!"

-17-

Die Stahltür zum Treppenhaus fiel zu.

Dann fielen Schüsse – ein unglaubliches Donnergetöse.

Sara schreckte aus einem fiebrigen Dämmerzustand hoch.

„Oh mein Gott – Überlebende! Wir werden befreit!", flüsterte Sofia.

Sara hatte schon nicht mehr an eine Rettung geglaubt.

Seit fast sechs Stunden hockten sie in dem engen Abstellraum.

Während auf dem Flur die Mutanten herumschlurften, waren sie mittlerweile kurz davor zu verdursten oder zu ersticken.

„Wir müssen um Hilfe schreien!", sagte Sara erschrocken. „Sonst werden wir erschossen…"

Sara und Sofia schrieen mit allem was ihre erschöpften Lungen hergaben.

Das Geballere aus scheinbar unzähligen grosskalibrigen Schusswaffen, verstummte auf der Stelle.

„Da sind irgendwo Menschen!", hörten sie eine Stimme sagen. „Nicht – Infizierte!"

Sara klopfte gegen die Tür. „Wir sind in der Besenkammer! Können wir bitte endlich 'raus kommen?"

Entgegen ihrer Vermutung handelte es sich bei dem lang ersehnten Rettungstrupp nicht um ein Militär – oder Polizeiaufgebot, sondern um eine arg mitgenommen aussehende Gruppe von Zivilisten.

Als Sara bemerkte dass Paul unter ihnen war, traute sie ihren Augen zuerst nicht.

Sie sprang über die Kadaver der am Boden liegenden erschossenen Mutanten und schloss ihn stürmisch in die Arme.

Es spielte gerade keine Rolle dass und aus welchen Gründen, sie ihn verlassen hatte.

Jetzt zählte nur, dass er lebte und gekommen war, um sie aus der Gewalt der Menschenfresser zu befreien!

„Sind noch mehr Nicht – Infizierte hier unten?", wollte Conrad wissen.

Er atmete schwer, hatte riesige Schweissränder auf seinem Hemd.

„Zwei noch...", sagte Sara.

Da verliessen Doktor von Schmalenkamp und Professor Albrecht auch schon den Behandlungsraum U 07 und kamen zu Ihnen.

Christopher von Schmalenkamp bemühte sich sogar um ein verzagtes Grinsen.

„Willkommen zurück an Bord, Kollege...", sagte er zu Paul.

Paul hatte Christopher nie besonders gut leiden können.

Er hatte ihn immer für einen medizinisch unfähigen, hinterhältigen Schleimer gehalten.

Was aber noch viel schlimmer war: Christopher hatte nie eine Gelegenheit versäumt, Sara anzubaggern und Paul hatte in letzter Zeit, mehr als einmal, die Befürchtung gehegt, sie könnte eventuell ein Verhältnis mit ihm haben.

Trotzdem reagierte er während er Sara noch im Arm hielt, nicht unterkühlt oder abweisend auf Christophers Anwesenheit, sondern lächelte nur sein zerstreutes Lächeln, von dem er wusste, dass Sara es immer sehr gemocht hatte.

Conrad warf Paul einen spöttischen Blick zu und klatschte nachlässig Beifall.

„Na bitte, Romeo, du hast also dein Ziel erreicht – deine Liebste gerettet...", meinte er.

83

Er zündete sich eine Zigarette an. „Jetzt lass uns aber nicht allzu rührselig werden, denn es gibt absolut keinen Grund, sich die Eier zu schaukeln! Wo ist der Erstüberträger?"

Professor Albrecht schaltete sich ein.

„Wovon reden sie?", fuhr er Conrad an. „Wer sind sie überhaupt? Unterlassen sie sofort das Rauchen in meinem Krankenhaus!"

„Ho ho, immer langsam mit den jungen Hunden! Ich bin Kriminalhauptkommissar Conrad Kronberg, der starke Arm des Gesetzes, und hab´ ihnen gerade das Leben gerettet – für ´s erste jedenfalls…"

Conrad nahm einen tiefen Zug von seiner Zigarette.

Dann liess er sie zu Boden fallen, wo sie in einer Lache von dickflüssigem Mutantenblut, widerlich zischend, verglühte.

Er hüllte Professor Albrechts Gesicht in eine dichte graue Qualmwolke, als er exhalierte.

„Und wer zum Teufel sind sie?"

Albrecht bebte vor Wut. „Ich bin Chefarzt der medizinischen Klinik, dessen Untersuchungsräume sich hier unten befinden. Professor Doktor Doktor Albrecht ist mein Name und ich werde sie verklagen, sobald diese unsägliche… Ausnahmesituation beendet ist!"

Sara war es peinlich, dass ihr Chefarzt sich in solch einer Situation, derart idiotisch gebärdete.

Auch wenn es ihr im Grunde egal sein konnte – er blamierte damit die gesamte Abteilung der inneren Medizin, zu der sie immerhin ebenfalls gehörte.

Conrad Kronberg zeigte sich komplett unbeeindruckt.

Sein Verhalten war allerdings genauso respektlos wie das von Albrecht.

„Schieben sie sich ihren *Chefarzt der medizinischen Klinik* in den Arsch, Mann!", sagte er.

„Die Welt wie sie sie kennen, gibt es nicht mehr! Wenn also irgendjemand jetzt und hier das Kommando hat, dann bin ich das! Kapiert?"

Sara bemerkte, dass Sofia sich keinerlei Mühe gab, ihr hämisches Grinsen zu verbergen.

Die Abfuhr die Albrecht soeben bekommen hatte, liess ihre Augen glitzern vor Schadenfreude.

84

Nicht zum ersten Mal seit sie im Untergeschoss des Krankenhauses gefangen waren, kam Sara der Gedanke, dass Sofia, ihre seit fast drei Jahren Beinahe – Freundin, so manchen dunklen Fleck auf ihrer Seele trug...

Paul und Conrad, beide schwerstens bewaffnet, checkten jeden Raum, wie bei einer Razzia.

Die anderen folgten ihnen.

Chen, Jiao und Jacob hatten asiatisch aussehende Schwerter im Anschlag.

Die Klingen waren von schwarzem Blut besudelt.

Sara war mittlerweile davon überzeugt, dass die rasend schnell ausgebrochene Seuche unaussprechliches Unheil angerichtet hatte – und das nicht nur innerhalb des Krankenhauses.

„Wie schlimm ist es draussen?", fragte sie Chen Li.

„Sehr schlimm...", antwortete Chen, wobei er jedoch so freundlich lächelte, als wollte er sie zu einem Wohltätigkeitsbasar im Gemeinschaftssaal der Volkshochschule einladen.

Der Erstüberträger war nicht da.

Sie befanden sich im Isolierzimmer der internistischen Intensivstation – dort wo der ganze Wahnsinn begonnen hatte.

„Vielleicht liegt er irgendwo zwischen den toten Infizierten...", brummte Conrad unzufrieden.

„Nein!", behauptete Sara. „Ich habe ihn gesehen, als er mutierte. Er ist circa Einsfünfundsiebzig gross, leicht übergewichtig, etwa sechzig Jahre alt, hat volles graues Haar und trägt nichts ausser einem gepunkteten Krankenhemd. Ausserdem hat er eine auffällige Tätowierung auf dem linken Unterarm..."

„Was für eine Tätowierung?", wollte Conrad wissen.

„Es sah irgendwie nach einer chemischen Formel aus..." Sara war verunsichert.

Was spielten irgendwelche Tattoos jetzt noch für eine Rolle?!

Der Mann war ein Patient wie tausend andere gewesen, bis auf die Tatsache, dass er eine Krankheit verbreitet hatte, die weitaus gemeingefährlicher war als Pest, Ebola, AIDS und Malaria zusammen.

Conrad klatschte einmal laut und kräftig in die Hände. „Wir müssen ihn finden!

Durchkämmen wir als nächstes das Erdgeschoss!"

„Warum ist dieser Patient so wichtig für sie?", fragte Christopher Conrad, während sie die Treppe hochstiegen.

Conrad blieb kurz stehen.

„Für mich?!", entgegnete er gehässig grinsend. „Nun, ich denke Professor Samuel Weissenbach ist für uns alle wichtig – und damit meine ich nicht nur uns erbärmliche kleine Jammerlappen hier, sondern die ganze Stadt, das ganze Land, womöglich die ganze beschissene Menschheit, denn dieser verfluchte Bastard trägt den Code für das Antiserum gegen den Virus auf seiner Haut!"

Die Eingangshalle präsentierte sich verwaist und lautlos.

Angesichts der Uhrzeit wäre diese Tatsache auch sonst nicht ungewöhnlich gewesen.

Es war Sonntag, halb drei Uhr in der Frühe.

Normalerweise befand sich jetzt nur ein Mensch hier – die Pförtnerin, die hinter einer Glasscheibe sass, diverse Bildschirme vor sich, und über eine Sprechanlage mit sämtlichen Stationen und Funktionsbereichen verbunden.

Sara hatte sich natürlich gedacht, dass jetzt niemand hinter der Glasscheibe mit der altmodischen Sprechklappe sass, und so war es auch.

Verstreute Fleischklumpen und getrocknete Blutspritzer bis an die Decke des Rezeptionsbüros, lieferten ein tragisches Zeugnis darüber ab, was der Pförtnerin widerfahren war.

Mehrere Stühle im Aufenthaltsbereich der Eingangshalle waren umgestürzt.

Auch dort war alles mit Blutflecken übersät.

Eine Leiche ohne Kopf und ausgeweidetem Bauch, lag auf dem hellblauen PVC, verströmte süsslichen Verwesungsgeruch.

Sara nahm all das zur Kenntnis, wie man einen beginnenden Kopfschmerz zur Kenntnis nahm.

Es war erstaunlich, wie schnell man abstumpfte und sich an eine Umwelt anpasste, die geprägt war von Tod, irrationaler Gewalt und Wahnsinn...

Das Klinikum Mitte war ein rechteckiger, zehnstöckiger Betonklotz, der sich in eine A – und eine B – Seite aufgliederte.

Getrennt wurden A – und B – Seite durch den in der Mitte des Gebäudes verlaufenden Fahrstuhlkomplex, der aus vier grossräumigen Aufzügen bestand.

„Teilen wir uns in zwei Gruppen auf!", sagte Conrad. „Wir müssen systematisch vorgehen. Gruppe Eins kümmert sich um die A – Seite, Gruppe Zwei wird die B – Seite untersuchen. Nach jeder durchforsteten Etage, treffen wir uns in der Mitte, bevor wir weitergehen. So ist gewährleistet, dass uns niemand verloren geht... Ich will keine Alleingänge sehen! ist das klar?!"

„Schon klar, Chef...", meinte Sofia. „Aber wer ist Gruppe Eins und wer Gruppe Zwei?"

„Dazu hätte ich mich als nächstes geäussert, keine Sorge..." Conrads Tonfall war herablassend.

Dennoch sah er Sofia, oder viel mehr ihren offenherzigen Ausschnitt, wohlwollend an.

´Ihre Titten öffnen ihr Tür und Tor...`, dachte Sara mit einer Art von Missgunst, die ihr früher nie an ihr selbst aufgefallen war

Sie konnte sich nicht wehren gegen die misstrauische Abwehrhaltung, die sie Sofia gegenüber eingenommen hatte.

Möglicherweise spielten ihr ihre überreizten Nerven einfach einen Streich – was nicht besonders verwunderlich gewesen wäre, angesichts der ganzen Monstrositäten, denen sie schon so lange ausgeliefert war.

Sara gehörte zu Gruppe Zwei – zusammen mit Christopher von Schmalenkamp, Chen und Jiao Li, Jacob, sowie Harald und Sandy.

Gruppe Eins bestand dementsprechend aus Paul, Conrad Kronberg, Diana Kaminski, Sofia und Professor Albrecht.

Ganz bestimmt hatte Conrad sich bei der Einteilung der Gruppen irgendetwas gedacht – schliesslich war er Polizist, wie er immer wieder betonte.

Der Sinn ebendieser Einteilung blieb Sara allerdings verborgen.

Sie wäre lieber bei Paul geblieben.

Sie hatte das Gefühl, ihn vor tausend Jahren zum letzten Mal gesehen zu haben.

Gut möglich dass die Infektion gerade den ganzen Planeten verseuchte und dass ihnen allen der Tod, in welcher Form auch immer, bevorstand.

Die ihre bis dahin verbleibende Zeit, wollte Sara unbedingt mit dem Menschen verbringen, der ihr am meisten bedeutete – und das war, wie sie es auch drehte und wendete, immer noch Paul.

Sie fragte sich, ob er wohl genauso dachte.

Wut auf Conrad Kronberg keimte in ihr auf.

Dieser Kerl, der im Übrigen eine Alkoholfahne hatte, gegen die das Pfefferminzbonbon, das er lutschte, nicht anstinken konnte, beeinflusste Paul negativ.

Hatte Paul das primitive Leitwolfgehabe Kronbergs, etwa akzeptiert?

Abgestumpft durch all das was er seit Ausbruch der Seuche, durchgestanden hatte?

Gruppe Zwei schlich durch den Flur der Röntgen – , MRT – und CT – Abteilung.

Jiao und Chen gingen voran.

Sara hatte die beiden sofort als sehr angenehme Zeitgenossen empfunden, und auch Jacob machte einen sympathischen Eindruck.

Harald und Sandy hingegen, waren irgendwie seltsam.

Sie wirkten nicht wie ein Liebespaar.

Es schien eher als hätte die hübsche Sandy, mühsam unterdrückte, panische Angst vor Harald, den sie in einem Rollstuhl vor sich her schob.

Harald war die Unattraktivität in Person.

Er sah aus wie ein aus der Form geratenes Riesenbaby, aber er wirkte nicht harmlos dabei.

Eine unberechenbare Fiesheit lag in seinem Blick.

„Irgendwas stimmt mit diesem Typen nicht!", raunte sie Christopher in ´s Ohr.

„Ich glaub` auch...", tuschelte er zurück. „Hoffentlich macht der uns keine Schwierigkeiten..."

-18-

Sonntag, Zwei Uhr Achtundvierzig am Morgen.

Jerry wendete die Steaks auf dem Grill – sie waren gleich soweit.

Im Moment war die Musik leise.

Es lief geschmeidiger Soul.

Vorher hatten sie Hip - Hop gehört, den Lautstärkeregler der Stereoanlage, die sie mit einem Generator betrieben, weit aufgerissen.

Sie hatten sich mit Kokain, Pillen, Hasch und Unmengen von Alkohol, in Stimmung gebracht und dann von der Dachterrasse aus, wie wild auf die lebenden Toten unten auf der Strasse, geschossen.

Der Bungalow in den sie vor etlichen Stunden geflüchtet waren, hatte sich als wahres Paradies entpuppt.

Er verfügte über eine beängstigend gut ausgestattete Waffenkammer, die in einem privaten Haushalt nur äusserst selten anzutreffen war.

Der in eine Wand eingelassene Safe in dem Lounge - artigen Wohnzimmer hatte offen gestanden.

Inhalt: Banknoten im Wert von fast einer Million Euro!

Sie hatten gejubelt und sich ausgelassen gegenseitig mit Geldscheinbündeln beworfen.

Noch grösser allerdings als der Jubel beim Fund des Geldes, war der, in den sie ausgebrochen waren, als sie die fein säuberlich auf einem Silbertablett angerichtete Auswahl feinster Drogen entdeckt und sogleich kräftig zugelangt hatten.

Von dem Besitzer des gastfreundlichen Domizils fehlte jede Spur.

Es machte den Eindruck, als sei dieser, kurz bevor die Stadt im totalen Chaos versunken war, überstürzt abgehauen.

Das Haus war frei von Mutanten gewesen.

Im Schlafzimmer hatte jedoch eine Überraschung der grausigen Art auf sie gewartet.

Auf dem riesigen runden Wasserbett in der Mitte des Raumes, lagen drei Leichen.

Alle drei hatten ein Loch in der Stirn.

Mit an Sicherheit grenzender Wahrscheinlichkeit, waren sie aus kurzer Distanz, durch eine kleinkalibrige Handfeuerwaffe um´s Leben gekommen.

Die Leichen waren jung, weiblich, und angezogen wie Serviererinnen eines Wiener Kaffeehauses - allerdings in einer deutlich textilärmeren Variante, sozusagen der Rotlicht - Version.

Die Namen auf den winzigen Papierhäubchen, die sie in ihren hoch toupierten Haaren trugen, wiesen sie als Lilja, Niki und Viola aus.

Ihre knallrot bemalten Lippen konnten nicht darüber hinweg täuschen, dass Lilja, Niki und Viola, allerhöchstens sechzehn Jahre alt gewesen waren, als sie aus dem Leben gerissen worden waren.

„Unser Hausherr steht auf junge Bräute!", hatte Assad bemerkt.

Jerry hatte nachdenklich genickt. „Ausserdem scheint er ein Faible dafür zu haben, sie spontan zu erschiessen…"

„Scheiss` drauf! In diesem Bungalow sind wir erstmal sicher. Die Tür vom Schlafzimmer machen wir einfach zu!" Assad hatte angewidert auf die drei leblosen Körper gezeigt. „Die fangen nämlich bestimmt bald an zu stinken…"

Im Lauf der nächsten Zeit hatten sie es sehr gut verstanden, die unmittelbare Nähe zu drei hingerichteten Menschen, komplett auszublenden.

Stattdessen hatten sie sich dem gewidmet, das sie am besten konnten – feiern ohne Limit!

Obwohl Assad Jerrys Meinung nach, lediglich über das geistige Niveau eines Einzellers verfügte, war seine Gesellschaft bislang einigermassen unterhaltsam gewesen.

Die Intelligenz von Monique und Kasia, Assads Begleiterinnen, schien ebenfalls ziemlich überschaubar zu sein.

Immerhin sahen sie aber ganz passabel aus und nervten nicht allzu sehr herum.

„Hey Leute!", rief Jerry. „ Kommt her! Es gibt Fleisch…"

Die Mädels wollten nichts.

Sie waren viel zu vollgedröhnt, um etwas zu essen.

Hunger verspürten Jerry und Assad eigentlich auch nicht, aber sie waren dekadent und genusssüchtig, und die Rindersteaks aus dem Feinkostladen waren von Eins A – Qualität.

In der Mitte der riesigen Dachterrasse auf der sie sich jetzt befanden, stand eine sehr geräumige, mit etlichen Kissen übersäte Couchlandschaft, überdacht von einer zeltartigen Plane, die mit Haken an hoch ragenden Holzbalken befestigt war.

Jerry und Assad setzten sich.

Sie beobachteten die Mädels beim Tanzen und Champagner trinken.

„Alter! Das ist geil!", sagte Assad, nachdem er sich ein Stück edles Grillfleisch in den Mund geschoben hatte.

Er schmatzte fürchterlich. „So wollte ich immer leben, Mann!"

Jerry kaute angestrengt auf seinem Steak herum – es fühlte sich an seinem Gaumen wie ein undefinierbarer Fremdkörper an.

Eine helle Blutlache entstand auf seinem Teller.

Nachdem Jerry zwei oder drei saftige Fleischbrocken durch seine Kehle gedrückt hatte, steckte er sich eine Zigarette an.

„Geniess`es!", sagte er zu Assad. „Vielleicht wirst du nicht besonders lange so leben..."

Assad griff nach der Flasche und goss französischen Rotwein in ihre Gläser.

„Ich werd ` nicht so schnell draufgeh`n!", meinte er. „Ich hab` Pläne, verstehst du? Die ganze Kohle, Mann... damit setzen wir uns ab und zieh`n irgendwo was richtig Geiles ab!" Er deutete mit einem Kopfnicken auf seine Freundinnen. „Die beiden Schlampen brauchen das nicht zu wissen..."

Er lachte dreckig. „Ich hab` nicht vor, sie am Gewinn zu beteiligen!"

„Aha...", sagte Jerry und sonst nichts.

Eigentlich hiess Jerry Gérard, aber der letzte Mensch der ihn so genannt hatte, war seine Mutter gewesen, als sie vor zwanzig Jahren auf dem Sterbebett, seine Hand gedrückt und gesagt hatte: „Pass bitte immer gut auf dich auf, Gérard, mein lieber Junge..."

Es sollten ihre letzten Worte gewesen sein.

´Oh Mama...`, dachte Jerry. ´Ich hab` nicht gut auf mich aufgepasst!`

Er warf einen besorgten Blick auf das silberne Drogentablett.

Es war nur noch verschwindend wenig Kokain da.

Als die Mädels herüberriefen, dass sie jetzt zusammen duschen gehen würden, und Hand in Hand, arschwackelnd, in ´s Haus abzogen, war das die ideale Gelegenheit, nur noch mit einem teilen zu müssen.

Assad packte sich in den Schritt seiner Jeans und grinste seinen Girls hinterher.

„Die tun wie Lesben, Alter, um mich geil zu machen!", sagte er. „Alter, Scheisse, Mann – vielleicht sind die sogar Lesben!"

„Gut möglich...", meinte Jerry gleichgültig.

Assads debiles Geschwafel ging ihm allmählich nun doch etwas auf den Sack.

Er teilte das Koks in vier halbwegs gerechte Lines auf und reichte Assad einen zusammengerollten Zweihundert Euro – Schein. „Aber jetzt sollten wir uns erstmal das restliche Kokain ´reinziehen, bevor deine mutmasslichen Lesben auch noch was davon abhaben wollen!"

Die Mädels trugen nichts weiter als weisse Badetücher, die sie über der Brust zusammengeknotet hatten, als sie wiederkamen.

Assad schickte sie Bier aus der Küche holen.

„Pass auf, Jerry!", raunte er. „Ich werd` gleich mal ´ne Runde mit Monique ficken. Du kannst Kasia haben, wenn du willst..."

Kasia war die hübschere von ihnen, fand Jerry.

Sie hatte lange schwarze Haare, eine perfekte Figur und eine attraktive Lücke zwischen ihren oberen Schneidezähnen.

Monique hatte einen silbern – blau gefärbten Pagenschnitt und war etwas kleiner als Kasia.

Dass sie sich ordentlich Botox in Lippen und Oberweite hatte spritzen lassen, sah man auf den ersten Blick.

Sie fing gleich an, mit Assad herumzumachen.

Jerry beschloss sich die Wohnung noch einmal anzuschauen.

Kasia folgte ihm.

Nachdem er die auf dem Schreibtisch im Arbeitszimmer herumliegende Korrespondenz durchgesehen hatte, machte Jerry sich auf die Suche nach privaten Hinweisen, bezüglich der Identität des Hausherren ihres luxuriösen Unterschlupfes – allerdings vergeblich.

Man hätte meinen können, Robert Maria Dorn, seines Zeichens Rechtsanwalt und ihr unfreiwilliger, abwesender Gastgeber, würde in einem stylishen, möblierten Musterhaus wohnen, wenn da nicht die Drogen, das locker in den Wohnraum integrierte Waffenarsenal und die Leichen im Schlafzimmer gewesen wären.

Nicht zu vergessen, die ganze Kohle im Wandsafe...

Kasia sass auf einer Couch im Wohnzimmer.

Jerry hatte ihr aufgetragen, einen Joint zu bauen.

Er setzte sich neben sie.

Sie überreichte ihm den frisch gedrehten Joint.

Während er rauchte, machte Kasia sich an den Knöpfen seiner Jeans zu schaffen.

„Soll ich dir einen blasen?", fragte sie.

„Vielleicht willst du lieber erstmal kiffen?" Jerry gab ihr die Tüte.

Das Lustgeschrei von Assad und Monique, die es auf der Dachterrasse miteinander trieben, drang in seine Ohren.

„Warum hängst du eigentlich mit Assad ab?", wollte er wissen.

„Wie bist du denn drauf?" Kasia kicherte verunsichert. „Assad ist cool! Er hat Monique und mich schon auf die besten Parties mitgenommen... Wegen ihm kennen wir total viele richtig wichtige Leute... und jetzt werden wir sogar reich durch ihn!"

Jerry seufzte gelangweilt. „Das Geld aus dem Safe macht dich nicht reich... Selbst wenn Assad dir was davon abgeben würde – wofür würdest du es ausgeben, wenn es da draussen nur noch Monster gibt?"

„Glaubst du etwa, alle Menschen auf der ganzen Welt, sind solche Monster geworden wie die hier in der Stadt?" Kasia sah aufrichtig erschrocken drein.

„Könnte sein... Vielleicht sind wir die einzigen Überlebenden...", meinte Jerry, bezweifelte es aber insgeheim.

Robert Maria Dorn schien jedenfalls eine, wenn auch ganz offensichtlich überstürzte, Flucht gelungen zu sein, und bestimmt war er nicht der einzige.

„Wie auch immer..." Jerry nahm einen tiefen Zug von dem Joint, den Kasia ihm zurückgegeben hatte und unterdrückte gekonnt einen Hustenanfall. „Wenn wir nicht versuchen, die Stadt zu verlassen, werden wir nie erfahren, wie es um den Rest der Welt steht!"

„Wenn du gehst..." Kasia drängte ihren Körper dicht an Jerry und ergriff seine Hand. „...Nimm mich mit! Wir schnappen uns das ganze Geld und hauen ab! Ohne Assad und Monique..." Ihre grau – grünen Augen glitzerten wie Edelsteine in kristallklarem Wasser.

Jerry lächelte nur, erstaunt über ihre Abgebrühtheit.

„Gib mir doch mal bitte das Buch, das da vor dir auf dem Tisch liegt!", sagte er.

Eine Sekunde nachdem er das Buch, ein DIN A4 – formatiges, in schwarzes Leder eingebundenes Fotoalbum, aufgeschlagen hatte, bestätigte sich erneut, dass Robert Maria Dorn nicht gerade zu den ehrenwertesten Rechtsanwälten unter der Sonne, gezählt werden konnte...

Assad kam splitternackt in`s Wohnzimmer hereinspaziert.

„Ey Jerry! Was geht ab bei dir?", grölte er aufgekratzt.

Er baute sich direkt vor ihm auf, so dass Jerry gewissermassen mit Assads Penis auf Augenhöhe war. „Alter, du glaubst nicht, wie geil ich es der Bitch besorgt hab`!"

„Verdammt!", sagte Jerry. „Das interessiert mich ´nen Scheiss! Nimm deinen Schwanz aus meinem Gesicht und sieh dir mal die Bilder hier an!"

Er drückte ihm das Album in die Hand.

Kopfschüttelnd blätterte Assad ein paar Seiten durch.

„Alter, das macht mich echt gar nicht an!", meinte er und schmiss das Album auf den Tisch.

„Voll krank ist das!"

Die Fotos in dem Album waren pornographischer Natur – Kinderpornografie, um es genau zu sagen.

Es waren nackte und halbnackte, stark geschminkte, circa elf – bis sechzehnjährige Mädchen zu sehen.

Es gab auch ein paar Schnappschüsse, die zeigten wie diverse ältere Herrschaften mit den verschreckt aussehenden Minderjährigen posierten, ihnen an die kleinen oder noch nicht vorhandenen Brüste griffen, fröhlich grinsend, mit Zigarre und Cognacschwenker.

Jerry hatte Assad, Monique und Kasia kennengelernt, als das normale Leben abrupt beendet worden war und das Chaos die Macht übernommen hatte.

Purer Zufall – es hätten auch irgendwelche x – beliebigen anderen sein können, aber es waren nun mal diese drei Personen, die mit ihm zusammen als einzige die U – Bahnentgleisung, verursacht durch das Eindringen von Mutanten in den Zug, überlebt hatten.

Sie hatten sich zusammengetan und waren bis jetzt clever genug gewesen, um am Leben zu bleiben.

Nachdem sie sich endlose Versteckspielchen und Verfolgungsjagden mit den Mutanten geliefert hatten und orientierungslos durch die verwüstete Stadt gehetzt waren, war es ein Geschenk des Himmels gewesen, dass sie zufällig auf den Bungalow von Robert Maria Dorn gestossen waren.

Es war ziemlich ungewöhnlich, dass ein solches Haus, das man normalerweise in direkter Nachbarschaft zu einem Golf – Club oder einem Yachthafen vermutete, sich im Zentrum einer mittleren Grossstadt befand.

Von seiner opulenten Präsenz hatten sie sich sofort angezogen gefühlt.

Dort einzudringen, war überraschend einfach gewesen.

Irgendwie hatte es einen gewissen Reiz gehabt, auf der Dachterrasse des Bungalows, Party machen zu können, den aufgrund des vorhandenen Stromgenerators, Luxus zu geniessen, laut Musik zu hören, während sich auf den Strassen unter ihnen, die lebenden Toten herumtrieben.

Als sie, allesamt zugedröhnt wie Sau, angefangen hatten auf die Mutanten zu schiessen, hatte Jerry seinen Verstand vollständig abgeschaltet.

Angelockt durch das Geballere, waren immer mehr von diesen wandelnden Pestleichen angewankt gekommen und sie hatten eine Menge von ihnen niedergemacht.

Jerry hatte dabei sogar ein Glücksgefühl empfunden – ähnlich dem, das er hatte, als er seinen ersten Ego – Shooter auf der Playstation gespielt hatte.

Langsam allerdings bekam die ganze Situation einen schalen Beigeschmack.

Es brachte nichts, die Mutanten abzuknallen.

Für jeden der Freaks, dem sie das faulende Hirn aus dem Schädel pusteten, erschienen zwei neue auf der Bildfläche.

Zudem waren die Rauschmittel beinahe aufgebraucht und Jerry wurde der Gesellschaft von Assad, Kasia und Monique überdrüssig.

Er musste weg.

Die Lage hier war hoffnungslos.

Hoffnungslosigkeit lehnte er rigoros ab.

Die ganzen Drogen die er sich im Laufe seines Lebens einverleibt hatte, sorgten eh bald dafür, dass er den Geist aufgab.

Er wäre dann aber wenigstens selbst dafür verantwortlich, und wäre nicht ein beschissenes Opfer der noch beschisseneren Umstände!

Das Geld das sie im Safe gefunden hatten, wegen dem Assad, Monique und Kasia so verrückt spielten, interessierte ihn nicht die Bohne.

Jerry hatte genug Geld – mehr als er jemals würde ausgeben können.

Alles sicher auf zuverlässigen Privatbanken, teilweise im Ausland, deponiert.

Falls allerdings die Menschheit aussterben sollte und durch die Mutanten eine völlig neue Weltordnung entstünde, wäre jeder Cent ohnehin nur so viel wert wie ein Sandkorn in der Wüste.

Jerry beschloss abzuhauen, sobald die anderen schliefen.

Er musste versuchen herauszufinden, was dieser Stadt widerfahren war.

Assad und seine Gespielinnen würden ihn auf Dauer eher behindern, als ihm nützlich sein...

-19-

Mittlerweile waren sie im vierten Stockwerk angekommen.

Paul musste sich eingestehen, dass er ziemlich ´runter war mit den Nerven.

Wie bereits auf den anderen Etagen, gab es auch hier keine Spur von Professor Samuel Weissenbach, dem Erstüberträger mit der Tätowierung, die in diesen Tagen für die Menschheit möglicherweise mehr Bedeutung hatte als die Überlieferungen der Schriften von Konfuzius, Buddha, Stephen Hawking und Albert Einstein zusammen...

Paul kannte fast jeden Winkel des Klinikums.

Es war sein zweites, manchmal sogar eher erstes Zuhause, und wie mit seinem Beruf, verband ihn eine innige Hassliebe auch mit seinem Arbeitsplatz.

So oft war er schon mit wehendem Kittel über die Flure der Stationen gehastet, die fast zu jeder Tageszeit erfüllt waren von mehr oder weniger produktiver Betriebsamkeit.

Sonst musste man auf diesen Wegen ständig irgendjemand grüssen – Kollegen, Pflegepersonal, Reinigungskräfte, oder die Jungs die Essen – und Müllcontainer durch die Gegend schoben.

Jetzt aber begegnete einem niemand mehr.

Die Betten in den Krankenzimmern waren blutdurchtränkt.

Die abgestandene Luft roch nicht mehr nach Krankenhaus, sondern nach Apokalypse!

Paul hatte, ebenso wie Conrad, schon einige Infizierte über den Haufen geschossen.

Sein Puls beschleunigte sich währenddessen kaum noch.

96

„Ich muss mich wundern, Paulsen…", sagte Professor Albrecht zu ihm. „So viel Schneid hätte ich ihnen gar nicht zugetraut!"

Dass diese Worte keineswegs als Kompliment gemeint waren, verriet der vor Hochmut triefende Tonfall des Chefarztes. „Es wäre wirklich grossartig, wenn sie dasselbe Talent mit dem sie die Infektiösen töten, auch anwenden würden in ihrer Funktion als internistischer Stationsarzt…"

Albrecht schien tatsächlich wild entschlossen zu sein, sich bis auf weiteres, wie ein Riesenarschloch aufzuführen.

Allerdings hatte sich einiges geändert.

Der allwissende Professor sass nicht mehr auf seinem Thron und war nicht mehr umgeben von seiner speichelleckenden Ärzteschaft.

Selbst sein hoch geschätzter blaublütiger Oberarzt in spe, Christopher von Schmalenkamp, konnte ihm jetzt gerade keinen Beifall spenden.

„Wissen sie was…", sagte Paul ganz ruhig. „Ficken sie sich, Albrecht! Ficken sie sich in ´s Knie!"

Albrecht sog zischend Luft ein.

Sein Gesicht wurde krebsrot. „Sie können sich ab sofort als fristlos gekündigt betrachten, Paulsen! Seien sie froh, dass ich ihnen keine gerichtliche Klage anhänge!"

Conrad klopfte Paul kumpelhaft auf die Schulter. „Solche Reden kenn´ ich gut – nichts als heisse Luft! Glaub´ mir, Doktor Paul: Der Alte kann dir gar nichts… Und falls doch, hol´ ich dich schon wieder ´raus aus dem Schlamassel – damit hab´ ich ´ne ganze Menge Erfahrung!"

„Überaus tröstlich…", behauptete Paul mit einem Sarkasmus, den er eigentlich ablehnte.

Paul wollte nicht zu solch einem Zyniker werden, wie Conrad einer war, und er wollte auch nicht mehr kämpfen – weder gegen seinen Chef, noch gegen die Infizierten.

Alles was er wollte, war, dass alles wieder normal wurde!

Er wollte mit Sara nach Hause gehen, ein Fläschchen Wein entkorken, Nudeln mit selbstgemachtem Pesto zubereiten und später mit ihr zusammen in inniger Umarmung schlafen, schlafen, schlafen…

Gruppe Eins und Gruppe Zwei trafen zum wiederholten Mal, wie vereinbart, im Mittelflur zusammen.

Die Stimmung war schlecht.

Eine Pause wurde eingelegt, um Zwieback sowie in Plastikfolie eingeschweisste Krankenhausküchlein zu verzehren.

Mineralwasser stand auf jeder Station reichlich zur Verfügung.

Einige hatten das Bedürfnis, sich etwas frisch zu machen und frequentierten die Patientenduschen.

Sara und Sofia, die über die Sauberkeit im Krankenhaus bestens im Bilde waren, sparten nicht mit Flächendesinfektionsmittel, bevor sie die ebenerdigen Nasszellen benutzten.

„Wir sollten das mit den Gruppen lassen…", sagte Paul zu Conrad. „Es macht doch wirklich mehr Sinn, wenn wir alle zusammen bleiben!"

Conrad zündete sich eine Zigarette an und schnaubte verständnislos.

„Das dauert zu lange…", meinte er.

„Zu lange!" Paul stiess ein freudloses Lachen aus. „Hast du noch Termine, oder was? Vielleicht ein romantisches Date mit einer heissen Mutantin?!"

Conrad musste grinsen.

„Mit einer? So bescheiden bin ich nicht – bei dem Angebot… Nein, ich lass mich gleich von drei oder vier dieser scharfen Gammel – Ladies verwöhnen!"

„Es geht mir hauptsächlich darum, die Kontrolle zu behalten." Paul deutete mit einem unauffälligen Kopfnicken auf Harald, der immer noch in seinem Rollstuhl sass und mit finsterem Gesichtsausdruck die Wände anstarrte. „Nicht zuletzt wegen dem da… Wer weiss was in seinem kranken Hirn vor sich geht?! Wir dürfen ihn eigentlich keine Sekunde aus den Augen lassen!"

Natürlich machte Paul sich Sorgen wegen Harald, der höchstwahrscheinlich Sandy misshandelt hatte und definitiv eine schwerwiegende Teilschuld an Oles Tod trug.

Er musste als tickende Zeitbombe betrachtet werden.

In erster Linie war es Paul aber vor allem wichtig, mit Sara zusammen zu sein.

Die Freude in ihren Augen und die herzliche Umarmung bei ihrem Wiedersehen im Untergeschoss, hatte die Hoffnung mehr denn je in ihm aufleben lassen, dass er ihr Herz womöglich doch noch zurück erobern könnte…

„Na okay...", lenkte Conrad ein. „Halten wir die Schäfchen zusammen!"

Um kurz vor sechs fanden sie Professor Samuel Weissenbach schliesslich – besser gesagt das, was die Infektion von ihm übrig gelassen hatte.

Er kam ihnen auf Station A 7 entgegen getorkelt.

Das Krankenhemd das er trug, war dreckig und voller verkrustetem Blut.

Als er die Gruppe sich nähern sah, fing er an zu laufen – in Erwartung menschlicher Leckerbissen hechelnd wie ein tollwütiger Hund.

Fast beiläufig erschoss Conrad ihn.

„Endlich hab` ich dich...", murmelte er und drehte den massigen Körper Weissenbachs so, dass die Tätowierung auf dem linken Unterarm gut zu sehen war.

„Hol mal ´n Zettel und ´n Stift!", trug er Jacob auf.

Jacob beeilte sich die gewünschten Utensilien aus dem Stationszimmer zu holen.

Er gab sie Conrad, der sich gleich daran machte, die kompliziert aussehende chemische Formel, die des Toten Haut zierte, abzuschreiben.

„Jetzt haben sie also ihre Formel...", sagte Professor Albrecht. „Und wer zaubert ihnen daraus jetzt den Antivirus?"

„Das sollte nicht weiter schwierig sein...", meinte Conrad lächelnd.

„Wir sind in einem Krankenhaus das über ein gut ausgestattetes Labor verfügt, und drei, sicherlich hervorragend ausgebildete Ärzte..." Er sah Albrecht, Christopher und Paul nacheinander an. „...Können es bestimmt kaum erwarten, das Gegengift zusammenzubrauen!"

Professor Albrecht lachte kurz und trocken auf. „Aber Herr Kommissar! Keiner der anwesenden Kollegen hat einen Doktortitel in Mikrobiologie, oder verfügt über tiefgreifende Erfahrungen im Gebiet laborchemischer Analysen... Da müssen sie schon einen Virologen konsultieren!"

Conrad schaute erst verblüfft, dann misstrauisch und schliesslich zerknirscht drein.

„Stimmt das etwa?", fragte er Paul.

Paul nickte ernst. „Leider ja. Wir sind Internisten. Wir durchleuchten die Patienten, stecken ihnen Schläuche in ihre Körperöffnungen und pumpen sie mit Medikamenten voll. Natürlich haben wir auch Ahnung von Hämatologie und klinischer Chemie, aber ein Antiserum

entwickeln – dazu bedarf es schon ein wenig Übung..."

„Gottverdammt!", fluchte Conrad. „Da ist man schon von Quacksalbern umgeben, aber

helfen können sie einem doch nicht!"

Obwohl Paul nicht die Meinung vertrat, Ärzte seien unfehlbar oder gar Halbgötter in Weiss,

ärgerte es ihn, wenn auf oberflächlich – unbegründete Art und Weise, schlecht über sie

geredet wurde.

Gerade jemand wie Conrad Kronberg, der ganz offensichtlich, permanenten Raubbau mit

seiner Gesundheit betrieb, sollte sich diesbezüglich etwas zurückhalten, denn es war nur

eine Frage der Zeit, dass die Auswirkungen seines Lebensstils, diverse körperliche Probleme

nach sich ziehen würden.

Paul dachte da vor allem an Hypercholesterinämie und koronarer Herzkrankheit, aufgrund

ungesunder Ernährung und mangelnder Bewegung, sowie an chronisch obstruktives

Lungenleiden und äthyltoxische Polyneuropathie, als Folge von fortgesetztem Nikotin – und

Alkoholabusus.

Falls Conrad nicht vorher die Notbremse zog, konnte Paul ihm nur wünschen, dass er an

einen *Quacksalber* geriet, mit dem er zufrieden sein würde...

„Dürfte ich mir die Frage erlauben, was sie so sicher macht, dass es sich bei der

Tätowierung des Erstüberträgers, um die Formel für das Antiserum der Seuche handelt?",

wandte sich Christopher verlegen hüstelnd, an Conrad.

„Sie dürfen!", entgegnete Conrad. „Die Forschungen von Professor Samuel Weissenbach

sind seit geraumer Zeit, unter vielem anderen, Gegenstand meiner polizeilichen

Ermittlungen..."

Die Antwort schien Christopher nicht zu befriedigen.

„Gehe ich recht in der Annahme, dass besagter Weissenbach den Virus entdeckt,

beziehungsweise entwickelt und äh... nutzbar gemacht hat?", fragte er. „Sozusagen der

Erfinder der Infektion?"

„Ja.", meinte Conrad kurz und knapp.

„Warum hat man ihn dann nicht schon verhaftet, bevor das alles…" Christopher machte eine hilflose Geste, die das ganze tragische Ausmass der Infektion darstellen sollte. „…Passieren konnte?"

„Und warum ist er so blöd und infiziert sich selber?", warf Sofia ein.

Conrad seufzte.

Er griff in seine Hemdtasche, um eine Zigarette aus der Schachtel die er darin hatte, heraus zu nehmen, überlegte es sich aber anders und verschränkte die Arme vor der Brust. „Als intern bekannt wurde, dass einige hohe Tiere aus Politik, Militär und Industrie, die Entwicklung des Virus in Auftrag gegeben hatten, wurde mir der Fall entzogen und an einen Kollegen weitergegeben, der weniger Interesse am Wohl der Allgemeinheit, als an seiner eigenen Karriere hat, und somit keine pikanten Enthüllungen an ´s Tageslicht fördern würde… Ich habe natürlich trotzdem weiter ermittelt – auf eigene Faust! Was Samuel Weissenbach betrifft, so bin ich mir ziemlich sicher, dass er sich nicht absichtlich infiziert hat, sondern den Virus gegen seinen Willen, injiziert bekommen hat – vermutlich um ihn kalt zu stellen, weil er Gewissensbisse bekommen hatte und seine Forschungen einstellen wollte. Ich hatte vor einiger Zeit die Gelegenheit mich mit ihm zu unterhalten und er hat absolut nicht den Eindruck eines Wahnsinnigen gemacht, der die Menschheit mit einem Killervirus ausrotten will…"

„Ich nehme an, dass es bei dem Vorantreiben dieses Projektes, um biologische Kriegführung ging. Ist das korrekt?", wollte Paul wissen.

„Du hast den Nagel auf den Kopf getroffen!", sagte Conrad.

Jetzt konnte er der Versuchung nicht mehr länger widerstehen.

Er steckte sich eine Kippe an.

Professor Albrecht überprüfte den Sitz seiner Krawatte.

„Alles schön und gut…", meinte er. „Aber es bringt uns nicht im Geringsten weiter! Da sie, Kommissar Kronberg, die Weisheit scheinbar für sich gepachtet haben und laut eigener Aussage der einzige sind, der bei der Polizei seinen Job anständig macht, würde ich gern von ihnen wissen: Was sollen wir jetzt tun?"

„Wir werden die Stadt verlassen, damit uns jemand dieses beschissene Antiserum brutzelt – notfalls in irgendeinem abgewrackten Crystal Meth – Labor am Arsch der Welt!"

Conrad erntete zustimmendes Kopfnicken.

Nur Albrecht tanzte aus der Reihe. „Was für eine Schnapsidee, sich wegen einer

hanebüchenen Theorie über ein mysteriöses Antiserum gegen eine noch mysteriösere

Infektion, auf den Weg zu machen und zu hoffen, dass einem früher oder später, schon ein

Biochemiker begegnet!"

„Sie können ja hier bleiben…", spottete Conrad.

Er wollte noch mehr sagen, kam aber nicht dazu, denn plötzlich rief Jacob: „Harald und

Sandy sind verschwunden!"

-20-

Moritz Stahl war zwar ein Mensch der daran gewöhnt war Befehle zu befolgen ohne Fragen

zu stellen, aber er wusste auch ganz gern, woran er war, wenn man ihn mit einer Mission

beauftragte.

Im Moment konnte er allerdings absolut nicht behaupten, dass dies der Fall war.

Bis jetzt wusste er weder wo er war, noch was er tun sollte – geschweige denn, wer seine

Auftraggeber waren.

Er hatte seinen Urlaub abgebrochen, weil man ihm einen Job angeboten hatte – einen Job,

der Geld bringen würde.

Viel Geld!

Ansonsten hätte er auch abgelehnt, denn das konnte er sich schon seit einiger Zeit

erlauben.

Ein Jet der Regierung hatte ihn nach Deutschland geflogen.

Der genaue Zielort war ihm unbekannt gewesen.

Unscheinbare Typen in billigen Anzügen, hatten ihn auf einem abgelegenen Militärflughafen,

der seltsam unbelebt gewirkt hatte, in Empfang genommen.

Dort hatte ein Helikopter bereit gestanden, der ihn zum Zielort bringen sollte.

Man hatte ihm die Augen verbunden.

Moritz hatte nicht protestiert.

Vielleicht hätte er fragen sollen, was der Hokuspokus für einen Sinn hatte, aber er hatte sich

seiner Natur gemäss, dagegen entschieden.

Moritz Stahl sprach lediglich wenn es sich absolut nicht vermeiden liess – und dann auch nur das wirklich Allernötigste.

Es war Sonntagmorgen, Punkt sechs Uhr, als Moritz die Augenbinde abnahm.

Er befand sich in einem langen, rechteckigen, feucht – muffig riechendem Raum.

Es dauerte eine Weile bis sich seine Augen an das gleisssende Licht der an der Decke angebrachten Neonröhren gewöhnten.

Viel zu sehen gab es nicht.

Die Wände waren kahl – vor geschätzten dreissig bis vierzig Jahren, einmal lieblos mit einer Raufasertapete beklebt worden, die an einigen Stellen gelbbraun verfärbt war und sich unschön wölbte.

Der Raum war mit dickem dunkelgrünem Teppichboden ausgelegt.

Moritz sass an einem überdimensionalen runden Tisch aus dunklem Holz, auf einem unbequemen Plastikstuhl.

Vor der gegenüber liegenden Seite des Tisches, standen halbkreisförmig angeordnet, mehrere moderne multifunktionale Bürostühle, die in jenem Ambiente seltsam deplatziert wirkten.

Gerade als Moritz aufstand um nachzusehen was für ein Ausblick sich ihm hinter den schweren dunkelgrauen Plastikvorhängen, die keinerlei Licht durch die dahinter verborgenen hohen Fenster dringen liess, wohl bieten würde, ging die Tür auf.

Sofort nahm er eine stramme Körperhaltung ein – das steckte wegen der etlichen Jahre, die er bei diversen Spezialeinheiten des Militärs verbracht hatte, einfach in ihm drin.

Lediglich die Hacken schlug er nicht mehr zusammen, genauso wenig wie er noch salutierte.

Acht Personen betraten den Raum und setzten sich wortlos auf die Bürostühle.

Es handelte sich um sechs ältere Herren, einer massigen Dame um die fünfzig, sowie einer jungen Frau, die ihre glatten schwarzen Haare zu einem straffen Pferdeschwanz gebunden hatte.

Sie trug einen schwarzen Kampfanzug ohne Abzeichen oder sonstige Merkmale an denen man ihren Rang oder ihre Funktion, hätte ablesen können.

Selbstbewusst und durchtrainiert, war sie die einzige, die keinen sorgenschweren, verbitterten Gesichtsausdruck aufgesetzt hatte, sondern eher gelangweilt wirkte.

Sie steckte sich einen Kaugummi in den Mund.

Wäre Moritz der Typ gewesen, der sich leicht provozieren liess, hätte er sich durch sie extrem provoziert gefühlt.

Als sie bemerkte dass Moritz sie mit seinem Blick abscannte, setzte sie eine aerodynamisch geformte, verspiegelte Sonnenbrille auf.

„Guten Morgen!", sagte einer der älteren Herren, der sich als Norbert Grott vorstellte und nur äusserst widerwillig ergänzte, dass er im Dienst des Geheimdienstes stand.

Kurz und knapp stellte er auch die anderen Anwesenden vor.

Moritz nahm mit einem angedeuteten Kopfnicken, Notiz davon.

„Nun, Herr Stahl…" Norbert Grott räusperte sich ausgiebig. „Es gibt ein Problem, wie sie sich bestimmt denken können. Schliesslich wären sie sonst nicht hier, sondern noch auf Hawaii, nicht wahr?"

Moritz verzog keine Miene.

Er war nicht zum Schwatzen hergekommen.

„Gut…", fuhr Grott, nervös an seinem Schlips herumfingernd, fort. „Wir möchten, dass sie eine Gruppe von Personen, nennen wir sie ruhig… Terroristen, ausfindig machen. Sie befinden sich im Kern der Stadt, in dessen, äh… näherer Umgebung, wir uns derzeit befinden…"

„Wenn sie überhaupt noch am Leben sind!", warf die massige Frau, Gabriele Frähse, Doktorin der Mikrobiologie, ein.

Sie stiess ein Lachen aus, das so unpassend war, dass es unheimlich und irgendwie obszön wirkte.

„Sie müssen wissen, Herr Stahl…", schaltete sich Helmut Siekerloh vom Innenministerium ein. „Es gab einen Vorfall! Eine… Infektionskrankheit konnte sich innerhalb der Stadt ausbreiten und…"

„Infektionskrankheit – dass ich nicht lache!", unterbrach ihn Gabriele Frähse, erneut Gelächter von sich gebend. „Wir haben es mit einer Seuche zu tun, die absolut, ich wiederhole, absolut, das Potenzial hat, die ganze Menschheit dahinzuraffen!"

Sie sah Moritz Stahl herausfordernd an, scheinbar einen Kommentar oder zumindest irgendeine Reaktion seinerseits, erwartend.

Diesen Gefallen tat Moritz ihr jedoch nicht, worauf Frau Doktor Frähse sich erst einmal intensiv in die Betrachtung ihrer krallenartigen, neon – grün lackierten Fingernägel, vertiefte.

Ottmar Behrendsen, seines Zeichens Polizeipräsident, hatte anscheinend das Bedürfnis, die zuletzt gesprochenen Worte etwas zu entschärfen, als er behäbig wie ein Märchenonkel erklärte: „Wir haben die Infektion im Griff. Die Stadt steht unter Quarantäne und die Öffentlichkeit weiss exakt so viel über die Gesamtsituation, wie sie wissen sollte. Sobald die Terroristen überführt sind und das betroffene Gebiet entseucht worden ist, werden wir so schnell wie möglich, den Normalzustand wieder herstellen..."

„Was soll mit den Terroristen passieren?", fragte Moritz Stahl.

Es waren seine ersten Worte seit über vierundzwanzig Stunden.

General Hugo Fleischer beugte sich weit über den Tisch vor.

Es schien als wollte er so nah wie möglich an Moritz dran sein, um direkt in ihn hinein sprechen zu können.

„Eliminieren, Soldat!", fauchte er.

Schaler Zahnprothesenatem wehte über den Tisch bis in Moritz' Nasenlöcher. „Sie werden diese Leute eliminieren!"

´Wie immer...`, dachte Moritz unbeeindruckt.

Er stand auf.

Die Auftraggeber die sich seinen Erfahrungen entsprechend, wieder einmal als Bande von inkompetenten Vollidioten entpuppt hatte, hatten sein Honorar bereits überwiesen.

Jetzt brauchten sie ihm nur noch kurze Instruktionen liefern, mit denen er wirklich etwas anfangen konnte, sowie eine zweckdienliche Ausrüstung übergeben, und dann konnte es losgehen.

Norbert Grott, der Geheimdienst – Typ, stand ebenfalls auf.

„Langsam, Herr Stahl...", mahnte er. „Wir waren noch nicht ganz fertig..."

Er deutete auf die junge Frau im schwarzen Kampfanzug. „Agentin Isabella Rodriguez wird sie begleiten. Sie verfügt über relevante Informationen, die Infektion und auch die Zielpersonen betreffend. Zudem wird sie später verantwortlich sein für den internen Bericht über den Verlauf der Mission!"

Isabella Rodriguez schob ihre Sonnenbrille auf die Nasenspitze und sah Moritz grinsend über die Gläser hinweg, an.

„Auf gute Zusammenarbeit!", meinte sie, nachlässig salutierend.

Moritz war alles andere als begeistert über die Tatsache, einen Partner zur Seite gestellt bekommen zu haben.

Er war es gewohnt, alleine zu arbeiten.

Bisher war das auch ganz im Sinne seiner Auftraggeber gewesen, die bei den Jobs mit denen sie ihn betreuten, niemals Interesse an überflüssigen Mitwissern gezeigt hatten.

„Ich kann so nicht arbeiten!", sagte er. „Von einem Partner war keine Rede gewesen, als ich angerufen worden bin und mich zu einer Mission bereit erklärt habe…"

„Wissen wir, Soldat! Wissen wir alles…", entgegnete General Fleischer. „Ebenso wie wir wissen, dass sie kein Team – Player sind – was ja nun auch mit einer der Gründe war, dass sie, obwohl hoch dekoriert, unehrenhaft aus der Armee ausgeschieden sind…"

Er fixierte Moritz mit seinen kleinen, wässrigen Schweinsaugen. „Jetzt, mein Sohn, haben sie die Chance, ihren Ruf wieder reinzuwaschen und obendrein, ihrem Vaterland einen Dienst zu erweisen!"

Falls Moritz zu derartigen Gefühlsausbrüchen in der Lage gewesen wäre, hätte er in jenem Moment laut loslachen können, aber er lachte grundsätzlich nicht – nicht mehr seit der Geschichte mit seinem Stiefvater, als er zum ersten Mal einen Menschen getötet hatte.

Damals war er neun Jahre alt gewesen.

Hugo Fleischer bleckte sein gelblich verfärbtes Versandhausgebiss. „Wenn sie die Mission zu einem erfolgreichen Abschluss bringen, könnte ich ein gutes Wort für sie einlegen und ruckzuck, sind sie wieder bei der Truppe! Ich verfüge über einen gewissen Einfluss – das müsste ihnen angesichts meines Dienstgrades klar sein…"

Moritz schwieg.

„Warum sind sie so stur, Mann?", eiferte Fleischer sich. „Halten sie sich seit sie als paramilitärischer Killer, der für jeden Auftrag horrende Summen einstreicht, etwa für was Besonderes?"

Zornesröte schoss ihm in´s Gesicht und seine schlapp herunterhängenden Wangen zitterten.

Er sah aus wie ein wütender Orang – Utan.

„Diese Daten sind nicht relevant…", meinte Moritz, bar jeglicher Emotion.

Gabriele Frähse schlug mit der flachen Hand auf den Tisch und lachte abermals auf eine ganz spezielle, scheussliche Art und Weise.

„Das ist gut!", sagte sie. „Dieser Bursche hat wirklich Humor! Aber jetzt werde ich ihnen mal ein paar Daten liefern, die durchaus relevant sind, sie kleine Sahneschnitte! Die Infektion mit der wir es zu tun haben, ist…"

„Jetzt halten sie mal für einen Moment den Mund!", schnitt ihr Professor Gustav Schmelzing, der bislang mit blutleeren, zusammengekniffenen Lippen geschwiegen und in´s Leere gestarrt hatte, das Wort ab.

Er war Hirnforscher und als eine wahre Koryphäe auf seinem Gebiet bekannt.

„Oh, natürlich!", spottete Gabriele Frähse. „Der werte Herr Kollege möchte natürlich auch ein bisschen dozieren. Nur zu, Professorchen – dozieren sie! Ich bin sicher, Herr Stahl wird es geniessen. Nicht wahr, Herr Stahl?"

Sie zwinkerte Moritz frivol zu.

„Die Infektion über die wir hier sprechen, ist nicht mit dem Leben zu vereinbaren…", sagte Professor Schmelzing.

Er holte tief Luft und seufzte, bevor er fortfuhr: „Allerdings ist sie auch nicht tödlich im eigentlichen Sinne. Bei den Infizierten besteht, nachdem, nun äh… offiziell der Tod eingetreten ist, noch eine Art Inselfunktion des Gehirns, die es ihnen ermöglicht, weiter zu existieren, obgleich keine Herztätigkeit mehr zu verzeichnen ist und ein ungewöhnlich rascher Vorgang verwesungsähnlicher bis verwesungsidentischer Prozesse auftritt…"

Professor Schmelzing hielt kurz inne, betrachtete stirnrunzelnd Moritz´ unbewegte Miene.

„Können sie mir folgen, Herr Stahl?", fragte er skeptisch.

Moritz nickte.

„Schön… Sie sind also ein aufmerksamer Zuhörer, der keine unnötigen Fragen stellt…", meinte der Professor, der keineswegs die Freude am *Dozieren* zu haben schien, die Frau Doktor Frähse ihm unterstellt hatte. „Von Berufs wegen werden sie über gewisse Kenntnisse der menschlichen Anatomie verfügen, daher werden sie möglicherweise wissen, dass der motorische Anteil des Nervensystems, die willkürlichen und unwillkürlichen Muskelbewegungen steuert – dieser Anteil ist bei den von der Infektion Betroffenen, grösstenteils unbeschädigt."

Schmelzing nahm seine runde randlose Brille ab, schaute sie eine Weile an als ob er gerade erst bemerkt hätte, dass er sie tagtäglich auf der Nase trug, und setzte sie wieder auf. „Ich erwähnte eine Inselfunktion des Gehirns – im Falle der Infizierten beschränkt sie sich auf die Regulierung unbewusster Verhaltensweisen. Wir sprechen hierbei um das sogenannte limbische System, welches uns Empfindungen wie Angst, Freude, Wut, Lust et cetera fühlen lässt. Jenes limbische System ist bei den Infizierten also teilweise funktionstüchtig, jedoch in... nun ja... stark reduzierter Form..."

„Inwieweit reduziert?", wollte Moritz wissen.

Er fühlte sich angesichts der Ausführungen des Professors dazu genötigt, diese Frage zu stellen, auch wenn er generell nie mehr als unbedingt nötig über die Hintergründe der Aufträge, die er annahm, wissen wollte.

Diesmal jedoch schienen die Dinge ein wenig anders zu liegen.

Diesmal ging es um mehr, als irgendeinem unbequemen Staatsfeind diskret das Licht auszupusten, oder eine verfahrene Situation in einem Krisengebiet auf radikale aber anonyme Weise, zu beenden.

Dieser Job hier machte ganz den Eindruck einer richtig üblen Schweinerei, die nach so vielen Hintergrundinformationen wie möglich schrie.

„Reduziert auf Wut...", sagte Schmelzing, errötend wie ein Schuljunge der beim Onanieren erwischt worden war.

„...Und auf Hunger!", ergänzte Gabriele Frähse.

Sie leckte sich über die Lippen – eine in diesem Zusammenhang geschmacklos wirkende Geste.

Ihr Lippenstift hatte dieselbe giftige Farbe wie ihr Nagellack.

„Hunger auf Menschenfleisch!", grollte Hugo Fleischer.

Sein gesamter Habitus liess ihn wirken, als teilte er diese Leidenschaft mit den Infektiösen.

„Ein Virus scheint die Ursache zu sein...", sagte Moritz. „Wie kann ich eine Ansteckung verhindern?"

Er hasste es, seine eigene Stimme zu hören.

In seinen Ohren klang sie noch genauso wie damals, als ihm wegen der Sache mit seinem Stiefvater, ein Kinderpsychologe diverse lächerlich durchschaubare, in betulicher Manier vorgetragene Fragen gestellt hatte, auf die Moritz hatte antworten müssen – konzentriert, ernst, die Wahrheit stets nur streifend...

Man hatte ihm damals kein Verbrechen nachweisen können – genau wie in den letzten sechs Jahren, in denen er nun schon als selbständiger, unabhängiger Auftragskiller arbeitete.

Moritz war ein unglücklicher Mensch, aber er war frei, war es schon immer gewesen.

Selbst die lange Zeit bei der Armee, in der er selbst die skrupellosesten Befehle befolgt hatte, hatte nichts an dieser Tatsache ändern können.

„Die Ansteckungsgefahr ist im Grunde sehr gering...", beeilte sich Helmut Siekerloh vom Innenministerium zu versichern. „Der Virus wird lediglich auf dem Blutweg übertragen..."

„Passen sie also auf, Soldat, dass sie den Bastarden in der Stadt, nicht zu nahe kommen!", empfahl General Fleischer. „Es sollte immer mindestens eine Gewehrlänge zwischen ihnen und denen liegen – wenn sie verstehen was ich meine..."

„Gut!", sagte Norbert Grott schliesslich energisch und erhob sich von seinem Bürostuhl. „Ich denke, es ist alles gesagt. Ich verlasse mich auf sie, Herr Stahl. Nach Beendigung der Mission werden sie sicherheitshalber das Land verlassen und alles andere Agentin Rodriguez überlassen. Sie ist im Übrigen ihnen gegenüber, weisungsbefugt. Auf Wiedersehen!"

Robert Maria Dorn, der die ganze Zeit über lediglich als stiller Beobachter fungiert und dabei ein zynisches Lächeln zur Schau getragen hatte, verliess als letzter, zusammen mit Moritz und Isabella Rodriguez, den Raum.

Er tippte Moritz leicht, fast unspürbar auf die Schulter und drückte ihm eine elegant gestaltete Visitenkarte in die Hand.

„Falls sie trotz allem nach Beendigung ihres Auftrages, Probleme bekommen sollten und einen guten Rechtsanwalt brauchen, der sie aus der Sache ´rausholt, rufen sie mich an...", sagte er süffisant grinsend.

Moritz knüllte die Karte in seiner Handfläche zusammen.

Er liess sie zu Boden fallen, ohne einen Blick darauf geworfen zu haben.

„Auf dem Dach des Gebäudes steht ein Helikopter...", sagte Isabella Rodriguez. „Gehen wir!"

´Weisungsbefugt!`, dachte Moritz bitter. ´Das wollen wir doch mal sehen...`

21

Kasia tat nur so, als ob sie schlief.

Monique hingegen lag schon seit Stunden in einem nahezu komaähnlichen Schlaf auf der Couchlandschaft, mitten auf der Dachterrasse.

Sie hatte sich in Embryonalstellung zusammengerollt – nackt wie sie immer noch war, nachdem sie mit Assad gebumst hatte.

Auf ihrer Haut glänzte ein gleichmässiger Schweissfilm.

An ihrem rechten Mundwinkel klebte ein getrocknetes Rinnsal ehemals flüssiger, fast farbloser Kotze.

Kasia feuchtete einen Finger mit Speichel an und entfernte den Kotzestreifen aus Moniques rundlichem Gesicht, das jetzt nichts abgebrüht – bitchhaftes mehr an sich hatte, sondern friedlich und unschuldig aussah wie das Antlitz eines Babys, das nach einem kräftezehrenden Fieberanfall, endlich zur Ruhe gekommen war.

´Arme Monique...`, dachte Kasia. ´Du hast es mit den Drogen und dem Alkohol übertrieben... und dann musstest du es auch noch mit Assad treiben...`

Kasia hatte auch schon einmal mit Assad Sex gehabt und wusste sehr gut, dass er kein guter Ficker war.

Assad war gut dafür gewesen, sie in die Party – Szene einzuführen, hatte sie ausgehalten mit einem ganzen Haufen Kohle, den er mit seinem Gebrauchtwagenhandel verdiente, sowie mit anderen Geschäften, über die er nicht sprach und über die Kasia auch gar nicht informiert sein wollte.

Jetzt aber war alles anders...

Die Stadt, die Assad so gerne *meine Stadt* genannt hatte, lag in Schutt und Asche.

Die Menschen die sie bevölkert hatten, waren zu ekelerregenden Bestien mutiert.

Sie hatten hier in diesem Bungalow, nicht nur Waffen, Berge von Drogen und drei Leichen gefunden, sondern auch Geld – extrem viel Geld, mit dem man irgendwo, wo die Welt noch in Ordnung war, ein neues Leben anfangen könnte.

Kasia wollte dieses neue Leben und sie wusste ganz genau, dass sie es nicht an Assads Seite verbringen wollte.

Davon abgesehen hatte er selbst wahrscheinlich auch keine Verwendung mehr für sie, wenn er sich die Kohle erst in die eigene Tasche gestopft hatte.

Kasia glaubte, dass Assad sich zusammen mit Jerry absetzen wollte und sie mit Monique und den drei toten Mädchen die im Schlafzimmer langsam verfaulten, zurückzulassen vorhatte.

Das durfte auf keinen Fall passieren!

Schliesslich wollte sie selbst mit Jerry abhauen.

Sie hatte gleich gemerkt, dass er nicht so war wie Assad.

Jerry hatte etwas auf dem Kasten, und obwohl er nicht so durchtrainiert war wie Assad und ziemlich lange Haare hatte, sah er wirklich gut aus – auf eine kultivierte, eine reiche Art – wie ein Hollywood – Schauspieler oder ein erfolgreicher Künstler.

Er schien sich auch nichts aus dem Geld zu machen – vielleicht weil es ihm auf eine Million mehr oder weniger gar nicht ankam.

Vielleicht bedeutete Geld ihm aber auch nichts, da er nach viel Höherem strebte.

Kasia hätte als sie mit ihm im Wohnzimmer des Bungalows gesessen hatte, sofort die Beine für ihn breit gemacht, doch Jerry hatte diese Chance nicht genutzt, obwohl er sie bestimmt attraktiv fand.

Die Hormone in ihrem einundzwanzig Jahre jungen Organismus, schlugen Purzelbäume. Wenn ihr bisheriges Leben, ohne Herzlichkeit, ohne emotionale Nähe und ohne Schulabschluss, geschweige denn Ausbildung, anders verlaufen wäre, hätte sie vermutlich gewusst, dass sie verliebt war...

Sie musste herausfinden, was Jerry und Assad, die an dem Geländer der Dachterrasse lehnten, gerade besprachen.

In ihrer jetzigen Position konnte sie lediglich ein undeutliches Raunen ihrer gedämpften Stimmen vernehmen.

Einen wirren Traum vortäuschend, wälzte sie sich, gespielt schlaftrunken grunzend, bis an das äusserste Ende der Couchlandschaft, so dass sie nur noch circa zwei Meter von Jerry und Assad entfernt, lag.

111

„Wir können die Mädels nicht einfach hier lassen...", sagte Jerry, der Assads Schlaflosigkeit in Gedanken, zutiefst verfluchte.

Der Typ konnte ganz schön was ab, sonst hätte er sich, reichlich überdosiert von Alkohol, Hasch, Koks und Extasy, längst zu seinen beiden Gespielinnen gelegt, um ebenfalls den Schlaf des vielleicht nicht Gerechten, aber immerhin des total Zugedröhnten, zu schlafen.

„Alter, Scheiss auf denen ihre Köpfe!", zischte Assad eindringlich. „Die Schlampen haben sowieso keine Zukunft..."

Er knuffte Jerry kumpelhaft mit dem Ellenbogen in die Seite. „Aber wir, Mann – wir haben 'ne Zukunft! Wir sind cool. Wir zieh 'n was richtig Geiles mit der Kohle hoch – 'nen Nobelpuff, dealen im grossen Stil, Bankgeschäfte, Wall Street, oder was du willst... Vorher bisschen abtauchen, Urlaub und so.... Wegen der Weiber, Alter, lass mich mal machen – ich besorg` uns bessere als die beiden da. Ich schwöre, Mann!"

Jerry lächelte gequält.

´Armer Irrer...`, dachte er und rieb sich die Schläfen.

Er bekam langsam Kopfschmerzen.

Auf der Strasse vor dem Bungalow, schlurften unzählige Mutanten herum.

Hin und wieder hob der eine oder andere von ihnen den Blick, glotzte mit toten Augen zu ihnen hinauf und knurrte blutrünstig.

„Wir werden belagert, Assad...", sagte Jerry leise und behutsam, als würde er einem Dreijährigen erklären, dass es nicht gut für ihn war, sich Mamis Vibrator in den Popo zu stecken. „Selbst wenn wir da unten aus allen Rohren auf diese Freaks schiessen, werden sie uns den Arsch aufreissen – spätestens dann, wenn wir unsere Artillerie nachladen müssen! Bis jetzt hatten wir nur Glück... Es war nichts als Scheiss – Glück, dass wir es überhaupt geschafft haben, bis hierhin zu kommen!"

Assad lachte ausgiebig. „Wir lenken die Wichser ab! Vertrau` mir, Jerry – Baby! Ich zeig ` dir, was ich meine..."

Assad ging zu der schlafenden Monique und griff sie unter Achselhöhlen und Kniekehlen wie ein frisch gebackener aber geisteskranker Ehemann, der seine Liebste über die Schwelle zum gemeinsamen Schlafzimmer trug.

Monique nörgelte verschlafen.

„Alles gut, Baby…", säuselte Assad zuckersüss. „Schlaf einfach weiter!"

Das morbide Grinsen in seinem Gesicht, gefiel Jerry überhaupt nicht.

„Was soll `n das werden, wenn ´s fertig ist?", fragte er misstrauisch.

Eine Sekunde später schlug sein Misstrauen in Entsetzen um, denn Assad warf Monique wie

einen Sack Mehl, in hohem Bogen über das schmiedeeiserne Geländer der Dachterrasse.

Der schrille Schrei den sie ausstiess, wurde abrupt abgeschnitten, als die Mutantenbrut sich

auf sie stürzte, noch ehe ihr Körper auf dem Asphalt landete.

Gierig röchelnd, grunzend und brüllend, zerrissen sie Monique förmlich in der Luft.

Während ihr Blut fontänenartig emporschoss, kreischte Assad, der offenbar völlig wahnsinnig

geworden war: „Siehst du, Jerry – das meinte ich! Ein Scheiss – Köder, der die Monster

ablenkt!"

Abgelenkt waren die lebenden Toten in der Tat.

Sie bildeten einen unkoordiniert wuselnden Kreis um das, was einmal Monique gewesen war.

Sie frassen und nagten.

Jeder wollte seinen Teil abhaben, so dass zuletzt nicht mal mehr einer ihrer mit

Glitzersternchen beklebten Fussnägel übrig blieb.

Jerrys übersäuerter Magen drehte sich einmal um die eigene Achse.

Eine Portion kochend heisser Galle stieg ihm den Hals hinauf.

Er schluckte das Zeug ´runter und zwang sich zu einem klaren Kopf.

Einen Blick auf Kasia werfend, fragte er sich, ob sie wirklich noch schlief, oder es nur

vorgab…

Assad hatte blutunterlaufene Augen.

Er sah fast so aus wie eine der menschenfressenden Kreaturen.

Das irrsinnige Grinsen war wie eingemeisselt in seinem Gesicht.

Jerry musste sich eingestehen, dass er langsam Angst vor ihm bekam.

Er kam auf Jerry zu und legte ihm einen Arm um den Hals.

Auch er schaute zu Kasia herüber, deutete auf sie und raunte: „Die fliegt als nächste

´runter! Und dann rennen wir wie der Teufel! Vorher natürlich noch die Scheine abgreifen…

Bist du dabei, Alter?"

Jerry hielt die Luft an.

113

Assads Mundgeruch war schlimmer als der Gestank von Chemieabfällen, die drei Tage lang unter sengender Sonne auf der Halde gelegen hatten.

„Natürlich bist du dabei!", antwortete sich Assad selbst.

Jerrys Sprachlosigkeit schien ihn jedoch zu irritieren.

„Oder etwa nicht?", hakte er mit schief gelegtem Kopf nach, die Augen zu argwöhnisch verengten Schlitzen zusammengekniffen.

„Doch, doch... Klar, Mann! Ich bin dabei...", murmelte Jerry.

Die pechschwarze neun Millimeter Halbautomatik, die in Assads Hosenbund steckte, beunruhigte ihn. „Wir sollten aber jetzt erstmal nichts überstürzen... Lass uns noch ein bisschen warten..."

„Warten?!" Assad stiess ein kurzes, trockenes Lachen aus. „Alter, warten ist was für Schwuchteln! Du behältst Kasia im Auge und ich pack` die Kohle ein! Dieser Kinderficker von Rechtsanwalt wird ja wohl `n Koffer oder `n paar Aktentaschen irgendwo `rumliegen haben..."

„Hey, Assad!", rief Kasia plötzlich. „Schau mal, was ich hier habe!"

Assad drehte sich um.

Kasia richtete einen kurzläufigen klobigen Trommelrevolver der in ihren schmalen Händen seltsam unwirklich aussah, auf ihn.

Vermutlich hatte sie ihn unter einem Kissen versteckt gehabt.

„Mädchen, Mädchen...", sagte Assad, boshaft schmunzelnd.

Er ging lässig ein paar Schritte auf sie zu. „Ich hab ` dich aus der Gosse geholt, dir alles gekauft was du haben wolltest, und zum Dank willst du mich jetzt erschiessen?!"

„Du hast Monique umgebracht, du Arsch! Und mich willst du auch umbringen, aber das kannst du vergessen! Ich hau` ab mit dem Geld, und dann fang` ich mit Jerry ein neues Leben an!" Kasia bemühte sich zwar um einen kalten und berechnenden Tonfall, doch ihre Hände, mit denen sie den Revolver umklammerte, zitterten.

Assad zog die neun Millimeter aus dem Hosenbund und zielte auf Jerry.

„Ah, so ist das also... eine heimliche Verschwörung, oder was?", höhnte er. „Was willst du denn mit dem Bastard anfangen? Dein Jerry hat mir nämlich erzählt, dass er gern Schwänze lutscht und sich ekelt vor Fotzen wie dir!"

Assad kicherte. „Stimmt das etwa nicht, Jerry – Baby? Na sag schon, Mann!"

Jerry zuzwinkernd, flüsterte er: „Sag es und nur Kasia stirbt. Wenn du nichts sagst, geht erst sie drauf und dann du..."

Jerry hätte sich niemals mit Assad und seinen beiden Pferdchen zusammen tun dürfen – das hätte ihm eine ganze Menge Ärger erspart.

´Hätte, hätte, hätte...`, dachte er bitter. ´Hinterher ist man immer schlauer!`

In den nächsten Sekunden würde auf der Dachterrasse des Bungalows von Robert Maria Dorn, erfolgreichem Anwalt, Liebhaber von Parties und blutjungen Girls, jemand sterben – entweder Kasia, Assad, oder er selbst – oder sie alle zusammen!

Jerry beschloss, einfach zu schweigen.

Er spürte einen stärker werdenden Harndrang.

Das war gut, denn es bewies, dass er sich bis jetzt noch nicht vor Angst in die Hose gepisst hatte.

Seine Mundwinkel verzogen sich zu einem lakonischen Lächeln.

Zu lächeln wenn der Tod kam, war ihm schon immer wichtig gewesen.

Für Assad hingegen schien Jerrys Lächeln ein Ausdruck von dessen Loyalität ihm gegenüber zu sein.

Assad legte auf Kasia an und betätigte den Abzug.

Kasia schrie so gellend, dass die schwüle Luft zu vibrieren schien.

Trotzdem hörte Jerry gleichzeitig ein metallisches Klicken, das Assads Waffe produzierte.

Er hatte in seinem selbstverliebten Wahn vergessen, die Wumme zu entsichern, und er kam auch nicht mehr dazu, dies nachzuholen, denn Kasia drückte ab.

Eine Kugel bohrte sich in Assads Oberkörper.

Er liess seine Waffe fallen und sank auf die Knie.

„Du kleine Schlampe...", sagte er voll ungläubiger Verblüffung. „Knallst mich tatsächlich ab..."

Ein tiefroter Blutschwall sprudelte aus seinem Brustkorb.

Mit einem satten Platschen landete er auf hochwertigen, geriffelten Holzbohlen.

Von einem Augenblick auf den anderen, wich sämtliche Farbe aus Assads Gesicht.

„Das wirst du bereuen, verdammtes Dreckstück!" Seine Worte waren nahezu unverständlich.

Blut schwappte blubbernd aus seinem Mund, so dass es sich anhörte, als würde er versuchen zu sprechen und gleichzeitig einen Topf dickflüssige Tomatensauce auszutrinken.

„Jetzt verreck` endlich!", schrie Kasia.

Sie feuerte die verbliebenen fünf Patronen aus dem Revolver in Assads Gesicht.

Sein Abgang war dementsprechend nicht besonders würdevoll.

Knochensplitter und Gehirnmasse spritzten durch die Streben des Geländers der

Dachterrasse.

´Die Mutanten da unten freuen sich bestimmt über diesen kleinen Snack…`, dachte Jerry.

´Mundgerechte Stückchen, und ganz frisch – so wie sie es mögen!`

Stille.

Beissender Schiesspulvergeruch lag in der Luft.

Aus der Mündung von Kasias Revolver stiegen Rauchwölkchen auf – wie auch aus dem

Trümmerhaufen der einmal Assads Kopf gewesen war.

Kasia kniete reglos auf der Couchlandschaft.

Jerry nahm sie in den Arm.

„Wir sollten jetzt von hier abhauen…", sagte er.

Um sechs Uhr und sechs Minuten, verliessen Jerry und Kasia den Bungalow.

Wie durch ein Wunder, gelang ihnen eine lautlose Flucht, unbemerkt von den lebenden

Toten.

Trotzdem hatte Jerry das dumpfe Gefühl, dass ab jetzt alles noch schlimmer werden würde,

als es bereits war…

Was Kasia betraf, so war sie voll kindlicher, irrationaler Hoffnung.

Sie sah sich schon in einem Flieger neben Jerry sitzen – auf dem Weg nach Barbados, Los

Angeles, oder sonstwohin, wo ihrer Auffassung nach, die Reichen und Schönen unter

weissen Sonnenschirmen, chillten.

Dass sie Zeuge eines bestialischen Mordes an ihrer besten, weil einzigen Freundin gewesen

war, und dass sie ihren besten, weil einzigen Freund, erschossen hatte – dies zu

verdrängen, fiel ihr leichter als sie gedacht hätte.

Um ehrlich zu sein: es machte ihr rein gar nichts aus!

Sie glaubte allerdings dass es besser war, wenn Jerry darüber nicht Bescheid wusste.

Er stand bestimmt nur auf sensible Mädels…

22

Paul, Conrad und Jiao, suchten bereits seit einer Stunde nach Harald und Sandy.

Da Harald ohne Zweifel psychisch schwer gestört war, bestand die akute Gefahr, dass er

Sandy etwas antun könnte.

Der Rest der Gruppe befand sich nach wie vor im siebenten Stockwerk – auf A 7, der

Abteilung für Urologie.

Professor Albrecht hatte allmählich genug von diesem Theater.

Es war an der Zeit, wieder zur Normalität zurückzukehren.

Er wollte in sein Büro – dort lagen noch zwei oder drei Krankenakten von Privatpatienten,

die er höchstpersönlich zu diktieren gedachte.

Energisch erhob er sich von dem durchgesessenen Stuhl, auf dem er zu sinnentleerter

Untätigkeit verdammt, gesessen hatte.

„Entschuldigung, Herr Professor... Wo wollen sie hin?", fragte Chen Li.

Er lächelte höflich, doch mit einer, wie Albrecht fand, selbstgerechten Art, die seiner

Meinung nach, alles andere als angemessen war.

Albrecht zog herausfordernd die Augenbrauen hoch. „Es dürfte wohl kaum gegen die neuen

Regeln hier verstossen, sich kurzfristig zu entfernen, um auszutreten – noch dazu weil es

sich um mein Krankenhaus handelt, in welchem wir uns aufhalten! Oder etwa nicht, Herr...?"

„Li." Chen deutete auf das Ende des Flures, wo sich das Personal – WC befand. „Wir haben

alles kontrolliert. Es ist sicher. Trotzdem würde ich ihnen raten, sehr vorsichtig zu sein..."

„Sparen sie sich um Gottes Willen, ihre Ratschläge!", schnaufte Albrecht verächtlich und

stampfte davon.

Auf der Toilette schmiss er sich eine Handvoll Wasser in´s Gesicht.

Er zog einen Kamm aus seiner Kitteltasche, um seinen Scheitel nachzuziehen.

Dann öffnete er die Tür ein Stückchen und lugte daraus, auf den Flur.

Keiner seiner Aufpasser, sah in seine Richtung.

Die Stahltür zum Nebentreppenhaus war direkt gegenüber.

Albrecht war in weniger als fünf Sekunden dort.

Es gab zwei Nebentreppenhäuser – eins auf der A – Seite des Krankenhauses, und eins auf

der B – Seite.

Sie wurden nur vom Personal genutzt und das auch meist nur für kurze Strecken.

Professor Albrecht hatte drei Stockwerke zu überwinden, was ihm allerdings nichts

ausmachte.

Er mochte die kühle graue Stille, die in den Nebentreppenhäusern herrschte.

Leider war er hier auch schon des Öfteren auf schwarze Schafe gestossen – Pflegepersonal,

manchmal auch Ärzte, die auf den Etagenzwischenräumen rauchten.

Albrecht hatte schon so manches Mal, mit etwas Wasser gefüllte Urinprobenbecher, in denen

Zigarettenkippen schwammen, auf den Fensterbänken entdeckt.

In solchen Fällen hatte er normalerweise seinen Dienstpieper gezückt und veranlasst, dass

man den Reinigungsdienst verständigte, damit jener sich unverzüglich um die Beseitigung

der Sauerei kümmerte.

Hin und wieder hatte Albrecht auch schon Grüppchen von Rauchern in flagranti erwischt.

Zuletzt war Tim Kortemeyer, dieser Banause von einem Medizinstudenten, mit von der Partie

gewesen.

Langhaarig, unrasiert, disziplinlos lachend und genüsslich schmauchend, hatte er im

Treppenhaus seine Arbeitszeit mit zwei Krankenschwestern vergeudet.

„Ich werde sie im Auge behalten...", hatte Albrecht zu den Übeltätern, insbesondere zu

Kortemeyer gesagt. „Falls ich bei ihnen eine weitere Missachtung der Klinikordnung

feststelle, wird das nicht folgenlos bleiben. Denken sie darüber nach!"

Jetzt aber war Albrecht ganz allein, während er die Betonstufen des Nebentreppenhauses

der A – Seite emporstieg, und er genoss es.

Der Gedanke dass jederzeit einer der Infizierten auftauchen und ihn attackieren könnte, kam

ihm nicht – was schlicht und einfach daran lag, dass er die Existenz der Krankheit, die in

seiner Klinik ausgebrochen war, nicht akzeptierte.

Ebenso wenig akzeptierte er es, sich weiterhin den Unverschämtheiten von Hauptkommissar

Kronberg, diesem Schandfleck in der Geschichte des Rechtsstaates, auszusetzen.

Auch der Rest seiner jämmerlichen Truppe, konnte ihm gestohlen bleiben!

Die eine Hälfte von ihnen war genauso unverschämt und untauglich wie Kronberg und die andere Hälfte fügte sich ohne nachzudenken, den Befehlen dieses Idioten.

Von einer Flasche wie Doktor Paulsen hatte er nichts anderes erwartet, aber in Doktor von Schmalenkamp hatte er sich wohl getäuscht.

Auch er schien Kronbergs haarsträubenden Verschwörungstheorien über eine monströse Virusinfektion, Glauben zu schenken, benahm sich wie ein debiles Schaf, das sich im Schutz seiner Herde versteckte und manchmal unnützerweise blökte.

„Das mit dem Oberarzt hat sich erledigt, Schmalenkamp!", murmelte Professor Albrecht grimmig, aber auch mit einer gewissen Genugtuung.

Im zehnten Stock angekommen, war er ein wenig ausser Atem, doch so gut gelaunt wie lange nicht mehr.

In einer derartig positiven Stimmungslage hatte er sich zuletzt vor über fünfzehn Jahren befunden – als seine Frau noch gelebt hatte und die Verbitterung noch nicht sein kompletter Lebensinhalt gewesen war...

Die Absätze seiner italienischen Schuhe klackten auf dem blitzblank polierten Boden.

Hier oben gab es keine Blutlachen und keine herumliegenden Leichen, beziehungsweise deren Eingeweide.

Hier war alles so wie es sein sollte!

Albrechts Büro war am Ende des Flures, direkt neben dem Konferenzraum des Aufsichtsrates, dem er als Chefarzt und medizinischer Direktor, selbstverständlich angehörte.

Er hätte beinahe angefangen, ein fröhliches Liedchen zu pfeifen.

Kaum jemand hätte ihn so erkannt – mit seinen entspannt lächelnden Gesichtszügen und den zufrieden – müden Augen eines alten Mannes, der seinen Frieden gefunden zu haben schien.

Professor Albrecht freute sich auf das Diktieren der Entlassungsbriefe.

Liegengebliebene Arbeiten waren ihm zuwider.

Danach würde er die unterste Schublade seines majestätischen Schreibtisches öffnen und das Bild von seiner Frau Marianne auf den Tisch stellen – ein Porträt von ihr, aufgenommen im Sommer Neunzehnhundertachtundsiebzig.

Geschützt unter Glas, in einem reich verzierten goldenen Rahmen, strahlte die damals blutjunge Marianne, wie man schöner nicht strahlen konnte, wenn man nicht wusste, dass man schon bald an Multiple Sklerose erkranken und nach vielen schmerzhaften Jahren, schliesslich deswegen sterben würde.

In der Schublade bewahrte Albrecht ausserdem ein paar ganz besondere Tabletten auf.

Sie würden es ihm ermöglichen, wieder ganz nah bei seiner Frau zu sein.

Heute war der perfekte Tag dafür, sie einzunehmen.

„Für immer und ewig...", murmelte er selbstvergessen.

Ein seltsames Geräusch liess ihn aufhorchen.

Er blieb stehen.

„Hallo? Ist da wer?", fragte er misstrauisch.

Er glaubte, ein Flüstern zu hören.

Dann wieder dieses Geräusch, als ob Glas gegen Metall stiess.

'Natürlich!', dachte Albrecht. 'Sie suchen mich bereits, denken wahrscheinlich, ich hab` sie nicht mehr alle. Gleich steht dieser Chinese mit gezogenem Schwert vor mir und will mir befehlen, mich wieder der Gruppe von Ignoranten, anzuschliessen! Aber ich werde einen Teufel tun!`

Nur noch wenige Schritte trennten ihn von seinem Büro.

Ein Patient kam den Flur entlang.

Er ging sehr langsam und bekam offenbar schlecht Luft.

Das was Albrecht zuvor als Flüstern gedeutet hatte, waren die zischenden Atemgeräusche des Patienten, der unbeholfen einen Infusionsständer vor sich her schob.

Die daran hängende leere Infusionsflasche, schlug dabei immer wieder gegen den rollbaren Ständer.

Albrecht blinzelte, nahm seine Brille ab, setzte sie wieder auf, rümpfte die Nase.

Der Patient war in einem schlechten Zustand und stank zehn Meter gegen den Wind.

Er trug nur ein Krankenhemd das im Bauchbereich kotverschmiert war – was auf einen künstlichen Darmausgang ohne oder mit geplatztem Auffangsystem, hindeutete.

Zwischen seinen Beinen baumelte ein Katheter, dessen mit flockig – braunem Urin gefüllter Beutel, über den Boden schleifte.

„Gehen sie wieder zurück!", sagte Albrecht. „Das ist die falsche Etage. Im siebten Stock sind Leute, die ihnen helfen werden."

Der Patient, kachektisch und mit wirren, in ´s Gesicht hängenden Haaren, schien ihn nicht verstanden zu haben, denn er kam weiter auf ihn zu, ein schmerzgeplagtes Stöhnen von sich gebend.

Albrecht schüttelte verständnislos den Kopf.

Er stand jetzt direkt vor seiner Bürotür und musste sie nur noch aufschliessen, um endlich Ruhe zu haben.

Er griff in seine Kitteltaschen, dann mit wachsender Unruhe, in seine Hosentaschen.

Sein Schlüsselbund war weg!

Er hatte ihn in dem ganzen Chaos scheinbar verloren.

Zuerst stieg Ärger in ihm auf, aber dann kam das Entsetzen.

Der Patient war nah, sehr nah.

Er langte mit dürren, knotigen Fingern nach ihm, und er trug diese spezielle Infektion in sich – die Infektion, die Professor Albrecht einfach nicht hatte wahrhaben wollen.

Ein panischer Schrei entrang sich seiner Kehle.

Zum zweiten Mal an diesem unheiligen Wochenende, pisste er sich in die Hose.

„Verdammt! Wie konnte das passieren?!", knurrte Conrad unzufrieden, als Chen von Professor Albrechts Verschwinden berichtete.

Chen hatte Conrad und Paul im neunten Stock angetroffen.

Conrad wischte sich eine Handvoll Schweiss mit einem Papierhandtuch von der Stirn.

Nichts lief wie es sollte! „Haben wir wenigstens eine Spur? Irgendeinen Hinweis wo er sein könnte?"

„Doktor von Schmalenkamp glaubt, er könnte in sein Büro gegangen sein…, meinte Chen.

„Und wo ist dieses Scheiss - Büro?", wollte Conrad wissen. „Soll ja keiner denken, dass wir mit der Suche nach Sandy und Harald, schon ausgelastet wären!"

„Es ist im Zehnten...", sagte Paul.

Paul fragte sich, warum Christopher von Schmalenkamp sich nicht selbst um Albrechts

Verschwinden, beziehungsweise dessen Auffinden, gekümmert hatte.

Schliesslich hing von ihm letztendlich der heiss ersehnte Oberarztposten ab.

Da konnte man doch wohl eigentlich ein bisschen Einsatz erwarten...

„Sag mal, Chen... Hat Christopher sich denn gar nicht angeboten, den Professor selbst

suchen zu wollen?", erkundigte er sich.

Chen schüttelte den Kopf.

„Nein...", sagte er.

Conrad lachte dreckig. „Der ist froh, dass er in aller Ruhe Schwester Sara angraben kann!

Oder etwa nicht, Doktor Paul?!"

Paul bedachte Conrad mit einem eisigen Blick.

„Bemerkenswert, dass du dich in deinem sozialen Fehlverhalten, ohne jede Anstrengung,

immer noch selbst übertreffen kannst..., meinte er. „Wenn du in meiner Gegenwart noch

einmal über Sara sprichst, haben wir allerdings ein echtes Problem!"

Conrad spielte den Beleidigten. „Oho! Du wirfst mir den Fehdehandschuh in´s Gesicht? Nach

all dem, was wir gemeinsam durchgestanden haben?!"

Sie waren jetzt im zehnten Stock angelangt.

Chen legte den Zeigefinger vor den Mund, während er Conrad und Paul streng ansah.

Professor Albrecht lag regungslos auf dem Boden.

Eine zweite Person in einem Patientenhemd, ebenfalls.

Chen, Conrad und Paul, näherten sich vorsichtig.

Die Person im Patientenhemd, ganz offensichtlich ein Infizierter, war unschädlich gemacht

worden.

Der blutbesudelte, verbogene Infusionsständer, zeugte davon, dass Albrecht ihm damit den

Schädel zertrümmert hatte.

Der Rest der unfreiwilligen Krankenhaus – Guerillas war mittlerweile auch eingetroffen.

Albrecht schlug die Augen auf.

„Er lebt!", bemerkte Christopher von Schmalenkamp überflüssigerweise.

Conrad zeigte auf Albrechts rechten Oberarm.

Der Arztkittel war dort zerrissen und rot verfärbt von Blut, das aus einer fransigen Wunde

sickerte. „Er ist infiziert. Wir können ihm nicht mehr helfen…"

Albrecht übergab sich auf seine Krawatte.

„Wir müssen wenigstens versuchen, etwas für ihn zu tun!", forderte Sara drängend. „Paul,

was meinst du?"

Sara sah sich irritiert um. „Paul?!"

Alle blickten betreten zu Boden.

Keiner sprach oder machte irgendwelche Anstalten, dem Chefarzt zu helfen.

Paul zupfte konzentriert imaginäre Fusseln von den Ärmeln seines T -Shirts, bis er sich

endlich einen Ruck gab und mit fester Stimme das unbehagliche Schweigen brach: „Okay!

Sara und Sofia – ihr besorgt Kochsalzlösung, Stauschlauch, Viggo, Verbandsmaterial, i. v.

– Sedativa, Antibiose und was sonst noch üblich ist! Christopher, du hilfst mir, Albrechts

Oberkörper frei zu machen! Als erstes desinfizieren wir die Wunde, dann bekommt er einen

Druckverband und einen venösen Zugang…"

Während Sara und Sofia losrannten um das geforderte Material zu beschaffen, machte

Christopher von Schmalenkamp gute Miene zum bösen Spiel.

Es war ein absolutes Novum, dass er von Doktor Paul Anordnungen entgegen nahm.

Sie hatten Albrecht auf eine Trage gelegt.

Sara assistierte Paul bei der medizinischen Versorgung des Professors.

Sie konnte nicht fassen, dass Paul so lange gezögert hatte – das kannte sie eigentlich nicht

von ihm.

Er hatte sich verändert.

Normalerweise lebte er einen ausgeprägten Helfer - Komplex aus, der ihm nicht nur

unbezahlte Überstunden und schlaflose Nächte einbrachte, sondern auch das skeptische

Unverständnis seiner Mitmenschen.

Hatte die Seuche bewirkt, dass ihm ein Menschenleben nicht mehr ganz so viel bedeutete

wie früher?

„Sein Blutdruck ist sehr niedrig…", sagte Sara.

Sie löste die Manschette von Albrechts unverletztem Arm und legte sich das Stethoskop um den Hals. „Und die Sauerstoffsättigung auch."

Das Pulsoxymeter das mit Albrechts linkem Zeigefinger verbunden war, zeigte bei einem Puls um die dreissig, eine Sättigung von Achtundsechzig Prozent an.

„Wir müssen sein Herz anstossen…", murmelte Paul, während er eine Ampulle aus dem Notfallkoffer öffnete und ihren Inhalt auf eine Spritze zog. „Eigentlich bräuchte er einen zentralen Venenkatheter."

„Machen sie sich nicht lächerlich, Paulsen!", meldete sich Albrecht mit schwacher Stimme. An einigen Stellen auf seinem Oberkörper entstanden braun – grüne Flecken. „Ich werde in wenigen Augenblicken tot sein, aber ich will hier nicht verrecken wie ein Stück waidwundes Rotwild… Also schwafeln sie nicht von einem ZVK! Spritzen sie mir Morphium – und zwar die Menge, die angesichts meines Zustandes angemessen ist!"

Er hustete einen sämigen Schleimklumpen aus. „Sie verstehen doch wohl was ich meine, Paulsen?"

„Na los, Mann…", drängte Conrad. „Spritz ihm den Scheiss, bevor er mutiert!"

„Er wäre doch jetzt längst mutiert!", sagte Paul. „Vielleicht kriegen wir ihn wieder in einen stabilen Zustand…"

Conrad schnaubte wütend. „Du weisst genau, dass die Zeitspanne vom Biss bis hin zum Vollbild der Mutation, länger geworden ist! Und jetzt mach hin, bevor ich mich vergesse!"

Paul sah schliesslich ein, dass es mehr als unwahrscheinlich war, seinen Chefarzt noch retten zu können, daher befolgte er dessen dringenden Wunsch.

Kurz nachdem Albrecht die normalerweise tödliche Dosis Morphium bekommen hatte, besserte sich sein Allgemeinzustand auf rasante Art und Weise.

„Hundert zu sechzig…", meldete Sara, die erneut Albrechts Blutdruck kontrolliert hatte.

„Die Symptome verschwinden!", rief Paul begeistert. „Eine paradoxe Reaktion! Es tritt weder Atemdepression noch Zyanose auf und die Infektionszeichen sind auch rückläufig."

Christopher von Schmalenkamp beugte sich über den Professor.

„Wie fühlen sie sich?", fragte er ihn.

„Ganz gut eigentlich…", entgegnete Albrecht in verwaschenem Tonfall. „Ich hätte Appetit auf ein beidseitig gebratenes Spiegelei…"

„Unglaublich...", brummte Conrad.

„Paulsen, ich glaube, ich befördere sie zum Oberarzt...", nuschelte Albrecht.

Seine Augen schimmerten in unnatürlichem Opiatglanz.

Conrad klopfte Paul mit der flachen Hand auf den Rücken.

„Das sind doch mal gute Aussichten!", tönte er belustigt. „Dann können wir uns ja getrost wieder der Suche nach Sandy und dem charmanten Harald widmen!"

„Ich sollte erst noch ein EKG machen...", widersprach Paul, doch Conrad zog ihn am Arm mit sich fort.

„Das kann der...", Conrad deutete auf Christopher. „Auch machen. Vielleicht kann er ja dadurch seinen angekratzten Ruf sogar wieder etwas aufpolieren!"

„Na gut..." Paul zog seine Gummihandschuhe aus.

Irgendwie gefiel es ihm, dass ausgerechnet der aufgeblasene, geltungssüchtige Christopher in diesem Drama nur als Statist fungierte. „Wenn wir schon mal hier oben sind, können wir auch gleich auf dem Dach nachschauen..."

„Es ist Viertel vor sieben...", sagte Jacob. „Soll ich uns mal ein anständiges Frühstück organisieren?"

Sara nickte und lächelte dankbar.

Sie hatte das Gefühl, völlig unterzuckert zu sein.

„Das ist eine wirklich gute Idee!", meinte sie.

„Ich komme mit!", sagte Diana.

Obwohl sie wahnsinnig grosse Angst vor herumirrenden Infizierten hatte, wollte sie Jacob unbedingt begleiten, denn die unmittelbare Nähe zu Professor Albrecht auf seiner Trage, machte ihr ebenfalls Angst.

Sie war von seiner Heilung keinesfalls überzeugt – zumal sie bemerkt hatte, dass die von mehreren Lagen Kompressen und Mullbinden abgedichtete Bisswunde, bereits langsam durch das Verbandsmaterial hindurch zu bluten begann...

Jacob war wild entschlossen, etwas halbwegs Anständiges aufzutischen – keine pappigen, in Plastikfolie eingeschweissten Kleinkuchen mehr, und kein geschmacksneutraler Zwieback der billigsten Sorte.

Sie waren hier oben im Zehnten auf einer Privatstation, die nur über zwölf Betten verfügte.

In den anderen Zimmern befanden sich die üppigen Büros der Klinikleitung.

Sie hatten die gesamte Etage gecheckt.

Es gab drei Leichen – zwei Patienten, die bestialisch ausgeweidet in ihren Betten lagen,

und den Infizierten, den Professor Albrecht erschlagen hatte.

Die Stahltüren waren jetzt geschlossen.

Die Ebene war sauber.

Im Stationszimmer stand ein zusammengeklappter Plastikkorb neben der Spülmaschine.

Jacob klappte ihn auf und stellte ihn auf die Arbeitsplatte der kleinen Küchenzeile.

Als erstes stellte er zwei grosse Flaschen Apfelsaft und zwei Colaflaschen hinein.

Die meisten Lebensmittel waren aufgrund der Temperaturverhältnisse natürlich verdorben,

daher stellte er sich nicht auf allzu fette Beute ein.

Er fand jedoch Vollkornbrotrot, Räuchersalami und Nuss – Nougat – Creme.

Begeistert packte er die Schätze ein.

„Hey, nicht das Beste übersehen!", sagte Diana, als Jacob die Tür des abgetauten

Kühlschrankes schliessen wollte.

Sie nahm eine Flasche Champagner heraus – vermutlich das Abschiedsgeschenk eines

entlassenen Patienten, der sich beim Pflegepersonal damit bedankt hatte.

Sie hielt Jacob die Flasche hin. „Worauf wartest du? Mach sie auf!"

Jacob sah sich nervös um.

Er hatte keine Lust schon wieder unangenehm aufzufallen wie bei der Sache im Park, als er

es fast mit Diana getrieben hatte, bis der Torso – Typ aufgetaucht war und die ganze

Angelegenheit sich zu einem megapeinlichen Desaster entwickelt hatte.

Dennoch öffnete er die Flasche.

Das festliche, feucht – fröhliche Ploppen des Korkens und das leidenschaftliche,

ejakulationsartige Hervorschäumen des Champagners, passte ebenso wenig zur

Gesamtsituation, wie die gemütlichen Marihuanaschwaden im Park.

In den letzten Stunden war Diana immer teilnahmsloser geworden.

Wenn Jacob sie angesprochen hatte, hatte sie zickig oder mürrisch reagiert.

Der Champagner schien ihre Laune wieder zu heben.

Sie trank ihn in grossen Schlucken, direkt aus der Flasche.

Sofort hellten sich ihre Gesichtszüge auf.

Jacob, der sich nichts aus Alkohol machte, trank nur aus Höflichkeit einen Schluck mit.

Sein Kopf wurde plötzlich leicht und seine Glieder schwer.

Das Zeug hatte augenblicklich einen Flashback allererster Sahne ausgelöst!

„Es wär` wohl besser, wenn wir jetzt wieder zu den anderen zurückgehen würden…", meinte er.

„Gleich…", sagte Diana, die sich erneut die Flasche an den Hals hielt.

Sie bekam einen aufgebracht hicksenden Schluckauf, den sie in keinster Weise zu kontrollieren vermochte.

Jacob grinste.

„Was gibt´s denn da zu grinsen?", empörte Diana sich, grinste aber ebenfalls.

Sie schüttelte die Flasche und richtete den zischenden Strahl auf Jacob, der eine ordentliche Dusche abkriegte.

„Hey, wir sind hier nicht bei der Formel Eins!", prustete er.

Diana kicherte.

„Oh, oh…", sagte sie besorgt tuend. „Was werden… hicks… die anderen von dir denken, so wie du… hicks… nach Alkohol stinkst?!"

„Sie werden denken, dass du, nachdem du eine halbe Flasche Champagner getrunken hast, mich mit dem Rest vollgespritzt hast!", entgegnete Jacob lächelnd.

Vergessen waren alle tugendhaften Gedanken.

Der Zeitpunkt war gekommen, das fortzusetzen, was im Park angefangen hatte…

„Oh mein Gott!", hauchte Christopher von Schmalenkamp, als das an Professor Albrecht angeschlossene EKG – Gerät, eine Null – Linie anzeigte.

„Man könnte meinen, dass ein Krieg ausgebrochen wäre…", sagte Conrad finster.

„Ja…", sagte Paul. „Ein Krieg ohne Überlebende!"

Die Aussicht die sich ihnen vom Dach des Krankenhauses bot, war nicht geeignet, um positiv in die Zukunft zu sehen.

Sie konnten nahezu das komplette Stadtzentrum überblicken.

Viele der Gebäude die in Brand geraten waren, nachdem die Seuche sich unaufhaltsam ausgebreitet hatte, qualmten immer noch vor sich hin.

Der Regen des Unwetters hatte zwar ein alles vernichtendes Flammenmeer verhindert, doch immer noch flackerten unzählige Schwelbrände, von der feuchten Luft unterdrückt, zwischen den Trümmern.

An einigen Stellen sahen Strassenzüge und Häuserzeilen aus, als hätte jemand mit einem Katapult, Eimer voller roter Farbe auf sie geschleudert – blutige Dokumentationen eines einzigartigen Massakers.

Die Sonne war ein gleissendes Loch im diesig – verhangenen, schmutzigweissen Himmel.

Das Licht stach in den Augen, fühlte sich ungesund an.

Still war es, so still...

´Ein Königreich für etwas Vogelgezwitscher!`, dachte Paul.

Er hätte sich allerdings auch mit weitaus Weniger zufrieden gegeben – Rabengekrächze zum Beispiel, Taubengurren oder Hundegebell.

Selbst das normalerweise übliche Hupkonzert in den Rush – hours, kombiniert mit nervenzerfetzendem Baulärm, wäre eine Wohltat für seine Ohren gewesen.

„Soll das wirklich das Ende sein?", meinte er. „Gibt es nichts mehr, ausser der Seuche?"

Conrad schwieg.

Er neigte den Kopf zur Seite, zog die Stirn kraus und legte eine Hand an sein nach oben gerichtetes Ohr.

„Was ist los?", fragte Paul.

„Hörst du das?", presste Conrad zwischen zusammengebissenen Zähnen hervor.

Paul lauschte einen Moment. „Nein... ich hör` nichts."

„Da war ein Hubschrauber! Ich könnte schwören, dass ich eben von weitem, einen Hubschrauber gehört habe..."

23

„Mir tun die Füsse weh!", jammerte Kasia.

Sie trug lilafarbene Plastik – Flipflops, und die Haut zwischen den ersten beiden Zehen war wund gescheuert.

„Wir ruhen uns gleich ein bisschen aus…", meinte Jerry.

Sie waren zwar noch nicht lange unterwegs, aber auch ihm stand der Sinn nach einer kleinen Verschnaufpause – nicht zuletzt weil er furchtbare Kopfschmerzen hatte.

Bei der Flucht aus Dorns Bungalow hatte er sich eine Platzwunde auf der Stirn zugezogen, als er einem der Mutanten ausgewichen und in vollem Lauf, gegen den Mast einer Strassenlaterne geprallt war.

Ausserdem hatte er einen mörderischen Hangover, sowie ein flaues Gefühl im Oberbauch, das er vage als ganz profanen Hunger deutete.

Sie fanden ein exklusives Plätzchen um ihre Pause zu begehen – ein kleines Geschäft das sich auf hochpreisige Möbel und andere Einrichtungsgegenstände spezialisiert hatte.

Kasia warf sich sofort auf ein luxuriöses Boxspringbett.

Jerry zog die Vorhänge vor dem Schaufenster zu.

Er machte sich auf die Suche nach irgendwelchen Lebensmitteln.

Im Büro fand er eine noch ungeöffnete Tüte Kartoffelchips und eine Packung Pralinen.

Zu diesen Köstlichkeiten gab es Orangenlimonade, die Jerry in Kristallgläsern servierte.

Beim Anblick der dezenten Preisaufkleber die auf den Gläsern hafteten, gingen Kasia die Augen über.

„Ich wusste nicht, dass man so viel Geld für Geschirr ausgeben kann…", meinte sie fasziniert.

Sie assen die Chips und tranken Limonade dazu.

Wenig später kuschelte sich Kasia in die behaglich raschelnde Bettwäsche und schlief ein.

Jerry verspeiste noch ein paar Pralinen, dann legte er sich neben sie.

´Das einzige...`, sinnierte er träge. ´Das jetzt noch fehlt, ist eine Play – Station, oder zumindest ein Fernseher, auf dem ich mir ein Autorennen oder einen Boxkampf anschauen könnte...`

Langsam glitt er in einen tiefen, traumlosen Schlaf.

Nach weniger als zwei Stunden, wachte Jerry ruckartig auf.

Er hatte ein Geräusch gehört.

Seine Kopfschmerzen waren verschwunden, obwohl eine fette, mit getrocknetem Blut umrandete Beule, mitten aus seiner Stirn wuchs.

Das Geräusch das ihn geweckt hatte – es war das Knattern eines sich nähernden Hubschraubers!

Jerry rüttelte Kasia wach.

„Da draussen ist ein Hubschrauber!", sagte er aufgeregt. „Wahrscheinlich suchen sie nach Überlebenden... Wir müssen sie auf uns aufmerksam machen!"

Sie stürzten aus dem Laden der den schönen Namen Sweetest Home, trug, stellten sich mitten auf die breite, verkehrsberuhigte Einkaufsstrasse und ruderten wild mit den Armen in der Luft herum – das heisst, eigentlich ruderte nur Jerry mit den Armen.

Kasia stand wie versteinert neben ihm und starrte nach oben, wo ein Militärhubschrauber seine Kreise zog.

Er flog noch ziemlich hoch.

Kasia hoffte inständig, dass er sie nicht bemerken und wieder abdrehen würde.

Sie wollte nicht gerettet werden, denn das würde ihren Plan über den Haufen werfen.

Kasias Plan sah vor, dass sie mit Jerry, und zwar mit Jerry ganz allein, zuerst die Stadt, und dann das Land, verlassen würde.

Jerry hatte die Befürchtung geäussert, dass die Seuche sich möglicherweise so weit ausgebreitet hatte, dass es schwierig sein könnte, in näherem Umkreis, einen einigermassen sicheren Zufluchtsort zu finden.

Er hatte daher geplant, sich bis zum Flughafen des Motorsegelclubs durchzuschlagen, wo vollgetankt und stets penibel gewartet, seine eigene Cessna – Kasia ging davon aus, dass es sich dabei um ein Flugzeug handelte, bereit stand.

Wenn sie erst einmal in der Luft wären und ferne Länder ansteuerten, würde Jerry sich ihrer komplett annehmen müssen – dazu würde sein Gewissen ihn zwingen.

Im Gegensatz zu Assad, da war sich Kasia sicher, hatte Jerry nämlich ein Gewissen!

Aufgrund von Jerrys Andeutungen darüber, dass er im Ausland über zusätzliche Wohnsitze verfügte, hatte sie sich bereits unter Palmen auf dem Sunset – Strip in Hollywood, flanieren gesehen – Arm in Arm mit Jerry und einem putzigen Chihuahua – oder Mopswelpen, der keck aus ihrer Handtasche lugen würde.

Zu diesem Zeitpunkt könnte ihretwegen die Seuche eingedämmt werden, aber bitte, bitte, lieber Gott, nicht vorher!

„Die haben uns nicht gesehen…", meinte sie, obwohl der Hubschrauber tiefer ging und in ihre Richtung steuerte. „Lass uns lieber wieder in den Laden gehen, bevor die Mutanten kommen…"

„Scheiss auf die Mutanten!", sagte Jerry. „Wir werden gleich in Sicherheit sein!"

Der Hubschrauber stand nun, die Seitentüren maximal geöffnet, fast über ihnen in der Luft – niedrig genug um eine Strickleiter herabzulassen, die sie nur erklimmen müssten, um den Mutanten ein für alle Mal zu entrinnen.

Eine Frauenstimme, von einem Megaphon metallisch verfremdet, übertönte das Knattern des Hubschraubers.

„Wie viele Personen befinden sich mit ihnen zusammen da unten?", wollte die Frau, die breibeinig im Inneren des Hubschraubers stand, wissen.

„Nur wir beide hier!", rief Jerry.

Er musste die Augen zukneifen während er zu ihr emporschaute, denn der Wind, den die Rotorblätter verursachten, trieb ihm Staubkörner in ´s Gesicht.

Die Frau im Hubschrauber trug Springerstiefel, eine schwarze Uniform ohne Kopfbedeckung, eine Sonnenbrille und eine Maschinenpistole.

War sie eine Soldatin?

Jerry war sich nicht sicher.

Er konnte die Uniform nicht zuordnen.

Aus seinem Blickwinkel waren keinerlei Hinweise auf eine Nationalität oder einen Dienstgrad zu erkennen.

131

„Sie haben eine Verletzung!" Die Frau deutete mit ihrer Maschinenpistole auf Jerrys Kopf.

„Sind sie infiziert?"

„Infiziert?" Es beunruhigte Jerry dass die Besatzung des Hubschraubers keine Anstalten machte, sie zu retten. „Nein! Ich bin nur gegen einen Laternenmast gerannt..."

„Bestätigen sie diese Information!", befahl sie Kasia, die daraufhin mit dem Kopf nickte.

Die Frau beugte sich kurz nach hinten, schien ein paar Worte mit dem Piloten zu wechseln.

Kurz darauf erklang ihre strenge, emotionslose Stimme wieder durch das Megaphon: „Dieses Gebiet steht unter Quarantäne! Ich fordere sie hiermit auf, die Strasse zu verlassen und sich lediglich in geschlossenen Räumen aufzuhalten!"

Jerry glaubte sich verhört zu haben.

„Scheisse, verdammt!", fluchte er ungehalten. „Hier unten wimmelt es von mutierten Freaks, die uns den Arsch aufreissen wollen, also nehmen sie uns endlich an Bord!"

„Negativ!", sagte die Frau. „Entfernen sie sich! Ich bin befugt, ansonsten das Feuer auf sie zu eröffnen..."

Der Hubschrauber stieg langsam wieder höher.

Die Frau in der schwarzen Uniform zielte mit ihrer Maschinenpistole auf Jerry und Kasia.

Jerrys Kopfschmerzen kamen zurück – rasender als je zuvor.

Hätte er bloss daran gedacht, einen grosszügigen Schmerzmittelvorrat anzulegen –

Gelegenheiten dazu wären reichlich vorhanden gewesen.

Kasia kreischte schrill auf als die Projektile aus der Maschinenpistole der Frau, ratternd und Funken sprühend, vor ihr und Jerry einschlugen, kleine Krater in den Boden reissend.

Jerry nahm Kasia bei der Hand, wollte sie zurück in´s Sweetest Home zerren, doch ein weiterer Kugelhagel von oben, pulverisierte Eingangstür und Schaufenster des Geschäfts.

Im Zickzack – Kurs, Haken schlagend wie Hasen, rannten sie die Einkaufsstrasse hinunter.

Kasia schrie immer noch wie am Spiess und lief trotz ihrer Angst viel zu langsam, so dass Jerry sich überlegte, sie zu tragen.

Das wiederum würde ihn selbst natürlich deutlich langsamer machen und war demnach eine Rechnung, die nicht aufging.

Ein Querschläger der Maschinenpistolensalven streifte Jerry an der Schulter.

Es fühlte sich an, als hätte ihm jemand einen wuchtigen Boxhieb verpasst.

Er geriet in`s Straucheln und wäre beinahe zu Boden gegangen.

Blut spritzte aus seiner Wunde.

Das Geschoss musste irgendwelche reichhaltigen Adern verletzt haben.

Der Schmerz war auszuhalten – verglichen mit seinen Kopfschmerzen, war er eher

nebensächlich.

Ein hoher Blutverlust war in diesen Zeiten allerdings nicht gerade sehr empfehlenswert...

Dann verstummte das MP – Feuer und der Hubschrauber flog, zügig an Höhe gewinnend,

über sie hinweg.

Jerry fühlte wie sein Körper drohte, schlapp zu machen.

Auch ohne dass er in den letzten zwanzig Jahren jemals einen Arzt aufgesucht hatte, ausser

dem, der ihm vor drei Jahren das Fliegen verboten hatte, wusste er, wie es um seine

Gesundheit stand.

Als sich die ersten Symptome seines vorzeitigen Verschleissens bemerkbar gemacht hatten,

war ihm klar geworden, dass jahrelanger, regelmässiger Drogenkonsum, nicht spurlos an

seiner Gesundheit vorbei gegangen war...

Ihm wurde schwarz vor Augen.

Es floss ziemlich viel Blut aus seiner Schulter.

Ein Gähnen stieg in ihm auf – vielleicht der Vorbote eines Krampfanfalles.

Er sank in einem Hauseingang auf die Knie.

´Vielleicht sollte ich jetzt einfach noch ein bisschen schlafen...`, dachte er.

Energisches Rütteln an seinem Oberkörper hinderte ihn jedoch daran, diesem Bedürfnis

nachzugeben.

„Wir müssen zu deinem Flugzeug!", hörte er Kasia sagen. „Bevor die Mutanten kommen..."

Jerry biss sich energisch auf die Unterlippe.

Die Zeit zu sterben mochte in greifbarer Nähe sein, aber sie war noch nicht da – jetzt noch

nicht...

„Falls wir nicht vorher erschossen oder aufgefressen werden, sind wir in circa einer Stunde

am Flugplatz...", sagte er. „Vorausgesetzt wir haben einen fahrbaren Untersatz, der

zuverlässig und stabil ist!"

24

Sie fanden Sandy im Heizungskeller.

Zuerst dachten sie, sie wäre tot.

Regungslos und mit geschlossenen Augen, lag sie auf dem Betonfussboden.

Paul fühlte ihren Puls am Handgelenk – er war zwar langsam, aber relativ kräftig.

Vorsichtig brachte Paul sie in eine sitzende Position.

„Sandy! Aufwachen! Alles in Ordnung! Wir sind bei dir…“, sagte er behutsam.

Sie schlug die Augen auf und blinzelte ihn verwirrt an.

Mit einer kleinen Taschenlampe, die kaum dicker als ein Kugelschreiber war, überprüfte er

ihre Pupillenreaktion.

„Ohne Befund…“, murmelte er.

Vorsichtig flösste er ihr kleine Wasserschlucke aus einer knackenden PET – Flasche ein.

„Harald ist nicht hier unten…“, sagte Conrad, nachdem er den Heizungskeller gecheckt hatte.

Er sah Sandy an und bemerkte die frischen Würgemale an ihrem Hals.

„Wo ist das Schwein?“, fragte er sie.

Sandy schüttelte den Kopf.

Ein heftiger Hustenanfall durchfuhr sie.

„Ich weiss nicht…“, flüsterte sie heiser.

Vielleicht war es ganz gut dass Harald nicht mehr bei ihnen war – andererseits hätte

Conrad ihn liebend gern noch einmal gesehen, nur um ihm eine Kugel in sein krankes Hirn

zu jagen!

Alle waren heilfroh, dass Sandy lebte und es ihr den Umständen entsprechend, gut ging.

Vor allem Christopher atmete auf.

Einen weiteren Verlust hätte er im Moment nicht noch einmal ertragen.

Er hatte die Verantwortung für Professor Albrecht gehabt und es nicht verhindern können,

dass der schliesslich doch noch mutiert war und beinahe Sara infiziert hätte.

Chen war schnell und geistesgegenwärtig gewesen.

134

Er hatte ihr Leben gerettet, indem er Albrecht, ohne zu zögern, mit seinem Schwert, den Kopf abgetrennt hatte.

„Wir werden Harald nicht suchen...", meinte Conrad. „Alleine hat er sowieso keine Chance. Sollte das Arschloch uns trotzdem nochmal begegnen, könnte es allerdings passieren, dass er sich eine Ladung Blei von mir einfängt!"

„Ja ja..." Paul winkte ab. „Wir blasen sie alle weg! Jetzt sollten wir uns aber zuerst mal überlegen, wie wir aus diesem Krankenhaus ´rauskommen!"

„Wie wär ´s wenn wir ´nen Krankenwagen nehmen?!", stellte Sofia in den Raum. „Stehen doch genug ´rum, unten in der Garage..."

Das Rolltor der grossräumigen Garage neben der Ambulanz, war noch hochgezogen. Schnell liessen sie es herunter.

Zum Glück waren keine Gourmets, wie einige von ihnen die Infizierten aufgrund einer zynischen Bemerkung von Conrad mittlerweile nannten, eingedrungen.

Es standen zwei Rettungswagen zur Verfügung – vollgetankt und in technisch einwandfreiem Zustand.

„Diese Fahrzeuge sind zwar relativ robust...", sagte Conrad. „Aber ihr wisst, wie es auf den Strassen da draussen aussieht..."

„Wir müssen die Dinger halt pimpen!" Sofia grinste breit.

Sie schraubte für ihr Leben gern an Autos herum.

„Sie so zu präparieren, dass die Gourmets nicht eindringen können, würde eine Menge Zeit kosten – Zeit die wir nicht haben!", unkte Conrad. „Ausserdem bräuchten wir eine Art Rammbock, um die ganzen Autos wegzuschieben, die uns im Wege stehen werden..."

„Warum haben wir keine Zeit?"

Chen trat vor und sah Conrad herausfordernd an. „Glaubst du, dass Zeit überhaupt noch eine Rolle spielt?"

Conrad glaubte nicht recht gehört zu haben.

Wie redete dieser Möchtegern – Bruce Lee mit ihm?!

„Chen hat recht...", mischte Paul sich ein. „Was bedeutet Zeit, wenn es darum geht, nichts als das nackte Überleben zu sichern?"

135

„An dir ist echt ein Philosoph verloren gegangen, Doktor Paul!", spottete Conrad.

Paul seufzte. „Mal ehrlich, Conrad – spätestens seit wir hier auf dem Dach des Krankenhauses gestanden haben, ist dir doch auch klar geworden, dass der Virus die ganze Stadt, die Umgebung, vielleicht das ganze Land, im Griff hat!"

Der Leitwolf war angeschlagen.

Mehr denn je, verspürte Conrad das drängende Verlangen nach einem Drink…

Er beschloss sich eine Weile auszuklinken, zündete sich eine Zigarette an und zog sich in die hinterste Ecke der Garage zurück, um sich zu sammeln.

Ihm stand der Schweiss auf der Stirn.

Trotzdem fror er innerlich.

Er bemerkte, dass er roch wie irgendetwas halb Verwestes.

Die Finger die seine Zigarette hielten, zitterten.

Er verspürte eine leichte Übelkeit – nicht nur im Magen, sondern auch im Gehirn!

Ein Schwall ätzender Magensäure schoss seine Kehle empor.

Er schluckte die widerliche Suppe wieder hinunter.

Ihm würde niemals jemand kotzen sehen – das wäre ja noch schöner!

„Gottverdammt!", murmelte er, als er seine Kippe austrat und sich erhob.

Ihm wurde erst schwarz vor Augen, dann schränkte ein schlieriger Nebel sein Sichtfeld ein.

Er machte sich auf den Weg – um ein einigermassen sicheres und energisches Gangbild bemüht.

Paul bemerkte, dass Conrad die Garage verlassen wollte.

„Was ist los, Mann? Wo willst du hin?", sprach er ihn an.

„Ich geh ` mal eben kacken, wenn ´s gestattet ist… Und danach nehm ` ich ´ne Dusche. Ihr werdet ja wohl ein paar Minuten ohne mich zurecht kommen, oder ist das zuviel verlangt?!"

Paul sah Conrad mit seinem *Ich bin Arzt und sehe, wenn einer nicht klar kommt* – Blick an.

„Okay…", sagte er zögernd. „Vielleicht sollte ich vorher aber mal deinen Blutdruck messen. Du siehst ziemlich fertig aus…"

Conrad schnaubte – halb ärgerlich, halb belustigt. „Mein Blutdruck ist nun wirklich das letzte, worüber du dir Sorgen machen solltest!"

136

Er musterte Paul abschätzig von oben bis unten. „Davon abgesehen, siehst du auch nicht gerade wie das blühende Leben aus…"

Das Badezimmer das Conrad auf dem Flur von Station A 1 aufsuchte, war zum Glück sauber – vermutlich hatte es nach der letzten Reinigung, vor Ausbruch der Seuche, niemand mehr benutzt.

Conrad zitterte mittlerweile am ganzen Körper.

Er fühlte sich so mutlos, entkräftet und einsam, wie schon lange nicht mehr.

Er dachte an Maria.

Als sie ihn vor sechs Jahren verlassen und ihre gemeinsame Tochter Charlotte mitgenommen hatte, war er in einer vergleichbaren physischen und psychischen Verfassung gewesen – mit dem Unterschied, dass er damals noch nicht suspendiert war und sein Ruf als polizeilicher Ermittler erst begann, kleine Risse zu bekommen.

Damals hatte er sich mit Arbeit ablenken können, und mit Unmengen von Whisky.

Ausserdem war er zu illegalen Prostituierten gegangen, die er nicht bezahlte.

Sie hatten schliesslich froh sein können, dass er sie nicht gleich erst in den Bau und dann zurück in ihre krisengeschüttelten Heimatländer, geschickt hatte…

Auch Maria war eine Prostituierte gewesen, als Conrad sie in einem schmuddeligen Hinterhof – Bordell kennengelernt hatte.

Das war mittlerweile fast siebzehn Jahre her.

Maria kam aus der Dominikanischen Republik.

Conrad hatte sie aus dem Milieu herausgeholt und ihr eine Aufenthaltsgenehmigung besorgt.

Mit achtundzwanzig Jahren, knapp zehn Jahre älter als sie, hatte er ihr einen Heiratsantrag gemacht.

Kurz darauf war sie schwanger geworden.

Was folgte, waren die besten Jahre in Conrads Leben.

Das private Glück wirkte sich auch auf seine berufliche Laufbahn aus.

Innerhalb kürzester Zeit, stieg er auf, konnte endlich die verhasste Uniform ausziehen und galt schon bald als Spezialist für knifflige Fälle.

Man gab ihm den Spitznamen *Nussknacker* und Conrad machte diesem Namen alle Ehre, denn er knackte wirklich auch die härteste Nuss, ohne Rücksicht auf Verluste.

Er kannte keine Angst – weder vor den übelsten Kriminellen, noch vor seinen Vorgesetzten oder dem Staatsanwalt.

Sein Mangel an Respekt gegenüber der Obrigkeit, sowie sein berühmt – berüchtigtes, gnadenloses Vorgehen gegen das Verbrechen, sorgte natürlich dafür dass er eine Menge Feinde hatte, doch das war ihm egal.

Conrad hatte zu dieser Zeit sehr gut umschalten können.

Hatte er im Dienst stets den knallharten Cop 'raushängen lassen, war es ihm nach Feierabend trotzdem leicht gefallen, sich in einen liebevollen und treu sorgenden Ehemann und Vater zu verwandeln.

Kurz nachdem man ihn wegen seiner hohen Rate an aufgeklärten Verbrechen schliesslich zum Hauptkommissar befördert hatte und ihn ein Dezernat leiten liess, dem nur die schmutzigsten und verfahrensten Ermittlungen zugeteilt wurden, war jedoch der unvermeidliche Absturz gekommen.

Süchtig nach Erfolgen und dem Gefühl auf der Arbeit unentbehrlich zu sein, hatte Conrad begonnen, seine Familie zu vernachlässigen.

Oft kam er mehrere Tage hintereinander nicht nach Hause, schlief im Büro und fiel in dieselben Verhaltensmuster zurück, die er praktiziert hatte, bevor Maria in sein Leben getreten war.

Er kompensierte Stress mit Alkohol und Bordellbesuchen.

Ausserdem begann er Bestechungsgelder anzunehmen, war ständig schlecht gelaunt und legte das Gesetz so aus, wie es ihm gerade in den Kram passte.

Innerhalb weniger Jahre hatte er sich in ein Klischee verwandelt – das Klischee des korrupten, übergewichtigen, gemeingefährlichen Bullenschweins.

Maria hatte sich währenddessen allerdings ebenfalls entwickelt.

Sie war zu einer temperamentvollen, selbstbewussten Frau und zu einer herzlichen, aber verantwortungsvollen Mutter geworden.

138

Sie hatte Conrads Lebenswandel eine Zeitlang toleriert und dabei gehofft, dass er früher oder später, wieder zu seinen alten Qualitäten zurückfinden würde.

Als dies nicht geschah, reichte sie ohne Vorwarnung, die Scheidung ein.

Sie hatte das Sorgerecht für Charlotte bekommen.

Mit ihr zusammen war sie in ein idyllisches Städtchen an der Nordseeküste gezogen.

Für Conrad war nichts geblieben, ausser saftigen Unterhaltszahlungen und dem Recht, seine Tochter hin und wieder, an seinen seltenen freien Wochenenden, für ein paar Stunden zu sehen…

Nachdem er ausgiebig geduscht hatte, ging es Conrad etwas besser – auch wenn seine Hände immer noch ziemlich stark zitterten.

Er warf einen Blick auf seine dreckigen Klamotten am Boden – die konnte er unmöglich noch einmal anziehen.

Ein kompletter Garderobenwechsel musste her!

Ein Badetuch um die Hüften geschlungen, seine durchgeladene Pistole im Anschlag, verliess er die Nasszelle und huschte über den Flur in das gegenüberliegende Patientenzimmer.

Es war ein Dreibettzimmer und passenderweise ein Männerzimmer – jedenfalls lagen zwei männliche Leichen im hinteren und im mittleren Bett.

Das vordere Bett war leer.

Es war mit einem grauen Laken bespannt, auf dem in grünen Grossbuchstaben *Rein* stand.

„Rein wie das Arschloch einer Jungfrau…", murmelte Conrad.

Flüchtig inspizierte er die Toten.

Der Mann im hinteren Bett sah aus, als wäre ein Rasenmäher mehrmals über ihn hinweg gefahren.

Er war ziemlich klein – höchstens Eins fünfundsechzig, und er hatte eine schmale Taille.

Im mittleren Bett lag ein mittelgrosser, kräftiger Typ mit Bierbauch, dem der Kopf fehlte.

„Du könntest in etwa meine Grösse haben, Bursche…", sagte Conrad zu dem Mann ohne Kopf.

Er öffnete den mittleren Schrank und stellte fest, dass die Leiche nicht nur seine Grösse, sondern auch seinen Geschmack hatte.

Dies betraf zwar nicht die Auswahl der fein säuberlich zusammengelegten Hawaiihemden, Jogginghosen und Boxershorts mit Comic – Motiven, wohl aber den Inhalt einer Plastiktüte, in der sich eine unangebrochene Flasche Weinbrand befand.

Conrad schraubte den Verschluss der Flasche ab, schwenkte sie nickend in Richtung des Kopflosen und trank.

Schon nach dem ersten Schluck, durchströmte ihn neue Energie.

Er zog die farblich moderatesten Kleidungsstücke des toten Weinbrandliebhabers an und setzte sich auf das vordere, unbenutzte Bett.

Innerhalb kürzester Zeit, hatte er die halbe Flasche ausgetrunken und dabei zwei Zigaretten in Folge geraucht.

Ein Grinsen breitete sich auf seinem Gesicht aus.

Hauptkommissar Conrad Kronberg war wieder im Spiel, und so würde es auch bleiben – bis zum bitteren Ende!

Trotz der Hitze, zog Conrad den schwarzen Blouson seines verstorbenen Kleiderspenders über das orange – weisse Hawaiihemd, das er nun trug.

Eine billig glänzende schwarze Trainingshose und Freizeitschuhe, komplettierten sein neues Outfit.

Christopher von Schmalenkamp hatte sich klammheimlich aus der Garage gestohlen.

Wenn alles glatt lief, würde er auch schon wieder dort unten sein, bevor die anderen merkten, dass er überhaupt weg gewesen war.

Man musste den Fall in Betracht ziehen, dass die zivilisierte Welt vielleicht doch nicht unterging, sondern dass der Epidemie Einhalt geboten würde – ob nun durch ein Antivirus, oder durch militärische Intervention.

Falls in naher Zukunft wieder eine lebensfreundlichere Ordnung herrschen sollte, wollte Christopher dabei sein.

Und zwar als Arzt – als guter Arzt, der geradezu prädestiniert dazu war, den unter

tragischen Umständen vakant gewordenen Posten des medizinischen Direktors, in Bälde zu

übernehmen.

Leider gab es da ein winziges Problem – nämlich seine Unterlagen, die sich im Büro von

Professor Albrecht befanden...

Einen Tag bevor die Seuche ausgebrochen war, war Christopher so unvorsichtig gewesen,

seinem Chefarzt die gesamten Zeugnisse, Belege und sonstige, natürlich glänzende

Nachweise seiner medizinischen Laufbahn, zur Einsicht zu überlassen.

Vom Gedanken an eine vermutlich kurz bevorstehende Ernennung zum Oberarzt, war er so

euphorisiert gewesen, dass er es versäumt hatte, vorher Kopien anzufertigen.

Er musste seine Unterlagen unbedingt wieder haben und am besten seine Personalakte

gleich dazu.

Ein paar Blätter Papier waren das einzige mit dem er beweisen könnte, dass er Mediziner

war – internistischer Facharzt, um es auf den Punkt zu bringen.

Und jedes einzelne Blatt Papier war eine Fälschung!

Seinen beruflichen Werdegang ohne diese Blätter zu rekonstruieren, war nicht möglich, denn

Doktor Christopher von Schmalenkamp hatte noch nicht einmal studiert...

Ohne Aufzug war es ein weiter Weg vom Keller bis zurück zu Albrechts Büro im zehnten

Stock, doch Christopher fühlte sich fit.

Tennis war gut für die Kondition, und er war seiner Ansicht nach, schliesslich ein

begnadeter Tennisspieler.

Dereits zwischen dem ersten und dem zweiten Stock, wurde er jedoch aufgehalten.

Im schummrigen Halbdunkel des Treppenhauses, hatte er den Infizierten, der in sich

zusammengesunken am Geländer kauerte, nicht rechtzeitig bemerkt.

Es war ein älterer Herr – klein, schmächtig und gebrechlich wirkend.

Fast wäre es Christopher gelungen, unbeschadet an ihm vorbei zu hasten, doch der

schmächtige Herr griff nach seinem rechten Unterschenkel, in den er sofort hinein biss.

Christopher trat ihm entsetzt in ´s Gesicht.

Der Infizierte gab einen quiekenden Laut von sich und liess Christophers Unterschenkel los.

Christopher stürzte rücklings die Treppe hinunter.

Er landete schmerzhaft auf der graden Fläche zwischen den Etagen.

Wütend funkelte der Infizierte Christopher aus roten Augen an.

Der dunkelbraune Anzug den er trug, war mindestens zwei Nummern zu gross für ihn und schlackerte um seinen ausgemergelten Körper herum.

Seine knittrige Gesichtshaut war fast so braun wie der Anzug

Er hatte höchstens zehn oder zwanzig lange dünne Haare, die er sich mit einem Pfund Pomade oder Butter an den Schädel geklebt hatte.

Langsam schlurfte er, bösartig knurrend und zischend, zu Christopher hinunter.

Seine rechte Hand fehlte – die zerrissenen Sehnen baumelten aus dem Stumpf.

Christopher hatte sich bei dem Sturz die Knie blutig geschlagen und sich auf die Zungenspitze gebissen.

Die Schmerzen waren überwältigend, aber er durfte sich nicht von ihnen aufhalten lassen.

Er musste an dem ausgemergelten Scheusal vorbei, musste hoch in Albrechts Büro.

Seine Unterlagen – nur daran durfte er jetzt denken!

Die Tatsache dass er gebissen worden war, infiziert, sein Schicksal besiegelt, blendete er aus.

Plötzlich erschallte ein Knall – ohrenbetäubend laut, verstärkt durch die Architektur des Treppenhauses, donnerte er gegen die Betonwände.

Dickflüssiges schwarzes Blut, quoll aus dem Hals des Infizierten.

Er kullerte die letzten Treppenstufen, die ihn noch von Christopher getrennt hatten, herunter, um dann bewegungslos, direkt neben ihm liegen zu bleiben.

Conrad Kronberg stand breitbeinig in der Tür zur Station A 1 und pustete den Rauch vom Lauf seiner Pistole, wie ein Cowboy in einem schlechten Western.

„Was zum Teufel treibst du hier, Schmalenkamp?", wollte er wissen.

„Ich äh, wollte duschen... auf Station A 2...", stammelte Christopher.

Conrad richtete seine Waffe auf Christophers Kopf.

142

„Ich hoffe für dich, dass es dein Blut ist, das dir aus dem Mund läuft, Mann...", sagte er.

„Oder hat der werte Herr Doktor jetzt auch seine Vorliebe für Menschenfleisch entdeckt und ein bisschen genascht?"

Er wandte den Blick nicht von Christopher ab, während er das Magazin seiner Pistole klirrend aus dem Griff fallen liess, ein neues hineinschob und mit einer lässigen Handbewegung durchlud.

Christopher hob abwehrend die Arme.

Kalter Schweiss sammelte sich auf seiner Stirn. „Um Himmels Willen, Kronberg! Nehmen sie die Waffe 'runter! Ich hab 'mir nur auf die Zunge gebissen..."

„Aha...", sagte Conrad unbeeindruckt. „Und was ist mit den Verletzungen an deinen Beinen? Wer hat dich da gebissen?"

„Ich bin die Treppe 'runtergefallen, als mich der Gourmet angreifen wollte..." Christopher konnte nicht glauben, dass der Kommissar drauf und dran war, ihn zu erschiessen.

„Scheisse, Kronberg... ich bin einer von *den Guten*! So nehmen sie doch Vernunft an!", flehte er.

Die braune knochige Hand des Infizierten, legte sich mit erstaunlicher Kraft, erneut um seinen Unterschenkel.

„Tun sie was, Kronberg!", schrie Christopher panisch. „Knallen sie dieses Wesen ab!"

Conrad steckte die Pistole in den Schulterhalfter, den er unter seinem Blouson trug.

Er schlenderte gemächlich, ein spöttisches Grinsen im Gesicht, auf Christopher zu.

Als er den rechten Fuss anhob und damit ausholte, dachte Christopher, dass Conrad ihm tatsächlich gegen den Kopf treten wollte.

Conrad trat kräftig zu, traf aber nicht Christophers Kopf, sondern den des ausgemergelten Infizierten.

Der Kopf löste sich von dessen durchschossenem Hals, um wie eine Billardkugel, erst gegen die Wand zu prallen und dann in Christophers Schoss zu landen.

Angeekelt sprang Christopher auf.

Eine heiss – kalte Welle geradezu ekstatischen Schmerzes flutete dabei durch das Bein, in das er gebissen worden war.

Er presste die Zähne aufeinander, versuchte sich nichts anmerken zu lassen.

´Das wird schon wieder...`, redete er sich ein.

„Gehen wir zurück zu den anderen!", sagte Conrad. „Und keine Alleingänge mehr, Schmalenkamp! Ich hab ` dich im Blick. Wenn du anfangen solltest zu mutieren, bin ich sofort zur Stelle!

25

Als Jerry schliesslich das passende Fahrzeug entdeckt hatte, war es viertel vor zwei am Nachmittag.

Es handelte sich um einen beigefarbenen Hummer, der definitiv stabil genug war, um erfolgreich sowohl liegengebliebene Autos als auch angriffslustige Mutanten, von der Strasse zu drängen.

Jerry konnte sein Glück kaum fassen.

Er hatte schon immer mal einen Hummer fahren wollen, war aber aus irgendwelchen Gründen, noch nie dazu gekommen.

Jetzt war es jedenfalls soweit – auch wenn die Umstände deutlich besser hätten sein können.

„Machen wir eine Spritztour?", fragte er Kasia.

Kasias Augen leuchteten auf.

Sie war weit davon entfernt, die Hoffnung aufzugeben.

Ihre Gedanken kreisten nach wie vor um ihr neues Leben in Hollywood oder an der Cote d` Azur.

„Wir fahren zum Flughafen! Ja?" Sie strahlte Jerry an.

„Von mir aus, nenn `es Flughafen...", meinte Jerry.

Er selbst würde es eher Ü 30 – Rückzugsort für reiche Männer nennen.

Männer die auch nach ein, zwei Gläschen Cognac, noch in ihre schicken Spielzeuge stiegen, damit sie über den Wolken schwebend, mal an etwas anderes denken konnten als an noch mehr Erfolg, noch mehr Geld, noch mehr Sex, Tabletten, Alkohol, Koks...

Es gefiel ihm nicht, dass Kasia so viel Begeisterung in die Idee investierte, mit einem

Motorsegler direkt in eine bessere Welt zu reisen.

Wie würde sie reagieren, wenn die Realität sie einholte und sich ihre Träume in zähe,

stinkende Scheisse verwandelten?!

Nachdem er die Reste einer Leiche vom Fahrersitz entfernt hatte, startete Jerry den Motor

des Hummers, der agil und abenteuerlustig, sofort bereitwillig ansprang.

Eigentlich war es ein herrliches Geräusch, das dabei entstand.

In der momentan herrschenden Todesstille, klang es jedoch deplaziert und fremd.

„Es geht los!", sagte Jerry.

Kasia schnallte sich an.

In ihrem Rückspiegel tauchte eine Herde Mutanten auf, die sich rasch näherte.

Auch von vorn kamen die wandelnden Toten.

Jerry gab Gas.

Nach einiger Zeit und etlichen überrollten Mutanten, befanden sich Jerry und Kasia auf der

Bundesstrasse, die direkt zum Flugplatz des Motorsegelclubs führte.

Die Fahrbahn wurde jetzt statt von Beton, Stein und Stahl, rechts und links gesäumt von

dichtem Wald, der sich hin und wieder lichtete, um steppenartigen Arealen aus

Heidekrautteppichen, Raum zu geben.

Der Himmel wurde zunehmend dunkler.

Heisser böiger Wind peitschte ihnen Staubkörner in die Gesichter.

So praktisch der Hummer auch war, hatte er doch einen grossen Nachteil – nämlich dass er

kein Dach besass.

Sein vormaliger Besitzer hatte den Wagen wahrscheinlich nur genutzt, um auf der Suche

nach abschleppbaren Mädels, vor den Eisdielen in der City, auf und ab zu fahren.

Die Windschutzscheibe hatte Jerry heraustreten müssen, da sie beim Angriff zweier

Mutanten, die es geschafft hatten, sich auf die Motorhaube zu schwingen, zu einem

unbrauchbaren Netz aus Splittern geworden war.

Jerry machte sich Gedanken um die Wetterlage.

Der Wind war längst mehr als ein laues Sommerlüftchen.

Die Wolkenungeheuer, die sich langsam aber stetig, am Himmel ausbreiteten, verhiessen eine ganze Menge, nur keine optimalen Flugbedingungen – nicht mal für ein oder zwei harmlose Runden über dem Platz, geschweige denn für einen fünfstündigen Flug – der ungefähren Zeit, die sie in der Luft bleiben konnten, bevor sie Treibstoff aufnehmen müssten.

Mittlerweile war es gar nicht mehr so einfach, den Hummer in der Spur zu halten.
Jerrys Augen tränten.
Der herumwirbelnde Staub hatte denselben Effekt wie ein dichtes Nebelfeld.
„Keine Ahnung ob ich das Flugzeug bei dem Sturm überhaupt hoch kriege!", sagte er.
Kasia grinste ihn mit zusammengekniffenen Augen an.
„Du kriegst alles hoch, wenn ich bei dir bin!", behauptete sie.
Im nächsten Augenblick, landeten sie unsanft im Strassengraben.

Sie waren gezwungen, ihren Weg zu Fuss fortzusetzen.
An sich war es vollkommen sinnlos, zum Flugplatz zu gehen, wo doch die Witterungsverhältnisse, ein Abheben extrem erschweren, beziehungsweise unmöglich machen würden.
Andererseits war jeder Ort gleich gut oder schlecht, wenn sich nur keine Mutanten dort aufhielten.
Im Clubhaus könnte man sich jedenfalls erst einmal verschanzen, und Getränke in Glasflaschen gab es auch…
Hand in Hand und vornüber gebeugt, um Wind und Staub möglichst wenig Angriffsfläche zu bieten, stolperten Jerry und Kasia vorwärts.

Im Clubhaus herrschte ein abgestandener muffiger Geruch, der einem vorkam, als hätte sich dort seit Jahren niemand mehr aufgehalten.
Nachdem sie angekommen waren, checkte Jerry zuerst, ob es irgendwo Mutanten im Haus gab.
Es war aber alles sauber.

Jerry entnahm dem längst abgetauten Getränkekühlschrank eine Flasche Mineralwasser, die er in einem Zug leerte.

Er bedeutete Kasia mit einem Handzeichen, sich ebenfalls aus dem Kühlschrank zu bedienen und begab sich hinter die grob gezimmerte Holztheke des im Clubhaus integrierten Bistro – Bereichs.

Wie nicht anders erwartet, fand er in der Schublade unter der Theke, eine Schachtel Zigaretten, ein Feuerzeug und einen Aschenbecher.

Er steckte sich eine Kippe an und inhalierte tief.

Kasia setzte sich auf einen der Barhocker vor der Theke.

„Wann fliegen wir los?", fragte sie erwartungsvoll.

Jerry rieb sich mit Daumen und Mittelfingerfinger einer Hand die Schläfen.

„Es wird in ganz naher Zukunft ein wirklich schlimmes Gewitter geben…", meinte er.

„Vielleicht sogar in Verbindung mit einem Hurricane…"

„Schaffen wir es mit deinem Flugzeug eigentlich bis nach Kalifornien?" Kasia hielt ihm eine Colaflasche zum Öffnen hin.

„Meine Cessna ist kein Jet, aber wenn uns beim Flug über den grossen Teich jemand betankt – klar!" Jerry lachte sarkastisch und machte die Flasche mit dem Feuerzeug auf.

„Wie kommst du überhaupt auf Kalifornien?"

„Naja, du hast doch gesagt, dass du mehrere Wohnsitze hast – da hab` ich gleich an Hollywood gedacht! So wie du aussiehst, bist du doch bestimmt Schauspieler oder Künstler oder sowas…"

„Ich bin Schriftsteller…" Jerry kam um den Tresen herum und setzte sich auf den Barhocker neben Kasia. „ Ausserdem hab` ich vor vielen Jahren, das Firmenimperium meines verstorbenen Vaters äusserst gewinnbringend verkauft – was so viel bedeutet wie: Ich bin steinreich und habe tatsächlich auch einen Wohnsitz in Amerika – allerdings nicht in Hollywood, sondern in New York…"

„Was schreibst du denn so?", wollte Kasia wissen.

Das Wort *steinreich* hatte ihr sehr gefallen.

„Romane." Für Jerry war das Thema erledigt.

„Aha…" Kasia war fasziniert – auch wenn sie selbst noch nie ein Buch gelesen hatte. „Wo gibt`s deine Romane denn zu kaufen?"

Jerry lächelte gequält. „Ich bin so erfolgreich, dass du meinen Kram in jedem Supermarkt kaufen kannst…"

Das entsprach tatsächlich den Tatsachen.

Seine Bücher wurden ausserdem in zwölf Sprachen übersetzt, und sein Name, beziehungsweise sein Pseudonym *Gregor Gold*, stand permanent auf irgendeiner Bestsellerliste.

Nicht genug dass ihm der Verkauf der väterlichen Firma bereits Millionen eingebracht hatte – nein, mit seinen Romanen, scheffelte er ebenfalls ein Vermögen.

Und wozu das alles?

Nur für einen coolen Lifestyle und einer Handvoll oberflächlicher Freundschaften?!

Niemand in seinem Bekanntenkreis wusste, dass er der Bestsellerautor Gregor Gold war.

Niemand wusste überhaupt wer er eigentlich war und es schien auch keinen zu stören.

Jeder gab sich damit zufrieden, dass er einfach nur Jerry war – Jerry der entspannte Privatier und Lebemann, der keinen Stress machte und für alles zu haben war was Spass machte und viel Geld kostete.

Er nahm sich eine Bierflasche aus dem Kühlschrank.

Ohne sie zwischendurch abzusetzen, trank er sie bis zur Hälfte aus.

Er unterdrückte einen Rülpser und sah Kasia in die Augen.

„Meine Mutter…", sagte er seufzend. „Ich habe sie vor fünfzehn Jahren auf einem Friedhof in Paris beigesetzt. Sie war total frankophil, musst du wissen…"

Jerry war sich ziemlich sicher, dass Kasia keinen blassen Schimmer hatte, was frankophil bedeutete, doch er fuhr trotzdem fort: „Das Grab ist wunderschön! Ich hab` extra einen Gärtner engagiert, der es pflegt und mir jede Woche ein Bild davon auf`s Handy schickt…"

Er trank die zweite Hälfte des Bieres – den darauf folgenden Rülpser unterdrückte er diesmal nicht. „Ich zahle dem Typen ein Managergehalt dafür!"

„Krass…", sagte Kasia.

„Damit ich mich hin und wieder an der Ruhestätte meiner Mama aufhalten kann, besitze ich ganz in der Nähe des Friedhofs eine Wohnung in der Nähe von Sacré´ coeur…"

Kasia gab ein entzücktes Quietschen von sich.

„Wir fliegen also nach Paris?!", fragte sie, atemlos vor Aufregung.

Ihre ohnehin schon hohe Stimme, schien noch eine Oktave höher geschnellt zu sein.

„Ja...", meinte Jerry. „Wenn es Paris noch gibt..."

Als Kasia auf die Toilette ging um sich frisch zu machen – fliessendes Wasser gab es im Gegensatz zu Elektrizität seltsamerweise immer noch, holte er die kleine weisse Pille aus seiner Hosentasche und klinkte sie ein.

Er hatte das Teil vom Drogentablett im Bungalow des Anwalts genommen – es war das letzte gewesen, und Assad hätte es ihm ansonsten sicher weggeschnappt.

Jerry sah aus dem Fenster.

Direkt neben der Startbahn stand sie – seine wunderschöne, weiss – blau lackierte Cessna 172 Skyhawk, in zeitloser Eleganz.

„Vielleicht wird das unser letztes Rendezvous, Baby...", murmelte er seinem Flugzeug nachdenklich zu. Natürlich war es kompletter Irrsinn, bei dem Wind und der Aussicht auf ein gewaltiges Unwetter, überhaupt daran zu denken, mit einem einmotorigen, hundertachtzig PS – starken Viersitzer, einen Flug nach Frankreich zu unternehmen.

'Dennoch...', dachte er. 'Die ganze Scheisse mit den Mutanten hatte mit einer Naturgewalt zusammen angefangen – es könnte ja sein, dass sie auch so endete...'

Wie auch immer – die oberste Priorität konnte derzeit nur heissen: Weder von einem der lebenden Toten aufgefressen zu werden, noch selbst zu einem solchen zu werden.

Der kurze schmerzlose Tod im eigenen Flugzeug, war eindeutig das kleinere Übel.

Genaugenommen war es sogar eine Option, die durchaus ihre Reize hatte...

Jerry bekam feuchte Handflächen.

Die Pille begann zu wirken.

Unter seiner Schädeldecke breitete sich ein angenehm kühles Prickeln aus.

Er fühlte sich plötzlich wieder leistungsfähig, lebendig, so gesund wie schon lange nicht mehr und konnte es kaum erwarten, sich in's Cockpit seiner Maschine zu schwingen.

Es wurde immer dunkler.

Das dumpfe Grummeln und die ersten Stromentladungen in Form von diffusem Wetterleuchten am Horizont, liessen darauf schliessen, dass es nicht mehr lange dauern konnte, bis der unvermeidliche Wolkenbruch losgehen würde.

„Ich bin bereit!", sagte Kasia.

Ihre Haare waren vom Waschen noch feucht.

Sie trug jetzt ein weisses T – Shirt auf dem das Logo des Motorsegelclubs aufgedruckt war.

„Oh mein Gott, ich bin noch nie geflogen! Glaubst du, dass mir übel werden könnte?"

Jerry schüttelte den Kopf. „Mach dir darüber mal keine Sorgen… Das einzige was uns passieren könnte, ist, dass wir draufgehen werden! Ich hoffe, das ist dir klar…"

Er sah Kasia prüfend an. „Wir können nämlich auch hier bleiben und warten bis das Wetter besser ist…"

„Nein!", entgegnete Kasia energisch. „Wenn wir bleiben, fressen uns die Monster auf. Die werden uns auch hier finden… Weisst du noch was aus Monique geworden ist?"

„Wie könnte ich das vergessen? Danke, dass du mich daran erinnert hast!" Jerry fragte sich, ob Kasia ihrerseits noch wusste, was aus Assad geworden war…

Als sie ihn abgeknallt hatte, hatte sie bewiesen, dass sie tough sein konnte.

Danach war sie in die Rolle des hilflosen kleinen Mädchens geschlüpft, das sich komplett in Jerrys Obhut begeben hatte.

Ihren wahren Charakter kannte Jerry nicht – was ihm normalerweise auch ziemlich egal gewesen wäre. Die Mädels mit denen er sich früher abgegeben hatte, waren für ihn allesamt nichts weiter als kurzfristiges, schmückendes Beiwerk seiner Person gewesen.

Bei Kasia sah die Sache allerdings ein wenig anders aus, denn sie war diejenige, mit der er zu neunundneunzig Komma neun Prozent Wahrscheinlichkeit, die letzten Stunden, wenn nicht gar Minuten, seines Daseins, teilen würde.

„Okay…", sagte er. „Wir können in zehn Minuten in der Luft sein – unter einer Bedingung…"

Kasia lächelte und zwinkerte ihm zu. „Du willst vorher noch ´nen Quickie… kein Problem!"

„Nein. Ich will, dass du mir, wenn wir abgehoben sind, alles über dich erzählst!"

„Oh…" Kasia war auf einmal verunsichert. „Naja, da gibt ´s nicht so viel zu erzählen…"

Sie kicherte. „Ich bin ja kein Promi oder sowas…"

„Dir wird schon was einfallen…", meinte Jerry. „Wichtig ist nur, dass es wahr ist!"

Sie verliessen das Clubhaus.

„Was hast du mit der Sprühdose vor?", wollte Kasia wissen, als sie vor Jerrys Cessna standen.

150

Sie musste laut rufen, fast schreien, da der Wind ihre Stimme ansonsten ungehört davon geweht hätte.

Jerry lächelte und schüttelte die Dose, die wasserfesten schwarzen Lack enthielt.

Er hatte sie in der Thekenschublade entdeckt und mitgenommen.

In schwungvollen Lettern sprühte er den Namen *Kasia* vorne auf die rechte Seite der Skyhawk.

Kasia fiel ihm daraufhin um den Hals und schmiegte sich, in Tränen ausbrechend, so fest an ihn, als wollte sie in ihn hinein kriechen.

„So gut wie du, war noch nie jemand zu mir!", schluchzte sie.

Jerry glaubte ihr und das tat ihm so leid, dass er selbst fast angefangen hätte zu heulen.

„Lass uns von hier abhauen...", sagte er mit rauer Stimme.

Der Start gelang trotz des ungestümen Windes problemlos.

Jerry nutzte die gesamte Länge der Rollbahn.

Nach dem Abheben wurde die Skyhawk jedoch sofort von kräftigen Böen hin und her geschleudert.

Gekonnt, aber mit Schweiss auf der Stirn, brachte Jerry sie auf eine Flughöhe in der er sie einigermassen unter Kontrolle hatte.

So sehr er auch versuchte irgendeinen Kontakt herzustellen, blieb das Bordfunkgerät bis auf statisches Knacken und Rauschen, stumm.

Jerry erinnerte sich an den Militärhubschrauber, der sie in der Stadt unter Beschuss genommen hatte.

Wenn der jetzt aufkreuzen würde, wären sie verloren!

Noch einmal würde man sie bestimmt nicht entkommen lassen...

26

Christopher von Schmalenkamp schöpfte neue Hoffnung.

Ihm war klar geworden, dass er auch ohne die gefälschten Unterlagen, gut weiter leben würde können.

Wenn er Glück hatte, könnte er sie sich wieder beschaffen, nachdem die Seuche überwunden und das Krankenhaus komplett gereinigt worden war, aber das war wohl eher unwahrscheinlich.

Wahrscheinlicher war dass das Krankenhaus – sozusagen das Epi – Zentrum der Seuche, ohne grosses Federlesen, kontrolliert gesprengt oder abgefackelt wurde, bis auch die letzte Büroklammer verglüht war.

Christopher scheute sich jedoch nicht davor, noch einmal neu anzufangen.

Bei seinem Charme, könnte er es in zwei Jahren bis zum Chefarzt gebracht haben.

Dann würde er Privatkliniken aufmachen!

Von da an bräuchte er nicht einmal mehr so zu tun, als arbeitete er…

Sofia setzte sich zu ihm auf den Boden – etwas abseits von den anderen, die mit den letzten Details des Umbaus der Rettungswagen beschäftigt waren.

Christopher hatte die Verletzung am rechten Unterschenkel mit einem antiseptischen Verband versorgt.

Paul und Sara hatten ihm bei der Behandlung ihre Hilfe angeboten, doch Christopher war peinlich darauf bedacht gewesen, dass niemand die Wunde eingehender inspizierte.

„Du bist gebissen worden, stimmt ´s, Chris…?", sagte Sofia.

„Nein! Nein… äh… Wie kommst du denn darauf?", stammelte Christopher.

Sofia nahm ihren Kaugummi aus dem Mund und klebte ihn an die Wand. „Mir kannst du nichts vormachen! Aber keine Angst – ich sag´s auch nicht weiter. Dieser Bulle, Kronberg – der hat, glaub` ich, aber sowieso ´nen Verdacht… Was ist denn da im Treppenhaus eigentlich genau passiert?"

„Es ist nichts…" Christopher atmete tief durch.

Er zwang sich zu einem Lächeln. „Ehrlich – mir geht es gut. Da war ein Infizierter der mich angegriffen hat. Der Virus ist aber nicht übertragen worden. Wahrscheinlich ist er nicht mehr aktiv..."

„Vielleicht haben wir ja auch bald das Gegengift..." Sofia strich Christopher beruhigend über die Schulter. „Bis dahin schaffst du es schon!"

„Natürlich schaffe ich es!", sagte Christopher, weniger energisch als er vorgehabt hatte. „ Wie gesagt – es geht mir gut..."

Sofia grinste ihn an. „Weisst du was?"

Sie flüsterte auf einmal. „Ich würd` echt gern wissen wie sich´s anfühlt, infiziert zu sein..." Ihre Augen bekamen einen verklärten Glanz. „...Sich voll und ganz dem Chaos und der Vernichtung hingeben!"

„Du spinnst ja total!", meinte Christopher, verständnislos den Kopf schüttelnd.

Er stand auf, wobei er versuchte sich nicht anmerken zu lassen, welche Schmerzen dabei in seiner Wunde tobten.

„Du solltest die nehmen!", empfahl ihm Sofia.

Sie gab ihm einen Streifen Valium – Tabletten. „So wird es leichter für dich..."

Christopher drückte zwei Tabletten aus dem Zellophan und schluckte sie trocken.

Die Präparierung der Krankenwagen war nahezu abgeschlossen.

Ein paar Kleinigkeiten noch, und dann waren sie bereit zum Aufbruch.

Die meiste Arbeit hatte Chen Li geleistet.

Ohne seine technisch – handwerkliche Versiertheit, wären sie aufgeschmissen gewesen.

Doch auch Sofia hatte viel Geschick gezeigt im Umgang mit dem Schweissgerät und Schraubenschlüsseln, die fast so gross waren wie sie selbst.

Christopher schwächelte immer mehr.

Nach seinem Treppensturz hatte er sich ziemlich abgekapselt.

Er sass einfach nur da – an eine Wand gelehnt, und starrte in´s Leere.

Auch wenn er jedes Mal breit grinste wenn jemand zu ihm herüber sah, hatte Paul den Eindruck, dass er unter Schock stand.

Conrad hingegen hatte sich für seine Verhältnisse, mittlerweile wieder gut im Griff.

Möglicherweise lag der Grund für seine momentane Umgänglichkeit darin, dass er Christopher das Leben gerettet hatte.

Paul vermutete jedoch, dass er sich ausserdem mit einer Pulle Schluck, wieder auf Vordermann gebracht hatte.

Die Schränke in den Patientenzimmern waren, wie er aus Erfahrung wusste, leider schliesslich voll davon.

Als sie das Rolltor öffneten, wehte ihnen ein heiss glühender, tosender Wind entgegen.

Skeptisch blickte Paul gen Himmel.

Es herrschte ein Licht, das zu dunkel für den Tag und zu hell für die Nacht war.

„Das Wetter könnte zu einem Problem werden…", meinte Conrad.

Paul nickte. „Kein guter Tag zum Surfen…"

„Nein, Mann…" Conrad zog die Stirn kraus. „Ich hab` das Gefühl, dass wir es mit ´nem Hurricane zu tun kriegen, oder mit so ´nem Scheiss – Tornado!"

Chen sass bereits am Steuer des ersten Rettungswagens und drückte dezent auf die Hupe, um sie zum Einsteigen aufzufordern.

Paul, dem der Wind sogar in der überdachten Einfahrt der Garage, schon die Luft zum Atmen nahm, bekam Zweifel an der Aktion.

„Vielleicht wäre es besser, noch zu warten…", murmelte er. „Sag du es, Conrad – was machen wir?"

„Wir surfen!" Conrad lachte kurz und dreckig, oder hustete er?

So genau konnte man das bei ihm nie unterscheiden.

Conrad steuerte den zweiten Rettungswagen.

Mit ihm an Bord waren Paul, Sandy, Jacob und Diana.

Sie folgten Chen, der mit Jiao, Sara, Christopher und Sofia im Wagen, die Vorhut bildete.

Chen fuhr langsam und konzentriert.

Wie vorab besprochen, nahm er den Weg über die Umgehungsstrasse, hinaus aus der City.

Das Ziel war die Bundesstrasse.

Sie führte kilometerlang durch dichte Wälder, bar jeglicher Zivilisation – was im besten Fall bedeutete, dass es dort auch keine Infizierten gab.

154

Christopher war blass, aschfahl.

Seine Augen waren dunkel, fast schon schwarz, gerändert.

Chen sah im Rückspiegel, wie er sich an den verletzten Unterschenkel griff und ein

erschrockenes Gesicht machte – wobei erschrocken nicht ganz zutreffend war, denn

Christophers Miene drückte eher furchtbare Angst aus.

Ein Schütteln fuhr ihm durch den ganzen Körper und seine Zähne klapperten deutlich hörbar

aufeinander.

„Bist du sicher, dass es dir gut geht?", fragte Chen ihn.

„Ja, ich bin okay!", antwortete Christopher.

Seine Aussprache war verwaschen und schwammig.

Auf seinen Augäpfeln schimmerte ein fiebriger Glanz.

Er hielt sein rechtes Bein hoch. „Ich hatte nur nicht mit solch einer Schwellung gerechnet…"

Die dünne weisse Arzthose spannte sich über seinem Unterschenkel.

Deutlich war zu erkennen, dass dies nicht nur an dem Verband den er darum trug, lag.

„Das sieht nach einer Fraktur aus…", meinte Sofia. „Du solltest das Bein ab jetzt nicht mehr

unnötig belasten, Chris!"

Eine eiterfarbene Schmiere zeichnete sich auf Christophers Hosenbein ab.

„Die Wunde suppt schon…", sagte Sara. „Das ist keine normale Fraktur! Was ist in

Wirklichkeit mit dir los?"

„Okay, okay…" Christopher seufzte. „Ich hatte Kontakt mit einem Gourmet, aber es besteht

kein Grund zur Beunruhigung…"

Er hob beschwichtigend beide Hände hoch. „Der Virus ist nicht mehr aktiv – das spüre ich

ganz deutlich. Schliesslich bin ich Arzt!"

Christopher sprach leise aber eindringlich, beschwörend fast, und lächelte gekünstelt dabei.

„Ansonsten hätte ich mich doch längst verändern müssen…"

Sara schlug entsetzt eine Hand vor ihren Mund.

Sie starrte Christopher mit schreckensgeweiteten Augen an. „Du hast dich verändert,

Christopher! Mein Gott, wenn du dich sehen könntest…"

„Er hält bestimmt solange durch, bis wir das Antiserum haben…", meinte Sofia, obwohl sie

eigentlich nicht daran glaubte. „Der Virus verändert sich schliesslich. Das hat doch auch

Conrad Kronberg gesagt – dass der Zeitraum von der Ansteckung bis zur Verwandlung, immer länger wird. Wir haben also noch jede Menge Zeit!"

Sie grinste selbstgefällig, wobei sie fast alle ihrer ebenmässigen Zähne zeigte, die es tatsächlich schafften, noch weisser zu sein als ihre Haut.

„Du weisst nicht, wieviel Zeit wir haben!", sagte Chen.

Er sah Sofia ernsten Blickes aus dem Rückspiegel an. „Ausserdem wäre es wichtig gewesen, die ganze Gruppe darüber zu informieren, dass es zu einer Infektion gekommen ist…"

„Was sollen wir jetzt machen?", fragte Sara.

Sie klammerte sich an die bange Hoffnung, dass der Virus wirklich inaktiv geworden sein könnte und Christophers Symptome bald wieder abklingen würden.

Chen überlegte einen Moment. „Wir werden Christopher natürlich nicht ausstossen und sich selbst überlassen, aber wir müssen darauf vertrauen, Christopher, dass du uns Bescheid gibst, wenn du Hunger auf Menschenfleisch bekommst…"

Christopher seufzte erleichtert. „Keine Sorge, Chen! Ich hab` alles im Griff… Hauptsache, Conrad Kronberg erfährt nichts von meiner vorübergehenden, äh… Schwäche. Der würde mich nämlich sofort erschiessen, ohne mit der Wimper zu zucken!"

„Wir passen schon auf dich auf…" Sofia tätschelte Christophers Knie und grinste schon wieder.

Sara fand, dass es irgendwie zynisch aussah.

Sie kam nicht klar mit Sofias Verhalten.

Es schien Lichtjahre her zu sein, dass sie einmal so etwas wie Freundinnen gewesen waren…

„Verflucht! Was schleicht dieses Schlitzauge denn so?!", fluchte Conrad, der gezwungen war, entgegen seiner Vorliebe, genauso langsam zu fahren wie Chen.

Paul rümpfte die Nase.

„Könntest du dir deine rassistischen Bemerkungen bitte verkneifen?", sagte er mürrisch.

„Jaja, schon gut… Aber wir haben freie Fahrt – da wär` `s doch wirklich angebracht, wenn wir ´n bisschen voran machen würden!" Conrad fuhr immer weiter auf, bis er das Heck des ersten Rettungswagens bereits leicht rammte.

Chens Reaktion kam postwendend – er fuhr noch langsamer und zeigte Conrad den Stinkefinger aus dem offenen Seitenfenster.

Conrad lachte. „Eins muss man dem Schlitzau… äh, Chen lassen: er hat Eier in der Hose, oder etwa nicht, Doktor Paul?"

„Wahrscheinlich die dicksten von uns allen…", meinte Paul. „Wir können froh sein, dass wir ihn und seine Schwester dabei haben!"

„Du hast Recht. Ich mag ihn auch irgendwie, aber seine salbungsvolle Art geht mir manchmal ganz gewaltig auf den Sack! Dir etwa nicht?"

Paul schüttelte nur den Kopf.

„Was ist los mit dir? Hast du schlechte Laune, oder was?" Conrad warf einen irritierten Seitenblick auf Paul.

„Schlechte Laune!" Paul schnaufte genervt. „Sollte ich etwa Halleluja rufen?!"

„Nein, Mann… Trotzdem vermisse ich deinen Optimismus seit einiger Zeit. Und ich hab` auch ´ne Theorie dazu. Willst du sie wissen?"

„Lieber nicht… Ich bin nicht sicher, ob ich so viel geballten Scharfsinn im Moment verkraften kann…"

„Ich erzähl` sie dir trotzdem." Conrad steckte sich eine Zigarette an. „Ich glaube nämlich, dass du eifersüchtig bist!"

Paul verzog ärgerlich das Gesicht und wollte Einspruch erheben, doch Conrad sprach schnell weiter: „Keine Sorge – ich will dich nicht fertig machen, aber ich hab ` nun mal Augen im Kopf und kann auch eins und eins zusammen zählen. Lass mich also folgendes zusammenfassen: Sara hat sich von dir getrennt und damit kommst du nicht klar. Vor allem weil du denkst, sie zieht dir einen anderen vor – nämlich den beruflich aufstrebenden, aalglatten Christopher von Schmalenkamp, der sie ansieht, als hätte er Röntgen – Augen!"

Paul schoss die Röte in seine Wangen – zum einen vor Wut über Conrads Unverfrorenheit, zum anderen vor Scham, weil Conrad gar nicht mal so Unrecht hatte.

Paul war seit langem unglaublich eifersüchtig auf Christopher, der weiblichen Wesen gegenüber, niemals die Gelegenheit zu flirten ungenutzt gelassen hatte.

Besonderes Augenmerk hatte er dabei stets auf Sara gelegt.

In einer Streitsituation hatte Paul sie sogar schon einmal gefragt, ob sie eine Affäre mit ihm hätte.

Sara hatte zu diesem Vorwurf jedoch nur die Lippen aufeinander gepresst, den Kopf geschüttelt und ihn mitleidig angeschaut.

Die Erinnerung an diese Situation, verstärkte das Schamgefühl noch um einiges.

Trotzdem bemühte Paul sich, ruhig und unbeteiligt zu klingen, als er sagte: „An dir ist echt ein Psychologe verloren gegangen, Conrad! Ich bin aber auch nicht schlecht in solchen Dingen... Wollen wir als nächstes über deine Suspendierung reden, oder lieber über dein Alkoholproblem!?"

Conrad lächelte säuerlich.

„Nicht ablenken!", sagte er. „Jetzt wird es schliesslich erst richtig interessant! Sara hat nämlich null Interesse an Schmalenkamp – das sieht ausser dir, jeder Blinde mit ´nem Krückstock. Nehmen wir trotzdem spasseshalber mal an, es wäre doch so. Hätte diese Liebschaft dann ein Happy – end? Nein! Und weisst du auch warum?"

Conrad wartete Pauls Antwort nicht ab. „Weil unser blaublütiger Herr Doktor nämlich infiziert ist!"

Paul zuckte zusammen, als hätte man ihm eine Ohrfeige gegeben. „Das erzählst du mir hier zwischen Kartoffeln und Suppe?! Wir müssen sofort etwas unternehmen!"

„Ganz ruhig!", wiegelte Conrad ab. „Du bist doch sonst so gegen das eliminieren von potenziellen Gourmets... und bis Schmalenkamp vollständig mutiert ist, kann es noch ein bisschen dauern..."

Harald war wohlauf.

Er hatte sich, nachdem er Sandy im Heizungskeller des Krankenhauses zurückgelassen hatte, im Personalumkleideraum der Frauen, versteckt.

Natürlich hatten Kommissar Kronberg und seine Schergen ihn auch dort gesucht, aber die Schwachköpfe hatten es versäumt, den angegliederten Waschraum, gründlich zu checken. Genau dort nämlich hatte er sich, verdeckt von einem muffigen Plastikvorhang, in einer der drei Duschkabinen, vorübergehend unsichtbar gemacht.

Die Damenumkleide hatte sich auch ansonsten als Ort erwiesen, der geradezu perfekt war für Harald und seine Bedürfnisse.

158

Der Geruch von Parfüm und geballter Weiblichkeit, hatte in der abgestandenen Luft gehangen.

Einige der grauen Metallspinde waren nicht abgeschlossen gewesen.

Harald hatte sie durchstöbert wie ein Jagdhund, der einer frischen Fährte folgte.

Wohl wissend dass ihre Besitzerinnen entweder tot oder mutiert waren, und ihn daher niemand erwischen würde, hatte ihn die Tatsache etwas Verbotenes, unglaublich Ungehöriges zu tun, dennoch sehr erregt.

Nervös hatte er High – Heels, Ballerinas und Flip – Flops befingert, hatte sich durch Schwesternbekleidung, Jeanshosen, Kleider, Miniröcke und Tank – Tops gewühlt, bis er auf etwas gestossen war, das seine Fantasie vollends mit ihm durchgehen hatte lassen – einen pinkfarbenen BH, Körbchengrösse C, und den dazugehörigen String – Tanga.

Harald hatte sich die Dessous vor 's Gesicht gepresst und das süsse Aroma inhaliert.

Dann hatte er sich mit hochrotem Kopf umgesehen und aufmerksam die Ohren gespitzt.

Was, wenn sich die Spinde von Sara und Sofia, ebenfalls hier befanden, und diese blöden Schlampen gerade jetzt auf die Idee kamen, ihre Privatkleidung zu holen?

„Wenn sie kommen, bringst du sie einfach um!", hatte er geflüstert.

Er war schon immer gut darin gewesen, sich selbst Mut zuzusprechen – schliesslich tat es sonst keiner...

Er hatte seine Hose ausgezogen.

Seine schwarze Unterhose, die einst zu einem preisgünstigen Dreierpack gehört hatte, hatte er in einen der Spinde geschmissen und stattdessen den pinken String übergestreift.

Obwohl er untenrum alles andere als gut bestückt war, hatten seine Eier nicht ganz hinein gepasst, aber das war ihm egal gewesen.

Der zarte Stoff umschmeichelte seinen Halbsteifen.

Jammerschade, dass er die Hose wieder darüber ziehen musste...

Als er sicher gewesen war, dass man ihn nicht mehr suchte, hatte Harald sein Versteck verlassen und die anderen aus einem geschützten Winkel dabei beobachtet, wie sie zwei Krankenwagen so hergerichtet hatten, dass sie darin vor Mutantenangriffen geschützt waren.

Beim Aufbruch war Sandy in den zweiten Wagen gestiegen, der dem ersten folgen würde.

Besser hätte es gar nicht sein können!

So konnte Harald unbemerkt auf das Heck des hinteren Wagens aufspringen, ohne dass ihn jemand sah.

Die Rückfenster waren durch dünne Stahlplatten ersetzt worden.

Knapp über der Stossstange, hatten dieser beschissene Japaner, der klugscheisserische Arzt und die schlampenhafte Pflegeschülerin, ein altmodisches Bettgitter angeschweisst, das Harald die Möglichkeit gab, sich festzuhalten.

Zwar war er so gezwungen, die ganze Zeit zu stehen – die Füsse zwischen die Querstreben des Bettgitters geklemmt, doch er war bereit in punkto Komfort so manchen Kompromiss einzugehen, solange er sich nur in Sandys Nähe befand.

Falls jedoch von hinten Infizierte angreifen würden, könnten sie ihn in seiner Position bequem abnagen wie ein Stück Grillfleisch von einem Bratspiess, aber soweit dachte Harald nicht.

Man konnte sogar sagen, dass er es erfolgreich aus seinem Bewusstsein getilgt hatte, dass es überhaupt eine Seuche gegeben hatte.

Seine Gedanken waren besessen davon, die Sache mit Sandy zu Ende zu bringen.

Sie hatte sich nicht an die ausgehandelten Geschäftsbedingungen gehalten und Harald hatte nicht vor, sich von einer dreckigen kleinen Nutte, betrügen zu lassen.

Er hatte Sandy bezahlt – ausgesprochen nobel bezahlt sogar, für eine Nacht mit ihm.

Sie jedoch hatte sich, ohne auch nur die geringste Dienstleistung erbracht zu haben, aus dem Staub machen wollen.

Da war es doch nicht mehr als recht und billig gewesen, sie zu ihrem Glück zu zwingen.

Er war ganz sicher, dass es diesem dahergelaufenen Flittchen noch keiner so gut besorgt hatte wie er.

Und was war ihr Dank?

Kaum hatte er für kurze Zeit einmal nicht aufgepasst, hatte sie sich schon dieser lächerlichen Gruppe von Abenteurern an die Hälse geschmissen.

Dabei hätte sie es mit ihm in seinem Penthouse so gut haben können…

Harald hatte keine Ahnung wohin die Reise ging.

Es interessierte ihn allerdings auch nicht sonderlich.

Er griff in die Brusttasche seines Hemdes und zog seine Zigarillos hervor – es waren nur noch zwei Stück in der Packung.

Den vorletzten rauchte er jetzt.

Den letzten aber würde er sich ganz genüsslich zu Gemüte führen wenn er mit Sandy fertig war – und zwar entweder bevor er es mit ihrer abgehäuteten Leiche ein letztes Mal trieb, oder danach...

Sein Jagdmesser hatte er nach wie vor am Mann.

Es steckte, umhüllt von einer Scheide aus weichem Leder, gut geschliffen und dürstend nach Blut, in seinem Hosenbund.

Sein locker darüber hängendes Hemd verbarg den geschmeidigen Griff.

Harald schmunzelte hämisch.

´Obwohl dieser Kronberg doch ein ach so toller Bulle ist...`, dachte er. ´Hat er mich nicht durchsucht, obwohl er glaubt, ich wäre ein Schwerverbrecher!`

„Scheiss auf dich, Hauptkommissar Kronberg!", murmelte er. „Ich bin der einzige Normale hier..."

Die Windstärke nahm stetig zu.

Irgendwann wurde es so stürmisch, dass Harald sich mit aller Kraft am Bettgitter festklammern musste, um nicht von dem Wagen geweht zu werden, der mittlerweile fast im Schneckentempo über die Strasse rollte.

Dann kam der Regen.

Eine Wand aus Wasser stürzte aus dem Himmel.

Die Welt ringsherum wurde nahezu unsichtbar.

Das war zwar alles andere als erfreulich, jagte Harald aber keine Angst ein.

Was ihn jedoch beunruhigte, war das Motorengeräusch über ihm.

Dümpelte da tatsächlich ein Flugzeug über ihnen im Unwetter herum?

Als der Krankenwagen anhielt und die Idioten plötzlich Blaulicht und Martinshorn anschalteten, stieg

Harald ab.

Er verkroch sich unter dem Wagen

27

„Woher weisst du wo du lang fliegen musst?", wollte Kasia wissen.

Das Cockpit war erfüllt von dem Prasseln und Platschen des Regens, der auf die Skyhawk

niederging.

„Wie meinst du das?", entgegnete Jerry fröhlich.

Auch wenn die Umstände denkbar schlecht waren, hatte er gute Laune – wie immer wenn er

am Steuer seines Babys sass und sich dieses unbeschreibliche Gefühl von Freiheit

eingestellt hatte.

„Bei dem Regen kannst du doch überhaupt nichts sehen, oder?"

„Muss ich auch gar nicht..." Jerry deutete auf die leuchtenden und blinkenden Instrumente

vor ihm. „Diese ganzen Anzeigen hier weisen uns den Weg! Wenn das Wetter nicht so

beschissen wäre, könnten wir sogar mit Autopilot fliegen. Gefällt dir übrigens dein erster

Flug? Falls dir schlecht wird – in dem Seitenfach an deiner Tür sind glaub `ich noch `n paar

Kotztüten..."

„Mir geht` s super!", beteuerte Kasia.

„Es ist total abgefahren, mit dir hier oben zu sein! Das ist so... romantisch..." Sie stutzte

einen Moment und schüttelte kurz den Kopf.

Offenbar hatte sie soeben registriert, dass sie zum ersten Mal in ihrem Leben, irgendetwas

romantisch fand.

Jerry flog nicht besonders hoch.

Zum einen weil die Maschine noch nicht lange in der Luft war und zum anderen, weil das

Wetter dies gar nicht so ohne weiteres zuliess.

Trotz der schlechten Sicht bemerkte er das flackernde blaue Licht am Boden sofort.

Er ging noch ein wenig tiefer, um sich Klarheit zu verschaffen.

Dort unten standen tatsächlich zwei Krankenwagen auf der Strasse.

„Überlebende!", rief er. „Wir müssen nachsehen was da los ist!"

Kasia fasste ihn ängstlich am Unterarm. „Nein, Jerry! Tu das nicht! Alle sind tot! Das sind

bestimmt nur Mutanten da unten!"

„Mutanten können kein Blaulicht einschalten!", widersprach Jerry.

Er hielt im Tiefflug auf die Krankenwagen zu.

„Sogar die Sirene ist an!", sagte er, als der Heulton der Martinshörner in das Innere des Flugzeugs drang.

Die Scheinwerfer der Skyhawk bahnten sich einen Weg durch den Regen und beleuchteten verwaschen eine Gruppe von Menschen, die auf der Strasse standen und ihnen mit energischen Armbewegungen, zuwinkten.

Jerry zog die Maschine wieder höher und drehte einen grossräumigen Halbkreis.

„Das waren Mutanten! Hundertprozentig!" Kasia sah Jerry flehend an. „Hast du gesehen wie gruselig die abgegangen sind?! Bitte Jerry – lass uns einfach nach Paris fliegen, okay? Das ist weit genug weg von all den Monstern und den Toten... Da wären wir in Sicherheit!"

„Wenn das Mutanten waren, dann bin ich Shakespeare!", meinte Jerry.

Dass leichter Spott in seiner Stimme mitschwang, würde ihm später noch sehr leidtun...

„Vielleicht ist die Lage inzwischen wieder unter Kontrolle, und wir setzen währenddessen unser Leben auf ´s Spiel, indem wir alles auf eine sinnlose Flucht setzen!"

„Für mich war das mit Paris nicht sinnlos...", sagte Kasia mit bebender Unterlippe.

Sie verschränkte die Finger in ihrem Schoss, dass die Knöchel weiss hervortraten.

Ihr Kehlkopf zuckte krampfartig auf und ab.

Eine einsame Träne kullerte über ihre Wange.

Jerry seufzte. „Pass auf, Kasia – ich werde dich nicht allein lassen, solange du mir noch nichts über dich erzählt hast... Versprochen! Ich hab` aber einfach kein gutes Gefühl dabei, die Leute da unten einfach zu ignorieren!"

Im nächsten Moment schlug der Blitz ein.

Die Skyhawk ruckte und zuckte.

Sie trudelte abwärts.

Der Propeller schien zu haken, bewegte sich unregelmässig und viel zu langsam.

Rauch quoll aus der Motorhaube.

Kasia zog die Knie an den Oberkörper und hielt sich die Augen zu.

Jerry wusste dass er es mit etwas Glück schaffen konnte, ohne lebensbedrohlichen Personenschaden, auf der Strasse zu landen.

Da die Bremsklappen aber nicht mehr adäquat reagierten, wäre eine sehr lange Strecke zum Ausrollen nötig gewesen, und die gab es nicht.

Das Flugzeug würde direkt in die Krankenwagen hinein schiessen, wie eine Rakete.

Was die Fliegerei anging, war Jerry ein Naturtalent.

Sobald er alt genug dazu gewesen war, hatte er seinen Flugschein gemacht – und zwar in Rekordzeit.

Anfangs hatte er einige Schwierigkeiten mit den allzu trockenen Aspekten des Meteorologie – Unterrichts gehabt.

Als ihm jedoch klar geworden war, dass sein Traum vom Fliegen sonst nicht in Erfüllung gehen würde, hatte er sich den Kram eben draufgeschafft, um von da an auch in der Theorie zu glänzen.

In der Flugschule hatte er innerhalb kurzer Zeit den Status eines Flieger – Asses erreicht.

Jerry hatte sein Können bescheiden darauf geschoben, dass er seit der erste Heimcomputer in sein Kinderzimmer eingezogen war, Flugsimulatoren gespielt hatte.

Nachdem er schliesslich den heiss begehrten Flugschein in der Tasche gehabt hatte, hatte er sich mindestens zweinmal die Woche, in die Lüfte geschwungen.

Im Motorsegelclub war er immer ein äusserst geschätztes Mitglied gewesen, mit dem jeder gern über Thermik oder Navigation diskutiert hatte.

Durch die allmählich eintretenden Folgen seines permanenten erheblichen Substanzgebrauchs, war er letztes Jahr allerdings durch den gesundheitlichen Eignungstest gerasselt.

Man hatte unter vielem anderem, Abweichungen in seiner Reaktionsfähigkeit festgestellt.

Jerry war trotzdem weiterhin Mitglied im Club geblieben – auch wenn er nur noch an der Bar sass oder als Copilot fungierte, um anderen Hobby – Piloten, die sich kein eigenes Flugzeug leisten konnten, seine Maschine für Rundflüge zur Verfügung zu stellen.

Mit jaulendem Triebwerk sank die Skyhawk nun nicht mehr – sie stürzte ab wie ein Jagdflieger aus dem zweiten Weltkrieg, der sich eine Maschinengewehrfeuergarbe zu viel eingefangen hatte.

Die Strasse die aufgrund des brutalen Starkregens mehr Ähnlichkeit mit einem reissenden Fluss hatte, war viel zu schnell, direkt unter ihr.

„Jetzt wird es richtig ungemütlich!", rief Jerry, kurz bevor er das erste Mal unsanft mit dem Fahrwerk aufsetzte.

Es krachte und knirschte unheilverkündend.

Wie ein Gummiball prallte das Flugzeug vom Boden ab.

Die Menschen vor den Krankenwagen registrierten erst jetzt, dass die Maschine nicht mehr unter Kontrolle war.

Sie sprangen in den Strassengraben.

Jerry hatte gehofft, dass sie die Geistesgegenwart besessen hätten, sich wieder in ihre Fahrzeuge zu schwingen, um zurückzusetzen.

Falls die Achse der Skyhawk nicht komplett durchgebrochen war, wäre ihm so die Option geblieben, auf der Fahrbahn ausrollen zu können.

Nun war es dafür zu spät.

Nachdem die Skyhawk erneut Bodenkontakt hatte, rollte sie sogar ein paar Meter relativ sicher auf dem überschwemmten Asphalt.

In wenigen Augenblicken würde sie sich jedoch mit hoher Geschwindigkeit in die Rettungswagen bohren.

„Abspringen!", schrie Jerry. „Die Sicherungsgurte lösen und dann zur Seite ´rausspringen!"

„Ich kann nicht!", wimmerte Kasia.

Sie war wie erstarrt.

Noch immer hielt sie sich die Augen zu.

Jerry fluchte leise vor sich hin.

Er machte zuerst seinen und danach Kasias Gurt auf.

Das Schlagloch hatte eine beachtliche Grösse – in der Länge, doch vor allem in der Tiefe.

Als die Skyhawk dort hinein geriet, brach das Fahrwerk ab.

Jerry und Kasia knallten mit den Köpfen gegen das Innendach des Cockpits.

Funken schlagend und metallisch kreischend, schleifte das Flugzeug bäuchlings über den Boden.

Kasia hatte jegliche Körperspannung verloren.

Sie hing schlaff wie eine Stoffpuppe in ihrem Sitz.

Jerrys Mundhöhle war auf einmal voller Blut.

´Ausser Kontrolle!`, dachte er. `Es ist alles ausser Kontrolle…."

Nur noch wenige Sekunden bis zur Kollision mit dem vorderen Krankenwagen.

Jerry öffnete die Tür auf Kasias Seite und stiess ihren Körper hinaus auf die Strasse.

„Lieber Gott, lass sie bitte nicht sterben!", flüsterte er flehend, bevor er auch die Tür auf

seiner Seite aufstiess, sprang und hart den Asphalt küsste.

Verschwommen sah er noch wie das Flugzeug sich quer stellte und gegen den

Krankenwagen donnerte.

Er spürte wie der Regen ihn innerhalb von Sekundenbruchteilen durchnässte, als wäre er in

einen Swimmingpool gesprungen.

Er nahm den Geruch von verschmorter Elektrizität und auslaufendem Benzin wahr.

Dann verlor er das Bewusstsein.

Als Jerry wieder zu sich kam, lag er auf einer Trage.

Eine Infusion tropfte in eine Vene seines linken Unterarms.

Mit blechernem Klang prasselte der Regen auf das Dach über ihm.

Er befand sich im zweiten Krankenwagen, der bei dem Zusammenstoss kaum beschädigt

worden war – im Gegensatz zu dem ersten, der sozusagen Eins geworden war mit dem, das

früher einmal eine wunderschöne Cessna 172 Skyhawk gewesen war…

Zwei besorgte Gesichter beugten sich über ihn.

Langsam registrierte Jerry dass er lebte.

Aber Kasia… wie ging es ihr?

Wo war sie?

Sie lag direkt neben ihm – ebenfalls auf einer Trage, und bis zum Kinn eingemummelt in

eine Krankenhausdecke.

Ihre Augen waren geschlossen, die Gesichtszüge maskenhaft erstarrt, wie aus Wachs.

Auch sie hatte einen intravenösen Zugang in den eine klare Infusionslösung tröpfelte.

In ihren Nasenlöchern steckte ein dünner Plastikschlauch, der an eine Sauerstoffflasche

angeschlossen war.

166

„Was ist mit ihr?", nuschelte Jerry.

Das Sprechen fiel ihm schwer.

Als die Skyhawk in das Schlagloch geraten war, hatte er sich auf die Zunge gebissen.

Immerhin hatte er sie sich nicht abgebissen, doch sie fühlte sich an wie ein geschwollener, pelziger Fremdkörper in seinem Mund.

„Ich werde mich so gut es geht, um sie kümmern…", sagte ein männliches Gesicht über ihm ausweichend. „Ich bin Arzt. Mein Name ist Paul Paulsen."

Er deutete auf ein zweites, weibliches Gesicht. „Das ist Schwester Sara. Wir haben ihnen kreislaufstabilisierende Medikamente und Schmerzmittel verabreicht. Sie haben sich eine Platzwunde am Kopf zugezogen. Wie fühlen sie sich?"

Jerry hob eine Hand und seine Finger ertasteten einen Verband um seine Stirn.

Auch die Schulterwunde, sein Andenken von der Begegnung mit dem Militärhubschrauber, war frisch verbunden worden.

„Ich bin okay…", meinte er. „Ich muss wissen, was mit Kasia los ist!"

„Wir konnten keine besorgniserregenden äusserlichen Verletzungen bei ihrer Begleitung feststellen…", sagte Paul. „Allerdings ist ihre O 2 – Sättigung ziemlich niedrig. Deswegen geben wir ihr jetzt ein wenig Sauerstoff. Leider haben wir hier nicht die Möglichkeit, umfassendere Untersuchungen durchzuführen. Eigentlich müsste man Kopf und Wirbelsäule röntgen, eine Computertomographie machen…"

Er räusperte sich verlegen.

„In welchem Verhältnis stehen sie zu der jungen Dame?", fragte er unbeholfen. „Ist sie eine Verwandte von ihnen, Herr…?"

„Jerry. Nur Jerry bitte! Kasia ist eine Freundin – eine… sehr gute Freundin… Wir kennen uns erst seit… naja, seit dieser ganze Katastrophenscheiss angefangen hat." Jerry setzte sich etwas auf.

Ihm war schwindlig – wahrscheinlich wegen der Analgetika, die ihm verabreicht worden waren. „Ist es eigentlich vorbei? Ich meine die Mutantenpest – hat man sie in den Griff gekriegt?"

„Um ehrlich zu sein, Jerry: Nein. Wir hatten ebenfalls die Hoffnung, dass es vorbei sein könnte, als wir euer Flugzeug gesehen haben…" Paul versuchte zu lächeln, sah dabei aber sehr traurig aus.

„Sorry Mann!" Jerry hatte einen Kloss im Hals. „Wir hatten ursprünglich vorgehabt, uns in ´s Ausland abzusetzen..."

Sara steckte Kasia ein Digitalthermometer in ´s Ohr und runzelte besorgt die Stirn, während sie den Wert auf dem Display ablas. „Sie hat immer noch Untertemperatur. Tendenz: sinkend. Mittlerweile vierunddreissig Komma zwei Grad..."

„Sie braucht menschliche Wärme!" Jerry schwang die Beine von der Trage und stand auf.

Sein venöser Zugang riss ab, doch es blutete kaum aus der Einstichstelle.

Er drückte Kasias unterkühlten Körper an sich.

Paul machte ein skeptisches Gesicht.

Er legte Jerry eine Hand auf die Schulter. „Vielleicht wäre es besser, sie erstmal nicht zu bewegen – solange bis wir innere Blutungen oder eine Querschnittslähmung ausgeschlossen haben..."

Kasia stiess ein leises Seufzen aus.

Sie lächelte ohne die Augen zu öffnen und presste ihr Gesicht an Jerrys Hals.

„Sind wir schon in Paris?", murmelte sie.

Weitere Zeichen eines bewussten Erwachens, zeigten sich bei ihr allerdings nicht mehr...

„Ist bei meiner Bruchlandung jemand aus eurer Truppe verletzt worden?", fragte Jerry.

Er hielt Kasia fest in seinen Armen. „Oder Schlimmeres?"

Paul schüttelte den Kopf. „Wir konnten uns rechtzeitig in Sicherheit bringen."

„Wie viele seid ihr denn überhaupt?"

„Sara und mich kennst du ja jetzt. Die anderen stellen sich am besten selbst vor!"

Nachdem Jerry die Bekanntschaft von Chen und Jiao sowie von Jacob, Diana, Sandy und Sofia gemacht hatte, stieg Conrad in den Rettungswagen und zog die Hecktüren hinter sich zu.

Er war er vom Regen völlig durchnässt und dampfte in dem engen Raum.

Er sah Jerry prüfend an.

„Ich bin Conrad Kronberg...", sagte er und wollte eigentlich hinzufügen:

Kriminalhauptkommissar, liess es dann aber doch bleiben.

Jerry reichte Conrad die Hand und stellte sich und Kasia vor.

„Schade um das schöne Flugzeug...", meinte Conrad.

168

„Find` ich auch…", entgegnete Jerry. „Ich hab` es geliebt!"

„Und schade um den schönen Krankenwagen…" In Conrads Worten schwang ein leichter Vorwurf mit, was Jerry nicht entging.

„Die Skyhawk ist vom Blitz getroffen worden! Es tut mir Leid…", rechtfertigte er sich.

„Das muss dir nicht Leid tun, Jerry!", schaltete Paul sich ein. „Verdammt, Conrad! Wie wär´s wenn du dich einfach freuen würdest dass wir überhaupt andere Überlebende getroffen haben, und dass bei dem Absturz keiner um`s Leben gekommen ist?!"

„Reg` dich ab, Doktor Paul! Ich geb` ´nen Scheiss auf diesen Schrotthaufen von Krankenwagen!" Conrad setzte ein gewinnendes Lächeln auf und legte Jerry eine Hand auf die Schulter. „Aber einen Piloten können wir in unserer harmonischen Gruppe gut gebrauchen…"

„Apropos Pilot…", sagte Jerry. „Wir hatten Kontakt mit einem Militärhelikopter… ihr zufällig auch?"

„Ja, Mann!" Conrad beugte sich interessiert vor. „Auf dem Dach vom Klinikum Mitte hab` ich von weitem, einen gehört. Gottverdammt, Jerry – was hat es mit diesem Scheiss – Helikopter auf sich?"

Jerry grinste sarkastisch. „Keine Ahnung… Interesse daran uns zu evakuieren, hatte die Besatzung jedenfalls nicht. Sie haben auf uns geschossen und hätten uns auch fast erwischt! Bad news, nicht wahr?"

„Ich hab` mit sowas gerechnet…", meinte Conrad nachdenklich. „Die Verantwortlichen schicken ihre Spurenbeseitiger. Die haben euch nur deswegen nicht umgebracht weil sie es auf uns, im Speziellen auf mich, abgesehen haben!"

Chen öffnete die Hecktür und steckte den Kopf durch. „Es kommen Infizierte – ungefähr fünfzehn oder zwanzig von ihnen…"

„Okay. Wir sind gleich bei euch…", erwiderte Conrad so, als hätte Chen ihn gerade zu Tee und Plätzchen eingeladen.

Er wandte sich nochmals an Jerry: „Also: Herzlich willkommen bei uns! Wir sind gute Leute und eine kampferprobte Gruppe, haben aber eine kleine Schwachstelle. Einer von uns ist nämlich infiziert und wird vermutlich bald mutieren – er heisst Christopher. Wunder` dich also nicht, wenn ich Christopher irgendwann das Hirn aus dem Schädel puste!"

Jerry zog die Augenbrauen hoch.

„Ihr seid mit einem Mutanten unterwegs?", fragte er fassungslos.

Conrad hob beschwichtigend die Hände. „Ich weiss nicht inwieweit du über die Seuche informiert bist, aber der Virus hat sich verändert. Mittlerweile dauert es vom Zeitpunkt der Ansteckung bis zur kompletten Mutation ziemlich lange, und wir warten..." Er warf einen spöttischen Blick auf Paul. „...mit der Exekution so lange, bis kein Zweifel mehr besteht am Vollbild der Infektion!"

Er drückte Jerry eine Maschinenpistole in die Hand. „Die wird ab jetzt dein bester Freund sein! Vorerst solltest du aber bei deiner kleinen Herzdame hier bleiben, während wir diesen Bastarden da draussen den Arsch aufreissen werden."

Das Gewitter war vorüber und der Sturm hatte sich gelegt, als ob Gott ein Einsehen gehabt und beschlossen hätte, es den paar armen sündigen Menschen, die der Ewigkeit zu entkommen, so verzweifelt versuchten, nicht noch schwerer zu machen.

Ebenso schien er sich mit dem Land versöhnen zu wollen, denn er bestrich es mit einem senkrecht hinabfallenden, fadenförmigen Regen, der vom Boden dankbar angenommen werden konnte und keine weiteren Überschwemmungen verursachte.

Überall entstanden dunstige Bodennebelfelder.

Aus dem Nebel kamen die Infizierten.

Auch wenn Paul sich zwangsläufig an ihren Anblick und die abartigen Geräusche die sie von sich gaben, gewöhnt hatte, schockierte ihn immer wieder ihre stumpfsinnige, hasserfüllte Gier nach dem das sie selbst auch einmal gewesen waren – lebendige menschliche Wesen...

Conrad schoss und erledigte den ersten Infizierten aus noch relativ langer Distanz.

„Habt ihr stinkenden Wichser nur die Stadt verlassen um hier zu krepieren?!", rief er, während er seine Pumpgun nachlud.

„Die Landluft wird euch aber nicht gut bekommen..." Er ballerte den nächsten Infizierten nieder. „Sie ist nämlich äusserst bleihaltig!"

Paul brachte seine Maschinenpistole in Anschlag.

Ihm war übel.

Er hasste es, diese Kreaturen zu erschiessen, auch wenn sie schon tot waren.

Paul hasste es ganz allgemein, Schüsse abzugeben.

Vor der Seuche hätte er nicht einmal freiwillig auf eine leblose Zielscheibe geschossen.

Conrads nächster Schuss raffte einen weiteren Untoten dahin.

„Diese Arschlöcher hier sind langsam!", rief er Paul zu. „Das müssen wir ausnutzen! Schmeiss endlich deine Kanone an!"

Innerhalb weniger Minuten hatten Paul und Conrad, die Herde vernichtet.

Chen hatte sich nicht an dem Gemetzel beteiligt, sondern nach Christopher gesehen.

Christophers Gesundheitszustand war besorgniserregend.

Ganz eindeutig stand er kurz davor zu mutieren.

Sein Hautkolorit war grünlich – fahl und wurde überall von unnatürlichen violetten Adergeflechten durchzogen.

An dem verletzten Unterschenkel war seine Hose durch die Schwellung aufgerissen.

Durch den Verband sickerte ein übelriechendes Sekret.

'Vielleicht kann eine Amputation ihn noch retten...', dachte Chen. ' Ich muss mit Paul darüber sprechen.'

Im selben Moment wurde ihm jedoch klar, dass der Zeitpunkt für ein Gespräch denkbar schlecht war, denn plötzlich quollen erneut Infizierte, beidseits der Strasse, aus dem Wald.

Sie waren ungefähr hundert Meter weit entfernt, aber diesmal waren sie nicht so langsam wie ihre Vorhut, die ihrem Ende träge und schlafwandlerisch entgegen getorkelt waren.

Kaum hatten sie ihre Beute im Blickfeld, fingen sie an zu rennen wie entfesselte Dämonen aus der Hölle.

Und es waren viele!

Sehr viele...

Während Paul und Conrad, kalt erwischt, Munition aus dem Rettungswagen besorgen mussten, wies Chen Sofia an, sich um die Angreifer auf der rechten Seite der Strasse zu kümmern und so viele wie irgend möglich zu erschiessen.

Er bedeutete Jiao mit einem kurzen Blick, bei Christopher zu bleiben.

Es war wichtig, ihn zu beaufsichtigen – nicht dass er unbemerkt mutierte und ihnen von hinten in den Rücken fiel.

Diana war kreidebleich und zitterte am ganzen Körper.

Sie machte nicht den Eindruck, einsatzfähig zu sein.

Chen befahl ihr und Sara, um die es gerade nicht wesentlich besser bestellt war, in den Rettungswagen zu steigen.

Jacob zog er mit sich auf die linke Seite der Strasse.

„Du musst mir hier helfen, ein paar Köpfe abzuschlagen…", sagte er.

Jacob nickte.

Er wirkte konzentriert und entschlossen.

Chen fühlte sich in besonderem Mass für ihn verantwortlich.

Schliesslich war er es gewesen, der ihm die Grundzüge des Schwertkampfes und ein kleines bisschen der Shaolin – Kultur, nahe gebracht hatte.

Selbst in der kurzen Zeit in der sie sich kannten, war er für Jacob zu einer Art Mentor geworden und fühlte sich dementsprechend verpflichtet dafür zu sorgen, dass seinem Schützling nichts passierte.

Eigentlich wollte Chen noch überprüfen, ob sich Sandy auch sicher im Rettungswagen befand.

Dazu blieb ihm allerdings keine Zeit mehr, denn die Infizierten verdienten jetzt notgedrungen seine gesamte Aufmerksamkeit.

Nachdem in den letzten Minuten grausiger Schlachtenlärm erklungen war, herrschte nun auf einmal Stille.

Alle die im Rettungswagen ausgeharrt hatten, bis auf die unerweckbare Kasia, sahen sich stumm und voller Unbehagen an.

Jerry fragte sich ob die abrupt eingekehrte Ruhe bedeutete dass die Mutanten besiegt waren, oder ob sie sich damit beschäftigten, die Verteidiger genüsslich zu verspeisen.

Gerade wollte er vorsichtig zur Tür hinausspähen, als diese von aussen kraftvoll aufgerissen wurde.

„Es ist vorbei!", verkündete Paul.

„Für´s erste jedenfalls…", ergänzte Conrad, der neben ihm stand. „Jetzt sollten wir zusehen, dass wir schleunigst von hier weg kommen!"

Alle beide sowie auch Sofia, Chen und Jacob, waren besudelt vom Blut der eliminierten Infizierten.

Der Regen spülte die Schweinerei auf ihrer Haut und ihren Kleidern gnädigerweise schnell wieder ab.

„Wo ist Sandy?", wollte Chen wissen.

Sandy war weg – wieder einmal verschwunden!

Sie hatte sich weder in den Trümmern des Flugzeugs und des ersten Rettungswagens versteckt, noch war sie, oder zumindest Teile von ihr, unter den abgeschlachteten Infizierten zu finden.

Conrad sah zum zweiten Mal unter den Rettungswagen nach.

„Sandy...", murmelte er nachdenklich. „Wo zum Teufel bist du?"

Er kniete hinter dem Wagen.

Während er sich mühsam wieder aufrichtete, knirschten seine Kniegelenke bedenklich.

„Beginnende Arthrose...", hatte dieser Pisser von Betriebsarzt bei Conrads letzter polizeilich vorgeschriebenen Untersuchung, hämisch grinsend diagnostiziert. „Ich geb` ihnen nicht mehr lange bei der Kripo, Kronberg! In ihrem Alter lohnt sich allerdings auch eine Umschulung nicht... Vielleicht heuert sie ja noch irgendein privater Sicherheitsdienst an – für die Überwachung eines Altenheims!"

Doktor Herbert Fink, so hiess das Arschloch, hatte gelacht als hätte er einen guten Witz gemacht, während er den Befund handschriftlich den bereits erhobenen gesundheitlichen Defiziten in Conrads medizinischer Akte zugefügt hatte.

´Du schmorst bestimmt auch schon in der Hölle, Fink!`, dachte Conrad.

Wie zur Strafe für diesen Gedanken, schoss ihm ein brennender Schmerz in den Rücken, knapp oberhalb des Steissbeins.

Seine Bandscheibe meldete sich auch wieder einmal.

Langsam brachte er sich in eine aufrechte Position.

Sein Blick blieb dabei auf dem Bettgitter hängen, das sie zum Schutz vor den Gourmets, an das Heck des Wagens geschweisst hatten.

Jemand hatte mit einem spitzen Gegenstand Etwas in das Metall der oberen Querstrebe des Gitters eingeritzt.

Es war kaum sichtbar.

Wenn man aber genauer hinsah, konnte man erkennen dass da in groben, schludrigen Lettern stand: *Harry was here!*

„Verdammter Hurensohn…!", knurrte Conrad verblüfft.

Paul kam dazu.

„Was ist los?", fragte er. „Hast du einen Hinweis entdeckt?"

Conrad klopfte auf die Gravur auf dem Bettgitter. „Er hat Sandy wieder entführt! Harald, dieses Schwein – er war die ganze Zeit da, hat uns auf der Fahrt, festgeklammert an dieses Scheiss –Gitter, begleitet und uns zum Narren gehalten. Ich hätte ihn erschiessen sollen! Spätestens nach der Geschichte mit Ole Edwardsson, hätte ich ihn schon kalt machen müssen!"

„Es gibt Probleme mit Christopher!", rief Jiao.

Conrad lud seine Pumpgun durch und knuffte Paul mit dem Ellenbogen in die Seite.

„Wir kommen!", sagte er.

Christopher bot äusserlich beinahe das Bild eines komplett Mutierten.

Sein Körper wurde von unregelmässig auftretenden heftigen Zuckungen geschüttelt.

Sein Geist jedoch schien unbeschädigt zu sein, denn er fixierte die ihn Umgebenden mit seinem Blick, der zwar trüb war, aber eindeutig noch echtes Leben enthielt.

„Paul… du musst mir helfen!", stammelte er.

„Erstaunlich, dass er in diesem Stadium noch sprechen kann…", meinte Conrad, seine Waffe auf Christopher gerichtet.

„Amputier` mir das verletzte Bein, Paul!", flehte Christopher eindringlich. „Bis zum Oberschenkel! Dann kann ich es schaffen!"

Paul rang einen Moment um Fassung.

„Mensch Christopher…", sagte er dann leise. „Wie stellst du dir das vor – hier mitten in der Wildnis? Die OP an sich würd` ich vielleicht sogar noch hinkriegen, obwohl ich kein Chirurg bin. Aber was dann? Du wirst sehr viel Blut verlieren und wir haben hier keine Konserven."

Er schüttelte verzweifelt den Kopf. „Wir sind einfach insgesamt mit für solch einen Eingriff Notwändigem, nicht genügend ausgestattet!"

„Tu es, Paul – auf meine Verantwortung!", flüsterte Christopher.

Er versuchte ein Lächeln, das ziemlich entgleiste. „Wenn ich dabei sterbe, werd` ich dich auch nicht verklagen…"

Mit Paul über eine Amputation von Christophers Bein zu diskutieren, hatte sich nun erledigt.

Paul würde seine Entscheidung treffen – nach bestem Wissen und Gewissen.

Jetzt gab es für Chen vorerst nur noch eine Priorität, die er komme was da wolle, in Angriff nehmen musste.

„Kann ich kurz mit dir reden?", wandte er sich an Conrad und zog ihn am Ärmel seines Blousons, beiseite.

„Ich werde die Gruppe verlassen und mich auf die Suche nach Sandy machen!", sagte Chen ohne Umschweife und schüttelte energisch den Kopf als Conrad widersprechen wollte. „Ich bin dafür verantwortlich, dass sie entführt wurde. Während die Infizierten angegriffen haben, hab` ich mich noch gefragt, wo sie ist. Dann bin ich davon ausgegangen, dass sie im Krankenwagen Zuflucht gesucht hat, aber ich hab` mich nicht vergewissert, ob es wirklich so war…"

Conrad seufzte. „Chen, verflucht! Du bist ja noch schlimmer als Doktor Paul! Dich trifft genauso viel beziehungsweise wenig Schuld an diesem Schlamassel, wie alle anderen! Schliesslich waren wir damit beschäftigt, eine Armee von Gourmets zu bekämpfen. Da kann es schon mal passieren, ein Schäfchen der Herde für ein paar Sekunden aus den Augen zu verlieren…"

„Ich muss das tun…", meinte Chen. „Ich breche sofort auf – und zwar allein!"

Conrad sah ein, dass es vergeblich sein würde, zu versuchen, Chen sein Vorhaben auszureden, daher liess er es gleich sein.

Auch er hatte ein ganz bestimmtes Ziel.

Er weihte Chen in den Plan ein, den er verfolgte.

Sie wünschten sich gegenseitig viel Glück.

Sekunden später verschwand Chen im Wald.

28

Von Stunde zu Stunde verfluchte Moritz Stahl sich mehr dafür, dass er diesen idiotischen Auftrag angenommen hatte.

Er hätte Fragen stellen müssen, hätte sich vergewissern müssen, dass er wie immer, alleine arbeiten würde.

Jetzt hatte er Agentin Isabella Rodriguez an der Backe und sie war auch noch seine Weisungsbefugte.

Sie hatte den Status einer Kommandantin inne und gehörte einer geheimen, paramilitärischen Einheit an, deren Namen sie nicht nannte und nach dem Moritz nicht fragte.

Während sie die verseuchte Stadt mit dem Helikopter überflogen hatten, hatte Rodriguez die meiste Zeit über gefilmt – auch als sie im Tiefflug, Scharen von herumirrenden Infizierten erschossen hatte.

Nur als sie das Feuer auf das ganz offensichtlich nicht infizierte Pärchen in der Innenstadt eröffnet hatte,

hatte sie ihre handliche Digitalkamera ausgeschaltet.

Um neunzehn Uhr und sechs Minuten, waren sie auf der riesigen Dachterrasse des Bungalows von Robert Maria Dorn gelandet.

Dort lag eine Leiche – ein Mann dem der halbe Schädel weggeballert worden war.

Zeichen der Infektion waren an ihm nicht zu erkennen.

„Warte hier!", hatte Rodriguez Moritz befohlen, bevor sie das Innere der Wohnung betrat.

Da Moritz mittlerweile beschlossen hatte sich nicht mehr um ihre Anweisungen zu scheren, folgte er ihr nach kurzer Zeit.

Sie war im Schlafzimmer und hielt ihre Kamera auf ein grosses rundes Wasserbett gerichtet.

Auf dem Bett lagen drei weitere Leichen.

Das Zimmer war erfüllt von Verwesungsgeruch.

176

Rodriguez schien es nicht zu passen, dass Moritz die Toten – drei minderjährige Mädchen, sah.

Die toten Mädchen hatten aufreizende Kellnerinnenkostüme aus dem Sex – Shop an.

Alle drei waren durch saubere Kopfschüsse getötet worden.

„Wieso bist du nicht auf deinem Posten geblieben?", keifte Rodriguez.

Moritz antwortete nicht.

Nachdenklich betrachtete er die Mädchen – auch sie sahen aus als wären sie nicht infiziert gewesen, als man sie erschossen hatte.

Der Zustand ihrer Köpfe deutete darauf hin, dass ihre Lebenslichter aus einer Waffe mit einem kleineren Kaliber ausgepustet worden waren, als das des Mannes auf der Dachterrasse.

„Okay..." Rodriguez lächelte Moritz süffisant an. „Du missachtest meine Befehle, Stahl. Meinetwegen – wenn`s dich glücklich macht... Letztendlich wirst du es trotzdem nicht schaffen, meine Autorität zu untergraben!"

Ihre Kamera im Anschlag, begab sie sich in`s Wohnzimmer.

Moritz überlegte ob er sich ein Schmunzeln gönnen sollte, entschied sich aber dagegen.

Seit fast dreissig Jahren hatte er auf diesen menschlichen Luxus verzichtet – da musste die Gelegenheit schon etwas exklusiver sein, um wieder damit anzufangen.

Der Zeitpunkt dafür, das spürte er ganz deutlich, war jedoch nah.

Seine Seele fühlte sich irgendwie anders an – so als rehabilitierte sie sich langsam und dennoch unaufhaltsam.

Vielleicht lag es nur an den zurückliegenden entspannten Tagen seines Urlaubs auf Hawaii, der übrigens der erste seit ebenfalls fast dreissig Jahren gewesen war.

Vielleicht war er aber auch gerade dabei, sein ganz persönliches Trauma hinter sich zu lassen.

Als Auftragskiller hatte er jedenfalls die längste Zeit sein Dasein gefristet – das stand fest.

Er hatte das Gefühl, dass es ihm schadete, wenn er für Leute arbeitete, die für einen tödlichen Virus verantwortlich waren und ihn dann nicht kontrollieren konnten...

Isabella Rodriguez sass auf der Wohnzimmercouch und hielt die Kamera auf sich gerichtet.

„Bungalow von Rechtsanwalt Robert Maria Dorn – neunzehn Uhr, dreizehn…", sprach sie mit unbewegter Miene in`s Mikrophon. „Hier eindeutig stattgefundenes Eindringen von mehreren Personen – vermutlich zu unerlaubten Partyzwecken. Zeitpunkt: sehr wahrscheinlich wenige Stunden nach Ausbruch der Infektion. Etliche alkoholische Getränke wurden konsumiert, ausserdem schienen Drogen im Spiel gewesen zu sein. Vier der Eindringlinge erschossen aufgefunden. Zahl der Überlebenden unklar, doch es muss zumindest einen gegeben haben, da aus dem Safe im Wohnzimmer, sämtliches Bargeld entwendet wurde. Die hier vorgefundenen Umstände stehen möglicherweise im Zusammenhang mit den gesuchten Terroristen."

Moritz wunderte sich nicht, dass Rodriguez log was das Bargeld anging, das in Wahrheit überall verstreut auf dem Boden herumlag – insgesamt bestimmt eine halbe Million Euro. Robert Maria Dorn war schliesslich anwesend bei der lächerlichen, streng geheimen Unterredung mit Moritz` Auftraggebern gewesen.
Der schmierige Anwalt gehörte somit zu einem auserwählten Zirkel von Arschlöchern.
Rodriguez` in die Kamera gesprochenen Mutmassungen über die Eindringlinge beziehungsweise über deren gewaltsamen Tod, waren hanebüchen und schlichtweg falsch.
Die Wahrheit sollte verwässert werden.

Moritz vermutete dass Dorn eine unmoralische Party hatte veranstalten wollen, aber durch den Ausbruch der Infektion daran gehindert worden war.
Dann hatte man ihn abgeholt – höchstwahrscheinlich von einem Lakaien der Auftraggeber, denen Moritz, so musste man es wohl nennen, in die Falle gegangen war.
Vielleicht war der eine oder andere von ihnen, sogar zu Dorns geplanten kleinen Fete eingeladen gewesen…
Bevor Dorn geflüchtet war, hatte er noch schnell die minderjährigen Mädchen getötet, die er vermutlich von irgendeinem Menschenhändlerring aus Osteuropa bezogen hatte.
In seiner Eile hatte er es jedoch versäumt, die Waffenkammer und den Safe abzuschliessen – was allerdings auch Absicht hätte gewesen sein können.
Viele Stunden später, hatten sich zwei oder mehrere Personen, Zutritt zum Bungalow verschafft, um vor Infizierten zu fliehen.

Die Eindringlinge hatten zweifelsfrei Alkohol und Drogen konsumiert – dafür gab es reichlich Hinweise.

Ausserdem hatten sie sich in der Waffenkammer bedient und von der Dachterrasse herunter geballert, worauf die grosse Anzahl abgeschlachteter Infizierter vor dem Haus deuten liess.

Unter den Eindringlingen hatte es scheinbar irgendwann Ärger gegeben – vielleicht wegen des Geldes?

Jedenfalls ist einer von ihnen umgebracht worden.

Man hatte ihm in die Brust und mehrmals in´s Gesicht geschossen.

Der oder die Täter haben sich schliesslich aus dem Staub gemacht, ohne sich weiter um das Geld zu scheren.

„Zurück in den Heli!", befahl Rodriguez, nachdem sie den kompletten Bungalow einer gründlichen Inspektion unterzogen hatte. „Wir haben eine weitere Untersuchung durchzuführen."

Nach einem kurzen Flug, landeten sie erneut – auf einem Marktplatz in einer verkehrsberuhigten Zone, im Zentrum der Stadt.

Es war der Ort, wo Rodriguez auf das Nicht – infizierte Pärchen geschossen hatte, anstatt die beiden an Bord zu nehmen.

Rodriguez zeigte auf das Lifestyle – Geschäft namens Sweetest Home.

Dort war das Pärchen, in der Hoffnung aus der Todeszone gerettet zu werden, heraus gelaufen. „Diesen Laden müssen wir checken. Wir suchen nach einem in schwarzes Leder eingebunden Album. Es wurde aus Dorns Bungalow entwendet und muss unbedingt wieder in seinen Besitz gelangen. Falls du es entdeckst, hast du es mir sofort auszuhändigen, ohne auch nur einen winzigen Blick hinein zu werfen. Ist das klar, Stahl?!"

´Aha...`, dachte Moritz. ´Rodriguez vermutet also, dass das Pärchen zu den Überlebenden gehörte, die bei Dorn Party gemacht hatten.`

Die Frage war nur: Warum hätten sie dort ein popeliges Album mitgehen lassen und der ganzen Kohle keine Beachtung geschenkt haben sollen?

Daran dass die verdächtigen Personen sich im Sweetest Home aufgehalten hatten, gab es keinen Zweifel – nicht zuletzt der offensichtliche Gebrauch des Inventars, zeugte davon.

Rodriguez begann sofort, den Laden zu durchsuchen.

Moritz betrat den Flur, der hinter dem Geschäftsraum lag und öffnete eine schmale, grau lackierte Tür.

Es war die Personaltoilette.

„Was machst du?", fragte Rodriguez, misstrauisch um die Ecke lugend.

Moritz sah sie ernsten Blickes an. „Ich geh` mal pissen, okay?"

„Wow!" Rodriguez grinste hämisch. „Wenn du dich mal herablässt zu sprechen, haben deine Worte ja echt einen Wahnsinnsgehalt!"

Nachdem Moritz seine Blase erleichtert hatte, wusch er sich die Hände und sah in den Spiegel über dem Waschbecken, was sonst nicht seiner Art entsprach.

Eitelkeit war ein Fremdwort für ihn.

Er brauchte nicht einmal einen Spiegel um sich zu rasieren.

Diesmal jedoch hatte es sich gelohnt, hinein zu blicken, denn sonst wäre ihm das mit Handtüchern, Seife und Klopapier bestückte Regal hinter ihm, nicht weiter aufgefallen.

Im unteren Fach des dreistöckigen Regals, lag ein Buch – ein in schwarzes Leder eingebundenes Buch.

Moritz hatte soeben das ominöse Album von Robert Maria Dorn gefunden.

Damit Rodriguez sich nicht fragte was er so lange auf der Toilette trieb, blätterte er es nur oberflächlich durch.

Ein kurzer Blick auf die feinsäuberlich eingeklebten Fotos reichte allerdings auch vollkommen aus, um sich denken zu können, warum der Sicherstellung des Albums, eine solche Bedeutung zugemessen wurde...

Er stopfte es sich hinten in den Bund seiner Tarnhose.

Rodriguez durfte es auf keinen Fall in die Finger bekommen!

Nachdem Moritz sie anfangs etwas unterschätzt hatte, war ihm mittlerweile klar geworden, dass sie, ebenso wie er selbst, ein absoluter Profi auf ihrem Gebiet war.

Sie war intelligent, ehrgeizig und skrupellos – das nervte zwar, stellte jedoch insgesamt kein wirkliches Problem dar.

Sie war aber auch unberechenbar, zynisch und narzisstisch, und diese Kombination gefiel ihm genauso wenig wie die Tatsache, dass sie bereit dazu war, die Machenschaften von pädophilen Mistsäcken zu vertuschen.

Trotzdem – sie war ihm unterlegen.

Bisher waren ihm alle mit denen er es je zu tun gehabt hatte, unterlegen gewesen.

Dass er immer noch lebte, war der beste Beweis dafür.

Er verliess die Toilette, ging zum Helikopter und versteckte das Album unter seinem Sitz.

Isabella Rodriguez war frustriert.

Die Dinge entwickelten sich nicht so, wie sie es sich vorgestellt hatte.

Das schlimmste war die permanente latent unkooperative stoische Macho – Attitüde von Moritz Stahl, die sie innerlich zur Weissglut brachte.

Es kostete sie unfassbar viel Selbstbeherrschung, sich dies nicht anmerken zu lassen.

Anfangs hatte sie seine ganze Art noch amüsant gefunden – da hatte sie aber auch noch geglaubt, er würde sich nur so benehmen, um in jeder Hinsicht zu untermauern, was für ein ultraharter, megacooler und selbstbewusster Typ er war.

Jetzt war ihr klar geworden, dass es mit ihm nicht annähernd so einfach laufen würde, wie sie es sich vorgestellt hatte.

Isabella hatte sich nach Erteilung der Mission, über Moritz Stahl informieren lassen und danach geglaubt, bestens im Bilde zu sein.

Sie wusste dass er für jeden arbeitete – egal welche Intention hinter den Aufträgen die er übernahm, stand.

Er bestand lediglich darauf, stets anonym zu sein, allein zu arbeiten und nicht mehr über den Job zu wissen, als er unbedingt wissen musste.

Seine bisherige Erfolgsquote lag bei einhundert Prozent.

Allerdings forderte er für seine Dienstleistungen auch enorme Geldbeträge ein.

In seinen Jahren beim Militär hatte er kein Krisengebiet ausgelassen.

Er war für seine Dienste ausgezeichnet worden, hatte aber auch als Eigenbrötler gegolten.

Vor vielen Jahren war er an diversen Klärungen von Konfliktsituationen im nahen Osten beteiligt gewesen.

Angeblich waren dort mehrere unnötige Massaker auf sein Konto gegangen.

Seine Laufbahn bei der Armee hatte schliesslich mit einer unehrenhaften Entlassung geendet.

Für Isabella waren diese Informationen nur bedingt relevant gewesen.

Nach erfolgreicher Beendigung der aktuellen Mission, würde sie Moritz Stahl ohnehin eliminieren müssen.

Mittlerweile war ihr allerdings klar geworden, dass er vermutlich nicht ganz so dumm war, wie er aussah. Ausserdem traute er ihr keinen Fingerbreit über den Weg.

Möglicherweise beschäftigte er sich die ganze Zeit damit, seine ganz eigenen, kontraproduktiven Theorien bezüglich der Seuche und den Hintergründen ihres Auftrages zu entwickeln...

Stahl hatte sich nicht die Bohne interessiert für die Durchsuchung des Sweetest Home, sondern sich erst auf die Toilette verzogen, um sich dann in den Helikopter zu setzen.

Nachdem er dort seine Bewaffnung akribisch kontrolliert und gereinigt hatte, kam er wieder in den Laden.

Mit seiner unbewegten Miene, dem kurzen Bürstenhaarschnitt und seiner düster – selbstbewussten Art, wirkte er wie Arnold Schwarzenegger in *Predator* oder einem der alten *Terminator* – Filme.

Für einen Augenblick erschrak Isabella vor sich selbst, denn Stahls Erscheinung flösste ihr tatsächlich Respekt ein.

„Wir sollten eine Lagebesprechung machen!", sagte er.

Isabellas Anflug von einem kurzfristig beinahe lähmenden Unterlegenheitsgefühl, verschwand so schnell wie es gekommen war.

„Du entwickelst dich zu einem richtigen Schwätzer!", spottete sie.

Blendete man die aufgesetzte militärische Dienstlichkeit in seiner Stimme aus, klang Moritz Stahl wie ein kleiner Junge, der nicht wusste ob er trotzig oder traurig sein wollte.

Er wusste bestimmt, weshalb er nicht viele Worte machte.

„Mein Auftrag lautet, eine Gruppe, mindestens aber einen, Terroristen zu eliminieren. Ich werde diesen Auftrag ausführen – was deutlich einfacher wäre, wenn du kooperieren würdest...", meinte er.

„Okay!" Isabella lachte auf. „Ich glaube zwar dass ich diejenige bin die auf deine Kooperation bauen sollte, aber eine Lagebesprechung ist sicher angebracht. Also..."

Sie klemmte sich eine Haarsträhne hinter`s Ohr. „Der Name der primären Zielperson lautet: Conrad Kronberg. Er ist Polizist und überschreitet seit langem seine Befugnisse. Zuletzt wurde er suspendiert. Er intrigierte gegen unsere Auftraggeber, gefährdete dadurch den Inhalt staatlicher Geheimsachen und demzufolge die Sicherheit des ganzen Landes. Es besteht Grund zu der Annahme, dass er sich derzeit in Begleitung eines gewissen Paul Paulsen befindet. Paulsen ist Arzt im Klinikum Mitte und mitverantwortlich dafür, dass der Virus sich ungehindert ausbreiten konnte. Sehr wahrscheinlich haben die beiden sich einer Gruppe subversiver, als Terror – verdächtig geltender Individuen angeschlossen."

„Woher stammen diese Informationen?", wollte Moritz Stahl wissen.

„Von einem Agenten, der sich jetzt nicht mehr in der infektiösen Zone befindet..."

„Wo befindet er sich denn jetzt?"

„Das ist unerheblich. Er ist nicht mehr zuständig!"

„Also infiziert..."

„Auch das ist unerheblich! Du kannst natürlich denken was du willst – dafür wirst du aber nicht bezahlt..."

„Ich weiss wofür ich bezahlt werde."

„Schön für dich!" Isabella zuckte gleichgültig mit den Schultern. „Fassen wir zusammen: Wir haben das Klinikum Mitte gründlich inspiziert und festgestellt dass erstens die Terroristen eindeutig dort waren, und zweitens, sie das Gebäude wieder verlassen haben – und zwar motorisiert. Wir können davon ausgehen, dass sie im Besitz von mindestens einem, wahrscheinlich sogar zwei Krankenwagen sind. Ausserdem haben wir das Polizeipräsidium, die ehemalige Dienststelle von Ex – Hauptkommissar Kronberg untersucht. Der komplette Waffenbestand war geplündert worden. Die Gruppe ist also gut ausgestattet. Seit Beginn der Mission hatten wir etliche Kontakte mit Infizierten, mit Überlebenden jedoch nicht..."

„Bis auf das Pärchen das von uns evakuiert werden wollte...", unterbrach Moritz sie. „Von dem du jetzt glaubst, es hätte irgendein Album bei sich, das einem Anwalt gehört, der mich einen Scheiss interessiert! Und für die Suche danach, werde ich definitiv nicht bezahlt!"

Isabella tat als hätte er gar nicht gesprochen. „Als nächstes werden wir die Bundesstrasse in Richtung Basis, unserem Ausgangspunkt, kontrollieren sowie die umliegenden Wälder. Es kann nämlich sein, dass die Terrorgruppe, oder zumindest ein Teil von ihr, dorthin unterwegs ist."

Moritz hatte zwar viel zu viele Worte deswegen machen müssen, dennoch half ihm Rodriguez` Bericht, wenn er auch teilweise falsch und insgesamt lückenhaft war, seinen Eindruck von der Gesamtsituation zu komplettieren.

Egal wie sich dieser Job noch gestaltete – am Ende blieb es bestimmt nicht nur bei den Terroristen, die er eliminieren würde...

-29-

„Ich bin bereit...", sagte Christopher von Schmalenkamp.

Man konnte ihn mittlerweile kaum noch verstehen.

Zu lange schon wütete der Virus in seinem Körper und frass sich durch die Nerven seines Sprachzentrums. „Worauf wartest du, Doktor Paul?"

Christophers Pupillen waren extrem geweitet – wie schwarze Löcher füllten sie die an den Rändern dunkelroten Augäpfel aus.

Paul wich seinem besessenen, flehenden Blick aus.

Er fuhr sich durch die von Regen, Schweiss und Mutantenblut nassen, klebrigen Haare.

„Also gut!", meinte er. „Ich werde dir jetzt erstmal ein Narkotikum applizieren und dann sehen wir weiter..."

„Nein!", röchelte Christopher. „Danach wirst du sofort amputieren!"

Sara brach plötzlich in Tränen aus.

In ihrem Gesicht zeichneten sich Verzweiflung, Angst, Wut und Trauer ab.

„Lass dir doch einfach eine Spritze geben, Christopher!", sagte sie mit bebenden Lippen.

„Und dann lass es gut sein... Es tut mir wirklich total leid für dich, aber du bist jetzt wirklich total am Ende..."

184

Sie schluckte und zwang sich, Christopher in´s Gesicht zu sehen. „Du bist schon längst mutiert, aber du weigerst dich, das zu akzeptieren!"

Christopher schüttelte schwach den Kopf und machte etwas mit seinem Mund, das wohl ein Lächeln hätte werden sollen.

Paul legte Christopher einen venösen Zugang und begann mit der Verabreichung der Prämedikation, die selbst einen Gesunden für immer in´s Reich der Träume geschickt hätte.

Er hoffte so sehr, dass Christopher danach einfach nur einschlafen und noch als Mensch sterben würde.

Sara hatte sich mittlerweile wieder beruhigt und bereitete mit ausdruckslosem Gesichtsausdruck und sicheren Handgriffen, eine Infusion für die OP vor.

„Fangen wir an?", fragte Sofia.

Sie war die einzige die gute Laune zu haben schien.

Ihre Augen funkelten auf eine Art, die Paul nicht gefiel.

Warum wich sie Christopher nicht von der Seite seit er infiziert war, und warum befürwortete ausgerechnet sie jenen operativen Eingriff, auf den Paul schrecklich gern verzichten würde?

War es Sensationsgeilheit, verirrter Sadismus, oder lag ihr so viel an Christopher, dass sie tatsächlich hoffte, eine Amputation würde sein Schicksal doch noch zum Guten wenden?

Paul wusste es nicht.

Wegen ihrer teilweise überheblich wirkenden Unnahbarkeit, war er Sofia gegenüber allerdings schon immer eher misstrauisch eingestellt gewesen.

Es hatte sogar eine Zeit gegeben, in der er eifersüchtig auf sie gewesen war, da sie einen guten Draht zu Sara hatte und sich die beiden auch privat getroffen hatten.

Im Stillen war Paul davon überzeugt gewesen, dass Sofia einen schlechten Einfluss auf Sara ausübte.

Rückblickend betrachtet, natürlich eine totale Anmassung – allein weil er aufgrund dieser Einstellung, Saras Recht auf Selbstbestimmung sowie ihren emotionalen Feinsinn, in Frage gestellt hatte.

Dass übertriebene Eifersucht dumm war und nur von einem unterentwickelten Selbstbewusstsein zeugte, hatte Paul mittlerweile begriffen.

Trotzdem traute er Sofia nicht über den Weg.

Ihre vorgeführte Art über den Dingen zu stehen, machte ihn nervös.

Knochensäge, Skalpell, et cetera, lagen bereit.

Der Wunsch eines Patienten hatte immer oberste Priorität, und Christopher war momentan nicht nur Pauls Patient, sondern obendrein ein Kollege, der auf Pauls medizinische Fertigkeiten baute.

Paul vermied es, Sara, Sofia oder Christopher, in die Augen zu sehen.

Lediglich Kasia, die im Tiefschlaf auf der Trage lag, bedachte er mit einem kurzen Blick, als hoffte er, sie würde plötzlich aufwachen und sagen, dass sie die Operation auch machen könnte…

Die Tatsache dass der Patient auf dem Boden eines Krankenwagens lag, und sowohl Arzt wie Pflegepersonal, vor ihm knien musste, stellte das groteske Sahnehäubchen zu der ohnehin völlig absurden Situation dar.

„Dann woll´n wir mal…", murmelte Paul.

Er desinfizierte sich die Hände und liess sich von Sofia Mundschutz, Gummihandschuhe und OP – Haube geben – eigentlich komplett sinnfrei, denn von antiseptischen Bedingungen konnte man derzeit nur träumen.

„Wir haben keine Blutkonserven…", sagte er. „Deswegen muss alles sehr schnell gehen. Sofia, du solltest deine Hand von Christophers Sauerstoffmaske nehmen! Du weisst dass er jederzeit… anders… werden könnte…"

Sofia lächelte.

Provozierend langsam befolgte sie Pauls Ratschlag.

Paul fragte sich ob Christophers Blut gleich fontänenartig herausspritzen würde, oder ob es eher kränklich sickerte, wie gammlige Brombeermarmelade…

Jerry stand mit Conrad auf der Wiese – etwas abseits von den Kadavern der niedergemetzelten Infizierten.

Der Regen ging senkrecht nieder und war lauwarm.

„Als ob Gott die ganze Zeit auf einen pisst…", bemerkte Conrad.

„So ungefähr…", murmelte Jerry.

Vielleicht hätte er auf Kasia hören sollen, als sie ihn im Flugzeug angefleht hatte, die Krankenwagen unten auf der Strasse zu ignorieren und einfach weiter zu fliegen.

Vielleicht wären sie dann auch nicht vom Blitz getroffen worden.

Aktuell, zusammen mit der Gruppe der Überlebenden – einem kläglichen Haufen tragischer Existenzen, war ihre Lage im Grunde nur noch beschissener geworden.

Kasia lag im tiefsten Dornröschenschlaf auf einer Pritsche in einem Krankenwagen, in dem ein Internist einem Infizierten ein Bein amputierte, während ein Shaolin – Krieger einen perversen Psycho jagte, der ein weibliches Mitglied der Gruppe entführt hatte.

Vielleicht schien in Paris gerade die Sonne und die Menschen auf den Strassen waren keine wandelnden Toten...

„Ich nehme an, es gibt keine Helikopter auf dem Flugplatz von dem du gestartet bist, oder?", fragte Conrad.

„Nein." Jerry schüttelte den Kopf.

„Okay..." Conrad dachte einen Moment nach. „Aber was den Flugplatz angeht – da stehen doch sicher noch mehr Maschinen 'rum, mit denen du uns gegebenenfalls, rein theoretisch, in die Luft bringen könntest?!"

„Rein theoretisch ja... Allerdings reden wir hier von einem Motorseglerclub. Es gibt dort keine Jets, und für 'ne Piper oder Cessna sind wir definitiv zu viele Personen..."

Conrad hustete, oder lachte er? „Mach dir darüber mal keinen Kopf! Die Anzahl der Personen wird sich definitiv noch verringern! Das ist das einzige worauf wir uns verlassen können..."

„Na dann..." Jerry fragte sich worauf Conrad hinaus wollte.

Hatte er einen Plan, oder wollte er einfach nur jede Sekunde ausnutzen in der er sich selber reden hören konnte?

Jerry sah hinüber zu dem zerstörten Rettungswagen, in den sich seine ehemals so wunderschöne Skyhawk gebohrt hatte und nun eine Symbiose aus Schrott mit ihm bildete.

Im zur Hälfte unbeschädigten Heck des Wagens, kauerten halbwegs geschützt vor dem Regen, Jiao, Diana und Jacob.

„Ich geh' mal zu den Kids da 'rüber...", sagte Jerry. „Sie sind bestimmt ziemlich verängstigt..."

„Ich begleite dich!", meinte Conrad. „Aber verängstigt sind zumindest Jacob und Jiao ganz sicher nicht! Jacob hat sich zu einem echten Teenage – Ninja entwickelt und Jiao ist eine knallharte Amazone, die nicht mal mit der Wimper zuckt, während sie Heerscharen von Gourmets abschlachtet."

„Wie geht`s?", fragte Jerry.

Diana schlief, den Kopf an Jacobs Schulter gebettet.

Jiao hatte den Lotussitz eingenommen und schien zu meditieren.

„Ganz gut…", meinte Jacob.

Er sprach leise, weil er Diana nicht aufwecken wollte.

„Wird langsam Zeit, dass wir von hier weg kommen!", sagte Conrad. „Wir brauchen einen Unterschlupf, bevor es dunkel wird. Ich hoffe, Doktor Paul ist bald fertig mit seiner hirnverbrannten Operation!"

„Vielleicht sollten wir nachsehen ob alles in Ordnung ist…", schlug Jerry vor.

„Gute Idee!", stimmte Conrad ihm zu. „Sehen wir nach und beenden wir diesen Spuk!"

Es war alles voller Blut.

Christophers rechtes Bein war nahezu komplett abgetrennt.

In dem Augenblick in dem Conrad die Hecktür des zweiten Rettungswagens öffnete, hörte Christopher endgültig auf, ein Mensch zu sein.

Abrupt richtete er seinen Oberkörper auf und griff nach Sara.

Sara schrie auf.

Christophers Hände umklammerten ihre Unterarme.

Sein Kopf schoss vor.

Er bleckte die Zähne, bereit sie tief in ihren Hals zu graben.

Paul warf sich auf ihn, versuchte ihn niederzuringen.

Es war laut.

Alle schrien durcheinander.

Conrad zog die Pistole aus seinem Schulterholster, doch Jiao drängte ihn beiseite.

Der Platz reichte nicht aus, um effektiv mit dem Schwert zu agieren, daher wählte sie eine andere Waffe aus – einen kleinen unscheinbaren Dolch, den sie, befestigt oberhalb ihres rechten Fussknöchels, ständig bei sich trug.

Der Dolch mochte klein sein, aber er war scharf.

Ein präziser Schnitt, und Jiao hatte Christophers Kopf in der Hand.

Der Rest von ihm plumpste leblos zu Boden.

„Es ist Zeit, aufzubrechen..." Jiaos sanfter Tonfall passte irgendwie nicht zu ihren blutbesudelten Händen und dem Dolch.

Sorgfältig legte sie den Kopf zu Christophers restlichem Körper.

„Sie hat recht..." Conrad räusperte sich. „Bei dem Wetter dauert es nicht mehr lange bis zur Dämmerung. Bis dahin sollten wir uns irgendwo vor den Gourmets verkrochen haben – möglichst an einem trockenen Ort!"

„Zurück zum Flugplatz...", meinte Jerry. „Ansonsten ist hier nichts, bis auf ein paar Jägerhochsitze!"

„Ab jetzt gehen wir zu Fuss – es sei denn, wir stossen unterwegs auf einen Panzer mit Tarnkappenfunktion!" Conrad lachte kurz und bitter über seinen schwachen Witz. „Und wir werden immer dicht zusammen bleiben, damit uns niemand mehr verloren geht! Ist das klar?!"

„Ja, Conrad!", brauste Paul plötzlich auf.

„Wir tun alles was du sagst, denn du bist der Leitwolf, nicht wahr? Aber entschuldige bitte, dass wir dir nicht applaudieren und zujubeln. Vielleicht haben nämlich einige von uns..." Seine Stimme wurde lauter und gewann mit jedem Wort an Zorn. „...Noch ein bisschen zu knacken an dieser gottverdammten Scheisse, die hier gerade passiert ist! *Ist das klar?!*"

Conrad zog genervt die Augenbrauen hoch, sagte aber nichts.

Er hatte jetzt keine Lust, sich mit Pauls Zickereien auseinander zu setzen.

Wenn Paul meinte er müsse ein bisschen die Diva ´raushängen lassen – bitte sehr!

Hauptsache, er kriegte sich auch irgendwann wieder ein...

Jerry trug Kasia Huckepack.

Selbst durch das Geschaukel seiner Schritte und den strömenden Regen, wurde sie nicht wach.

Doktor Paul hatte keine Prognose abgeben können, was die weitere Entwicklung ihres Zustands betraf, aber er hatte Jerry zugenickt und „Das wird schon wieder...", gesagt.

„Das wird schon wieder…", flüsterte Jerry nun im Rhythmus seiner Schritte immer wieder vor sich hin.

Er wollte sich einlullen lassen von seinem kleinen Mantra, doch leider klappte es nicht.

Sein Gehirn wurde weiterhin unentwegt überspült mit voreinander fliehenden apokalyptischen Gedankenfetzen, die ihn langsam mürbe machten.

Dazu kamen die Schmerzen – sie schienen mittlerweile jede einzelne Faser seines Körpers zu beliefern.

In seinem ganzen Leben hatte er noch nie so viele körperliche Verletzungen erworben, wie in den Stunden nach Verlassen des Bungalows von Robert Maria Dorn.

Kasia war zwar klein und eigentlich federleicht – ihre momentane schlaffe Bewegungslosigkeit, machte sie allerdings um einiges schwerer.

Zum Glück fühlte sie sich wieder warm an.

Wenigstens ihre Hypothermie hatte sie also überwunden.

Alle männlichen Mitglieder der Gruppe hatten ihm angeboten sich mit dem Tragen von Kasia abzuwechseln, aber Jerry hatte lächelnd abgelehnt.

Er allein war Kasia diesen Dienst schuldig.

Ausserdem wollte er nicht so sehr Eins werden mit dieser Gruppe, die ihm vorkam, als zöge sie Unheil und Verderben jeglicher Art an.

Jerry wollte sich seine Eigenständigkeit bewahren.

Er schloss die Möglichkeit nicht aus, die Gruppe schon bald wieder zu verlassen…

-30-

Seit über einer Stunde hetzte Harald nun schon durch die Wildnis.

Sandy, die er trug wie ein Bräutigam seine Braut über die Schwelle des ehelichen Schlafzimmers, wurde immer schwerer.

Sie war noch nicht wieder bei Bewusstsein.

Das war gut so, denn jetzt würde er sie eine Zeitlang allein lassen müssen.

Er legte sie auf den Boden.

Voraussichtlich wachte sie so bald nicht wieder auf.

Harald hatte ihr erst einen Schlag auf den Kopf gegeben und ihr dann das Narkosemittel injiziert, das er, ebenso wie Spritze und Kanüle, vorsorglich aus dem Krankenhaus hatte mitgehen lassen.

Die Idee mit dem Narkosemittel war ihm eher zufällig gekommen, als er Sandy im Krankenhaus, vor den Augen der anderen, zum ersten Mal entführt hatte.

In einem offenstehenden Medikamentenschrank auf B 3, der Station für ambulante Operationen, waren ihm Ampullen aufgefallen deren Inhalt einen Namen hatte, der ihm bekannt vorgekommen war – und zwar aus den Medien.

Vor vielen Jahren war nämlich genau dieser Name in den Schlagzeilen sämtlicher Boulevard – Magazine aufgetaucht und war in jeder Promi – News – Sendung erwähnt worden, da eine Überdosis davon, dem Leben eines international gefeierten Pop – Idols, ein jähes Ende bereitet hatte.

Besagtes Pop – Idol hatte das Medikament zuvor bereits als Schlüssel zu einer Tür verwendet, hinter der das Paradies eines tiefen, alptraumlosen Schlafes lag.

Was für einen Superstar gut gewesen war, konnte auch einer Nutte wie Sandy nicht schaden – nur mit der Dosierung hatte Harald aufpassen müssen.

Sandy sollte schliesslich nicht sterben.

Noch nicht...

Bis jetzt war im Grossen und Ganzen, alles prächtig gelaufen.

Jetzt musste Harald dafür sorgen, dass es auch prächtig weiter ging.

Es war ganz stark anzunehmen, dass die Arschlöcher denen er entkommen war, sich auf die Suche nach Sandy machen würden – vermutlich nicht die ganze alberne Truppe, sondern nur einer, höchstens zwei von ihr.

Harald ärgerte sich ein wenig darüber, dass er so unvorsichtig gewesen war, mit seinem Messer *Harry was here!* auf das Bettgitter geritzt zu haben, denn damit hatte er unnötigerweise auf sich aufmerksam gemacht.

Vielleicht entdeckten die Arschlöcher seine übermütige Gravur aber auch gar nicht.

Conrad Kronberg, dieser versoffene Faschist, war schliesslich in Wahrheit kein halb so guter Bulle, wie er selbst glaubte!

Trotzdem war das Gebot der Stunde, vorerst kein Risiko einzugehen und keines der Arschlöcher zu unterschätzen.

Harald schleifte Sandy über den vom Regen durchweichten Waldboden und versteckte sie im Unterholz.

Er fand einen perfekten Platz für sie – eine natürliche kleine Mulde im Erdreich, um die herum, beinahe mannshohe, hellgrüne Farne, vor sich hin wucherten.

Er zog ihr das rote Spaghettiträger – Top sowie ihre schwarzen Ballerinas aus, um sie dann an Hand – und Fussgelenken mit den Kabelbindern zu fesseln, die er im Krankenhaus gefunden und mitgenommen hatte.

Mit seinem geliebten Jagdmesser schnitt er ein Stück Stoff aus dem Top heraus.

Tief in Sandys Mundhöhle gestopft, stellte es einen perfekten Knebel dar, den Harald sicherheitshalber noch mit einigen Streifen Krankenhaus – Klebeband fixierte.

Zu guter Letzt schnitt er ihr einen Strang ihrer langen wasserstoffblonden Haare ab.

„Sei schön brav, Baby! Daddy kommt bald wieder...", murmelte er.

Vorsichtig ging er ein paar Schritte zurück, peinlich darauf bedacht, keine Spuren zu hinterlassen.

Als er sich fünfzehn oder zwanzig Meter von Sandys unfreiwilligem Versteck entfernt hatte, warf er ihren linken Schuh, gut sichtbar, auf die Erde.

Dann rannte er seitwärts, Richtung Strasse.

Nachdem er sie erreicht hatte, überquerte er sie hastig, um daraufhin erneut im Wald zu verschwinden.

Dort warf er Sandys rechten Schuh zu Boden.

Er wischte sich Schweiss und Regen von seiner glühenden Stirn und genehmigte sich ein breites Grinsen.

„Es läuft gut, Harry!", beglückwünschte er sich flüsternd selbst. „Es läuft verdammt gut für dich..."

192

Plötzlich stand eine der unheimlichen Gestalten deren Existenz er bisher erfolgreich

verdrängt hatte, vor ihm.

Da er entschlossen war, auch weiterhin keinen Gedanken an die unansehnlichen

Ausgeburten der Seuche zu verschwenden, beschleunigte sich sein Herzschlag kaum, als er

den Mutanten entdeckte.

„Glotz nicht so blöd, du Penner!", rief er ihm mit gedämpfter Stimme zu und zog sein

Messer.

Erwartungsgemäss zeigte sich der Mutant unbeeindruckt von Haralds Worten.

Grunzend wankte er auf ihn zu.

Er war männlich, ihm fehlte ein Arm und auch ansonsten war er in einem ziemlich

schlechten Zustand. Seine Brust war aufgerissen und angefressen.

Getrocknete schwarze Blutklumpen klebten auf seinem Oberkörper.

Sein rechtes Auge baumelte an einer dünnen Sehne, die aussah wie der Fettrand einer

Scheibe gekochten Schinkens.

Er trug eine Polizeiuniform.

´Ich wollte schon immer mal ´nen Bullen killen!`, dachte Harald und stellte sich

Hauptkommissar Kronberg vor, als er dem Mutanten sein Messer in den Unterleib rammte.

Der untote Polizist gab zwar einen kehligen Schmerzenslaut von sich, doch Haralds

Genugtuung darüber währte nur einen Wimpernschlag.

Ihm wurde bewusst, dass es leider gar nicht so einfach war, einen Mutanten unschädlich zu

machen. Man musste ihnen die Rübe wegblasen, abhacken, oder zumindest spalten.

Alles andere war so uneffektiv wie einem angreifenden Profiboxer im Ring, die Wange zu

tätscheln.

Harald wich zurück.

Allmählich bekam er es doch mit der Angst zu tun.

Er wollte nicht sterben und schon gar nicht infiziert werden – nicht jetzt, wo sich die Dinge

für ihn so überaus erfreulich entwickelt hatten.

Er überlegte ob er fliehen oder versuchen sollte, an die Pistole des Mutanten heran zu

kommen.

Viel Zeit zum Nachdenken blieb ihm nicht, da das einarmige Monster in Uniform, sich nun voller Wut auf ihn stürzte.

Harald entschloss sich, zu fliehen.

Dass der Mutant schnell und fast schon gewandt, hinter ihm her rennen würde – damit hatte er allerdings nicht gerechnet.

Er hatte eben noch so steif, staksig und unbeholfen in seinen Bewegungen gewirkt.

Erfreulicherweise machte der verstauchte Knöchel, Harald kaum noch Probleme.

Sein Körper hatte offenbar ausgezeichnete Selbstheilungsfähigkeiten entwickelt, wie auch seine Persönlichkeit an gesunder Härte und Selbstsicherheit gewonnen hatte.

Diesbezüglich war die Seuche also das Beste, das ihm in seinem fast neunundzwanzig Jahre währenden Leben hatte passieren können.

Ein Schwachpunkt jedoch war immer noch seine allgemeine Fitness, um die es nicht zum Besten bestellt war.

Die Verschleppung von Sandy war bereits eine für seine Verhältnisse, konditionelle Meisterleistung gewesen, aber mittlerweile näherte sich sein übergewichtiger Körper, den Grenzen seiner Belastbarkeit.

Plagende Seitenstiche stellten sich ein.

Wie er sich auch bemühte, Sauerstoff in seine Lunge zu saugen – er wurde immer kurzatmiger.

Auch sein Verfolger röchelte und keuchte, als pfiffe er auf dem letzten Loch.

Dennoch holte er stetig auf, wollte sich sein Abendessen auf keinen Fall entgehen lassen.

Vielleicht wäre alles ganz anders gekommen, wenn Harald sich nicht irgendwann umgedreht hätte, um zu sehen, wie gross sein Vorsprung war.

Der Störenfried war nah, verdammt nah!

Er wackelte beim Laufen mit dem Kopf wie eine Marionette, die der Teufel höchstpersönlich angefertigt hatte.

Der heraushängende Augapfel schwang hin und her, im Rhythmus seines irrsinnigen, unkoordinierten Galopps.

Harald kam eine Idee.

Wenn er es schaffte, den Abstand um drei bis fünf Meter zu vergrössern, könnte er kurz stehen bleiben, genau zielen, und den Mutanten mit einem Wurf seines Messers stoppen – vorausgesetzt, es würde sich in dessen Gehirn bohren und so die letzten funktionierenden Schaltkreise lahm legen.

Es war zwar eine kleine Chance, aber es war eine.

Und Harald war wild entschlossen, sie zu nutzen.

Die knorrige Wurzel die sich schlangengleich über den Boden wand, sah er erst, als sie ihn zu Fall brachte.

Harald segelte durch die Luft und landete auf einem weiteren, freiliegenden Wurzelstrang.

Panik stieg in ihm auf.

Es war zu spät, sich wieder aufzurappeln.

Der mutierte Polizist war am Ziel seiner Begierde.

Er zog die Lippen hoch und entblösste seine Zähne wie ein hungriger Wolf.

´Du darfst mich nicht einfach so umbringen...`, dachte Harald. ´Du hättest einen Warnschuss abgeben und mich über meine Rechte aufklären müssen!`

Ein hysterisches Kichern stieg in ihm auf.

Als Sandy erwachte, fühlte sie zunächst gar nichts.

Sie befand sich in einem körperlich – geistigen Vakuum, wie ein Fötus im Mutterleib.

Dieser vergleichsweise angenehme Zustand, währte allerdings nicht lange.

Zuerst kam die Erinnerung zurück.

Sandy in der Badewanne / der Anruf von Harald / Sandy in der Wohnung von Harald / Zweitausend Euro / das Gewitter / die Seuche / Harald, der sie foltert und vergewaltigt / der Anschluss an die Gruppe von Hauptkommissar Kronberg / die Infizierten / das Krankenhaus / Harald, der sie entführt / ihre Rettung / Harald, der auf einmal verschwunden ist / die Flucht mit den Rettungswagen / das Unwetter / der Flugzeugabsturz / der Angriff der Infizierten / Und dann?!

Dann machte erst einmal ihr Körper auf sich aufmerksam.

Kopfschmerzen – sie hatte gigantische Kopfschmerzen.

Sie wollte stöhnen, tief Luft holen, doch es war nicht möglich.

Ihr Mund – Rachenraum war vollständig dysfunktional und ihre Zunge schien irgendwo als gefühlloser geschwollener Klumpen in ihrem ausgedörrten Hals zu kleben.

Ihre Lippen waren geöffnet, jedoch versiegelt von schmierig klebenden braunen Pflasterstreifen, unter denen ihr Mund kribbelte, wie beim schlimmsten Herpes der Welt.

Auch ihre Hände kribbelten und Sandy konnte nichts dagegen tun, denn sie war gefesselt, mit den Armen auf dem Rücken.

Die Fesseln schnitten ihr in die Handgelenke, boten keine Möglichkeit zu irgendeiner Bewegung.

Das gleiche galt für ihre Fussgelenke – mit weissen, irreal vernünftig und nüchtern – zweckmässig anmutenden Kabelbindern, waren sie gnadenlos zusammengezurrt worden.

Ihre Ballerinas waren weg, und auch ihr rotes Top.

Sie hatte nur noch ihre ausgebleichte, knapp unter den Pobacken abgeschnittene Jeans und ihren BH an.

Sandy lag in einer weichen, feucht – warmen Kuhle, umgeben von dichtem, hohem Gestrüpp.

Über ihr nichts als die grünen Dächer von Laub – und Nadelbäumen, zwischen denen sich ein unermüdlicher Dauerregen seinen Weg bahnte.

Normalerweise müsste sie ein Festmahl für Mücken, Ameisen und Stechfliegen abgeben, doch sie sah und hörte weder etwas von diesen kleinen Plagegeistern, noch spürte sie Stiche von ihnen.

Diese Tatsache war zwar gut für ihre Haut, bewies allerdings auch die lebensfeindliche Präsenz der allmächtigen Seuche.

Die blutsaugenden Insekten fanden keine Nahrung.

Das Blut der Infizierten war ungeniessbar und Tiere die sie stechen konnten, gab es allem Anschein nach, nicht mehr.

Entweder waren sie bei Ausbruch der Seuche alle plötzlich ausgestorben, oder sie waren geflüchtet – irgendwohin wo die Seuche nicht existierte.

Langsam wurde Sandy klar, was in den letzten Stunden geschehen war.

Die Spinne hatte sie zurück in ´s Netz geholt!

Sie betrachtete ihre schmerzende rechte Armbeuge, wo sich ein Hämatom rund um den roten Punkt einer Einstichstelle bildete.

Dort war das betäubende Gift der Spinne eingedrungen.

Ihr wurde übel.

´Wenn ich jetzt kotze, ersticke ich!` , wurde ihr schlagartig bewusst.

Sie zwang sich tief und ruhig durch die Nase ein – und auszuatmen.

Von den Fusssohlen bis zum Haaransatz, brach ihr der kalte Schweiss aus.

Nach einigen qualvollen Minuten beruhigte sich ihr Magen.

Dafür geriet ihr Atem ausser Kontrolle, so dass sie drohte zu hyperventilieren.

Sie hatte ein Geräusch gehört – ein Knacken, als wäre jemand auf einen vertrockneten Zweig getreten.

Sandy wusste nicht was sie entsetzlicher finden würde – dass ein Infizierter sie jetzt entdeckte, oder dass jeden Moment Haralds grinsendes Pfannkuchengesicht über ihr erscheinen würde.

Gleichzeitig spürte sie eine leise Hoffnung in ihrem Herzen aufkeimen.

Bestimmt suchte sie jemand aus der Gruppe, die sie aufgenommen hatte.

Vielleicht stand jetzt gerade ihre Befreiung unmittelbar bevor!

Sie kniff die Augen zusammen.

Hellgrüne Punkte auf violettem Hintergrund tanzten hinter ihren Lidern.

Daraus formte sich eine Vision: Chen Li, der charmante, gut aussehende Kung – Fu – Meister, der sie beruhigend anlächelte, behutsam den Knebel entfernte und ihre Fesseln mit seinem Shaolin – Schwert durchtrennte…

Ihre Vision war im Grunde gar nicht mal so unrealistisch.

Wenn Harald sie tatsächlich verfolgt, betäubt, gefesselt und verschleppt hatte – warum hätte er sie, seine Beute, einfach mitten im Wald zurück lassen sollen?

Es konnte nur einen Grund dafür geben: Weil er gejagt wurde!

Weil die Gruppe in dessen Gesellschaft sie sich befunden hatte, nichts unversucht lassen würde, um sie endgültig von ihrem Peiniger zu befreien!

Sandy machte die Augen wieder auf.

Da hörte sie es wieder – es knackte im Unterholz.

Sie hielt die Luft an.

Ihr Herzschlag dröhnte dumpf in ihren Ohren und schien den weichen Waldboden vibrieren zu lassen.

Ihre Trommelfelle befanden sich in übernatürlicher Empfangsbereitschaft.

Hatte da gerade jemand geflüstert?

In einer fremden Sprache?

Womöglich chinesisch?

Dann wieder Knacken, mehrmals hintereinander.

Das waren eindeutig Schritte – Schritte die sich nun zu entfernen schienen.

'Oh mein Gott! Ich muss mich unbedingt irgendwie bemerkbar machen!', dachte Sandy voller Panik.

Sie versuchte zu schreien, doch natürlich kam kein Laut aus ihrer Kehle, die von einem Stoffklumpen verstopft war.

Sie schleuderte ihren Kopf hin und her, bemühte sich verzweifelt, mit ihren stramm gefesselten Extremitäten irgendein Geräusch auf dem moosbewachsenen Untergrund zu erzeugen – jedoch vergeblich.

Die grüne Kuhle in der sie lag, würde wohl zu ihrem Grab werden.

Irgendwann gab ihr überlasteter Geist es auf, gegen den Schlaf anzukämpfen.

Sie dämmerte weg.

Von ganzem Herzen wünschte sie sich, nie mehr aufzuwachen…

Sie erreichten den Flugplatz kurz bevor der Abend in die Nacht überging.

Jerry schloss die Tür des Clubhauses auf.

Er war ein sehr angesehenes Mitglied, daher besass er einen Generalschlüssel für sämtliche Räumlichkeiten des Vereins.

Er legte Kasia auf ein abgeschabtes weinrotes Ledersofa und seufzte.

´Tja, Baby...`, dachte er. ´So weit waren wir vorher auch schon mal. Da ging es uns allerdings noch um einiges besser...`

In seinem Kopf begann ein Plan Gestalt anzunehmen.

Er drehte sich zu den anderen um.

„Herzlich willkommen!", sagte er. „Eigentlich ist der Aufenthalt hier nur Fliegern vorbehalten, aber ich glaube, es gibt nicht mehr so viele von ihnen... Deswegen dürft ihr euch ruhig wie zu Hause fühlen!"

„Sehr grosszügig. Vielen Dank auch!", knurrte Conrad, drängelte sich an Jerry vorbei und begann, ihre Unterkunft für die Nacht zu inspizieren. „Sieh mal zu, dass du ´n paar Kerzen oder so was ´ran schaffst!"

„Schon dabei!" Jerry öffnete einen Hängeschrank hinter der Theke und entnahm ihm einige Stumpenkerzen, eine Packung Teelichte sowie eine Petroleumlampe.

„Ich kümmere mich darum!", meinte Sara.

Sie entzündete die Lichtquellen, während Conrad die Jalousien vor sämtlichen Fenstern herunter liess.

„Bedient euch!" Jerry deutete auf den abgetauten Getränkekühlschrank.

Kurz darauf sassen alle mit den Getränken ihrer Wahl in schäbig – schicken Clubsesseln.

Einen Moment lang herrschte absolute Ruhe.

Auf dem Tisch in ihrer Mitte, verbreiteten die Kerzen und Teelichte einen warmen Schein.

„Richtig gemütlich...", unterbrach Conrad irgendwann das Schweigen und trank einen Schluck von seinem Bier. „Man könnte fast vergessen, dass da draussen nichts ist, ausser Tod!"

„Wir werden sehen…", meinte Paul gelassen.

Obwohl er völlig fertig mit den Nerven war, war er fest entschlossen, sich nicht unterkriegen lassen.

Den Gedanken an die ganzen erlebten Entsetzlichkeiten, wies er die billigsten Plätze in der letzten Reihe seines Bewusstseins zu.

Natürlich begünstigte diese Entscheidung eine posttraumatische Belastungsstörung.

Das Risiko ein paar Therapiestunden beim Psychologen nehmen zu müssen, ging Paul allerdings gern ein – bedeutete es doch dass es noch eine Zukunft gab, für die es sich lohnte zu leben.

Conrad steckte sich eine Zigarre an.

Diese Fliegerheinis hatten diesbezüglich einen beeindruckend guten Geschmack.

Das Gefühl endlich wieder mal Rauch in der Lunge zu haben, war einfach herrlich.

„Von hier aus ist es nicht allzu weit…", sagte er. „Bis zu einer sogenannten geheimen Kommandozentrale, wo momentan sehr wahrscheinlich einige der Herrschaften, denen wir unter anderem, die Infektion zu verdanken haben, residieren. Das ist unser Ziel. Dorthin wird auch Chen kommen. Bevor er sich auf die Suche nach Sandy gemacht hat, habe ich mit ihm darüber gesprochen…"

„Was haben wir davon, wenn wir uns zu dieser Kommandozentrale begeben?", wollte Jerry wissen.

„So sicher bin ich mir da selbst nicht…" Conrad runzelte die Stirn. „Bestenfalls befindet sich dort ein Vorrat des Antiserums, oder zumindest jemand den wir dazu bewegen können, uns das Zeug zusammen zu panschen, sowie eine degenerierte Bande von feigen Schurken, die ich zu verhaften gedenke…"

Er trank sein Bier aus.

Jerry reichte ihm sofort ein neues – der Kerl schien doch gar nicht so übel zu sein.

„Und Schlimmstenfalls…?", fragte er.

„Schlimmstenfalls werden wir dort getötet, oder verschwinden anderweitig für immer und ewig von der Bildfläche… Vielleicht sind die Vögel aber auch schon ausgeflogen und wir stossen auf ein Nichts, das so gross und schwarz ist, wie das Arschloch von Gott dem Allmächtigen!"

Sofia wandte sich an Jerry: „Du hast nicht zufällig was da, mit dem ich meinen Energy –

Drink verfeinern kann?!"

„Daran soll's nicht liegen...", meinte Jerry grinsend.

Er stellte eine unangebrochene Flasche Wodka auf den Tisch.

Alkohol gab es genug im Clubhaus, und es machte Jerry Spass, die Gruppe damit zu

bedienen.

Es erinnerte ihn an die feucht – fröhlichen Abende, die er hier manchmal mit einigen seiner

Fliegerkollegen verbracht hatte.

Bis auf Jiao und Kasia hatten alle irgendein alkoholisches Getränk vor sich – das war gut

so.

Je mehr sie tranken, desto tiefer würden sie nachher schlafen...

Jerry selbst enthielt sich grösstenteils.

Er sehnte sich nach etwas Speed oder Koks.

Um die Wirkung davon wenigstens für ein paar Sekunden zu simulieren, kippte er zwei

Gläser Wodka pur, nacheinander hinunter.

Nach und nach, schliefen sie ein.

Jiao hatte sich in einer Ecke auf dem Boden eingerollt – neben ihr, Jacob, Diana und Sofia.

Paul, Sara und Conrad schliefen in ihren Sesseln.

Conrad schnarchte.

Die Uhr an der Wand über der Theke zeigte an, dass es kurz vor Mitternacht war.

Jerry nahm die Petroleumlampe und schlich sich in den angrenzenden Raum.

Es war der Konferenzraum.

Dort hatte die ganze Fliegerbande oft genug gesessen – über Finanzen, Veranstaltungen und

mögliche Neubewerber für ihren Verein diskutiert, oder sich auf einer grossen Leinwand,

waghalsige Flugmanöver vor exotischer Kulisse angeschaut, wenn eines der Mitglieder aus

dem Urlaub zurück war und stolz wie Oskar, seine Cockpit – Videos präsentierte.

'Was wohl aus dieser Truppe von aufgeblasenen Macho – Ärschen geworden ist?', fragte

Jerry sich.

Auch wenn seine Fliegerkumpane allesamt arrogant, erfolgsgeil, frauenfeindlich und dekadent waren, hatten sie doch auch eine Menge Liebenswürdigkeit an sich gehabt.

Und sie hatten zusammengehalten, waren immer loyal untereinander gewesen – egal worum es ging.

Keiner von ihnen hatte jemals Jerrys Persönlichkeit hinterfragt oder emotional etwas von ihm verlangt, das zu geben er nicht bereit gewesen wäre.

Ihnen hatte es genügt zu wissen, dass er reich war, ausgesprochen nett, und ein As am Himmel, als er noch selber fliegen durfte.

Jerry öffnete die Tür am Ende des Konferenzraumes und schlüpfte nach draussen.

Es hatte mittlerweile aufgehört zu regnen.

Die Luft hatte sich ein klein wenig abgekühlt, wodurch das Atmen eine Qualität erfuhr, die Jerry längst vergessen geglaubt hatte.

Das Flugzeug von Henry Claasen, einem erfolgreichen Immobilienmakler und fast so etwas wie ein Freund von Jerry, stand vor einer rechteckigen Wartungshalle direkt neben der Rollbahn.

Es war eine Cessna Skyhawk, wie Jerry sie selbst besessen hatte.

Jerry stieg ein und führte einen kurzen Check – up durch.

Alles Bestens – die Maschine war vollgetankt, funktionstüchtig, zum Abheben bereit!

Das war jedoch nur die halbe Miete.

Das Schwierigste stand Jerry noch bevor.

Er musste wieder zurück in´s Clubhaus, Kasia dort heraus tragen, in das Flugzeug verfrachten und dann den Vogel so schnell wie möglich nach oben bekommen.

Das alles sollte sich bestenfalls so abspielen, dass die anderen nicht aufwachten, bevor er abgehoben war...

´Henry Claasen – wo oder was immer du jetzt bist...´, dachte Jerry. ´Ich weiss dass ich deinen Segen habe, mir dein Baby ausleihen darf – auch ohne Flugschein... Wünsch` mir Glück, du alter Hurensohn!´

Als er aus der Skyhawk sprang, knickten seine Knie ein, weil sie plötzlich butterweich waren. Für einen Moment schwanden ihm die Sinne.

Zuerst verschwamm sein Blick.

Dann konnte er gar nichts mehr sehen.

Eine tonnenschwere Müdigkeit nahm von ihm Besitz.

Ganz sicher wäre er auf der Stelle eingeschlafen, wenn nicht schlagartig aufgetretene stechende Kopfschmerzen dies verhindert hätten.

Er konnte nichts mehr hören.

Lediglich ein durchdringender schriller Piepton malträtierte seine Gehörgänge.

Ihm wurde übel, aber er hatte scheinbar nichts in sich, das auszukotzen sich lohnen würde.

Es blieb bei einem trockenen Würghusten.

Kaltschweissig, auf Knie und Ellenbogen gestützt, kauerte er auf dem vom Regen sumpfigen Rasen, der die asphaltierten Rollbahnen umgab.

Jerry wusste dass er krank war und er bereute es nicht, dass er nie mehr eine Arztpraxis betreten hatte, seit er durchgefallen war beim gesundheitlichen Eignungstest für die Verlängerung seiner Fluglizenz.

Er hätte sich allerdings keine unpassendere Gelegenheit vorstellen können, um einfach so, sang – und klanglos, abzukratzen...

Aus bunten Pünktchen vor grauen Schleiern entstanden schliesslich langsam wieder die Konturen der Umgebung.

Die Kopfschmerzen zogen sich zurück und das schrille Geräusch in Jerrys Ohren verlor zunehmend an Intensität.

Ächzend wie ein Neunzigjähriger, rappelte er sich auf.

Er musste Kasia holen.

Ob er es in seinem augenblicklichen Zustand schaffen würde, einen menschlichen Körper zu schultern, in ein Flugzeug zu setzen und dieses Flugzeug abheben zu lassen – darüber dachte er nicht nach.

Solche Gedanken durfte er nicht zulassen, sonst könnte er sich ebenso gut, gleich jetzt und hier, zum Sterben niederlegen.

Auf Beinen wie aus Pudding ging er zurück zum Clubhaus, hielt jedoch nach wenigen Schritten inne.

Er hatte etwas gehört – es hatte wie verhaltener Husten oder röchelndes Atmen geklungen.

Vielleicht hatte er sich aber auch getäuscht.

Die Funktion seiner Sinnesorgane war noch immer eingeschränkt.

Angestrengt horchte er in die Nacht, löschte sicherheitshalber das Licht der Petroleumlampe.

Da war wieder das röchelnde Geräusch, verbunden mit gleichmässigen schmatzenden Lauten.

Kein Zweifel: Da ging jemand asthmatisch atmend über den klatschnassen Rasen.

Jerry nahm eine Silhouette wahr – eine Silhouette, die sich ihm langsam näherte.

Seit den Angriffen auf die Rettungswagen hatten sie keinen Kontakt mit Infizierten gehabt.

Jerry hatte tatsächlich kurzzeitig vergessen, dass es sie gab.

Jetzt fiel es ihm wieder ein.

Fieberhaft überlegte er was er machen sollte.

Eine Flucht kam nicht in Frage.

Sein Plan wäre damit endgültig zum Scheitern verurteilt gewesen.

Es gab also nur eine Option: Er musste den herumstromernden Gourmet, so leise wie möglich, ausschalten.

Aber wie?

Die anderen durften auf keinen Fall aufwachen, daher hätte ihm die MP, die Conrad ihm gegeben hatte, nicht viel genutzt – davon abgesehen, lag sie auf der Theke im Clubhaus.

Jerry huschte auf die andere Seite des Flugzeugs.

Wenn der Gourmet ihn noch nicht entdeckt hatte, bestand immerhin die Hoffnung, dass er einfach weiter stapfte.

Die schmatzenden Schritte kamen näher.

Verschleimtes Husten – diesmal aus allernächster Nähe.

Jerry hielt den Atem an.

Schweisstropfen rannen über seine Stirn in die Augen und verschleierten seinen ohnehin immer noch trüben Blick.

Eine Gestalt kam um das Heck der Maschine herum.

„Ist dieses Vehikel nicht zu klein für uns alle?", sagte die Gestalt.

´Conrad Kronberg!`, wurde Jerry schlagartig klar. ´Er hat hinter mir her geschnüffelt! Mit seinem Gangbild und seinem Raucherhusten ist es kein Wunder dass ich ihn in der Dunkelheit für einen Infizierten gehalten habe.`

„Was ist los mit dir?" Conrad stellte sich ganz nah vor ihn hin. „Du siehst beschissen aus!"

Er grinste. „Man könnte fast denken, du wärst infiziert…"

„Ich wollte bloss… ein bisschen Luft schnappen…", murmelte Jerry.

„Falsch!", meinte Conrad lachend. „Ich werd` dir sagen was du wolltest: Du wolltest diesen Vogel hier klar machen und dann klammheimlich mit deinem Dornröschen davon flattern! Was aber ist mit dem Rest – sind wir so eine Plage, dass du uns einfach im Stich lassen würdest?"

Jerry seufzte.

Er hatte Conrad unterschätzt.

So viel Bier und Whisky wie er geschluckt hatte, hatte Jerry ihn in einem komaähnlichen Tiefschlaf gewähnt, doch dieser abgewrackte Cop war offenbar nicht kaputt zu kriegen.

„Ich fühl` mich ziemlich elend…", sagte Jerry. „Im Augenblick könnt` ich nicht mal ´nen Kinderwagen schieben, geschweige denn ein Flugzeug fliegen. Übrigens hab` ich nicht mal mehr ´ne gültige Lizenz…"

„Na und?" Conrad schnaubte belustigt. „Willkommen im Club! Ich hab` auch keine Marke mehr – und bin ich nicht trotzdem ein verdammt guter Bulle?!"

Er zündete sich eine Zigarette an. „Wir brauchen allerdings falls es notwändig sein wird, ein geräumigeres Flugzeug für unsere Zwecke…"

„Es gibt keine grösseren Maschinen. Das hier ist ein privater Verein für schnöselige Motorsegelfreunde, und nicht der Frankfurter Flughafen!"

„Was ist mit dem Ding in der Halle da drüben? Sieht gross genug aus…"

„Carlo von Stromhagens Piper…" Jerry seufzte schon wieder. „Du hast also auch in der Halle ´rumgeschnüffelt…"

„Was denkst du denn? Weder die Tatsache dass ich suspendiert worden bin, noch dass die Welt gerade im Begriff ist unterzugehen, hindert mich daran, meinen Job zu machen!"

„Schön für dich!" Zum dritten Mal seufzte Jerry. „Sieht also ganz danach aus, als ob ich mich weiterhin über den Genuss deiner Gesellschaft freuen darf."

„Für 'nen Typen wie du einer bist, quatschst du ganz schön gestelzt, Muchacho! Was sagtest du nochmal? Du machst was beruflich...?"

„Ich sagte gar nichts... Ich bin Privatier und ich fänd's super, wenn du mich nicht Muchacho nennen würdest!"

„Wie sie wünschen, Herr Privatier! Aber mal was anderes: Du siehst wirklich nicht gesund aus... Muss ich mir Sorgen um dich machen?"

„Weisst du was das Schlimmste am Leben ist?", stellte Jerry eine Gegenfrage.

„Dass es unweigerlich mit dem Tod endet!", antwortete Conrad prompt. „Du bist Gregor Gold, der Schriftsteller!"

„Was laberst du da für einen Scheiss?" Jerry wäre am liebsten im Boden versunken.

Conrad reichte ihm eine Zigarette und gab ihm Feuer.

„Der Spruch mit dem Leben und dem Tod...", sagte er. „Der ist aus deinem ersten Roman – mein Lieblingsbuch übrigens... Ich hab's tausend Mal gelesen! Und dann die Art wie du dich ausdrückst – da muss man nicht gross in der Weltgeschichte 'rumkombinieren, um einen Zusammenhang zu erkennen. Danach hast du nur noch Schrott geschrieben! Es ging aber am Rande immer viel um Fliegerei. Warum dieses Pseudonym? Ich dachte dass nur Schwuchteln Pseudonyme verwenden!"

Jerry war enttarnt.

Hätte er sich bloss dieses dämliche Zitat aus seinem schriftstellerischen Debut verkniffen!

Sein erstes Buch, *Tod und Sünde*, war ein Kriminalroman gewesen, dessen Herausgabe Jerry mit eigenen finanziellen Mitteln realisiert hatte.

Wie Blei hatte es in den Regalen der Buchhandlungen gelegen, und das aus gutem Grund – es war einfach zu schlecht.

Bereits wenige Tage nachdem er den Druckauftrag erteilt hatte, war ihm das bewusst geworden, aber da war es leider schon zu spät gewesen.

Die Menge der verkauften Exemplare konnte man buchstäblich an einer Hand abzählen.

Die paar Leutchen die Geld für diesen Schund ausgegeben hatten, taten Jerry fast leid.

Natürlich war es ein schier unglaublicher Zufall, dass ausgerechnet Conrad Kronberg zu den damaligen Käufern gehört hatte und das knapp vierhundert Seiten umfassende Geschreibsel auch noch als sein Lieblingsbuch bezeichnete.

Der zweite Roman den Jerry, alias Gregor Gold, veröffentlicht hatte, war bei einem renommierten Verlag erschienen und bei der Leserschaft eingeschlagen wie eine Bombe. Der dritte schliesslich hatte ihn zu einem international gefeierten Bestsellerautor gemacht.

Jerry sog an seiner Zigarette.

Absurderweise wurde sein Befinden besser, je mehr Nikotin er inhalierte.

´Daran kann mal sehen wie kaputt ich schon bin…`, dachte er.

Conrad legte ihm eine Hand auf die Schulter. „Wie sieht´s aus, Sportsfreund? Soll ich dich ab jetzt Herr Gold nennen oder dich zumindest darum bitten, mir eine Rolle in deinem nächsten Buch zu geben?"

„Nein, Mann…" Jerry streifte Conrads Hand ab. „Versuch` einfach mir in der nächsten Zeit nicht auf den Sack zu gehen, und ich werd` mich in die Gruppe einfügen und deine Autorität nicht weiter untergraben!"

„Donnerwetter!" Conrad schmunzelte. „Konkrete Ansage! Vielleicht sollte ich mir doch mal eins von deinen neueren Büchern kaufen! Andererseits…" Er kratzte sich seinen verschwitzten Stiernacken.

„Andererseits was?", fragte Jerry, obwohl er eigentlich gar nicht scharf war auf weitere Ausführungen.

Conrad öffnete seinen Hosenschlitz und urinierte auf den Rasen. „Andererseits könnte es sein, dass ein neues Zeitalter angebrochen ist – das Zeitalter der Mutantenpest, in dem es nichts mehr zu kaufen oder zu verkaufen gibt und in dem es irgendwann normal ist, sich als Überlebender mit den Seiten irgendeines Buches den Arsch abzuwischen!"

-32-

Als Chen Li den linken Schuh von Sandy gefunden hatte, wusste er nicht so recht, ob das nun ein gutes oder ein schlechtes Zeichen war.

Zumindest bewies es, dass er ihr, beziehungsweise ihrem Entführer, auf den Fersen war.

Fussspuren und platt getretene Farne belegten ausserdem, dass Harald die Waldseite gewechselt hatte, also überquerte auch Chen die Strasse.

Nach kurzer Zeit, entdeckte er Sandys zweiten Schuh.

Er hob ihn nachdenklich auf.

Irgendwie war es seltsam, dass Harald scheinbar nicht besonders gründlich darauf achtete, keine Spuren zu hinterlassen – er musste doch damit rechnen, verfolgt zu werden.

Vielleicht war es ein Trick.

Vielleicht hielt Harald sich gerade irgendwo in der Nähe versteckt, um Chen aus dem Hinterhalt zu überwältigen.

Chen verharrte für einen Moment dort wo er stand – die Ohren gespitzt und jeden Muskel seines Körpers angespannt.

Er scannte mit seinem Blick die Umgebung ab.

Das Licht wurde immer schwächer, doch Chens Augen waren genau so scharf wie sein Verstand.

Ein Shaolin – Kämpfer musste auch im Dunkeln sehen können – jedenfalls galt dies für einen Meister, und Chen Li war ein solcher.

Seit seinem dritten Lebensjahr, hatte es nur Kung – Fu für ihn gegeben.

Er hatte gute Lehrer gehabt und sie allesamt irgendwann überflügelt, ohne jemals grössenwahnsinnig oder unvorsichtig zu werden.

Es gab noch weitere Spuren – beunruhigende Spuren.

Dunkle Flecken – klumpiges, fast schwarzes Blut, das nur von einem Infizierten stammen konnte.

Was war vorgefallen?

Hatte hier eine Übertragung des Virus stattgefunden?

Menschenblut war keines zu sehen.

Falls Harald und Sandy in eine Begegnung mit einem Infizierten verwickelt gewesen waren, schienen sie unbeschadet entkommen zu sein.

Chen folgte einem schmalen Trampelpfad.

Kurze Zeit später, machte er die nächste Entdeckung.

Ein menschlicher Körper lag auf dem mit Kiefernnadeln bedeckten und von Wurzeln durchzogenen Pfad.

Der Körper war männlich und trug eine Polizeiuniform.

Die eine Hälfte seines Kopfes war nicht dort wo sie hingehörte, sondern klebte am furchigen Stamm einer altehrwürdigen Eiche.

Dass der Mann infiziert gewesen war, konnte man an dem Rest seines Gesichtes deutlich erkennen.

Sein Pistolenhalfter war leer.

Falls Harald für dessen endgültigen Tod verantwortlich gewesen war, befand er sich möglicherweise jetzt im Besitz einer Schusswaffe...

Als Chen dem Pfad weiter folgte, wurde dieser nach einiger Zeit gekreuzt von einer schmalen Schotterstrasse, auf der quer, Fahrer – und Beifahrertür weit geöffnet, ein Streifenwagen stand – höchstwahrscheinlich der Wagen des infizierten und nun endgültig toten Polizisten.

Auf der mit riesigen Mengen getrockneten Blutes besudelten Motorhaube, lag eine Leiche.

Die Leiche, der Uniform nach zu urteilen, ebenfalls Polizist, war gründlich ausgeweidet worden.

Brust – und Bauchraum des Toten existierten nicht mehr, so dass die Knochen der Wirbelsäule zu sehen waren.

Chen umrundete den Wagen.

Er trat in etwas hinein.

Unter der dünnen Sohle seiner traditionellen Shaolin – Kampfstiefel fühlte es sich wie eine widerstrebend aufplatzende unreife Tomate an, aber es war ein menschliches Herz.

Der oder die Infizierten, die über den Polizisten hergefallen waren, hatten es offenbar verschmäht und achtlos zu Boden fallen lassen.

Chen beugte sich herab, berührte das Herz mit seinen Fingerspitzen und schloss die Augen.

„Ich wünsche dir Frieden...", flüsterte er.

Dann setzte er seinen Weg fort.

An einem sumpfigen Weiher mitten im Wald, endete der Trampelpfad.

Nahe des Ufers, an dem er stand, trieb etwas Rotes auf der Oberfläche des Weihers.

Mithilfe eines langen Astes, angelte Chen danach und zog ein Spaghettiträger – Top, wie Sandy es angehabt hatte, aus dem Wasser.

Es war zerrissen.

Da war aber noch etwas – etwas das Chen den Atem stocken liess.

Es war organisch hell, wie frischer Lindenblütenhonig.

Chen stieg in den Weiher, der sehr schnell sehr tief wurde.

Nach zwei kräftigen Schwimmzügen erreichte er eine Kolonie verwelkender Seerosen, neben der Sandys blondes Haar schwamm.

Schlagartig nahm tiefe Verzweiflung von ihm Besitz.

Er hatte versagt, war für Sandys Tod verantwortlich.

Als er jedoch ihren Körper bergen wollte, griffen seine Hände in`s Leere.

Er tauchte unter.

Das Wasser war trübe und voller Algen.

Den ganzen Weiher nach Sandys Leichnam abzusuchen, würde eine Ewigkeit dauern.

Ausserdem war sie nicht hier – dessen war sich Chen plötzlich sicher.

Er schwamm zurück zum Ufer.

Harald hatte ihn in die Irre geführt.

Wie Köder hatte er Sandys Schuhe, ihr Top und ihre Haare, die er ihr barbarischerweise abgeschnitten hatte, ausgelegt.

Chen versuchte sich in Harald hinein zu versetzen, sein krankes Denken nachzuvollziehen.

Dann rannte er los – wieder zurück in Richtung Strasse.

Als Harald sie aus dem Versteck geholt hatte, hatte Sandy die Augen aufgeschlagen und ihn so entsetzt angestarrt, als wäre er der Teufel höchstpersönlich.

Dann hatte sie erneut das Bewusstsein verloren.

Harald hatte sie sich auf die Schultern geladen und glücklich gelächelt.

Im Grunde war doch alles in Ordnung!

Den Zwischenfall mit dem mutierten Bullen, hatte er schon wieder fast vergessen.

Letztendlich hatte er ihm sogar genützt, denn immerhin hatte er jetzt eine Pistole.

Die frei zugängliche Hütte – eine Raststätte für Wanderer, war ein Geschenk des Himmels gewesen.

Nachdem er Sandy dort drin auf eine Holzbank gelegt hatte, gönnte er sich eine kleine Pause.

Er setzte sich auf eine weitere Holzbank und sah auf seine Armbanduhr.

Es war Mitternacht – Geisterstunde, und die Geister meinten es gut mit ihm.

Er lag hervorragend in der Zeit und war sich ziemlich sicher, dass er etwaige Verfolger mittlerweile abgeschüttelt hatte.

Spätestens am Weiher, wenn sie es denn bis dorthin überhaupt geschafft hatten, mussten die Arschlöcher eingesehen haben, dass sie nichts mehr für Sandy tun konnten.

Trotzdem hatte Harald nicht vor, in der Hütte zu bleiben, auch wenn sie sich durchaus als Liebesnest eignen würde – obwohl die Bezeichnung *Liebesnest* eventuell nicht hundertprozentig passte zu dem, das er mit Sandy vorhatte...

Jedenfalls hatte er bereits einen weitaus besseren Unterschlupf entdeckt.

Dort würde ihn niemand vermuten.

´Eine letzte falsche Fährte noch...`, dachte er. ´Und dann die Königsdisziplin!`

Es war eine ungewöhnlich helle Nacht, was die Jagd eigentlich erleichtern sollte.

Dennoch hastete Chen stundenlang durch den totstillen Wald, ohne einen Hinweis auf Haralds oder Sandys Existenz entdeckt zu haben.

Schliesslich stiess er auf die Holzhütte.

Er hatte die Spur wieder aufgenommen!

Harry was here!, war mit einem Messer in eine der Bohlen aus denen die Wände der Hütte bestanden, geritzt worden.

Die Inschrift stammte hundertprozentig von Harald.

Das abgeschabte Holz war noch weiss, und auf dem Boden davor, lagen kleine, gekringelte Späne.

Langsam aber sicher verstand Chen das Konzept nach dem Harald vorgegangen war in seiner ganzen kranken Logik.

Er verliess die Hütte und lief wieder zurück in die Richtung aus der er gekommen war.

Sandy hatte keine Ahnung, wohin Harald sie verschleppt hatte.

Es schien eine Art Höhle oder so etwas zu sein.

Der Boden auf dem sie lag, sowie die Wände und die unregelmässig gewölbte Decke, bestanden aus grobem unbehandeltem Stein.

Der Eingang der Höhle war mit einer ovalen Holztür verschlossen.

Sandy war immer noch geknebelt und gefesselt.

Die Kabelbinder hatten sich tief in ihre Haut gefressen.

Ihre Hand – und Fussgelenke waren mittlerweile stark angeschwollen.

Scharfkantige Geröllsplitter bohrten sich in ihren Rücken.

Trotzdem versuchte sie sich in Richtung Tür zu bewegen – vielleicht war sie nicht abgeschlossen.

Nach wenigen Zentimetern, gab sie es auf.

Die Schmerzen standen in keinem Verhältnis zu dem Ergebnis ihrer Bemühungen.

Die Tür wurde von aussen geöffnet.

Harald kam herein und warf eine Wolldecke auf den Boden.

Zufrieden seufzend setzte er sich darauf.

„Schau´n wir mal, was wir noch so haben…", sagte er.

„Taschenlampe…" Harald richtete einen hellen Lichtstrahl auf Sandys Gesicht.

„Was zu trinken…" Er schwenkte eine Wasserflasche.

„Und das hier!" Er zielte mit einer Pistole auf sie.

„Keine Angst – ich werde dich nicht erschiessen." Harald legte die Pistole beiseite. „Ich habe andere, viel grössere Pläne!"

Er stellte die Taschenlampe auf den Boden, so dass der Lichtkegel nach oben leuchtete, und trank einen Schluck Wasser.

Er hielt Sandy die Flasche hin. „Du kannst auch was davon haben, aber sobald du versuchst zu schreien, kriegst du ´ne Abreibung, die sich gewaschen hat!"

Sandy nickte folgsam.

Sie musste sein Spiel mitspielen.

´Die Pistole...`, dachte sie. ´Ich muss unbedingt an die Pistole heran kommen!`

Sandys Hals war durch das stundenlange Geknebeltsein, innerlich total zerschunden.

Sie bekam einen schlimmen Hustenanfall, nachdem Harald ihr ein paar Tropfen Wasser einflösst hatte.

Blut rann von ihren Lippen, die aufgeplatzt waren, als er das Klebeband abgerissen hatte.

Er lehnte ihren Oberkörper an die Wand und schob ihr die Wolldecke, auf der in grossen, silbrig reflektierenden Buchstaben *Polizei* stand, unter den Hintern.

Sowohl die Decke, als auch die Wasserflasche, hatte er aus einem Streifenwagen, der auf einer Schotterstrasse in der Nähe seines jetzigen Verstecks gestrandet war, entwendet.

Der Wagen auf dessen Motorhaube ein zerfleischter Polizist gelegen hatte, war ansonsten uninteressant gewesen – keine Waffen darin und der Tank komplett leer.

Harald zog einen Zigarillo aus seiner Hemdtasche.

„Eigentlich wollte ich den erst rauchen, wenn ich es dir schon so richtig besorgt habe...", meinte er und zündete den Zigarillo an. „Aber jetzt ist die Stimmung gerade so feierlich..."

„Wo sind wir?", krächzte Sandy schwach.

Ihre Stimmbänder fühlten sich wie rostige Drähte an.

„Wo wir sind?!" Harald lachte und breitete die Arme aus. „Im Paradies!"

Sandy deutete mit dem Kopf auf einen Tunnel, in den die Höhle mündete.

„Das ist ein Stollen oder so was...", flüsterte sie angestrengt. „Da könnten Infizierte drin sein! Wir sollten woanders hingehen..."

Harald schlug ihr mit der flachen Hand in´ s Gesicht.

„Hier gibt es keine Infizierten!", ereiferte er sich. „Es gibt nur noch dich und mich!"

Ihr Job hatte Sandy gelehrt, die Schwächen von Männern schnell zu erkennen und sie entweder für sich zu nutzen, oder aber zumindest professionell mit ihnen umzugehen.

Seit sie in Haralds Gewalt war, hatte sie von diesem Wissen profitiert, sonst wäre sie längst tot.

Als sie in der grünen Kuhle im Wald gelegen hatte, hatte sie sich gewünscht, tot zu sein.

Es war der absolute Tiefpunkt gewesen – sie hatte mit allem abgeschlossen.

Ihr Überlebenswille dümpelte zwar immer noch ziemlich unterentwickelt in ihrem Bewusstsein herum, doch aus Angst vor den monströsen Schmerzen, die sie zu erwarten hatte, wenn Harald mit seinen Vergewaltigungen beginnen würde, versuchte sie, wieder ein wenig Einfluss auf ihr Schicksal zu nehmen.

„Wenn es keine Infizierten mehr gibt…", meinte sie, naiv tuend. „Vielleicht wird dann bald alles wie früher sein… Was meinst du?"

Harald sah sie verunsichert an. „Ja… ich denke… ich glaube schon, dass es so sein könnte…"

Sandy zwang sich zu einem Lächeln, obwohl es ihr Brechreiz verursachte.

„Hast du schon vorher mal ein Mädchen entführt?", fragte sie.

Harald hüstelte und wurde rot.

Sein Blick verlor etwas an Psychopathenhaftigkeit.

Er wurde wieder zu dem notgeilen, schüchternen dicken Jungen, als den Sandy ihn kennen gelernt hatte.

„Nein." Er schüttelte den Kopf. „Ich hab` so was noch nie gemacht…"

Linkisch strich er ihr mit der Hand mit der er sie eben noch geschlagen hatte, über die Wange. „Ich hab` dich entführt, um dich zu retten. Bei mir bist du in Sicherheit – beschützt vor allen, die dich von mir trennen wollen!"

Sandys Brechreiz wurde stärker, dennoch forcierte sie ihr schmerzendes Lächeln.

„Ja…", hörte sie sich sagen. „Du gibst mir wirklich Sicherheit. Ich weiss das jetzt!"

´Die Sicherheit zu wissen, dass einer von uns beiden tot sein wird, bevor die Sonne aufgeht…`, dachte sie grimmig.

Harald schien sein Glück über Sandys neu aufgetretene Gefügigkeit, kaum fassen zu können.

Er strahlte sie an.

Jetzt war es wichtig, weitere vermeintliche Zuneigungsbeweise ihm gegenüber, sorgfältig zu dosieren.

Bevor sie *Ich liebe dich, Harald!* sagte, musste er ihre Fesseln durchtrennt haben.

Sonst war sie für ihn zu früh, wertloses Fleisch...

Chen hatte es sein ganzes bisheriges Leben geschafft, ruhig, besonnen, achtsam und vor allem optimistisch zu sein.

All diese Eigenschaften schienen sich nun im hintersten Winkel seines Herzens zu verstecken.

Auch körperlich fühlte er sich geschwächt, wie nach drei Wochen Grippe mit Fieber und Erbrechen.

Er war wieder am Waldweiher, befand sich exakt an der gleichen Stelle des Ufers, wie vor gefühlten tausend Stunden...

Es hatte erneut angefangen zu regnen.

Die herabfallenden Tropfen raschelten im Schilf und klickten auf die dicken Blätter der Seerosen.

Sie machten Millionen von kleinen Kreisen auf der Wasseroberfläche.

Eine grausige Vision lief vor Chens innerem Auge ab: Er, wie er Sandy fand – von Harald getötet, in einem See aus Blut und Schmutz liegend.

Dann sah er Jiao – infiziert, zerrissen und zur Hälfte aufgefressen, verfaulte sie hinter Stacheldraht und meterhohem Maschendrahtzaun in einem verwahrlosten Ghetto.

Die Vision endete mit einem Blick auf die Welt: Explodierende Atomkraftwerke, über die Ufer tretende Flüsse, ein menschenleerer, stinkender Planet, der keinen Sauerstoff mehr produzierte, so dass selbst die letzten Maden und Kellerasseln erstickten...

Chen zwang sich dazu die negativen Gedanken aus seinem Bewusstsein zu verbannen.

An nichts wollte er denken – an nichts ausser an immer die selben Worte: Ich werde Sandy retten, ich werde Sandy retten, ich werde Sandy retten...

Diesem stillen Gebet folgend, stieg Chen in das dunkle Wasser des Waldweihers.

Er musste zum gegenüberliegenden Ufer, denn dort war Haralds Versteck.

Chen konnte sich natürlich täuschen, aber das wäre fatal.

Es würde bedeuten dass die ganze Jagd umsonst gewesen war.

Chen hatte versucht Haralds Vorgehensweise zu rekonstruieren.

Harald hatte sich im Krankenhaus versteckt, die Gruppe erst beobachtet wie sie die Rettungswagen präpariert hatte, und war dann auf den hinteren Rettungswagen, aufgesprungen.

Als Jerrys Flugzeug am Himmel aufgetaucht war und der Konvoi auf der Bundesstrasse angehalten hatte, hatte Harald sich unter dem Rettungswagen versteckt.

Das Chaos der Kampfhandlungen mit den Infizierten hatte er für sich genutzt, indem er Sandy unbemerkt überwältigt hatte.

Danach hatte seine Flucht begonnen.

Er war mit Sandy auf die rechte Waldseite gelaufen, hatte sie wahrscheinlich irgendwo versteckt – gefesselt und geknebelt, vielleicht mehr tot als lebendig.

Dort hatte er die erste falsche Spur in Form von Sandys linkem Schuh, gelegt und war auf die linke Waldseite gelaufen.

Einige Zeit später hatte er Sandys zweiten Schuh weggeworfen.

Die Leiche des infizierten Polizisten liess es denkbar erscheinen, dass Harald mittlerweile bewaffnet war.

Am Weiher hatte Harald Sandys Top und Strähnen ihres Haars, im Wasser arrangiert – vermutlich in der Hoffnung, etwaige Verfolger würden davon ausgehen, dass sie zu Tode gekommen war.

Chen, der zu guter Letzt nicht auf den Schwindel hereingefallen war, hatte die Suche daraufhin nicht aufgegeben und abermals die Strasse überquert.

Die Holzhütte bot wiederum Raum für Spekulationen.

Harald war da gewesen, aber wann?

War Sandy zu dem Zeitpunkt noch in seiner Gewalt gewesen, oder nicht?

Hatte er sie dort umgebracht und hinterher zufrieden seine Inschrift in eine der Wände geritzt?

Da Chen ein guter Schwimmer war, erreichte das andere Ufer nach kurzer Zeit.

Wäre er an Land halb um den Weiher gelaufen, hätte ihn das wertvolle Minuten gekostet – Minuten die zu verschwenden er sich nicht leisten konnte.

Er kletterte einen felsigen Hang hinauf.

Die ovale Holztür mitten im Hang, wahrscheinlich der Eingang eines stillgelegten Stollens, der zu einem verlassenen Steinbruch gehörte, war Chen bereits aufgefallen, als er das erste Mal am Weiher gewesen war.

Unverzeihlicherweise hatte er sie ignoriert, obwohl sich dahinter ganz sicher ein ausgezeichnetes Versteck verbarg.

Ein Schuss zerriss die Stille.

Er dröhnte dumpf und hallend durch die Nacht.

Es gab keinen Zweifel, dass er im Inneren des Felshanges abgefeuert worden war.

Nur noch wenige Meter bis zu der Tür.

Chen wusste nicht, ob sie von innen verriegelt war.

Er konnte es sich auch nicht leisten, dies zu überprüfen, denn jetzt kam es auf jede Hundertstelsekunde an.

Ohne den Versuch zu unternehmen die Klinke herunter zu drücken, mobilisierte er sämtliche seiner Reserven und sprang mit aller Kraft dagegen.

Mit lautem Krachen flog die Tür aus den Angeln und Chen auf ihr, in das Innere einer Höhle.

Eine Taschenlampe kullerte über den Boden und beleuchtete zwei nackte menschliche Körper auf einer Wolldecke.

Harald und Sandy – beide blutüberströmt.

Die Höhle war nur der Vorraum zu dem Stollen.

Aus dem eigentlichen Eingang – einem schwarzen Loch im Gestein, drang ein grauenhaftes Geheul und das Getrappel von eiligen Schritten.

Jeden Moment würde eine Meute Infizierter in die Höhle einfallen.

Haralds Pistole lag auf einer Wolldecke.

Harald, stark aus einer Wunde in der Brust blutend, griff nach ihr.

Er gab ein blubberndes Stöhnen von sich und zielte mit der Waffe auf Chen.

Das spärliche Licht der Taschenlampe genügte, um den Ausdruck des abgründigen Wahnsinns und überschwappenden Hasses in Haralds Augen zu sehen.

In dem Augenblick in dem er feuerte, war Chen jedoch schon aufgesprungen.

Als die Pistolenkugel an die gegenüberliegende Felswand prallte, trieb er sein Shaolin – Schwert, tief in Haralds Schädel.

Schnell raffte er Sandy auf und legte sie vor den Eingang zur Höhle.

Dann kümmerte er sich um die Infizierten, die aus dem Stollen herausquollen wie Würmer aus einem verdorbenen Stück Schweinefleisch.

Nahezu mechanisch machte er einen nach dem anderen nieder.

Kurze Zeit später türmte sich ein Berg von zerhackten Untoten vor dem Eingang des Stollens auf.

Chen fragte sich, was so viele Menschen mitten im Wald getrieben haben mochten.

Es waren Jugendliche gewesen.

Vielleicht hatten sie eine Party im Steinbruch gefeiert – solange bis sie Bekanntschaft mit der Infektion gemacht hatten.

Ob dieser Theorie irgendwann einmal jemand nachgehen würde, war fraglich.

Fest stand allerdings, dass all die jungen Toten, Chens uneingeschränktes Mitgefühl hatten…

Er beugte sich über Sandy.

„Ist er tot?", fragte sie mit schwacher, heiserer Stimme. „Harald… ist er endlich tot?"

Chen war sehr froh darüber, dass sie unverletzt war.

Das ganze Blut auf ihrer Haut stammte von Harald.

Sie hatte ihm Willigkeit vorgespielt und er war darauf herein gefallen.

Sie hatten sich ausgezogen.

Er hatte schon auf ihr gelegen, die Pistole beiseitegelegt – unvorsichtig geworden vor lauter Lust.

Sandy hatte die Waffe genommen und ihm aus nächster Nähe in die Lunge geschossen.

Harald hatte sie daraufhin bewusstlos geschlagen.

Vielleicht hätte er es sogar noch geschafft, sie umzubringen, doch da war Chen auf der Bildfläche erschienen.

„Ja, er ist tot...", sagte Chen. „Er wird dir kein Leid mehr zufügen. Niemand wird dir mehr Leid zufügen!"

Die schwarzen Schleier vor Chens Seele verzogen sich und seine mentale Stärke kehrte so schnell wieder zurück, wie sie ihn verlassen hatte.

„Wir sollten uns ein wenig waschen...", meinte er.

„Ich würde eine Million Euro für eine Badewanne geben!", behauptete Sandy.

Der Regen war schwächer geworden und hörte schliesslich ganz auf zu fallen.

Die Wolken verzogen sich rasch, als würden sie fliehen.

In beinahe rötlichem Glanz, sanft glimmend, kam der bisher verborgene Vollmond zum Vorschein.

Sein mildes Licht streichelte Sandys Gesicht.

Zum ersten Mal bemerkte Chen, wie schön sie eigentlich war.

Er deutete auf den Weiher.

„Das ist unsere Badewanne...", sagte er.

Er kam sich seltsam vor, weil er nicht damit gerechnet hatte, dass Sandy etwas in ihm erwecken würde, das er längst vergessen geglaubt hatte.

„Gehen wir baden!" Ein Lächeln umspielte ihre Mundwinkel.

Chen nickte.

Seine Knie waren weich.

Er hatte nicht die Welt gerettet, aber einen Menschen, der ihm, wie ihm soeben klar geworden war, sehr viel bedeutete...

-33-

Die letzten Stunden hatten sie damit verbracht, die Gegend rund um die Stadt aus der Luft zu beobachten – chaotisch und uneffektiv, wie Moritz Stahl fand.

Irgendwann hatte Isabella Rodriguez ihm befohlen, wieder zurück zum Stadtkern zu fliegen und dort zu landen.

„Die Terroristen sind über alle Berge...", meinte Moritz, als sie aus dem Helikopter stiegen.

„Red` keinen Scheiss!", fauchte Isabella wütend. „Sie sind noch irgendwo in der Nähe, oder sie sind tot!"

„Was macht dich da so sicher?"

Isabella zog einen Sender von der Grösse einer Streichhholzschachtel aus einer der Seitentaschen ihrer Hose. „Ganz einfach – sobald sich die Terroristen auf hundert Meter der Basis, also der Kommandozentrale im Wald, nähern, bekomme ich ein Signal von diesem Pieper."

„Vielleicht wollen die Terroristen aber gar nicht zu dieser beschissenen Basis..."

„Oh doch!" Isabella grinste überheblich. „Sie werden früher oder später definitiv versuchen, dort einzudringen..."

„Wozu dann dieses ganze Theater? Man hätte sie doch einfach dort erwarten und vor Ort neutralisieren können!"

„Das ist so nicht vorgesehen gewesen."

„Warum nicht?"

„Unsere Auftraggeber wünschen es nicht. Befehl ist Befehl – das muss ich dir doch wohl nicht erklären, Stahl! Oder etwa doch?!"

Sie befanden sich auf einem Parkplatz vor einem Supermarkt – dem Neo – Preisknüller – Supermarkt.

Laut Rodriguez war es der ideale Ort.

Moritz hatte nicht nachgefragt, wofür es der ideale Ort war, aber er konnte es sich denken. Während Rodriguez den Supermarkt umrundete, um die Anwesenheit von Infizierten auszuschliessen, kümmerte er sich um die unheilige Fracht, die sie die ganze Zeit über im Helikopter transportiert hatten, und beförderte sie zum Eingang des Discounters.

„Alles sauber...", meinte Rodriguez als sie ihren Rundgang beendet hatte. „Gehen wir ´rein!"

Moritz zerschoss die gläserne Eingangstür mit einer kurzen Salve aus seinem Sturmgewehr.

„Jetzt den Laden checken!", befahl Rodriguez. „Und wir brauchen Material, um den Eingang wieder zu verschliessen. Es dürfen keine Infizierten eindringen! Es gibt einen Hinterausgang – den werden wir benutzen, wenn wir hier fertig sind."

Es war still im Inneren des Supermarktes.

Moritz Stahl und Isabella Rodriguez pirschten durch die Gänge.

Die Lichtkegel ihrer Stablampen huschten über die Regale.

Aus einer Ecke bei den Kosmetikartikeln erklang ein Geräusch das sich wie ein

unterdrücktes Niesen anhörte.

Rodriguez eröffnete sofort das Feuer.

Moritz glaubte im Lärm des Kugelhagels einen Schrei gehört zu haben, der eindeutig nicht

von einem Infizierten stammte.

Er packte Rodriguez hart am Arm und entriss ihr ihre MP.

„Bist du wahnsinnig?", zischte sie ihn an. „Das wird ein Nachspiel haben!"

Moritz beachtete sie nicht.

„'Rauskommen!", rief er in die Richtung aus der er den Schrei vernommen hatte. „Mit

erhobenen Händen!"

Zwei allem Anschein nach unverletzte weibliche Personen, kamen zitternd und kreidebleich

hinter dem demolierten Kosmetikartikelregal hervor.

Unter die abgestandene Luft mischte sich der Geruch von Duschgel, Shampoo,

Nagellackentferner, billigem Parfum und Zahnpasta.

„Sind noch mehr Nicht – Infizierte hier?", herrschte Moritz die verängstigten Frauen an.

„Einer noch…", sagte die ältere der beiden.

Sie hatte einen osteuropäischen Akzent. „Ich glaube, er ist tot…"

„Wo ist er?", wollte Moritz wissen.

„Er liegt hier…", sagte die Jüngere.

Sie hatte eine piepsige Stimme und war höchstens Achtzehn. „Sie haben ihn erschossen!"

Hinter dem Regal lag tatsächlich eine weitere Person – männlich, stark übergewichtig, circa

sechzig bis siebzig Jahre alt, und blutend aus multiplen Wunden, die Isabellas Patronen in

ihn gerissen hatten.

Er war nicht tot, lag jedoch im Sterben.

Moritz und Isabella beugten sich über ihn.

Der Schwerverletzte versuchte zu sprechen, was ihm allerdings sehr schwer fiel, da sein Kehlkopf frei lag und als knorpeliges Etwas auf der gebräunten Haut seines Halses herum zuckte.

Unglaublicherweise lächelte er.

„Danke!", flüsterte er. „Ich hätte es nicht ertragen, eins von diesen Monstern zu werden... Ich wollte mich schon selbst umbringen, aber ich bin gläubig... Ich habe Krebs – Bauchspeicheldrüsenkrebs... Jetzt kann ich mit reinem Gewissen zu Gott dem Allmächtigen gehen..."

Blut schwappte aus seinem Mund.

Sein Blick verdunkelte sich.

Es war viel Fantasie notwändig, um seine allerletzten Worte zu verstehen: „Befreien sie die Welt von der Herrschaft des Teufels!"

Moritz schloss dem Verstorbenen die Augen.

Die beiden Frauen bekreuzigten sich routiniert.

Die Angst stand ihnen in ihren verhärmten Gesichtern geschrieben.

Vermutlich befürchteten sie, gleich ebenfalls hingerichtet zu werden.

„Such etwas womit du die Eingangstür dicht machen kannst!", sagte Isabella zu Moritz.

Moritz beäugte sie argwöhnisch.

Er fragte sich ob es ihr etwas ausmachte, soeben einen unbeteiligten Zivilisten getötet zu haben.

Auf den ersten Blick deutete nichts darauf hin.

Allerdings zitterte ihre Stimme ein wenig, als sie Moritz anblaffte: „Guck mich nicht so an! Was glaubst du, wieviel Zivilisten du bei deinen Auslandseinsätzen insgesamt versehentlich umgelegt hast?!"

Moritz zog die Augenbrauen hoch und begab sich in den Lagerraum, wo er die Tür der Personaltoilette abmontierte, um damit den beschädigten Eingang notdürftig zu verriegeln.

Bohrmaschine, Akkuschrauber et cetera, fand er beim Heimwerkerbedarf.

Das Material gehörte zu einer saisonalen Verkaufsaktion, war billig und dementsprechend ziemlicher Schrott – für` s erste erfüllte es aber trotzdem seinen Zweck.

Der Lagerraum schien der Aufenthaltsort der Überlebenden vom Neo – Preisknüller – Supermarkt gewesen zu sein.

Auf dem Betonfussboden lagen Luftmatratzen und Bettzeug.

Der hohe Raum wurde spärlich von einigen Kerzen erleuchtet.

„Gemütlich hier!", spottete Isabella, als sie die beiden Frauen dort hinein delegierte.

Sie befahl ihnen, sich auf die Luftmatratzen zu setzen und nahm selbst auf einer Holzkiste gegenüber platz.

Gnädigerweise drehte sie ihre Maschinenpistole am Tragegurt auf den Rücken, so dass die beiden nicht permanent in die todbringende Mündung schauen mussten.

Stattdessen richtete Isabella nun ihre Kamera auf sie.

„Bericht erstatten!", forderte sie.

Die Frau mit dem osteuropäischen Akzent hiess Helene Damm, war achtundvierzig Jahre alt und etwas selbstbewusster als Madeleine Morris, ihre dreissig Jahre jüngere Leidensgenossin, die sich in Schweigen hüllte, während Helene sich bemühte, den geforderten Bericht abzuliefern.

Isabella war jedoch bereits nach wenigen Sekunden genervt, weil sie Helenes holprige, unsichere Ausführungen zu umständlich und schlichtweg kontraproduktiv fand.

„Wir machen das anders...", unterbrach sie Helene barsch. „Ich stelle Fragen und sie antworten kurz und knapp, wobei sie sich nur auf die konkrete Fragestellung beziehen! Kapiert?"

Helene Damm nickte.

„Okay!" Isabella öffnete eine Coladose, die sie aus dem Getränkeregal genommen hatte, trank einen Schluck und unterdrückte ein Aufstossen. „Sie sind also Kassiererin hier und haben den Supermarkt nicht verlassen, seit die... Veränderungen... mit den Menschen in dieser Stadt begonnen haben?"

„Ja.", sagte Helene.

Isabella deutete auf Madeleine Morris. „Was ist mit ihr – ist sie auch seitdem hier drin?"

„Warum fragen sie mich nicht selbst?", empörte sich Madeleine unerwarteterweise.

Röte schoss ihr in das schmale kindliche Gesicht. „Sie führen hier ein Verhör als ob wir Verbrecher wären. Dabei sind wir völlig unschuldig!"

„Schnauze!", fuhr Isabella sie an. „Wer hier schuldig oder unschuldig ist, das entscheidest ganz bestimmt nicht du!"

Madeleine sah sie entsetzt an.

Ihr Kehlkopf hüpfte auf und ab.

Ein Schluchzen drang aus ihrer Brust und aus ihren Augen kullerten dicke Krokodilstränen.

Sie nahm ihre schwarze Plastikbrille ab und rollte sich schniefend auf ihrer Luftmatratze zusammen.

Helene deckte ihren schmächtigen Körper mit einer knallbunten geblümten Decke zu.

„Also...", setzte Isabella ihre Befragung ungerührt fort. „Das Püppchen da ist die ganze Zeit bei ihnen gewesen?"

„Ja.", sagte Helene abermals.

Auch sie schien mittlerweile den Tränen nahe zu sein, bewahrte aber Fassung.

„Wie viele Personen befanden sich ursprünglich bei ihnen?", wollte Isabella wissen.

Helene überlegte einen Moment.

„Zu Anfang waren wir elf...", meinte sie. „Aber der Herr Peters hat sich erhängt, und dann..."

„Stopp!" Isabella hob mahnend die rechte Hand. „Kurze knappe Antworten! Nur auf die direkte Fragestellung reagieren!"

Helene begann trotz ihrer Angst, nun auch langsam genervt zu sein.

„Elf Personen...", sagte sie kühl.

„Mich eingerechnet, elf Personen." Eine senkrechte Zornesfalte bildete sich zwischen ihren Augen.

„Was ist mit den anderen passiert?"

„Herr Peters, der stellvertretende Filialleiter, hat sich hier im Lager aufgehängt." Helene blickte nach oben zu dem stählernen Deckenbalken, von dem Joachim Peters` Leiche, vor einer gefühlten halben Ewigkeit, gebaumelt hatte. „Meine Kollegin Diana Kaminski, Herr Sartorius, ein Stammkunde und ein schwedischer LKW – Fahrer, Oleg Edwardsen hiess er, glaub` ich, sind zusammen mit diesem netten Arzt und einem Polizisten weggegangen, und am nächsten Tag..."

„Moment!" Isabella war hellhörig geworden. „Was für ein Arzt? Was für ein Polizist? Ich brauche die Namen!"

„Der Arzt hiess Paulsen, und der Polizist... er sagte, er wäre Hauptkommissar, hiess...

Kronenburg oder so ähnlich..."

„Paulsen und Kronberg...", sagte Isabella nachdenklich und an Moritz Stahl, der am Rahmen

der demontierten WC – Tür lehnte, gewandt: „In diesem Supermarkt hat sich die Terrorzelle

gebildet!"

Sie trank ihre Cola aus, zerknüllte die Dose und warf sie auf den Boden. „Fehlen uns noch

zwei Personen in der Rechnung – wo sind die?"

„Sie sind gestern gegangen...", meinte Helene.

„Wohin?"

Helene zuckte die Schultern. „Keine Ahnung. Sie waren auf einmal weg – haben sich nicht

mal verabschiedet..."

„Was waren das für Leute?"

„Ein Ehepaar. Ich weiss nicht wie die hiessen... Ungefähr fünfzigjährig... irgendwie arrogant –

die haben uns kaum beachtet..."

„Okay. Sie sind unwichtig." Isabella zog einen Fettstift aus der Brusttasche ihres

Kampfanzugs und liess ihn über ihre Lippen gleiten, bevor sie ihn wieder wegsteckte.

„Paulsen und Kronberg – haben sie über ihre Pläne gesprochen?"

„Sie wollten zum Klinikum Mitte...", sagte Helene.

„Ja, da waren sie auch...", murmelte Isabella und stand von der Holzkiste auf.

Sie ging zu Moritz und warf einen Blick auf ihre Armbanduhr. „Uhrenvergleich!"

„Es ist Montag, drei Uhr und neunundfünfzig Minuten.", sagte Moritz mit unbewegter Miene.

„Passt!" Isabella nickte zufrieden. „In vierundzwanzig Stunden gibt es ein Feuerwerk –

kümmer` dich darum!"

Moritz positionierte den hydraulischen Rollwagen mit der zerstörerischen Ladung, die sich in

einem Metallgehäuse das wie eine stylishe Kühltruhe aussah, befand, in der Mitte des

Supermarktes und gab auf einem Tastenfeld auf der Truhe einen Zahlencode ein, worauf

diese sich langsam und lautlos öffnete.

Während er sich um den Zeitzünder des atomaren Sprengkopfes kümmerte, beschäftigte

Isabella sich mit ihrer Kamera.

Moritz vermutete dass sie die Sequenz mit dem übergewichtigen, krebskranken älteren

Herrn, löschte.

„Was wird denn jetzt aus uns?", fragte Helene.

Sie holte tief Luft. „Ich meine... sie sind doch das Rettungskommando, oder nicht?"

Isabella sah sie verständnislos an. „Es gibt kein Rettungskommando, Schätzchen!"

Helene schluckte ihre Empörung herunter.

Sie begann Isabella Rodriguez zu hassen und warf einen mitfühlenden Blick auf Madeleine, der schon wieder das Wasser in die Augen stieg. „Wo sollen wir denn ihrer Meinung nach jetzt hin?"

Isabella lachte kurz und humorlos auf. „Es ist mir scheissegal wo sie hingehen – dies ist schliesslich ein freies Land! Ich würde allerdings empfehlen, ziemlich weit weg zu gehen, denn in vierundzwanzig Stunden wird der Aufenthalt hier in der Stadt, nirgendwo mehr mit dem Leben zu vereinbaren sein..."

-34-

Angst war das erste Gefühl, das Sofia empfand als sie aufwachte.

Sorgfältig überprüfte sie ihr körperliches Befinden.

Sie hatte Kopfschmerzen, aber das musste nicht unbedingt etwas bedeuten – schliesslich hatte sie am Abend zuvor einige Energy – drinks mit Wodka gehabt, und sie war nicht daran gewöhnt, viel Alkohol zu trinken.

Auch die leichte Übelkeit, die sie verspürte, konnte man auf den Alkohol schieben.

Als sie von ihrem unbequemen Nachtlager auf dem Boden aufstand, zitterten ihr die Knie.

Für einen Moment sah sie alles doppelt.

Insgesamt waren das wohl ein bisschen zu viele Nachwirkungen für den Konsum von ein paar Drinks...

Die Angst nahm zu, legte sich wie eine kalte, klebrige Hand um ihr heftig pochendes Herz.

Plötzlich hatte sie es sehr eilig auf die Toilette zu kommen.

Nachdem sie krampfartig und mit stechenden Schmerzen in der Speiseröhre erbrochen hatte, betrachtete sie ihr Gesicht im Spiegel über dem Waschbecken.

Sie war immer sehr stolz gewesen auf ihre weisse Haut.

Selbst in einem solch heissen Sommer wie diesem, war es ihr gelungen, sich ihren lupenreinen, puppenhaft hellen Teint zu bewahren.

Ihr jetziges Aussehen hatte allerdings nichts mehr zu tun mit der vampiresken Blässe, die sie in Verbindung mit ihren vollen Lippen und dem rot gefärbtem glänzendem Haar, für viele so unglaublich sexy hatte wirken lassen.

Jetzt ging ihre Hautfarbe eher in´s grau – grünliche.

Die nahezu schwarzen Augenringe verliehen ihrem Antlitz etwas eindeutig Totenschädelhaftes.

„Scheisse…", murmelte sie, in höchstem Masse beunruhigt.

Sie blieb einen Moment vor dem Spiegel stehen und überlegte wie sie sich verhalten sollte.

Sollte sie den anderen erzählen was sie getan hatte?

Was hätte das für Folgen?

Sie könnte natürlich auch einfach sagen, dass sie so beschissen aussah, weil sie einen Kater hatte, und dazu noch einen Migräneanfall und ihre Periode…

Andererseits sehnte sie sich danach, mit jemandem zu sprechen.

Sofia wollte die Wahrheit sagen, sich öffnen, ihr Herz ausschütten – sehr wahrscheinlich das letzte Mal in ihrem Leben…

Sie ging nach draussen zu den anderen, die sämtliche Sitzgelegenheiten aus dem Clubhaus getragen hatten, um die Morgensonne zu geniessen.

Selbst die nach wie vor tief schlafende Kasia war dabei – Jerry hatte sie in einen Sessel gesetzt und in eine Decke eingewickelt.

Nach den ergiebigen Regenfällen roch die Luft gut, wie gereinigt.

Es war etwas kühler geworden.

Erstmalig konnte man spüren, dass der Herbst vor der Tür stand.

„Guten Morgen…", sagte Sofia, den Kopf gesenkt.

Mit einer Geste, die besagte, dass sie mit ihr allein sein wollte, wandte sie sich an Sara:

„Können wir kurz reden? Unter vier Augen?"

Sara schaute sie irritiert an, stand aber sofort auf.

„Sicher…", meinte sie. „Gehen wir ein paar Schritte…"

„Entfernt euch nicht zu weit!", rief Conrad ihnen hinterher. „Dass wir seit einiger Zeit keine Gourmets gesehen haben heisst nicht, dass die Bastarde plötzlich ausgestorben sind!"

„Also… Ich hab` ein echtes Problem…", druckste Sofia unsicher herum, wie es sonst gar nicht ihrer Art entsprach.

„Und du willst mit mir darüber sprechen…"

Sara war skeptisch. „Du siehst übrigens furchtbar aus. Was ist los mit dir?"

„Ich bin infiziert! Mir geht`s dreckig! Ich hab` alle Symptome…"

„Das kann nicht sein, und das weisst du auch. Du bist doch nicht gebissen worden!"

Sofia schüttelte den Kopf. „Nein, gebissen wurde ich nicht, aber ich hab` was gemacht – etwas Schreckliches…"

„Du hast eine Sommergrippe, sonst nichts!", behauptete Sara energisch, als würde sie mit einem uneinsichtigen Patienten reden.

Ihre Augen jedoch sprachen eine andere Sprache – sie waren schreckensgeweitet und voller Sorge, am Rande der Panik.

Sie wusste dass Sofia die Wahrheit sagte, doch sie wollte es nicht wahr haben.

Sofia setzte ein schwaches Lächeln auf. „Du glaubst mir – das seh` ich dir an…"

Sara kniff die Lippen zusammen und nickte schliesslich. „Ja, ich glaube dir. Wie ist es passiert?"

„Als Paul Christophers Unterschenkel amputiert hat…" Sofia holte tief Luft, bevor sie weitersprach. „Da ist ein Blutstropfen auf meiner Oberlippe gelandet… und ich hab` ihn abgeleckt!"

„Oh verdammt, Sofia! Warum hast du das nur getan?!"

Sara war zum Heulen zumute.

Ihre Beziehung zu Sofia war nie ganz ohne Argwohn und Vorurteile gewesen.

Es hatte immer genug Dinge gegeben, die sie an ihr gestört oder zumindest verunsichert hatten – nicht zuletzt ihre Undurchschaubarkeit und ihre teilweise sehr destruktive Lebenseinstellung hatten es verhindert, dass Sara eine aufrichtige, vorbehaltlose Freundschaft zu ihr hätte aufbauen können.

Jetzt allerdings nahm ein schmerzhaftes Schuldbewusstsein von ihr Besitz.

Sie, Sara, war die Ältere.

Sie war die examinierte Krankenschwester, Sofia war die Schülerin.

Sie hatte Sofia während ihres Einsatzes in der Endoskopie – Abteilung angeleitet und ihr auch später in fachlichen Dingen, mit Rat und Tat zur Seite gestanden.

Was sie jedoch komplett versäumt hatte, war, ihr auch in Seelenangelegenheiten ein offenes Ohr zu schenken, wie es sich eigentlich für eine verantwortungsvolle Praxisanleiterin gehört hätte.

Stattdessen hatte sie es vorgezogen mit Teilnahmslosigkeit zu reagieren, wenn Sofia zum Beispiel wieder einmal das Bedürfnis gehabt hatte, extrem zynisch zu sein, und mit ihrem perfekt gespieltem Unschuldslächeln, die grössten Fiesheiten von sich zu geben.

Trotzdem hatte Sara sich zu ihr hin gezogen gefühlt.

Sie hatte von Sofias sonniger Seite profitiert und sich für die Düstere schlichtweg nicht interessiert.

„Ich hab` mir vorgestellt wie es wäre, infiziert zu sein...", sagte Sofia, den Tränen nahe.

„Hab` mir eingebildet, dass es irgendwie toll wäre, sich ohne nachzudenken und ohne Gewissensbisse, so gehen zu lassen wie ein Gourmet. Ich war scharf auf dieses Gefühl von Freiheit – vor allem weil ich dachte, die ganze Welt wär` eh bald im Arsch..."

Plötzlich warf sie sich in Saras Arme und schluchzte laut auf. „Ich hatte keinen Bock mehr zu leben – das ging auch schon vor der Seuche eine ganze Zeitlang so..."

Sara drückte sie fest an sich.

„Das tut mir so leid...", flüsterte sie. „Das tut mir so wahnsinnig leid!"

Sie kam sich unglaublich nutzlos vor.

Sofia, die fast einen Kopf kleiner als Sara war, schaute zu ihr hoch. „Und weisst du was das Schlimmste ist? Dass ich, nachdem ich mich infiziert hatte, leben wollte – leben wie noch nie zuvor! Selbst wenn das bedeuten würde, für immer und ewig auf der Flucht vor den lebenden Toten zu sein..."

„Vielleicht hast du dich ja auch gar nicht infiziert...", sagte Sara.

Sie schöpfte wieder Hoffnung. „Die Seuche überträgt sich durch Bisse, und du bist nicht gebissen worden. Vielleicht hast du wirklich nur 'ne Sommergrippe! Erst die schwüle Hitze, dann der ganze Regen, in klammen Sachen geschlafen, jetzt die kühlere Luft – da kann man sich schon mal was weg holen… Wir haben Medikamente dabei, auch Antibiotika.

Sprich mit Paul und lass dir was von ihm geben! Du wirst wieder gesund!"

Saras Hoffnung schien sich auf Sofia zu übertragen, zumindest ein kleines bisschen.

„Meinst du wirklich?", fragte sie.

Sie sah Sara mit bangem Blick an. „Wenn ich mich aber doch verwandeln sollte, müsst ihr mich erschiessen! Ich meine, bevor ich die Erinnerung daran verliere… ein Mensch zu sein…"

Es konnte nicht mehr allzu weit sein, bis zu dem mit Conrad vereinbartem Treffpunkt.

Sandy hatte dringend etwas Ruhe gebraucht.

Deswegen hatte Chen eine Pause eingelegt.

Er hatte aus Ästen und Tannenzweigen, eine Unterkunft errichtet.

Sandy war dort hinein geschlüpft und war sofort eingeschlafen.

Chen hatte vor diesem behelfsmässigen Zelt, Wache halten wollen, aber auch ihn, hatte der Schlaf für ein oder zwei Stunden übermannt.

Jetzt fühlte er sich erholt, sass im Lotussitz auf dem weichen Waldboden und meditierte.

Seine Gedanken schweiften immer wieder ab, doch er liess es geschehen.

Er dachte über Sandy nach – ihr war Schreckliches widerfahren.

Was Harald ihr angetan hatte, würde sie niemals vergessen können.

Chen hatte Harald zwar getötet, aber den Dämon den Harald in sich getragen hatte, diesen Dämon konnte man nicht töten…

Als Chen Sandys Schönheit bemerkt hatte, war sein Herz auf eine Weise aufgegangen, wie er es niemals erwartet hätte.

Er mochte dieses Gefühl – es wärmte ihn von innen.

Dennoch beschloss er, ihm nicht zu viel Platz einzuräumen.

Sandy kam aus dem Unterschlupf gekrochen und Chen fragte sie, ob sie frühstücken wolle.

Sie dachte er hätte einen Scherz gemacht. „Ja. Ich hätte gern Toast mit Camembert und Aprikosengelee und einen grossen Milchkaffee dazu!"

Chen lächelte. „Damit kann ich leider nicht dienen."

Er zeigte ihr ein gewölbtes, längliches Stück Baumrinde – eine Auswahl von Walderdbeeren,

Blau – und Brombeeren, lag darin. „Aber ich habe ein paar Früchte gesammelt..."

Sandy war gerührt von seiner Fürsorglichkeit und während sie die Beeren verspeiste, dachte

sie, dass sie noch nie ein besseres Mahl zu sich genommen hatte.

Nachdem Chen ihre malträtierten Hand – und Fussgelenke massiert hatte, um die

Blutzirkulation anzuregen und die Schmerzen zu lindern, brachen sie auf.

Kasia war aufgewacht.

Es schien jedoch als hätte sie irgendeinen bleibenden Schaden davongetragen.

Sie hatte die ganze Zeit ein entrücktes Lächeln im Gesicht, registrierte zwar wenn man sie

ansprach, allerdings war es äusserst fraglich, ob sie etwas verstand.

Sie selbst teilte sich gar nicht mit.

Paul hatte sie nochmals so gründlich wie es die Umstände zuliessen, untersucht – eine

physiologische Diagnose hatte er jedoch nicht stellen können.

Sie war gehfähig, aber völlig orientierungslos.

Jerry ging Hand in Hand mit ihr auf dem schmalen Wanderweg, auf den Conrad sie geführt

hatte.

Die Gruppe kam Jerry mehr denn je wie ein elendes Häufchen Todgeweihter vor.

Die Geschichte mit Christopher war erwartungsgemäss, böse ausgegangen.

Und jetzt hatten sie die infizierte Sofia in ihrer Mitte.

Sie brauchten gar keine Gourmets mehr, denn wenn sie so weiter machten, würden sie sich

sowieso nach und nach, selbst ausrotten!

Paul beobachtete Sofia aus den Augenwinkeln.

Das Gehen schien sie viel Kraft zu kosten.

Sie hatte sich bei Sara eingehängt und bemühte sich um eine zuversichtliche Miene.

Die Angst vor einer Verwandlung war dennoch überdeutlich in ihren Gesichtszügen

eingemeisselt.

Ihre Atemzüge waren flach.

Ständig musste sie sich mit dem Handrücken den Rotz von ihrer laufenden Nase wischen. Ausserdem hatte sie Fieber.

Möglicherweise war ihr reduzierter Allgemeinzustand tatsächlich auf eine Sommergrippe zurückzuführen, wie Sara gemutmasst hatte.

Ob das Auflecken eines Tropfens infizierten Blutes ausreichte, um sich anzustecken – das war die entscheidende Frage, die man sich diesbezüglich stellen musste.

Paul hatte ihr ein orales Antibiotikum aus seinem stetig schrumpfenden Medikamentenvorrat verabreicht.

Bis auf Sara hielt jeder aus der Gruppe einen vorsichtigen Sicherheitsabstand zu ihr ein, falls sie von einem Augenblick auf den anderen, mutieren sollte.

Zu seiner Meinung über Sofias gesundheitliche Situation, hatte Paul sich auch bei Conrad erkundigt, es allerdings gleich darauf bereut.

Er hätte wissen müssen dass Conrads Meinung wie gewohnt unmenschlich, pietätlos und sarkastisch ausfallen würde.

„Sofia ist der nächste Kandidat aus unserer Truppe, den wir umlegen werden!", hatte er gesagt und sich eine Zigarre aus dem Bestand der Flieger – Lounge angesteckt. „Zum Glück hat der Scheiss – Regen aufgehört – da kann man draussen wenigstens wieder anständig rauchen…"

Obwohl er nicht für Sofias Zustand verantwortlich war, fühlte Paul Schuld in sich aufkeimen.

Er war davon überzeugt, dass sie ein sehr verzweifelter, desillusionierter Mensch sein musste.

Wie hätte sie sonst denken können, infiziert zu sein, sollte irgendwie erstrebenswert sein? Sie war ihm immer seltsam vorgekommen.

Er hatte sie als Pflegeschülerin auf seiner Station erlebt und festgestellt, dass sie sowohl praktisch als auch theoretisch, überaus begabt war.

Ihre seiner Meinung nach berechnende Frivolität im Umgang mit dem überwiegenden Teil des Klinikpersonals, hatte ihn jedoch irritiert.

Seine Sympathie hatte sie nie gewinnen können.

Eine Zeitlang hatte er geglaubt sie hätte eine Affäre mit Sara, aber er hatte Sara nie direkt darauf angesprochen.

Es war bei stummer, misstrauischer Eifersucht geblieben.

Auch ein Verhältnis mit Christopher von Schmalenkamp hatte er Sofia angedichtet, weil ihm der auffallend lockere Umgang, den die beiden miteinander hatten, aufgefallen war.

Wie sich heraus gestellt hatte, war der Grund für die gute Beziehung zwischen ihnen, ein anderer gewesen.

Sofia hatte es sich erlauben können mit dem adligen Oberarztstellenanwärter umzugehen wie sie wollte, denn es war ihr irgendwie gelungen, seinem ungeheuerlichen Geheimnis auf die Schliche zu kommen.

Sie hatte herausgefunden, dass Christopher weder Arzt noch Doktor war – dass er vermutlich niemals einen Hörsaal von innen gesehen hatte.

Dieses Wissen hatte ihr natürlich eine gewisse Macht über ihn gegeben, und diese Macht hatte ihr gut gefallen.

Als Gegenleistung für ihr Schweigen hatte sie nicht viel von ihm verlangt.

Er sollte sie nur nicht angraben, wie er es sonst bei hübschen weiblichen Wesen zu tun pflegte, sollte sich notfalls bei der Schul – oder Klinikleitung für sie einsetzen, falls sie irgendwelche Probleme bekam, und er sollte sich wenn sie es wünschte, mit ihr treffen, um darüber zu sprechen, wie es sich anfühlt, ein Scharlatan zu sein.

Hin und wieder hatte sie ihn auch für einen oder zwei Hunderter am Monatsende zur Kasse gebeten, aber das war´s auch schon gewesen.

Wenn man versucht hätte, Sofia mehr in die Gruppe zu integrieren, ihr einen Sinn trotz der Seuche zu geben und überhaupt, mal über die Seuche gesprochen hätte, statt wie ferngesteuert, Infizierte, die immerhin alle einst normale Menschen gewesen waren, niederzumetzeln ohne sich emotional über diese Greueltaten miteinander auszutauschen, dann hätte sie vielleicht nicht diesen verfluchten Blutstropfen abgeleckt.

Vielleicht wäre dadurch allgemein auch noch so einiges Anderes besser gelaufen...

Conrad hätte besser vorbereitet sein müssen.

Von Anfang an, hätte er trotz aller Widerstände die man ihm entgegen gebracht hatte, mehr auf Zack gewesen sein müssen, aber er hatte sich gehen lassen.

Seine letzten Ermittlungen hatte er schlampig durchgeführt, weil er meistens unkonzentriert oder betrunken gewesen war.

Er hatte fest damit gerechnet, im Alleingang, die ganze Schweinerei mit dem Virus aufdecken zu können.

Die Verantwortlichen hinter Gitter zu bringen und anschliessend den Ruhm für seine Solo – Nummer einzuheimsen, wäre ein Abwasch gewesen!

Als dann jedoch die grösste anzunehmende Scheisse tatsächlich stattgefunden hatte, war Conrad in einem verdammten Supermarkt gewesen – suspendiert und ahnungslos.

Überflüssig zu erwähnen, dass auch sämtliche anderen Umstände, die sich seit Ausbruch der Infektion zugetragen hatten, ebenfalls nicht gerade dafür gesorgt hatten, dass er das Bedürfnis hatte, spitze Schreie der Begeisterung auszustossen…

Natürlich war es nicht ausnahmslos vorteilhaft zu Fuss unterwegs zu sein, denn es ging langsam voran. Ausserdem waren sie den Angriffen der Gourmets ausgeliefert, ohne die schützende Umhüllung eines Fahrzeuges.

Conrad hatte jedoch beschlossen, sich ihrem vorläufigen Ziel nicht über die offene, gut einsehbare Strasse zu nähern, sondern auf verschlungenen, schmalen Wanderwegen, die quer durch den Wald führten.

So waren sie unauffälliger und konnten sich schnell verstecken, wenn schiesswütige Gefahr aus der Luft drohen sollte.

Ein Problem das Conrad wirklich und wahrhaftig zu schaffen machte, war die Tatsache, dass ihnen allmählich die Munition für ihr liebevoll ausgewähltes, umfangreiches Schusswaffenarsenal ausging.

Hier in der Wildnis gab es keine Möglichkeit, sich damit zu versorgen.

Sie waren sozusagen vom Nachschub abgeschnitten…

„Glaubst du Kronberg wollte dass wir vor ihm gehen, damit er dir besser auf den Arsch glotzen kann?", flüsterte Jacob Diana in´s Ohr.

Diana kicherte und wackelte beim Gehen übertrieben mit ihrem Hintern.

„Hör auf damit!", zischte Jacob.

„Wieso? Hab` ich etwa keinen sexy Arsch?" Diana sprach absichtlich so laut, dass Kronberg sie garantiert hören konnte.

„Doch, hast du…", sagte Jacob und meinte es auch so. „Du hast einen der sexiesten Ärsche der Weltgeschichte, aber ich will nicht, dass wir auffallen! Kronberg hat mich eh schon auf dem Kieker…"

„Das kann dir doch scheissegal sein, was dieser Bulle von dir denkt…" Diana hatte wieder ein normales Gangbild angenommen. „Ich find` den übrigens eigentlich ganz cool… Aber du wartest bestimmt nur darauf, unbeobachtet Grass rauchen zu können, stimmt`s?!"

Jacob schüttelte den Kopf.

„Quatsch!", sagte er, meinte es aber diesmal nicht so. „Ich will bloss nicht, dass dein cooler Bulle uns abknallt, weil wir ihm irgendwie verdächtig vorkommen."

Diana wechselte das Thema. „Warum versuchst du eigentlich nicht an Jiao ´ranzukommen, wo du doch so scharf auf sie bist?"

„Was?!" Jacob stolperte über eine Wurzel am Boden und wäre beinahe hingefallen. „Wie kommst du denn darauf?"

„Glaubst du das merkt man nicht, wie du sie anhimmelst?" Diana sah Jacob belustigt von der Seite an. „Ist ja auch echt ´ne Hübsche. Leider bist du aber Luft für sie…"

„Hauptsache ich bin nicht Luft für dich!", meinte er ausweichend.

„Eigentlich steh` ich nicht auf Typen wie dich… Du bist ´n halbes Jahr jünger als ich, hast kein Auto, lange Haare und ´nen grottigen Klamottengeschmack! Bestimmt bist du normalerweise den ganzen Tag dicht, kurvst mit deinem Skateboard ´rum, trinkst mit deinen Kumpels Bier und hörst Metal und Punk und sowas, oder etwa nicht?"

Jacob grinste. „Nö, Bier trinken tu ich nicht! Das Wichtigste hast du ausserdem vergessen…"

„Oh, na klar – du reisst Mädels auf! Charmant sein kannst du nämlich irgendwie… Trotzdem: wenn die Seuche nicht wäre, hätt` ich dich gar nicht beachtet!"

„Glaub` ich nicht!"

„Ist aber so!"

„Nö."

„Doch!" Diana lachte wider Willen und räumte ein: „Na gut – wenn du mich in der Disco genauso vor zudringlichen Kerlen beschützen würdest, wie du es vor den Gourmets getan hast, und dann auch noch so süss lächeln würdest, würd` ich mich von dir abschleppen lassen… aber nur für eine Nacht!"

„Siehst du?", triumphierte Jacob. „Um mehr geht`s doch sowieso nicht! Wir hätten beide das Beste voneinander gesehen, und die Erinnerung daran, wäre für immer fest in unseren Herzen verankert…"

Diana war verblüfft. „Das ist krass! Wenn du so weiter redest, verlieb` ich mich doch noch ein bisschen in dich…"

Es waren die letzten Worte, die sie in ihrem Leben sprach.

Der Angriff kam von links – aus dem dichten, dornigen Unterholz, das den Wanderweg säumte.

Weil Jacob rechts ging, erwischten sie Diana.

Es waren drei Infizierte.

Dass sie derartig zielgerichtet, geschickt und vor allem lautlos vorgingen, war ungewöhnlich.

Keiner hatte ihre Anwesenheit bemerkt.

Seltsam war dass sie nicht bereits zugeschlagen hatten, als Paul, Jerry und Kasia, an ihnen vorüber gezogen waren.

Alle drei stürzten sich gleichzeitig auf Diana.

Einer von ihnen biss ihr so heftig in den Nacken, dass das Knirschen und Knacken ihrer Sehnen trotz ihres gellenden Schmerzensschreies, deutlich zu hören war.

Die Infizierten rissen Diana vom Weg herunter, in das Gestrüpp.

Jacob hechtete hinterher.

Diana sah ihn sich auf ihre Angreifer werfen.

Eine Sekunde später konnte sie nichts mehr sehen, denn eines der gefrässigen Mäuler, zermalmte ihren Schädel und saugte ihr die Hirnflüssigkeit heraus.

Jacob hackte verzweifelt mit seinem Schwert auf die Mutanten ein.

„Weg da, Junge! Verdammt, ich kann nicht feuern, wenn er nicht beiseite geht!", hörte er Conrad Kronbergs Stimme.

Zwei der Gourmets hatte Jacob vernichten können.

Um den dritten kümmerte sich Jiao, indem sie sich auf ihn warf, ihn an seinen langen, verfilzten Haaren packte und ihm mit ihrem Dolch, den Kopf vom Hals trennte.

Diana war tot.

Jacob war ausser sich.

Er weinte, warf sich neben Dianas Leiche hin und her als hätte er einen epileptischen Anfall, trommelte mit den Fäusten auf den Boden und schrie unverständliche Laute hinaus in die unbeeindruckte Natur.

Conrad musste ihm den Mund zu halten.

So tragisch die Situation auch war – sie konnten es sich nicht leisten, weitere Infizierte auf sich aufmerksam zu machen.

Er drückte Jacobs spastisch zuckenden Körper an seinen massigen Leib.

„Psssst...", machte er und murmelte: „Ich hab` Diana auch gemocht. Sie hat mich an meine Tochter Charlotte erinnert... Ich weiss nicht, ob ich Charlotte jemals wieder sehen werde, aber ich hoffe es, verstehst du? Hoffnung ist das Einzige, das uns aufrecht hält! Wir müssen den Schmerz nicht verleugnen, doch wir dürfen uns ihm nicht ergeben. Die die uns am Herzen liegen und noch leben, haben all unsere Stärke verdient..."

Langsam wurde Jacob ruhiger.

Conrad löste die Umklammerung, mit der er ihn fixiert hatte.

Er sah die anderen an und sagte: „Meine Tochter wohnt an der Nordseeküste. Keine Ahnung, wie weit sich die Seuche ausgebreitet hat – vielleicht ist sie dort auch schon... Jedenfalls soll mich der Teufel holen, wenn ich nicht alles versuchen würde, um Charlotte wieder zu sehen, auch wenn es das letzte sein sollte, das ich tue! Wie sieht ´s mit euch aus? Ihr habt doch auch alle jemanden, der es euch wert ist, am Leben zu bleiben, oder?!"

In tiefem Schweigen setzten sie ihren Weg fort.

Paul stellte sich vor, dass ihre Gedanken zusammengenommen, bestimmt eine Tonne wiegen würden...

„Hallo Freunde...", kam plötzlich eine leise Stimme aus den Brombeer – und Hibiscussträuchern am Wegesrand.

Conrad brachte sofort seine Waffe in Anschlag.

„Nicht schiessen!", sagte die Stimme. „Wir sind`s... Wir kommen jetzt ´raus!"

Chen und Sandy krochen aus dem Dickicht.

Chens Oberkörper war unbekleidet – Sandy trug sein Hemd, das ihr bis zu den Knien reichte.

Freude und Verzweiflung hielten sich die Waage bei der innigen Begrüssungszeremonie, die sich nun abspielte.

Jiao konnte ihre Tränen nicht zurückhalten, als sie ihren Halbbruder in die Arme schloss.

„Ich wusste dass du es schaffst!", flüsterte sie ihm zu.

„Und ich wusste, dass ich dich wieder sehen würde!", entgegnete Chen.

„Was ist aus Harald, diesem verdammten Bastard geworden?", wollte Conrad wissen. „Habt ihr ihn kalt gestellt?"

„Ja, er ist tot...", sagte Chen zerstreut, als hätte er ihn bereits vergessen – als wäre die Tatsache dass er existiert hatte, nur noch eine blasse Erinnerung an längst vergangene Zeiten.

„Ich hoffe, er brennt auf ewig in der Hölle..." Conrad spuckte verächtlich auf den Boden.

Die Gruppe setzte sich zusammen, um eine Lagebesprechung zu machen.

-35-

Moritz hatte sich dagegen gesperrt, Helene Damm und Madeleine Morris zurück zu lassen, wie Isabella Rodriguez es vorgehabt hatte.

Natürlich war es deswegen zu einem Disput gekommen, doch Moritz hatte sich durchgesetzt.

Er mochte ein eiskalter Killer sein, und auch wenn viele das Gegenteil behaupteten – er hatte sich in seiner ganzen Zeit immer bemüht, Unbeteiligte zu verschonen.

Kollateralschäden hatte es natürlich trotzdem oft genug gegeben.

In voller Absicht unschuldige Zivilpersonen dem sicheren Tod zu überlassen, kam in der momentanen Situation, für ihn allerdings nicht in Frage.

„Nachdem ich deine Akte gelesen habe, wundert es mich mehr und mehr, was für ein Weichei du in Wirklichkeit bist!", hatte Isabella gesagt, als er darauf bestanden hatte, Helene und Madeleine mitzunehmen.

Moritz hatte zu dieser Bemerkung geschwiegen, aber er hätte beinahe gelächelt.

Es war seltsam, verwirrend, beinahe unheimlich, dass seine Mundwinkel nach so vielen Jahren, wieder das Bedürfnis hatten, sich nach oben zu ziehen...

Der Helikopter hatte sie im Stich gelassen.

Moritz hatte von dem veralteten, mangelhaft gewarteten Ding, nichts anderes erwartet.

238

Die Auftraggeber hatten bei der Ausrüstung ihrer Kreuzritter gespart – ein Zeichen für unbegründete Arroganz.

Und für Dummheit!

Kurz nachdem sie vom Parkplatz des Neo – Preisknüller – Supermarktes abgehoben waren, war der Heli abgestürzt.

Die Rotorblätter hatten sich plötzlich stockend gedreht, um schliesslich einfach stehen zu bleiben.

Glücklicherweise waren sie auf niedriger Flughöhe unterwegs gewesen, so dass alle Beteiligten den Absturz unverletzt überstanden hatten.

Die konkrete Ursache für den Totalausfall der Flugmaschine blieb rätselhaft.

„Ich hoffe, die Damen sind gut in Form…", wandte sich Isabella an Helene und Madeleine.

„Denn wir haben einen anständigen Fussmarsch vor uns!"

Die beiden machten erschrockene Gesichter.

Natürlich waren sie nicht gut in Form.

Das was Helene an Kilos zu viel mit sich herum trug, fehlte Madeleine, deren Ernährungszustand man schon fast als magersüchtig bezeichnen konnte.

Ausserdem waren ihrer beider Muskeln und Gelenke verkrampft, durch das tagelange, angespannte Verharren im Supermarkt.

„Und noch etwas…" Isabella öffnete ihren Pferdeschwanz, fuhr sich mit beiden Händen durch ihre pechschwarzen Haare, um sie dann noch straffer, wieder zusammen zu binden. „Glaubt nicht, dass wir eure Eskorte sind! Ihr seid selbst für eure Sicherheit verantwortlich, wenn es zu Kontakt mit Infizierten kommt."

„Wir haben aber keine Waffen…", wagte Madeleine einzuwenden.

„Tja, Püppchen…" Isabella verdrehte genervt die Augen. „Das ist Pech, würd` ich sagen!"

Moritz stieg noch einmal in den fluguntauglichen Helikopter.

Er verstaute das Fotoalbum das er im Sweetest Home sichergestellt hatte, in seinem geräumigen Seesack, packte die komplette Reservemunition, Magazine für die Waffen, sowie einige Handgranaten dazu, und stieg wieder aus.

Er nahm seine AK – 47 vom Rücken und hängte sich den Seesack um.

Bisher hatte er nur sein Sturmgewehr benutzt.

Auf das konnte er verzichten, denn zusätzlich zu ihm und der Kalaschnikow, hatte er noch eine grosskalibrige, achtschüssige Pistole, die Handgranaten und ein Kampfmesser, dessen Klinge dreissig Zentimeter mass.

„Herkommen!", wies er Helene an.

Er drückte ihr das Sturmgewehr in die Hand.

„Hast du den Verstand verloren, Stahl?!", ereiferte Isabella sich.

Sie richtete ihre Waffe auf Helene. „Ich kann mich nicht erinnern, einen Befehl zur Bewaffnung von Zivilisten gegeben zu haben!"

Moritz ignorierte das Gezeter seiner Weisungsbefugten.

„Entsichern!", befahl er Helene und führte ihre Hand dabei.

Isabella zielte nun auf Moritz` Kopf.

„Ich werde abdrücken, wenn du nicht mit dieser Scheisse aufhörst!", sagte sie.

„Schiessen!", sagte Moritz zu Helene.

„Wohin denn?", wollte Helene, angespannt bis in die Haarspitzen, wissen.

Sie konnte sich nicht vorstellen, dass sie auf Isabella Rodriguez feuern sollte, auch wenn sie es vielleicht ganz gern getan hätte.

Moritz drehte sie unsanft um, so dass sie sah, dass sich ihnen ein Infizierter näherte.

„Dahin!", meinte er, auf den Infizierten zeigend. „Jetzt!"

Als Helene den Abzug der Waffe betätigte, wurde sie schmerzhaft vom Rückstoss überrascht.

Ihre ersten Kugeln gingen in`s Leere.

Der Infizierte, ein dünner, nackter, stark behaarter Mann, dessen locker baumelnder Hodensack fast bis zu seinen Knien reichte, war schon ziemlich nahe.

Er schnaufte und grunzte in Erwartung frischen Fleisches, während er direkt auf Helene zu rannte.

Helene schrie panisch auf, doch ihre nächste Salve traf – sie riss dem nackten Mann das Gesicht weg.

Sein Kopf zerplatzte wie eine verfaulte Melone und er fiel hintenüber.

„Das war doch gar nicht schlecht für den Anfang!", bemerkte Moritz trocken.

„Beim nächsten Mal solltest du aber eher treffen…", sagte Isabella. „Wir können es uns nicht erlauben, Munition zu verschwenden! Ausserdem lockst du so weitere Infizierte an."

Sie sah Moritz belustigt an. „Ich hab` echt kurz geglaubt, du würdest sie auf mich schiessen lassen. Hättest du sie eine Sekunde später umgedreht, hätt` ich dir das Licht ausgepustet! Was hast du dir bei dieser Aktion gedacht?"

„Du hast doch gesagt, die Zivilpersonen seien selbst für ihre Sicherheit verantwortlich…", sagte Moritz.

Helene starrte fassungslos abwechselnd auf das Sturmgewehr in ihren Händen und auf den Leichnam des Infizierten.

Plötzlich begann sie, erneut zu feuern.

Aus derselben Richtung aus der der erste Infizierte gekommen war, stürmte jetzt eine ganze Herde herbei.

Sofort eröffneten auch Moritz und Isabella das Feuer.

Die lebenden Toten quollen aus einem heruntergekommenen, sechsstöckigen Wohnhaus.

Sie waren schnell und äusserst zahlreich.

„Weg hier!", schrie Isabella über den Lärm der Waffen und dem hungrigen Geheul der Infizierten hinweg.

Helene und Madeleine liefen voran.

Moritz und Isabella folgten ihnen rückwärts, weiterhin aus allen Rohren schiessend.

Sie konnten ihre Reihen nur wenig lichten.

Es schien als ob für jeden der Mutanten den sie erledigten, ein weiterer auftauchte.

Moritz warf eine Handgranate in das wuselnde Getümmel und es regnete Gliedmassen und Innereien.

Die zweite Granate verschaffte ihnen einen kleinen Vorsprung.

Die Dritte schliesslich, ermöglichte es ihnen, zu entkommen.

„Wir sollten uns ein robustes Fahrzeug beschaffen…", meinte Moritz als sie anhielten, um ihre Waffen nachzuladen und Wasser zu trinken.

Isabella schüttelte den Kopf. „Nein! Wir sind den Terroristen dicht auf den Fersen. Wir folgen ihnen durch den Wald, den wir in circa zwanzig Minuten erreichen werden. Sie dürfen uns nicht kommen hören. Bestenfalls haben wir sie eliminiert, bevor sie die Basis erreichen!"

Madeleine hängte sich an Moritz.

Sie war zu seinem Schatten geworden.

Einige Male versuchte sie sogar, ihn in ein Gespräch zu verwickeln – dass Moritz nicht darauf reagierte, schien sie nicht weiter zu stören.

Sie bedachte ihn mit schwärmerischen Blicken.

Seit er sich dafür stark gemacht hatte, sie und Helene mitzunehmen, und Helene mit einer Waffe ausgestattet hatte, war er zu einer Art Lichtgestalt für sie geworden.

Sein durchtrainierter Körper und sein markantes Gesicht komplettierten ihr Bild von einem rechtschaffenden Helden.

Vor Isabella, die keine Gelegenheit ausliess, Madeleine zu beschimpfen, mit Spott zu überziehen, oder sonst wie zu verunglimpfen, hatte sie offenbar mehr Angst als vor den Infizierten, vor denen sie permanent auf der Hut sein mussten.

Als Madeleine irgendwann langsamer wurde und zu humpeln anfing, sprach Moritz schliesslich doch mit ihr. „Was ist los? Du musst schneller gehen!"

„Ich kann nicht…", entgegnete sie. „Mein Fuss tut so weh…"

Moritz betrachtete ihre Füsse, die in Flip – Flops steckten.

Die Zehen ihres rechten Fusses waren blutverschmiert.

Moritz blieb stehen.

„Verdammt, Stahl – was soll der Scheiss?!", pöbelte Isabella. „Warum gehen wir nicht weiter?"

Moritz deutete auf Madeleines blutenden Fuss.

„Oooh, hat die Kleine Aua gemacht?" Isabella seufze genervt. „Stell dich nicht so an, Püppchen! Los, weiter!"

„Hinsetzen!", forderte Moritz Madeleine auf.

Sie leistete seiner Aufforderung Folge, und er kniete sich vor sie, um die Verletzung zu inspizieren.

Es tat ihm leid, dass schon wieder Tränen unter ihren dicken Brillengläsern hervorquollen.

„Das glaub` ich jetzt nicht!", sagte Isabella. „Stahl mutiert zum totalen Gutmenschen und gefährdet dadurch wiederholt den Erfolg seiner Mission…"

Wie sich herausstellte, hatte sich eine Glasscherbe in Madeleines rechte vordere Fusssohle gebohrt.

Moritz entfernte die Scherbe und verband die Wunde mit Kompressen und einer Mullbinde.

Da Madeleine so nur sehr eingeschränkt gehfähig war, nahm Moritz sie Huckepack.

Nach kürzester Zeit auf seinem Rücken, nickte sie ein.

Isabella fragte sich ob sie die Lage noch unter Kontrolle hatte, oder ob ihr die erste Niederlage in ihrer Karriere als Geheimagentin bevor stand.

Sie war schon immer ehrgeizig gewesen – sonst wäre sie mit ihren fünfundzwanzig Jahren wohl kaum bereits Kommandantin.

Sie war belastbar, intelligent und stellte niemals überflüssige Fragen.

In diesen Punkten war sie Moritz Stahl nicht unähnlich.

Im Gegensatz zu Stahl jedoch, war sie loyal.

Sie hatte keinen Respekt für Befehlsverweigerer und Eigenbrötler, die ihre Kampfkraft an den Meistbietenden verhökerten.

Natürlich strich sie auch gerne saftige Gehälter ein, aber das Geld war nur ein angenehmer Nebeneffekt für ihre Leistung – worauf es ihr wirklich ankam, das war Macht!

Macht konnte nicht mit Reichtum aufgewogen werden, denn Macht zu haben war das intensivste Gefühl das man als lebendiges Wesen überhaupt empfinden konnte – ein Orgasmus verblich daneben zu totaler Bedeutungslosigkeit.

Ganz wichtig für die Erhaltung, beziehungsweise Ausdehnung ihrer Macht, war allerdings der Erfolg.

Isabella konnte es sich nicht leisten, diesen Auftrag in den Sand zu setzen.

Man hatte ihr eine Beförderung versprochen, wenn alles glatt lief.

So glatt wie sie es sich anfangs vorgestellt hatte, lief es allerdings definitiv nicht.

Sie hatte weder das Album von Robert Maria Dorn sicherstellen können, noch hatte sie die Terroristen ausfindig gemacht.

Immerhin war der Sprengsatz untergebracht.

Er tickte im Neo – Preisknüller –Supermarkt vor sich hin, nachdem Stahl den Zeitzünder aktiviert hatte. Das war im Übrigen das Einzige gewesen, worin Stahl sich bisher als nützlich erwiesen hatte.

Ansonsten raubte dieser sture Arsch ihr lediglich den letzten Nerv!

Es war vorgesehen gewesen, dass Stahl Isabella mit dem Helikopter in die Stadt brachte, die Terroristen eliminierte, den Sprengsatz installierte und dann von der Bildfläche verschwand.

Isabella hatte ihn beim Scharfmachen der Bombe gefilmt, und auch die Hinrichtung von Conrad Kronberg und dem Rest seiner Terrorzelle, sollte sie mit ihrer Kamera festhalten, damit es einen Verantwortlichen gab, falls doch irgendwer unbequeme Fragen stellen sollte, wenn die ganze Scheisse endlich vorbei war.

Stahl war der ideale Verantwortliche – ein skrupelloser Auftragskiller, den niemand vermissen würde wenn er tot war, und von dem man hinterher wunderbar behaupten konnte, er habe in Eigenregie gehandelt...

Isabella fragte sich aber mittlerweile, ob es nicht sinnvoll wäre, ihn bereits jetzt umzulegen.

Die Eigendynamik die er entwickelte, wurde immer kontraproduktiver.

Dass Stahl sie nicht als seine Vorgesetzte akzeptierte – daran hatte sie sich mittlerweile gewöhnt.

Was ihr hingegen ernsthaft Sorgen machte, war, dass er offensichtlich eine Vorliebe für moralisch korrektes Handeln entwickelt hatte.

Nichts war gefährlicher als ein Killer, der plötzlich entdeckte, dass ihm Menschenleben etwas bedeuteten...

Um elf Uhr Achtundzwanzig piepste der Sender, den Isabella am Gürtel trug.

Die Terroristen hatten die Basis erreicht.

-36-

Die inoffizielle Kommandozentrale, wie Conrad das Ziel ihres Marsches genannt hatte, wirkte wie eine optische Täuschung, eine Fata Morgana.

Es handelte sich um ein fünfstöckiges quadratisches Backsteingebäude, das in seiner abweisenden, wenn auch verwitterten Funktionalität, nicht in die Umgebung passte – eine trutzige Burg, mitten im stillen Walde.

Vielleicht war das Gebäude in früheren Zeiten eine forstwirtschaftliche Firma gewesen, oder sie hatte etwas mit dem Steinbruch zu tun gehabt, von dem Chen berichtet hatte.

Eine von der Natur fast zugewucherte Strasse, führte zu dem Gebäude.

Höchstwahrscheinlich mündete sie irgendwann in einen Autobahnzubringer.

„Was nun?", fragte Paul.

„Wir müssen da 'rein...", sagte Conrad und deutete auf die seltsame Burg.

„Da bist du dir sicher?"

Conrad schnaubte. „Sicher ist nur, dass wir alle früher oder später den Arsch zukneifen und langsam verrotten!"

„Dir ist aber schon klar, dass wir keine unnötigen Risiken eingehen sollten...?"

„Selbstverständlich können wir auch gerne ziellos in der Gegend 'rumirren und darauf warten, dass wir infiziert werden, wenn dir das lieber ist!"

Paul wollte etwas Gehässiges entgegnen, doch Conrad legte ihm beschwichtigend eine Hand auf die Schulter.

„Vielleicht wird unsere Situation da drin noch beschissener als sie eh schon ist...", meinte er seufzend. „Aber uns stehen einfach nicht besonders viele Optionen zur Verfügung... Verstehst du?"

„Okay..." Paul nickte. „Du hast Recht. Gehen wir 'rein!"

Es gab Strom in dem Gebäude – das war das Erste das ihnen auffiel, nachdem sie sich Zutritt verschafft hatten.

Paul hatte ohne ein Ergebnis zu erwarten, auf einen Lichtschalter gedrückt.

Sofort waren zuckend und knackend, multiple Neonröhren an der Decke zum Leben erwacht und hatten das Erdgeschoss in metallenes, weisses Licht getunkt.

„Sie sind hier...", flüsterte Conrad aufgeregt. „Die Schweinebacken sind hundertpro hier!"

Der Raum in dem sie standen, war leer – komplett leer.

Nichts an ihm liess Rückschlüsse zu, welchem Zweck er einst gedient hatte.

Die Backsteinburg war zwar nicht so gross wie das Klinikum Mitte und machte einen mutantenfreien Eindruck, aber die Vorstellung, ein Gebäude nochmals Etage für Etage durchkämmen zu müssen, gefiel Paul überhaupt nicht – vor allem weil die *Schweinebacken*, wie Conrad sie nannte, ihnen ganz sicher nicht wohlgesonnen waren.

„Wir müssen sie nicht lange suchen...", meinte Conrad, der Pauls Gedanken gelesen zu haben schien. „Ich weiss dass sie im obersten Stockwerk sind. Von dort können sie nämlich schnell auf`s Dach, um sich von einem Helikopter in Sicherheit bringen zu lassen!"

Diesmal machte Conrad niemand den Rang des Leitwolfs streitig, doch mittlerweile konnte er sich nicht mehr darüber freuen.

Während er seine Truppe eine Metallgittertreppe ohne Geländer hinauf führte, fragte er sich, ob es nicht besser gewesen wäre, einfach zu fliehen, immer weiter zu fliehen, solange bis sie das Meer würden sehen können...

Am Strand der Nordsee hätte er vielleicht seine Frau und seine Tochter in die Arme schliessen können, ihnen sagen können, wie sehr er sie liebte.

Wenn auch sie nicht mehr da gewesen wären, wäre er eben in`s Wasser gegangen und hätte sich von den Wellen davon tragen lassen – zu einem besseren Ort, wo sie wieder vereint gewesen wären...

Im Grunde war es Rache gewesen, die ihn angetrieben hatte – Rache dafür, dass man ihn suspendiert hatte.

Natürlich war die Vorstellung, Ruhm dafür einzustreichen, dass er die Macher der Seuche überführte, ebenfalls ein starker Antrieb gewesen.

Conrad Kronberg hatte sich insgeheim schon als eine Art Retter der Menschheit betrachtet!

Für Doktor Paul und die anderen, vor allem für jene, die während der Odyssee durch gourmetverseuchtes Territorium um`s Leben gekommen waren, wäre es möglicherweise besser gewesen, wenn sie sich ihm nicht angeschlossen hätten.

Andererseits: Sie alle hätten sich dagegen entscheiden können, ihm zu folgen – schliesslich waren es denkende Individuen, auch wenn Conrad sie nicht immer als solche gesehen oder behandelt hatte.

Sein Rudel kam ihm mittlerweile wie ein bemitleidenswertes Häufchen Elend vor.

Insbesondere der Zustand von Sofia machte ihm Sorgen.

Sie war zwar immer noch ansprechbar, orientiert und kooperativ, doch körperlich baute sie zunehmend ab, konnte sich kaum noch auf den Beinen halten und sah mittlerweile aus, als ob sie bereits tot wäre.

Conrad rechnete damit, dass er ihr jeden Moment den Gnadenschuss verpassen müsste.

Auch mit Kasias Verfassung war es nicht zum Besten bestellt.

Zum Glück bestand bei ihr wenigstens nicht die Gefahr, dass sie auf einmal mutierte.

Dennoch war sie ein Wrack, das scheinbar völlig in einer anderen Welt versunken, willenlos an Jerrys Hand, hinter ihm her trippelte.

Jerry, der wirkte als sei er krampfhaft bemüht, Haltung zu bewahren, aber im Grunde kurz vor einem Nervenzusammenbruch stand, wischte ihr hin und wieder etwas Sabber vom Kinn.

Kasia hatte keine Gewalt über ihre Körperfunktionen.

Vor ein paar Minuten hatte sie sich eingenässt.

Alle hatten einen betroffenen Gesichtsausdruck gehabt, doch keiner hatte etwas gesagt.

Jacob, der Conrad bisher permanent mit seiner unbedarft fröhlichen Anarcho – Kifferattitüde auf den Sack gegangen war, hatte sich seit dem Tod von Diana, in ein mentales Schneckenhaus zurückgezogen und kaum ein Wort gesprochen.

Er presste die Lippen aufeinander und zog die Augenbrauen zusammen.

Seine langen Haare hingen ihm wirr in`s Gesicht.

Er sah aus wie Charles Manson in der Teenager – Version.

Selbst Doktor Paul und Schwester Sara waren an der Grenze ihrer körperlichen und seelischen Belastbarkeit angelangt.

Trotzdem glaubte Conrad dass sie mit ihrer Leistungs – und Leidensfähigkeit noch nicht am Ende waren.

Durch ihre Arbeit im Krankenhaus, lag ihre Messlatte schliesslich ziemlich hoch.

Chen und Jiao Li schienen sich am Besten im Griff zu haben.

Sie strahlten nach wie vor dieselbe esoterische Ruhe aus, die Conrad anfänglich als unfassbar provokant und besserwisserisch empfunden hatte, für die er mittlerweile jedoch sehr dankbar war.

Ihr Glaube an irgendwelche Kung – Fu – Götter oder Buddhas, und die Vorstellung, dass im nächsten Leben alles nur besser werden konnte, bescherte ihnen eine Gelassenheit, die Conrad fast ein bisschen neidisch machte.

Sandy hielt sich seit Chen sie aus den Fängen von Harald befreit hatte, an der Seite der Li – Geschwister auf.

Sie, die von ihnen allen, ganz sicher das schlimmste Martyrium hinter sich hatte, wusste bestimmt warum...

Conrad schämte sich dafür, dass er Sandy insgeheim bereits abgeschrieben hatte.

Hätte Paul ihn nicht daran gehindert, hätte Conrad Harald allerdings bereits kalt gemacht, als dieser beschissene Wichser, Ole Edwardssons Infizierung verursacht hatte.

So wäre ihnen viel Ärger erspart geblieben...

Im fünften Stock angekommen, sah Conrad die anderen eindringlich an und hielt einen Zeigefinger vor den Mund, bevor er begann, den circa zwanzig Meter langen Flur entlang zu schleichen, um an jeder der dort vorhandenen acht Türen zu lauschen.

Vor der letzten Tür auf der linken Seite blieb er stehen und winkte die anderen herbei.

„Bingo!", flüsterte er mit leuchtenden Augen.

Das Jagdfieber hatte ihn wieder gepackt.

Einmal Bulle, immer Bulle!

„Wir wissen nicht, mit wie vielen Personen wir zu rechnen haben...", meinte er. „Und möglicherweise sind die da drin gut bewaffnet. Wir müssen sie also überraschen. Die Tür ist nicht besonders stabil..."

Er wandte sich an Chen. „Meinst du, du könntest sie mit einer gezielten Sprung – Tritt – Kombination aufkriegen?"

Chen nickte.

„Okay." Conrad straffte seine Schultern. „Chen, du wirst wenn die Tür aus den Angeln fliegt, sofort zur Seite treten, damit ich ´reinspringen kann, um mir einen Überblick zu verschaffen. Paul und Jerry – ihr kniet euch mit euren MPs, rechts und links vor den Türrahmen und gebt mir Feuerschutz. Sollte ein Schuss von innen fallen, ballert ihr sofort los!"

Er ärgerte sich, dass er nicht daran gedacht hatte, kugelsichere Westen mitzunehmen, als sie sich im Polizeipräsidium mit Waffen eingedeckt hatten.

Gerade als Conrad, Paul und Jerry in Position gingen und Chen sich bereit machte, die Tür einzutreten, wurde sie geöffnet.

„Herzlich willkommen!", sagte Robert Maria Dorn mit einem süffisanten Lächeln auf seinen dünnen Lippen.

„Was machst du windiger Schwanzlutscher denn hier?", entgegnete Conrad völlig entgeistert.

„Wir haben euch erwartet...", meinte Dorn und machte eine einladende Handbewegung. „Nur herein spaziert!"

Die in dem langen rechteckigen Raum befindlichen Personen erschraken auf's Äusserste, als Conrad mit seiner Gruppe eintrat.

Es war jedoch nicht deren üppige Bewaffnung, die ihnen Angst einjagte, sondern die Anwesenheit von Sofia.

„Oh Gott! Sie haben eine Infizierte dabei!", rief Helmut Siekerloh vom Innenministerium entsetzt. Polizeipräsident Ottmar Behrendsen, Conrads Chef, fragte: „Wollen sie uns alle umbringen, Kronberg? Sind sie endgültig komplett wahnsinnig geworden?!"

General Hugo Fleischer stand von seinem Bürostuhl auf und deutete auf Sofia. „Ich verlange, dass dieses Subjekt augenblicklich liquidiert wird!"

„Nana Fettsack...", sagte Conrad kopfschüttelnd. „Pass besser auf, dass du nicht gleich liquidiert wirst!"

Hugo Fleischers glänzender Glatzkopf lief scharlachrot an.

Er schnaubte vor Wut.

„Was erlauben sie sich, sie elender Denunziant?!", setzte er zu einer Standpauke an, doch Paul unterbrach ihn.

„Das Gegengift – wir brauchen es. Händigen sie es uns aus! Sofort!", forderte er.

„Es gibt kein Gegengift...", meinte Geheimdienstchef Norbert Grott gelassen.

Er faltete die Hände und legte sie sorgfältig auf den gewaltigen runden Massivholztisch, an dem er sass.

Conrad zerrte ihn mit dem rollbaren Bürostuhl vom Tisch weg.

Er verpasste ihm eine schallende Ohrfeige.

„Norbert Grott, ich kenn` dich zwar nur aus den Medien...", brüllte er ihn aus nächster Nähe an. „Aber ich weiss, dass du ein ganz abgefeimter Hurensohn bist und dass es genug Leute gibt, denen es gewaltig stinkt, dass du immer noch beim Geheimdienst dein Unwesen treibst, obwohl du so korrupt wie ein Sack voller Scheisse bist!"

Grott rieb sich die Gesichtshälfte auf die Conrad ihn geschlagen hatte, wirkte ansonsten aber unbeeindruckt und lächelte sogar, als er erwiderte: „Auch wenn sich meinem Verständnis von Logik der Vergleich mit dem Sack entzieht – in puncto Korruption sind sie ja wohl eher die Nummer Eins! Herr Behrendsen hat mir einiges über ihre Eskapaden erzählt…"

Es folgte eine zweite, kräftige Ohrfeige, diesmal auf die andere Seite von Grotts hagerem Gesicht.

Ausserdem bohrte Conrad ihm den Lauf seiner Pistole in`s Ohr.

„Mein lieber Freund…", knurrte er. „Wenn du uns nicht innerhalb der nächsten drei Sekunden verrätst, wo das beschissene Gegengift ist, wird dein Gehirn hier gleich quer durch den Saal spritzen!"

Er sah Grott mit Augen wie Eissplitter an. „Eins…"

Grott rutschte unbehaglich auf dem Stuhl herum.

Der Pistolenlauf schmerzte in seinem Ohr.

„Zwei…" Conrad spannte den Hahn seiner Waffe, obwohl es eine Automatik war.

Er unterstrich damit einfach die Dramatik der Situation.

Jetzt blickte Grott gehetzt in die Gesichter der anderen Anwesenden, die an dem Tisch sassen beziehungsweise um ihn herum verteilt, standen.

Niemand sagte etwas, niemand tat etwas, um die Situation zu entschärfen.

Der ganze Raum schien in eine kollektive Schockstarre gefallen zu sein.

Conrad atmete tief ein. „Und dr…"

„Stopp!", rief Professor Gustav Schmelzing.

Er stand auf und stützte sich mit beiden Händen auf die Tischplatte.

„Sie bekommen ihr Antiserum…", sagte er mit zitternder Stimme.

„Geht doch…", murmelte Conrad und nahm die Pistole aus Grotts Ohr.

Gabriele Frähse tätschelte Schmelzings rechte Hand.

„Reizend, dass sie diese unappetitliche Hinrichtung verhindert haben, Professorchen!", flötete sie.

Schmelzing zog seine Hand weg – er schien sich vor Doktor Frähses neongrünen Fingernägeln zu ekeln.

„Reizend!" General Fleischer lachte kurz und hart. „So kann man es auch nennen. Trotzdem haben sie gerade ihr Todesurteil unterzeichnet! Sie wissen so gut wie ich, dass die vorhandenen Rationen des Antiserums nicht für Unbeteiligte gedacht sind – schon gar nicht für verfassungsfeindliche Terroristen..."

Schmelzing seufzte nur.

„Folgen sie mir!", forderte er Conrad auf.

Während Conrad mit ihm in einem Nebenraum verschwand, beaufsichtigten Paul, Jerry, Jacob, Chen und Jiao die merkwürdige Gruppe.

Sofia hatte sich auf den Boden gesetzt.

Sara kniete sich vor ihr hin und flösste ihr in kleinen Schlucken, Mineralwasser ein.

Sandy setzte sich zu ihnen und zog Kasia am Handgelenk mit hinunter.

Kasia hatte einen entspannten, jedoch völlig emotionslosen Gesichtsausdruck.

Sie schaukelte mit dem Oberkörper vor und zurück, immer vor und zurück und summte dabei leise eine unmelodische Tonfolge vor sich hin.

Man hätte sie problemlos für eine Autistin halten können.

Nach einiger Zeit kamen Conrad und Professor Schmelzing wieder aus dem Nebenzimmer heraus.

Conrad grinste breit.

Er hielt eine kleine Ampulle und eine Spritze hoch.

„Komm her, Doktor Paul!", sagte er. „Du als Quacksalber unseres Vertrauens, wirst die Ehre haben, Sofia das Gegengift zu spritzen!"

Paul setzte eine Kanüle auf die Spritze, zog die hellblau schimmernde Flüssigkeit des Antiserums auf und zurrte einen Stauschlauch um Sofias rechten Oberarm.

Er musste ziemlich lange auf ihrer Ellenbeuge herumklopfen und streichen, bis er eine einigermassen akzeptable Einstichstelle fand.

Die Infektion hatte Sofias Venenstatus bereits massiv beeinträchtigt.

„Bereit für die Injektion?", fragte er sie.

Sofia fehlte die Kraft zum Sprechen – sie nickte nur schwach.

„Bald geht es dir wieder besser...", meinte Sara, Sofia ihre verschwitzten Haare aus dem Gesicht streichend.

Abermals nickte Sofia.

Ein müdes Lächeln huschte über ihr fahles Gesicht.

´Sie sieht wie ein Kind aus…`, dachte Paul, während er ihr langsam das Antiserum injizierte.

´Wie ein totes Kind…`

Conrad, der neben Paul in die Hocke gegangen war, richtete sich nun wieder auf.

„Wie lange dauert es, bis das Zeug wirkt?", fragte er Professor Schmelzing.

„Nun…" Schmelzing räusperte sich und nahm seine runde randlose Brille ab, um die Gläser mit einem seiner Hemdsärmel zu säubern. „Ich befürchte, das Stadium der Infektion ist bereits zu weit fortgeschritten… daher wird vermutlich überhaupt keine Wirkung mehr eintreten…"

„Wir werden sehen…", meinte Conrad grimmig. „Ich mach` sie jedenfalls persönlich dafür verantwortlich, wenn das Mädel mutiert!"

Schmelzing zuckte nur mit den Schultern.

Er wirkte wie ein Mensch dessen Lebensmut erloschen war, und der mit allem abgeschlossen hatte.

„Planen wir die nächsten Schritte…", wandte Conrad sich an Paul. „Wir dürfen nicht denken, dass wir jetzt in Sicherheit sind. Diese Figuren hier sind wahrscheinlich noch gemeingefährlicher und abgewichster als ein Gourmet es jemals sein könnte!"

Er lachte ein kurzes hustendes Lachen. „Ich rechne mit einer baldigen Ankunft des Helikopters, der bereits Jerry und Kasia unter Beschuss genommen hat. Eventuell gibt es auch noch mehr Hinterhältigkeiten auf die wir gefasst sein müssen. Ich schlage vor, dass du mit Jiao die Etage hier checkst. Den Vorrat des Antiserums beschlagnahmen wir selbstverständlich! Chen und Jacob werden sich auf dem Dach positionieren – von dort haben sie einen guten Überblick, können nahende Gefahren analysieren und sofort melden. Jerry und Sara bleiben vorerst bei unseren beiden Sorgenkindern Sofia und Kasia, während ich unsere feinen Gastgeber verhören werde."

Die zähe, alptraumartige Machtlosigkeit, die das Leben mit der Seuche begleitete, kam Paul vor wie eine grausame Version von *Alice im Wunderland*.

War die Seuche die Herz – Königin und er selbst der verrückte Hutmacher oder das weisse Kaninchen? Oder war er Alice?

Eins stand auf jeden Fall fest: Er war weit davon entfernt, gleich durch ein Erdloch zu schlüpfen, um dann mit der Realität souveräner und selbstsicherer als je zuvor, umgehen zu können.

Es würde auch keine Grinsekatze auftauchen, und keine verschrobene, kiffende Raupe würde ihm väterliche Ratschläge geben.

Das was er in den letzten Tagen erlebt hatte und noch immer erlebte, war tausendmal schlimmer als es das Wunderland jemals sein konnte.

-37-

„Es befinden sich zwei Personen auf dem Dach...", sagte Moritz Stahl nach einem Blick durch seinen Feldstecher. „Wachtposten! Sie rechnen mit uns. Vermutlich haben sie die Auftraggeber ausser Gefecht gesetzt."

„Gib mal her!" Isabella Rodriguez nahm Moritz den Feldstecher ab und beobachtete, wie die beiden Personen auf dem Dach der Basis patrouillierten. „Meinst du, du kannst sie ausschalten?"

„Sicher... Ihre Komplizen wären dann aber gewarnt. Zu meiner mangelhaften Ausrüstung gehört schliesslich kein Präzisionsgewehr mit Zielfernrohr und Schalldämpfer..."

Isabella verdrehte die Augen. „Aber du kannst doch...", setzte sie an, doch Moritz unterbrach sie: „Ich war noch nicht fertig!"

Auch wenn seine eigene Stimme nach wie vor unsicher und irgendwie schwächlich in seinen Ohren klang, fand er allmählich Gefallen daran, zu sprechen.

Ohne den Auftrag und ohne Rodriguez wäre ihm diese Erfahrung zweifellos entgangen – also hatte die ganze absurde Scheisse, wenigstens ein Gutes... „Um sie auszuschalten müsste ich näher an sie ´ran. Weil der Baumbestand, circa fünfzig Meter vor dem Gebäude, deutlich dünner wird, werden sie mich allerdings sehen und Alarm schlagen. Sollten sie dazu nicht mehr kommen, wird der Lärm der von mir abgegebenen Schüsse, die im Inneren des Gebäudes befindlichen Personen auf uns aufmerksam machen..."

253

Moritz und Isabella sowie Madeleine und Helene, befanden sich auf einem kleinen, mit hohem gelbem Gras bewachsenen Hügel im Wald – ungefähr zweihundert Meter von der Basis entfernt.

Die Einwände die Moritz bezüglich der Eliminierung der beiden Wachtposten auf dem Dach geäussert hatte, waren natürlich lächerlich gewesen.

Wenn ihm wirklich noch etwas an der Ausführung seines Auftrags gelegen hätte, hätte er sich längst Zugang zur Basis verschafft und sämtliche mutmassliche Terroristen dort drinnen ausgeschaltet, bevor sie Gott um Gnade für ihre armen Seelen hätten bitten können.

Zum ersten Mal seit Antritt der Mission, empfand Moritz sein Leben als ernsthaft gefährdet.

Die Infizierten hatten ihn zwar zuerst etwas geschockt, doch man konnte gut mit ihnen fertig werden, wenn man nicht ganz blöd war und genug Munition hatte.

Rodriguez und die Auftraggeber stellten mittlerweile jedoch eine gewisse Gefahr dar, denn sie würden ihn auf jeden Fall verschwinden lassen müssen – egal ob er die Terroristen eliminierte oder nicht.

Helene und Madeleine waren völlig entkräftet und nicht in der Verfassung, adäquat zu funktionieren, wenn sie die Basis stürmen sollten.

Moritz deutete mit einem Kopfnicken auf sie.

„Wir sollten die beiden etwas schlafen lassen…", meinte er.

Isabella zuckte mit den Schultern. „Von mir aus können sie für immer schlafen – Hauptsache, wir beide schaffen unsere Ärsche endlich in dieses verschissene Gebäude!"

„Wir warten bis es dunkel wird. Dann gehen wir `rein."

„Scheisse, Stahl! Du bist echt nicht ganz dicht! Wir müssten eigentlich jede verdammte Sekunde nutzen, und du willst hier abhängen und Däumchen drehen?!"

„Wir behalten die Basis von hier aus im Auge. Was gibt es da an Zeit zu verlieren? Sollten die Wachen ihren Posten verlassen, können wir natürlich früher intervenieren."

Moritz wandte sich an Helene und Madeleine. „Schlaft jetzt! Wir wecken euch, wenn es weiter geht."

Moritz setzte den Feldstecher wieder an und beobachtete die beiden Wachen auf dem Dach.

Sie schienen, bis auf traditionelle Shaolin - Schwerter, unbewaffnet zu sein.

Der ältere von ihnen stammte augenscheinlich aus Asien.

Sein Gesichtsausdruck war harmlos, doch Moritz besass genug Menschenkenntnis um zu erkennen, dass er ein harter Hund war.

Der andere war fast noch ein Kind – so ein langhaariger Skater – Typ.

Auch er wirkte als hätte ihn das Leben, oder zumindest die letzten Tage, gelehrt, was Härte ist.

Natürlich konnten sie so hart sein wie sie wollten – Moritz wäre ihnen trotzdem überlegen, falls sie Schwierigkeiten machen sollten.

Es war jetzt sechzehn Uhr.

Langsam wurde es Zeit, sich einen Plan zurechtzulegen.

Seine Auftraggeber hatten ihn verarscht, aber damit war jetzt Schluss!

Moritz hatte vor, die Mission nach seinen eigenen Regeln abzuschliessen...

Kurz vor Einbruch der Dämmerung, reichte er Isabella den Feldstecher.

„Es hat eine Wachablösung stattgefunden...", sagte er.

Isabella sah durch das Fernglas.

Auf dem Dach befanden sich nun nicht mehr der Asiate und der langhaarige Teenie, sondern zwei Männer in den Dreissigern – beide mittelgross, schlank und braun gebrannt.

Einer von ihnen trug ein grosses weisses Pflaster auf der Stirn.

Das war der Typ der sie in Begleitung einer jungen Frau, in der Innenstadt um Hilfe angefleht hatte!

Isabella hatte sie mit Warnschüssen aus ihrer MP vertrieben.

Jetzt dachte sie dass es wohl besser gewesen wäre, ihnen mit der Bordkanone des Helikopters, das Licht für immer auszublasen...

Bei dem zweiten Typen handelte es sich mit ziemlicher Sicherheit um Doktor Paul Paulsen – dem Arzt, der den infizierten Professor Weissenbach im Klinikum Mitte aufgenommen hatte.

Nachdem die beiden eine Weile lustlos und erschöpft hin und her gegangen waren, setzten sie sich auf den Boden und lehnten sich an einen der rechteckigen Schornsteine, die aus dem Dach herausragten.

Wegen der circa einen Meter hohen gemauerten Abgrenzung des Daches, war ihre Sicht auf das umliegende Gelände nun deutlich eingeschränkt.

„Sehr gut...", flüsterte Isabella lächelnd.

„In einer Minute geht`s los!", sagte sie zu Moritz.

Noch herrschte Zwielicht.

Es verblasste aber innerhalb kürzester Zeit und verbarg die geräuschlos huschenden Silhouetten von Moritz, Isabella, Helene und Madeleine grösstenteils.

Die mangelnde Aufmerksamkeit der Wachtposten, trug ebenfalls zu einem mühelosen Vorstoss zum Eingang der Basis bei.

Isabella war aufgeregt, was normalerweise nicht ihrer Natur entsprach.

Sie war allerdings auch noch nie in einer vergleichbaren, von Misserfolgen gekennzeichneten Situation gewesen.

Dennoch war es nicht zu spät, den Verlauf der Mission wieder in geregelte Bahnen zu lenken, um der hohen Meinung, die die Auftraggeber zweifellos von ihr hatten, gerecht zu werden.

Isabella bezweifelte, dass die Terroristen sie getötet hatten.

Conrad Kronberg sass gewiss der fixen Idee auf, sie vor Gericht stellen zu können.

Was Helene und Madeleine betraf, so würden die Auftraggeber bestimmt nicht gerade begeistert davon sein, dass Isabella sie mit in die Basis geschleift hatte, doch das war kein allzu grosses Problem.

Wenn Stahl die Terroristen erledigt hatte, würde Isabella ihn erledigen, und danach die beiden dummen Weiber aus dem Supermarkt ihrem Schicksal überlassen, indem sie sie vor die Tür setzte.

Problematisch war nach wie vor, dass der weitere Verlauf stand und fiel mit Stahls Kooperationsfähigkeit, um die es weiss Gott nicht zum Besten bestellt war.

Vielleicht wäre es am besten, ihm einfach in den Rücken zu schiessen.

Wahrscheinlich hatte sie den Zeitpunkt dafür jedoch für`s erste verpasst.

Stahl war in den letzten Stunden noch misstrauischer geworden als vorher schon.

Er liess Isabella keine Sekunde aus den Augen.

Sie verdrängte den Gedanken mit aller Kraft, wehrte sich gegen das, was sie bereits seit einiger Zeit fühlte, so irrsinnig es auch war.

Eigentlich wollte sie Moritz Stahl nicht umbringen...

Als sie, Stahl und die beiden Weiber hinter sich, im Gebäude war und die Treppenstufen zur obersten Etage erklomm, klopfte ihr Herz wie wild, und ihre Handflächen waren schweissnass.

'Und das alles wegen einem Typen, der spricht, als hätte er den Stimmbruch noch vor sich!', dachte sie.

-38-

Sara machte sich Sorgen über Sofias Gesundheitszustand.

Das Antiserum zeigte noch keine äusserlich sichtbare Wirkung.

Nachdem Paul es ihr injiziert hatte, war Sofia in einen tiefen Schlaf gefallen.

Paul hielt es für ein gutes Zeichen, dass sie so ruhig schlief.

Er glaubte, ihr Körper würde sich regenerieren und hatte behauptet, das Gegengift hätte vermutlich eine relaxierende Wirkung, reduzierte den Muskeltonus und liess auch alle anderen organischen Vorgänge auf Sparflamme laufen, damit sich neue Zellen bilden könnten.

Nichtsdestotrotz sah Sofia aus, als würde sie jeden Moment den letzten Rest Leben der noch in ihr steckte, aushauchen.

Man musste schon sehr genau hinschauen, um zu erkennen, dass sich ihr Brustkorb bei der Atmung minimal hob und senkte.

Auch ihr Puls, der lediglich schwach an ihrer Halsschlagader palpiert werden konnte, war extrem langsam, wenn auch relativ regelmässig.

Paul hatte Professor Schmelzing gefragt, anhand welcher Parameter oder Kriterien man bestimmen konnte, ob das Serum wirkte.

Schmelzing hatte nur mit den Schultern gezuckt und gemurmelt, dass es davon abhinge, in welchem Stadium der Infizierte sich befinden würde.

Daraufhin hatte Paul ihn nichts mehr gefragt – was typisch für ihn war.

Er war schon immer ein Mensch gewesen der sich leicht durch Äusserungen von anderen Ärzten ausbremsen liess, und Beharrlichkeit gehörte in diesem Zusammenhang nicht unbedingt zu seinen Stärken.

Sara war bezüglich ihrer Gefühle Paul gegenüber nicht mit sich im Reinen.

Seit ihrem Wiedersehen im Untergeschoss des Krankenhauses, hatte sie sich immer wieder gefragt, ob die Trennung von ihm richtig gewesen war.

Trotz all der Schrecknisse denen sie seit einer gefühlten Ewigkeit ausgeliefert waren, hatte sie ein paar Mal Schmetterlinge im Bauch gehabt, wenn Paul mit ihr geredet oder sie ihn unauffällig und verstohlen, betrachtet hatte.

Er war natürlich nach wie vor ein attraktiver, liebenswürdiger Mensch.

Das Problem mit Paul war eben ganz einfach, dass er Paul war!

Man konnte sich leicht in ihn verlieben.

Man konnte Spass mit ihm haben, oder ihm zuliebe eine Surfschule besuchen.

Wenn jedoch berufliche oder private Konflikte so lange ausgesessen wurden bis man die Gelegenheit hatte, sie einfach, auf dem Board stehend, von den Wellen abwaschen zu lassen, dann war das nicht Saras Definition von Alltagstauglichkeit.

Diese Sichtweise mochte ihr als egoistisch ausgelegt werden, aber sie war eben auch nicht Super – Woman, sondern nur eine unbedeutende Krankenschwester, die vorgehabt hatte, Bedeutendes aus ihrem Leben zu machen, bevor die Menschheit beschlossen hatte, kollektiv an einem Virus zugrunde zu gehen...

Sara wurde jäh aus ihren Gedanken gerissen, als plötzlich die Tür von aussen eingetreten wurde.

Es krachte wie ein Kanonenschuss.

Vier Leute drangen in den Konferenzraum – drei Frauen und ein grosser, breitschultriger Typ mit Bürstenhaarschnitt und Killer – Visage.

Zwei der weiblichen Personen machten einen harmlosen Eindruck.

Eine von ihnen war offensichtlich sehr jung, hatte eine schlaksige Figur, hart an der Grenze zur Anorexie, trug eine riesige Brille mit dicken Gläsern, und war unbewaffnet.

Die zweite, so um die fünfzig Jahre alt und pummelig, trug zwar ein Sturmgewehr, doch dies schien ihr eher Angst zu machen, statt ihr Sicherheit zu vermitteln, denn sie hielt es weit weg von ihrem Körper, mit dem Lauf nach unten.

Die dritte Frau war klein, drahtig und hatte ein südländisches Aussehen.

Der schwarze Kampfanzug den sie trug, wirkte wie massgeschneidert – er umschmeichelte ihren athletischen Körper, der genau an den richtigen Stellen, genau die richtigen Kurven hatte.

Ihr Gesicht war schön.

Der klare Blick ihrer dunklen Augen war jedoch von einer Kälte gekennzeichnet, die Sara geradezu betroffen machte.

Sie gab eine MP – Salve in die Luft ab.

Betonbröckchen prasselten von der Decke auf den dicken dunkelgrünen Teppichboden.

„Alle hinlegen!", sagte sie.

Ihre Stimme war wohltönend, aber genauso wie ihre Augen, kalt wie Eis.

„Entwaffnen!", befahl sie dem breitschultrigen Killertypen, der ebenfalls einen schwarzen Kampfanzug an hatte.

Alle waren überrascht – wie vom Donner gerührt.

Selbst Conrad war handlungsunfähig.

Er warf Paul und Jerry einen wütenden Blick zu, als der Killertyp sie in den Konferenzraum schubste.

„Warum habt ihr sie vom Dach aus nicht kommen sehen?", fauchte er sie an. „Habt ihr gepennt, oder was?!"

„Maul halten!", wies die Frau ihn zurecht. „Du redest von jetzt an nur noch wenn ich dich was frage! Klar?"

„Ho ho, Lady – offenbar haben sie eine Kleinigkeit übersehen…" Weiter kam er nicht, da der Killertyp ihm den Kolben seiner AK – 47 in den Bauch rammte und Conrad, nach Luft schnappend, zusammenklappte wie ein Schweizer Taschenmesser.

Die Frau grinste zufrieden. „Möchte sonst noch jemand ungefragt etwas sagen?", erkundigte sie sich.

Robert Maria Dorn stand von seinem Bürostuhl auf und applaudierte nachlässig.

General Fleischer stand ebenfalls auf und stützte sich schwer auf den massiven Holztisch.

„Wieso in drei Teufels Namen, kommen sie erst jetzt, Rodriguez?", wollte er von der Frau im Kampfanzug wissen.

Der Schweiss lief ihm von der Stirn in seine fiesen kleinen Schweinsäuglein.

„Hat Stahl..." Fleischer nickte in die Richtung des Killertypen. „Etwa Probleme gemacht?"

Er deutete auf die kachektische junge Frau und auf die pummelige Ältere. „Und was haben diese Elemente hier verloren?"

Norbert Grott hob seine Hände, die Handflächen nach oben richtend, als wollte er als nächstes jemanden selig sprechen.

„Ich würde vorschlagen, Herr General, wir hören uns einfach den Bericht von Kommandantin Rodriguez an!", meinte er salbungsvoll. „Falls sie danach noch Fragen haben, können sie die natürlich gerne stellen..."

Kommandantin Rodriguez setzte sich an den Tisch und berichtete über die Mission, während Stahl mit ausdrucksloser Miene hinter ihr stand und schwieg.

Er schien in`s Leere zu starren, aber er hatte Sara, Sofia, Sandy und Kasia fest im Blick – wie auch Conrad, Paul, Jerry, Jacob und die Li – Geschwister.

Er hatte ihnen nachdem sie ihre Waffen niedergelegt hatten, befohlen, sich in einer Ecke zusammengedrängt, auf den Boden zu setzen.

Madeleine Morris und Helene Damm mussten sich zu ihnen gesellen.

Vorher hatte Stahl Helene noch die MP abgenommen.

So kauerten sie nun da, wie Vieh das auf seine Schlachtung wartete.

„Also gut...", sagte Norbert Grott, als Kommandantin Rodriguez nach kurzer Zeit am Ende ihres Rapports angelangt war. „Ich denke sie sollten jetzt zuerst den eigentlich zentralen Punkt der Mission, nachträglich absolvieren. Herr Stahl...?"

Er sah Stahl erwartungsvoll an und wies auf die geöffnete Glastür, die auf das Dach führte.

„Machen sie`s kurz und schmerzlos..."

Stahl zog fragend die Augenbrauen hoch.

„Ich habe ihren Befehl nicht verstanden...", meinte er.

„Vielleicht verstehen sie den Befehl so besser, sie ignoranter Volltrottel:", giftete General Fleischer. „Schaffen sie die Terroristen und die beiden Schlampen, die sie sinnloserweise hier mit ´reingeschleppt haben, auf´ s Dach, eliminieren sie sie und schmeissen sie ihre Kadaver ´runter! Wofür haben wir sie eigentlich bezahlt?!"

„Terroristen?" Conrad lachte, obwohl seine Innereien immer noch litten unter der schmerzhaften Bekanntschaft die sie mit Stahls Gewehrkolben gemacht hatten. „Die einzigen Terroristen die ich hier sehe, das sind die, die sich in diesem beschissenen Gebäude versteckt haben, nachdem sie eine Seuche verursacht haben, für die sie nicht bereit sind, die Verantwortung zu übernehmen!"

„Sie wissen genau, dass sie Unsinn reden, Kronberg!", schaltete sich Polizeipräsident Ottmar Behrendsen ein. „Sie sind schliesslich nicht ohne Grund vom Dienst suspendiert worden!" Behrendsen, der sich bisher eher still und unauffällig verhalten hatte, seit Conrad und seine Begleiter in die Basis eingedrungen waren, hatte deutlich an Selbstbewusstsein gewonnen, nachdem Stahl und Rodriguez, die Situation wieder in den Griff bekommen hatten.
Er wünschte sich nichts sehnlicher, als dass Conrad Kronberg für immer und ewig von der Bildfläche verschwinden würde.
Die Frage nach Recht oder Unrecht stellte er sich selbst nicht mehr, seit man ihn in den Kreis der Eingeweihten aufgenommen hatte.
Er hatte sich geschmeichelt gefühlt, als Norbert Grott ihn um seine Kooperation gebeten und eingeweiht hatte, was die streng geheime Entwicklung beziehungsweise Nutzbarkeit des Virus betraf.
Kronberg hatte zu jenem Zeitpunkt den Verdacht gehabt, dass die Forschungen von Doktor Samuel Weissenbach einem gesetzeswidrigen Zweck dienten und dass er sie gegen seinen Willen vorantrieb, weil ein einflussreicher *Zirkel*, wie er sich ausgedrückt hatte, ihn dazu zwang.
Behrendsen hatte Kronberg daraufhin untersagt, weiterhin in der Angelegenheit zu ermitteln, und ihn wenig später vom Dienst suspendiert.
Selbstverständlich war es eine Genugtuung gewesen, den versoffenen, respektlosen Hauptkommissar derart auszubremsen.
Die Tatsache, dass Grott versprochen hatte, Behrendsens Mitarbeit würde mit einem nicht unerheblichen Geldsegen honoriert werden, war das Sahnehäubchen auf der Torte gewesen.
Behrendsen glaubte, auf der richtigen Seite zu stehen.

Die Liquidierung von Kronberg und seiner Terrorzelle, war nichts weiter als Verschleiss, den man in Kauf nehmen musste, wenn es darum ging, der Menschheit auf lange Sicht einen Dienst zu erweisen.

Seine einzige Sorge war, dass es unbedingt klappen musste, möglichst bald von hier wegzukommen, um seine Familie wieder zu sehen – wie auch die Angehörigen der anderen Beteiligten, hielt sie sich momentan auf den Seychellen auf.

´Hoffentlich dauert es nicht mehr allzu lange, bis wir hier endlich ausgeflogen werden...`, dachte er.

Seit Stahl und Rodriguez in den Konferenzraum eingedrungen waren, hatte keiner mehr ein besonderes Augenmerk auf Sofia gelegt.

Als sie jetzt aufwachte, waren ihre Augen blutrot.

Ein unstillbarer, wütender Hunger stand in ihnen geschrieben.

Sie sah Sara mit diesen Augen an und Sara schrie entsetzt auf.

Sofia schien jedoch eine kluge Tote zu sein.

Statt sich wahllos zuerst auf ihre Freundin zu stürzen, sprang sie auf und hechtete blitzschnell über die Tischplatte, um den völlig überrumpelten Ottmar Behrendsen zu attackieren.

Dessen schrilles Kreischen ging unter in einer Garbe aus Isabella Rodriguez` Maschinenpistole.

Bevor ihre Kugeln Sofias Kopf zu Matsch verarbeiteten, hatte sie ihre Zähne aber bereits in den Hals des Polizeipräsidenten geschlagen.

Ein gluckernder Blutstrom ergoss sich aus seiner Halsschlagader.

Sofias nun endgültig lebloser Körper, plumpste zu Boden.

Eine dunkle Rauchwolke stieg aus ihrem zerschmetterten Schädel auf.

Der Geruch von Schiesspulver und verbrannter Gehirnmasse vermischte sich mit dem schweren, fast plastischem Eisengeruch von Behrendsens Blut, das innerhalb weniger Sekunden derart reichlich aus ihm heraus geflossen war, dass er bereits tot war, als Professor Schmelzing ihm erste Hilfe leisten wollte.

Sara schluchzte laut auf und wollte zu Sofia, doch Paul und Jerry hielten sie zurück.

„Du kannst nichts mehr für sie tun...", flüsterte Paul ihr in`s Ohr.

„So, Stahl..." Isabella Rodriguez schob ein neues Magazin in ihre Waffe. „Wie wär`s wenn du nach diesem kleinen Intermezzo, den Befehl ausführen würdest, den man dir erteilt hat?!"

Sie aktivierte ihre Kamera, filmte die toten Körper von Sofia und Behrendsen.

„Entsorgen sie bitte zuerst die Leichen!", sagte Robert Maria Dorn angewidert. „Sie sind kein besonders ästhetischer Anblick..."

Moritz Stahl zeigte ein müdes Lächeln, worauf Gabriele Frähse entzückt quietschte: „Die Sahneschnitte kann lächeln! Und sieht sie nicht verdammt sexy dabei aus?!"

„Seien sie still!", fuhr Professor Schmelzing sie an.

Nachdem Moritz kommentarlos die Toten auf das Dach geschleift und hinabgeworfen hatte, griff er in seinen Seesack und holte das Album das er im Sweetest Home gefunden hatte, heraus.

„Apropos ästhetisch...", sagte er und schleuderte das Album wie eine Frisbee – Scheibe auf den Tisch, wo es direkt vor Robert Maria Dorn landete. „Entsprechen die Fotos in diesem Album vielleicht eher ihrem ästhetischem Empfinden?!"

„Kommandantin Rodriguez!", rief Norbert Grott aufgebracht. „Wie kommt Stahl an das Album? Die Anweisung lautete doch dass er es unter gar keinen Umständen zu Gesicht bekommen darf, wenn sie es sichergestellt haben."

Isabella war verblüfft.

„Ich hab` keine Ahnung wo er es her hat...", stammelte sie. „Es war nicht in Dorns Bungalow..."

„Ach Nein?" Grotts Stimme vibrierte vor Wut. „Dann ist es womöglich vom Himmel gefallen – direkt in die Hände von Herrn Stahl?!"

„Ich unterbreche die Diskussion nur sehr ungern...", mischte sich Jerry plötzlich ein. „Aber Kommandantin Rodriguez hat Recht. Das Album war nicht mehr bei Dorn, weil ich es von dort mitgenommen habe, nachdem mir in seinem Bungalow langweilig geworden ist, als seine Drogenvorräte aufgebraucht waren..."

Jerry zeigte auf Kasia, derer Blick nichts hielt, und fuhr fort: „Mit dieser bezaubernden Lady, die zu jenem Zeitpunkt allerdings noch nicht so apathisch war, bin ich in einem Laden namens Sweetest Home gestrandet und hab` das Album dort liegen gelassen. Wenn man von einem Helikopter aus beschossen wird und um sein Leben laufen muss, hat man nämlich keine Zeit, erstmal in Ruhe seine Siebensachen zusammen zu klauben – auch wenn es sich in diesem Fall um ein Beweisstück handelt, dessen Inhalt von beispiellosen Verbrechen kündet! Sie, Herr Grott, wie auch General Fleischer und natürlich der Gastgeber, Dorn himself, sind übrigens auf einigen Bildern zu sehen – in eindeutigen Posen, wenn sie verstehen was ich meine…"

„Kann nicht mal jemand diesem verdammten Sauhund das Maul stopfen?", grollte General Fleischer.

Die natürliche Zornesröte seines Gesichtes war bis auf zwei faserigen Flecken auf den schlabberigen Wangen, einer grausam aussehenden Blässe gewichen.

„Meine Güte! Was hat es denn nun eigentlich mit diesem fürchterlich altmodisch eingebundenem Fotoalbum auf sich?", sagte Gabriele Frähse ungeduldig und griff danach.

„Stopp!", rief Norbert Grott und wollte ihr das Album noch aus den Fingern ziehen, als sie es bereits zu sich herüber gezogen hatte.

„Tsss…", machte Frau Frähse. „So dominant kenn` ich dich ja gar nicht, Norbertchen!"

Sie rollte auf ihrem Stuhl ein Stück vom Tisch weg, kreuzte die Beine übereinander und legte das Album darauf.

Sie blätterte die erste Seite um.

Die zweite, dritte, vierte.

„Mein Gott!", flüsterte sie, warf noch ein paar kurze Blicke auf wahllos aufgeschlagene Seiten, um das Album schliesslich wie irgendetwas Giftiges, zurück auf den Tisch zu schubsen. „Das ist… skandalös!"

„Sie sagen es, Frau Frähse…", meinte Jerry. „Sexuelle Handlungen an Minderjährigen – das ist kein Kavaliersdelikt! Ebenso wenig wie Drogenbesitz und Mord…"

Er sah Robert Maria Dorn an. „Nicht wahr, Herr Anwalt?!"

„Ich weiss nicht, wovon sie sprechen…", entgegnete Dorn, scheinbar desinteressiert.

Das Dauergrinsen war allerdings aus seinem Gesicht verschwunden.

„Wenn sie sich endlich dazu durchgerungen haben, ihren Auftrag zu erfüllen…", wandte General Fleischer sich an Moritz und nickte in Jerrys Richtung. „Liquidieren sie dieses neunmalkluge Arschloch bitte zuerst!"

Moritz tat als hätte er Fleischers Worte nicht gehört.

Norbert Grott räusperte sich.

Seinen Anflug von Unbeherrschtheit, hatte er schnell wieder in den Griff gekriegt.

Ruhig und besonnen richtete er das Wort an Frähse, Schmelzing und Siekerloh: „Der Inhalt des Albums, wie auch die Äusserungen dieses Herren..."

Er deutete auf Jerry. „Haben keine Relevanz, bezogen auf unsere gemeinsame Arbeit! Sie, Frau Doktor Frähse sowie Professor Schmelzing, sind in ihrer Funktion als Mikrobiologin beziehungsweise Hirnforscher, ein Teil der wissenschaftlichen Sektion, die an der Entwicklung des Virus beteiligt ist. General Fleischer, Herr Siekerloh, Herr Dorn und meine Person – wir kümmern uns um den strategischen, politischen und rechtlichen Aspekt des Projektes. Insgesamt stellen wir zusammen ein multidisziplinäres Team dar! Wir werden uns später für einige... sagen wir, nicht vorgesehene Zwischenfälle verantworten müssen, und eine Zeitlang wird man uns, mehr oder weniger unangenehme Fragen, stellen. Da wäre es doch sicherlich von Vorteil, gewisse Details, die wie gesagt, unerheblich sind, nicht zu erwähnen, um die Gesamtsituation nicht unnötig kompliziert zu machen."

Keiner sagte etwas.

Dass ehemals noch ein Polizeipräsident zu dem *multidisziplinären Team* gehört hatte, schien für Grott keine Erwähnung wert zu sein...

Nochmals räusperte er sich ausgiebig.

„Nun, ich denke, es wird jetzt nicht mehr lange dauern, bis wir abgeholt werden...", sagte er schliesslich. „Eine weitere Übernachtung in diesem ungastlichen Domizil, müssen wir also nicht auf uns nehmen..."

„Darf ich kurz etwas zu bedenken geben?", meldete sich Conrad zu Wort.

„Sie dürfen nur noch eins: sterben!", blaffte General Fleischer ihn an.

Grott reagierte diplomatischer.

„Wir möchten ihnen zwar keine Plattform geben, um ihre staatsfeindlichen Ansichten zum Besten zu geben... Dennoch sind wir bereit, ihnen ein kurzes Statement zu ermöglichen, wie das in einer Demokratie üblich ist."

„Besten Dank!", sagte Conrad höflich, ging dann aber verbal schnell zu seiner gewohnten Gangart über: „Ich appelliere hiermit besonders an die Vernunft von Frau Frähse, Herrn Siekerloh und Herrn Schmelzing, sowie an die ungetrübte Sicht auf die Dinge von Kommandantin Rodriguez und Herrn Stahl. Grott, Fleischer und Dorn sind verblendete

Kinderficker und Behrendsen war ein feiger, gieriger Mistsack, dem ich keine Träne hinterher weine – er hat bekommen, was er verdiente! Tatsache ist: Sie, meine Damen und Herren, sind nichts weiter als Sündenböcke. Die Strippenzieher haben sich längst in Sicherheit gebracht und sie ihrem Schicksal überlassen. Kein Mensch wird sie abholen... Wenn sie es aus eigener Kraft schaffen sollten, dieses Gebäude zu verlassen und in die Zivilisation, falls sie noch irgendwo existent ist, zurückzukehren, wird man sie im Hochsicherheitstrakt irgendeines Gefängnisses verrotten lassen! Wenn also noch ein Funken Scharfsinn in ihnen schlummert, fassen sie sich ein Herz und kooperieren sie mit mir und meinen Gefährten, anstatt sich die Verantwortung für weitere Verbrechen auf ihre Schultern zu laden!"

Gabriele Frähse, Helmut Siekerloh und Gustav Schmelzing warfen sich gegenseitig unbehagliche Blicke zu.

Norbert Grotts Gesichtszüge waren in strenger Ernsthaftigkeit eingefroren, während Robert Maria Dorn zu seiner grinsenden Überheblichkeit zurückgefunden hatte.

Isabella Rodriguez schob sich einen Streifen Kaugummi in den Mund und gähnte.

General Fleischer zitterte am ganzen Körper vor Empörung. „Jeden Moment wird auf dem Dach dieses Gebäudes ein Hubschrauber der Streitkräfte landen, um uns auszufliegen. Bis dahin sollten diese Terroristen, gottverdammt nochmal, endlich mausetot sein!"

„Ich steig` aus!", meinte Moritz Stahl gelassen. „Ich töte keine Unschuldigen mehr..."

„Was erlauben sie sich?", schrie Fleischer mit überschnappender Stimme. „Sie verfluchter Deserteur!"

Moritz machte eine abwiegelnde Handbewegung. „Die Leute die sie als Terroristen bezeichnen, haben Recht. Der Laden hier ist weder eine Kommandozentrale, noch eine Basis, zu der sich irgendwer hin verirren wird – hier ist Endstation! Bis auf ein paar Ampullen mit dem Gegengift und einem armseligen Lebensmittelvorrat haben sie hier nichts. Sie stehen nicht mal mit ihren Oberbossen in Kontakt. Sie haben lediglich die Funktion, herzuhalten, wenn es darum gehen wird, jemandem die Schuld für die Seuche in die Schuhe zu schieben. Auch dass der veraltete Helikopter mit dem sie Rodriguez und mich losgeschickt haben, nach kurzer Zeit den Geist aufgegeben hat, beweist, dass die Hauptverantwortlichen an dem Schicksal ihrer ausführenden Organe, kein besonders grosses Interesse haben."

„Sie müssen es ja wissen, Soldat...", meinte Fleischer, auf einmal ganz ruhig.

Er fasste sich an den Steiss, verzog das Gesicht und murmelte: „Verdammter Hexenschuss!"

Im nächsten Moment hatte er eine winzige Pistole in der Hand – einen zweischüssigen Derringer, der bestimmt schon seit über hundert Jahren nicht mehr hergestellt wurde.

Conrad musste den kleinen Todbringer übersehen haben, als er den General nach Waffen durchsucht hatte.

Fleischer war zwar alt, fett und dekadent, aber er war einmal ein tüchtiger Soldat gewesen und konnte immer noch gut schiessen.

Weil kein anderer es tat, wollte er nun endlich mit den Eliminierungen beginnen.

Er war schnell und gnadenlos, feuerte beide Patronen ab, und auf den Stirnen von Helene Damm und Madeleine Morris, erschienen kreisrunde Löcher.

Sie fielen hintenüber, die Gesichtszüge erstarrt im Ausdruck der Überraschung über ihren plötzlichen Tod.

Nur eine Sekunde später, folgte General Hugo Fleischer seinen beiden Opfern in die Ewigkeit – niedergerafft von einem Geschoss aus Moritz Stahls Kalaschnikow.

Isabella Rodriguez reagierte mechanisch und ohne nachzudenken, indem sie ihrerseits sofort auf Moritz schoss.

Sie erwischte ihn am Hals.

Lautlos sackte er in sich zusammen.

Selbst auf die Gefahr hin, der nächste Tote in diesem Raum zu werden, eilte Paul sofort zu dem Verwundeten, um zu retten was noch zu retten war.

Nach kurzem Zögern löste sich auch Sara aus ihrer Lähmung, um ihm zu assistieren.

Sie verbrauchten Unmengen von Kompressen, doch Moritz verlor trotzdem so viel Blut, dass er innerhalb kürzester Zeit leichenblass wurde und drohte, das Bewusstsein zu verlieren.

„Bleib bei uns, Junge!", murmelte Paul. „Wir kriegen das wieder hin..."

Moritz versuchte etwas zu sagen, war jedoch kaum zu verstehen.

Paul legte sein Ohr an Moritz` Lippen.

„Was sagt er?", fragte Sara.

Ihre Stimme zitterte und ihre Augen waren tränengefüllt.

Bei all dem Tod und der menschlichen Grausamkeit, die den Terror der Infizierten noch übertraf, fragte sie sich allmählich, ob es überhaupt noch Sinn machte, zu glauben, dass man diesen Wahnsinn überleben könnte.

„Sprengsatz…",sagte Paul. „Ich glaube, er hat Sprengsatz gesagt!"

Isabella Rodriguez wurde fast so blass wie Moritz, dem sie reflexartig, aus purer Loyalität zu ihren Auftraggebern, eine Kugel verpasste hatte, an der er nun zu verrecken schien.

Ihr wurde klar, dass sie einen grossen Fehler begangen hatte.

Das was dieser Kronberg und auch Stahl gesagt hatten – nämlich dass niemand sie aus dem Krisengebiet herausholen würde, erschien ihr jetzt als eine durchaus ernstzunehmende Theorie.

Und im Neo – Preisknüller – Supermarkt schlummerte der Sprengsatz, der, wenn er aufwachte, die ganze Stadt in Schutt und Asche legen würde!

Seine radioaktive Strahlung würde ein beträchtliches Areal für etliche Jahre unbewohnbar machen.

Stahl hatte die Bombe installiert, und nur er war in der Lage, sie wieder zu entschärfen.

Er durfte auf gar keinen Fall sterben!

Warum hatte sie bloss auf ihn geschossen?

Warum hatte sie an den Sinn der Mission geglaubt?

Sie hatte von einem Karriere – Schub geträumt und darüber vergessen, dass es nie schaden konnte, sich ein wenig eigenständiges Denken zu bewahren.

Was das Album betraf, so hatte man sie lediglich beauftragt, es sicher zu stellen und nicht dort hinein zu schauen.

Dass es ihre Auftraggeber als Kinderficker entlarvt hatte, war nicht nur armselig – es war niederschmetternd, beschämend, und machte den Schuss auf Moritz Stahl noch sinnloser.

Um ihren Gesinnungswechsel zu demonstrieren, sicherte Isabella ihre MP und legte sie auf den Boden.

„Ich weiss was Stahl meint…", sagte sie.

Conrad ging zu ihr, hob ihre Waffe auf, entsicherte sie wieder und richtete sie auf Isabella.

„Was meint er denn?", fragte er streng.

„Der Sprengsatz..." Isabella seufzte resigniert. „Er ist in der Stadt. Er detoniert um vier Uhr,

sechsundzwanzig, und er ist nicht konventionell..."

„Sondern?", argwöhnte Conrad, zutiefst beunruhigt.

„Nuklear. Und nur Stahl kann den Zeitzünder deaktivieren..."

Conrad riss die Augen weit auf. „Sie erzählen mir hier gerade seelenruhig, dass ein paar

Kilometer entfernt, eine Atombombe darauf wartet, hochzugehen und fügen dem einzigen der

sie entschärfen kann, eine Wunde zu, an der er höchstwahrscheinlich gleich krepieren

wird?!"

„Ja...", sagte Isabella nur.

Conrad fing an zu lachen.

Er lachte und lachte und störte sich nicht an den verängstigten, verärgerten und

verständnislosen Blicken, mit denen er von den anderen Anwesenden bedacht wurde.

„Oh Mann!", meinte er schliesslich. „Das glaub` ich alles nicht! Ich wache gleich auf – meine

Frau hat sich nicht von mir scheiden lassen, ich bin nicht suspendiert worden, mein

beschissener Chef lebt noch, ihr seid alle nicht real, und es gibt weder eine Seuche noch

eine Atombombe! Gleich stehe ich auf, steige in meinen Benz und jage wieder den ganz

gewöhnlichen Abschaum der Gesellschaft, um ihn hinter Gitter zu bringen, wie ich es schon

immer getan habe..."

Die Lust zu lachen verging Conrad so schnell, wie sie ihn übermannt hatte.

Er rieb sich erschöpft die Augen und zündete sich eine Zigarette an.

„Wirst du ihn am Leben erhalten können?", fragte er Paul, der Moritz mittlerweile einen

venösen Zugang gelegt hatte.

Sara hielt die Plastikflasche mit der Elektrolytlösung hoch, die im Schuss in seinen rechten

Unterarm floss.

„Ich weiss nicht...", meinte Paul. „Er hat viel Blut verloren. Ich fürchte, dass er in ein Koma

fällt."

„Was ist mit der Kugel – steckt sie noch in ihm drin?"

Paul schüttelte den Kopf. „Sie ist im Nacken wieder ausgetreten, aber das macht es nicht

besser. Nur seinem ausgezeichneten Allgemeinzustand ist es zu verdanken, dass er

überhaupt noch atmet..."

„Rette ihn, Doktor Paul!" Conrad trat seine halb gerauchte Zigarette auf dem Teppichboden aus. „Er hat noch einen Job zu erledigen. Er muss eine verdammte Atombombe entschärfen! Ich weiss wie wir relativ zügig zurück in die Stadt kommen…"

„Meine Damen und Herren…", sagte Norbert Grott plötzlich, während er aufstand, in die Innentasche seines Jacketts griff, eine kleine Kapsel heraus holte und sie in seinen Mund legte. „Es wurden Fehler gemacht – viele Fehler. Die Verantwortung dafür wiegt schwer… Was mich betrifft, so bin ich nicht bereit, sie zu übernehmen! Ich empfehle mich…"
Er biss auf die Kapsel, taumelte, fiel hin und war tot.
„Zyankali…", sagte Paul.
„Feigling!", meinte Conrad voller Geringschätzung.
„Ein Abgang der eines schuldigen SS – Mannes würdig gewesen wäre…", bemerkte Jerry spöttisch.
Frau Doktor Frähse, Helmut Siekerloh und Professor Schmelzing, schwiegen betreten.

Conrad wandte sich an Robert Maria Dorn: „Was ist mit dir, Anwalt? Folgst du dem Beispiel deines pädophilen Kumpels, oder möchtest du dir, bevor du verreckst, im Knast von einem schwitzenden und stinkenden Hundertfünfzig – Kilo – Mithäftling, noch dein Arschloch vergolden lassen?!"
Dorn verzichtete auf eine Erwiderung.

„Okay!" Conrad klatschte einmal knapp und trocken in die Hände. „Es ist gleich zweiundzwanzig Uhr – das heisst wir haben sechseinhalb Stunden Zeit, eine Kernwaffen – Explosion zu verhindern! Doktor Paul und Schwester Sara – eure einzige Aufgabe besteht darin, Moritz Stahl am Leben zu erhalten beziehungsweise dafür zu sorgen, dass er sich soweit stabilisiert, dass er den Zeitzünder des Sprengsatzes deaktivieren kann. Alle anderen werden meinen Anweisungen Folge leisten! Natürlich ist es jedem freigestellt, zu versuchen sich auf eigene Faust in Sicherheit zu bringen – ausgenommen Dorn, Schmelzing, Siekerloh und Frähse, die ich vor einen, hoffentlich extrem unbarmherzigen Richter, zerren werde!"
Jerry sah Conrad skeptisch an. „Wie willst du im Dunkeln, mit vier Gefangenen und einem Halbtoten, unbeschadet durch den Wald zurück in die Stadt kommen? Noch dazu bei dem uns verbleibenden Zeitfenster?"

270

Conrad stiess ein hustendes Lachen aus.

„Mit dem Zug!", behauptete er. „Ja, meine Freunde, wir machen eine kleine Eisenbahnreise..."

-39-

Die Schmalspurgleise waren keinem ausser Conrad aufgefallen.

Er jedoch hatte sie bereits gesehen, als sie die Basis erreicht hatten.

Sie verliefen hinter der Backsteinburg und endeten in einem langen, flachen, halb verfallenem Holzschuppen.

Conrad hatte sich zwischenzeitlich davon überzeugt, dass sich drei funktionstüchtige Loren in dem Schuppen befanden.

Da hatte er noch keine Ahnung gehabt, ob oder wie, die Schienenfahrzeuge ihnen von Nutzen sein könnten.

Er war sogar enttäuscht gewesen, dass die Gleise in dem Schuppen endeten und daher nicht die Möglichkeit boten, den Abstand zur Stadt zu vergrössern.

Allerdings hatte er zu diesem Zeitpunkt, in erster Linie noch darauf gebaut, das verseuchte Gebiet mit einem Flugzeug zu verlassen, falls sich die Situation nach Vernehmung der Verschwörer, weiterhin als aussichtslos erweisen würde – darüber hatte er mit Jerry auf dem Flugplatz bereits gesprochen.

Jetzt wo sich herausgestellt hatte, dass die Basis im Grunde völlig nutzlos, und die Verschwörer ein trauriger Haufen entmachteter Marionetten war, sah die Sache anders aus – erst recht nach der desaströsen Enthüllung von Kommandantin Isabella Rodriguez.

Jetzt mussten sie nämlich unbedingt zurück in die Stadt!

Die drei Loren waren aneinander gekoppelt.

Sie waren bar jeglichen Komforts, boten aber ausreichend Platz für fünfzehn Personen.

Einen Motor gab es nicht.

Um Steigungen bewältigen zu können, war der erste Wagen mit einer Kurbel versehen.

271

Auf Jerrys Frage woher er denn wüsste, dass die Schienen in die Stadt führen würden, antwortete Conrad nur: „Ich weiss es... Vertrau mir einfach!"

In Wahrheit hatte er keinen blassen Schimmer.

Da dieses altertümliche Transportsystem jedoch irgendwann einmal den Zweck gehabt hatte, Güter von A nach B zu bringen, ging er davon aus, dass der stählerne Pfad zumindest in der Nähe der Stadt, endete.

Es ging langsam, sehr langsam voran.

Man hätte als trainierter Fussgänger problemlos neben den schwerfällig ratternden Loren, hergehen können.

Die Gleise verliefen durch die urwüchsige Wildnis, durch dschungelartiges Terrain.

Obwohl sie diese Gegend auf ihrem Weg zur Kommandozentale bereits durchschritten hatten, kam es Jerry vor, als befänden sie sich nun in einer anderen Welt – in einem verwunschenen Zauberwald...

Ständig musste man sich ducken, um nicht von Zweigen oder dornigem Gestrüpp, in`s Gesicht gepeitscht zu werden.

Hin und wieder wurde der Weg versperrt von dicken, moosbewachsenen Baumstämmen, die auf die seit vielen Jahren ungenutzten Schienen gefallen waren.

Im Schein der Stablampe von Isabella Rodriguez, beseitigten Chen, Jiao, Jacob und er selbst, die Hindernisse.

Jerry befand sich auf der ersten Lore – zusammen mit Kasia, Sandy, Jacob und Jiao.

Auf der dritten Lore bemühten sich Paul und Sara, Moritz am Leben zu erhalten, während Isabella Rodriguez daneben stand und verloren wirkte.

Plagten die zuerst so eiskalt und tough wirkende Geheimagentin womöglich Schuldgefühle?

Sie liess ihre Blicke über das Dickicht schweifen, bedauerte es vielleicht, dass gerade alles ruhig war und es keine Veranlassung gab, ihre Bleispritze anzuschmeissen, um ein paar Gourmets zur Hölle zu schicken.

Jerry hatte sich gewundert, dass Conrad ihr ihre Waffe zurückgegeben hatte.

Conrad hatte diesbezüglich folgende Erklärung abgegeben: „Erstens brauchen wir jeden der kämpfen kann, und zweitens wollen wir ihr die Chance geben, sich zu rehabilitieren – was nur möglich ist, wenn wir sie in die Gruppe integrieren!"

Auch wenn Jerry nicht ganz konform ging mit dieser Meinung, hatte es ihn beeindruckt, eine derartige Aussage ausgerechnet von Conrad Kronberg zu vernehmen.

Er hatte den grobkörnigen Bullen eigentlich für reaktionär, selbstherrlich und alles andere als sozial experimentierfreudig gehalten.

Auf der Lore in der Mitte, kauerten Professor Schmelzing, Frau Doktor Frähse, Helmut Siekerloh und Robert Maria Dorn – bewacht von Conrad und Chen.

Dorn trug Handschellen – sie ihm anzulegen, hatte Conrad sichtlich Vergnügen bereitet.

„Eins versteh` ich nicht, Dorn...", sprach er ihn an. „Warum bist du so wichtig gewesen, dass man den Aufwand betrieben hat, dich Hals über Kopf aus deinem Bungalow auszufliegen, um dich in die Pseudo – Sicherheit der Pseudo – Kommandozentrale zu bringen? Ich bezweifle, dass es dabei lediglich um einen Akt der Freundschaft unter aufeinander eingeschworenen Kinderfickern ging!"

Dorn schwieg, doch er grinste sein schmieriges Grinsen.

Conrad schnaubte. „Ich meine, du bist Rechtsanwalt..."

Er betonte *Rechtsanwalt*, als meinte er etwas wie *Komparse in einer unbedeutenden Seifenoper.*

„Du scheinst trotz deiner penetranten Schnüffelei, nicht besonders gut über mich informiert zu sein, Kronberg..." Dorn sprach betont gleichgültig. „Ich bin äusserst einflussreich und hab` im Gegensatz zu dir, eine steile Karriere gemacht..."

„Vor gar nicht langer Zeit, hätt` ich dir für so `nen Spruch deine gebleachten Zähne ´rausgeschlagen! Wir wissen beide ganz genau, dass du Pfandflaschen aus den öffentlichen Mülleimern klauben würdest, um dein Arbeitslosengeld aufzubessern, wenn ich dich – weiss der Teufel warum, vor vielen Jahren, nicht gedeckt hätte, als du wegen des Verdachts auf sexuellen Missbrauchs von minderjährigen illegalen Zwangsprostituierten aus Rumänien, vor Gericht gestanden hast."

Conrad seufzte. „Ich hätte dich damals einbuchten lassen sollen, aber ich dachte, dass du mir irgendwann mal von Nutzen sein könntest... Warum? Weil ich genauso ein korruptes Arschloch war, wie du es bist!"

Gabriele Frähse war schon die ganze Zeit unruhig auf den Holzplanken der Lore hin und her gerutscht.

Offenbar hatte sie das dringende Bedürfnis sich mitzuteilen.

Schliesslich ergriff sie das Wort: „Es ist Fakt, dass Robert Maria Dorn als Rechtsberater für den Geheimdienst tätig war. Ebenso wie er eingeweiht war in alle Details, die die Entwicklung des Virus betrafen. Es ist aber auch Fakt, dass weder ich, noch Herr Siekerloh, noch Professor Schmelzing, noch der arme Samuel Weissenbach – Gott hab` ihn selig, gewusst haben, dass die Herrschaften mit denen wir gewissermassen im selben Team gespielt haben, sich in Dorns abgeschmacktem Refugium, mit Drogen und unschuldigen Mädchen verlustiert haben!"

Sie seufzte theatralisch und sah Conrad mit eindringlichem Blick in die Augen. „Ganz egal wie diese Tragödie enden wird – es war mir wichtig, sie über diesen Punkt in Kenntnis zu setzen, Herr Kommissar…"

„Ich glaube ihnen, Frau Doktor Frähse…", meinte Conrad beschwichtigend.

Isabella Rodriguez brachte ihre Waffe in Anschlag.

„Gefahr im Anzug!", sagte sie.

Die Infizierten waren nicht zu sehen – dafür aber zu hören.

Ein wildes und unbeherrschtes Knurren, Stöhnen, Giemen, Röcheln und Keuchen, drang aus dem finsteren Gehölz.

„Wo sind die Bastarde?", murmelte Conrad nervös. „Scheinen ´ne ganze Menge zu sein…"

Er hatte eigentlich erst in Stadtnähe mit ernstzunehmenden Angriffen gerechnet.

Auf ihrem Weg zur Basis waren sie, abgesehen von der traurigen Sache mit Diana, verschont geblieben von den Gourmets, daher hatte er den Wald als relativ sicher kategorisiert.

„Dreht mal `n bisschen an der Kurbel!", rief er zur ersten Lore herüber. „Etwas mehr Geschwindigkeit könnte vielleicht nicht schaden…"

Jerry und Jacob befolgten seinen Rat, doch der Minecraft – Express gewann nur minimal an Geschwindigkeit.

„Soll ich das Feuer eröffnen?", wollte Isabella wissen.

„Moment noch…" Conrad lud seine Bewaffnung durch. „Wir müssen Munition sparen. Ich will die Viecher vorher sehen!"

Gabriele Frähse stand auf.

Sie flüsterte Dorn etwas in`s Ohr, worauf er einen spitzen Schrei ausstiess, der noch an Intensität zunahm, als er, durch die Handschellen in seiner Bewegungsfreiheit eingeschränkt, von der Lore stürzte.

Die Frähse hatte ihn herab gestossen.

Was sie ihm zuvor zugeflüstert hatte, war folgendes gewesen: „Die grössten Schweine haben oft das längste Leben. Du bist aber eine der Ausnahmen von der Regel, denn du stirbst jetzt, du verkommener Perversling!"

Dorn bekam gerade noch die Gelegenheit sich aufzurichten, nachdem er gefallen war.

Sich zurück auf die Lore zu schwingen – dafür war es allerdings zu spät.

Die Infizierten stürzten sich auf ihn wie eine Meute tollwütiger Hunde.

Nun waren sie sichtbar.

Es waren zehn, vielleicht fünfzehn der entmenschten Kreaturen.

Beleuchtet vom kalten weissen Licht der Stablampe, die jetzt Sara mit heftig zitternden Händen hielt, wirkte die Attacke wie der Video – Clip zu einem Underground – Black Metal-Track: morbid irrational, doch dabei beängstigend realistisch.

Es wirkte wie ein barbarisches Ballett aus der Hölle, als die Infizierten ihren niemals endenden Hunger an Robert Maria Dorn stillten.

Die ganze Meute verbiss sich gleichzeitig in den Körper des Anwalts.

Das Knacken seiner berstenden Knochen war trotz des Gerumpels der Loren, trotz der Entsetzensschreie ihrer Passagiere und trotz des wilden Grunzens der Gourmets, deutlich zu vernehmen.

Der Zug setzte seine Fahrt fort.

Er hatte jetzt deutlich an Fahrt zugelegt.

Jerry und Jacob hatten aufgehört an der Kurbel zu drehen, weil sonst die Gefahr bestanden hätte, zu entgleisen.

Einige Zeit nach Dorns Tod hatte allgemeines Schweigen geherrscht.

„Wenn es einen Gott gibt, wird er mich bestrafen für das, was ich getan habe...", sagte Gabriele Frähse irgendwann.

„Wenn es einen Gott gibt...", erwiderte Conrad. „Wird es wahrscheinlich für einige von uns nicht besonders einfach werden, ein bequemes Plätzchen im Paradies zu ergattern. Falls sie auf die Sache mit diesem Lump von Rechtsverdreher anspielen, glaube ich aber dass Gott

beide Augen zudrücken wird... Dorn hat letztlich bekommen, was für ihn vorgesehen war!"

Frähse schüttelte den Kopf.

„Das alles wird ein böses Ende nehmen...", murmelte sie nachdenklich.

Es war nicht mehr viel übrig von der selbstbewussten Diva, die sie einst gewesen war.

Sie durchquerten nun offenes Gebiet, Heidelandschaft.

Bis in die Stadt war es nicht mehr weit.

Der Gesundheitszustand von Moritz Stahl liess zu wünschen übrig – immer wieder trübte er

ein.

Sara und Paul mussten ihn einmal sogar reanimieren.

Sein Lebenslicht glomm nur noch schwach, wie der Docht einer abgebrannten Kerze, der im

letzten Rest Wachs langsam ertrank.

Isabella Rodriguez hatte sich neben ihm hingekniet.

Sie hielt seine Hand, tupfte seine Stirn und seinen trockenen Mund mit

mineralwassergetränkten Kompressen aus Pauls beinahe aufgebrauchtem

Verbandsmaterialbestand ab.

„Halt durch, Stahl!", redete sie leise auf ihn ein. „Ich weiss dass ich eine Riesenscheisse

gebaut hab`... Aber wenn du am Leben bleibst, hast du was gut bei mir. Von mir aus,

schneid` mir die Zunge ´raus, brich mir die Arme, oder wirf mich aus `nem Heli, unbewaffnet

über einem ISIS – Stützpunkt ab!"

Ihre Augen füllten sich mit Tränen.

Diskret wandten Paul und Sara sich ab.

Isabella beugte sich tief zu Moritz hinunter.

Ein paar vorne herausgerutschte Strähnen aus ihrem zusammengebundenen Haar, legten

sich auf seine Stirn.

Ihre Lippen berührten seine Ohrmuschel, als sie ihm zuflüsterte: „Bevor ich zu dem wurde,

was ich bin, hätte ich dich... interessant gefunden, und auch... wahnsinnig attraktiv... Aber ich

bin verdorben – eine Maschine, die nur noch Befehle ausgeführt hat. Du warst auch so, aber

du hast dich verändert, und ich hätte es auch tun sollen! Die Reue kommt `n bisschen

spät..."

Sie sah Moritz mit bangem Blick und bebenden Nasenflügeln an. „Sie kommt zu spät, oder?"

Moritz bewegte seinen Kopf, kaum wahrnehmbar, hin und her.

Mit viel Fantasie konnte man das als Verneinung interpretieren.

„Nicht zu spät?", fragte Isabella.

Ihr Herz raste.

Auch wenn sie wusste wie vermessen es war – sie empfand das quälende Bedürfnis, von dem Mann, den sie töten wollte, Absolution erteilt zu bekommen.

„Verzeihst du mir?", hauchte sie, nahezu tonlos.

Moritz hob und senkte den Kopf – ein Nicken.

„Danke!", flüsterte Isabella.

Die Tränen rannen ihr jetzt ungehemmt über die Wangen.

Sie küsste Moritz vorsichtig auf den Mund.

Zum ersten Mal sah sie ihn lächeln – es war das Schönste, das sie in ihrem Leben je gesehen hatte.

Gerade wollte sie tatsächlich *Ich liebe dich* zu ihm sagen, als sie hinter sich ein lautes Räuspern vernahm.

Conrad Kronberg hatte sich auf die dritte Lore geschwungen.

Isabella sah zu ihm hoch.

Er zog er eine verbogene Zigarette aus seiner Hemdtasche, zündete sie an, inhalierte tief, hustete und ging vor Isabella und Moritz, dessen Kopf auf ihrem rechten Oberschenkel ruhte, in die Hocke.

Seine Kniegelenke knackten, wie wenn jemand einen trockenen Ast in der Mitte zerbrach.

Paul und Sara hockten sich neben ihm hin.

„Beanspruche ihn nicht zu viel, Isabella! Schliesslich muss er noch eine Bombe entschärfen...", sagte Conrad, und an Moritz gewandt: „Nicht wahr, alter Junge?"

Moritz schüttelte den Kopf.

Das Lächeln schimmerte immer noch in seinem Gesicht.

Conrad zog die Stirn kraus.

„Kann er es schaffen?", fragte er Paul.

„Tja, also..." Paul hüstelte verlegen. „Das ist eine nicht ganz einfache Frage... Wenn man gewisse Faktoren berücksichtigt, könnte es sein, dass die Wahrscheinlichkeit besteht... Er braucht allerdings viel Flüssigkeit, Volumen... Leider haben wir keine Infusionen mehr..."

Er seufzte. „Was ich damit sagen will, ist: Man sollte niemals aufhören an Wunder zu glauben..."

„Na toll!" Conrad schnaubte ungehalten. „Vielen Dank für diese präzisen und ermunternden Informationen, Herr Doktor!"

Er sah Moritz eindringlich an. „Du hast gehört was der Doc gesagt hat – wir brauchen ein Wunder. Also müssen wir uns keine Sorgen zu machen, denn du bist doch wohl ein Wunderknabe?! Wir zählen auf dich!"

Moritz schüttelte wieder den Kopf.

Conrad stand auf.

„Ich hoffe sehr, dass Stahl nicht vor hat, tatenlos dabei zuzuschauen, wie wir alle in einem Atompilz entmaterialisiert werden...", meinte er, seine Zigarettenkippe zwischen Daumen und Zeigefinger ausdrückend.

„Noch drei Stunden und fünfundvierzig Minuten bis zur Explosion...", bemerkte Isabella.

Ein letztes Mal, scheinbar unter Aufbietung seiner letzten Kräfte, schüttelte Moritz den Kopf. Dann verlor er das Bewusstsein.

Es war lange, sehr lange her, dass Moritz Stahl sich so entspannt gefühlt hatte. Wahrscheinlicher war sogar noch, dass er in seinem ganzen Leben nicht so entspannt gewesen war wie in jenen Stunden? Minuten? Sekunden?

Moritz verfügte über keinerlei Zeitgefühl mehr.

Er spürte keine Schmerzen.

Die Schusswunde puckerte nur ein wenig – mit sanftem Druck, den er eigentlich ganz angenehm fand.

Vermutlich hatte Doktor Paul bei seiner Behandlung nicht mit Schmerzmitteln gegeizt...

Moritz merkte dass er unterwegs war, sich fortbewegte.

Auch seine Gedanken waren unterwegs.

Das beständige Rattern der Loren auf den schmalen Gleisen, lieferte den Soundtrack dazu.

Moritz sah sich selbst – in verschiedenen Stationen seines Lebens.

Er sah sich als glücklichen Vierjährigen auf dem Spielplatz mit seinen Eltern, sah den Vater, der seinem vor Vergnügen quietschenden Sohn auf der Schaukel Anschwung gab, während die Mutter lächelnd auf einer Bank am Sandkasten sass und sich an der friedlichen Ausgelassenheit ihrer kleinen Familie erfreute.

Die nächsten Bilder, die Ringelreihen in seinem müden Verstand tanzten, hatten allerdings nichts mehr mit Glücklichsein zu tun.

Moritz sah seinen Vater auf dem Sterbebett – vom Krebs zerfressen.

Seine Mutter weinend und Alkohol trinkend am Küchentisch.

Den neuen Mann an Mutters Seite, der erst nett war und sie dann schlug und vergewaltigte.

Wieder den neuen Mann, der in einer riesigen Blutlache auf der Wohnzimmercouch lag.

Das scharfe Küchenmesser in Moritz` Kinderhand und sein neunjähriges Gesicht – versteinert in teilnahmslosem, eisigem Ernst – dem Gesichtsausdruck der in den nächsten dreissig Jahren, wie eingemeisselt, zu ihm gehören würde.

Moritz beim Kinderpsychologen, der sich an ihm die Zähne ausgebissen hatte.

Moritz als Teenager, trockenen Auges bei der Beerdigung seiner Mutter, die der Leberzirrhose erlegen war.

Moritz beim Leisten des Eides sowie bei der unehrenhaften Entlassung aus der Armee.

Und immer wieder Moritz beim Töten, Kämpfen, Zerstören – eingerahmt von Feuer und Rauch, Trümmern und Blut.

Schliesslich sah er sich lächeln.

Er sah sich lächeln, weil er etwas gespürt hatte.

Er hatte gespürt, dass er geliebt wurde.

Isabella Rodriguez, die ihn dem Tod geweiht hatte, liebte ihn!

Jetzt gab es nur noch ein Bild das sich vor sein inneres Auge geschoben hatte, und das war Isabellas Gesicht.

Dieses schöne Gesicht, das so viel Abgeklärtheit und Härte ausdrückte, aber auch so zart und unschuldig aussehen konnte.

Moritz hatte tief auf dem Grund seines emotional verwahrlosten Herzens, von Anfang an gewusst, dass die Begegnung mit Isabella, einen Wendepunkt in seinem Leben darstellte.

Er hatte sie als Feind klassifiziert, um sich nicht seinen wahren Gefühlen stellen zu müssen.

In denen er sich zu ihr hingezogen gefühlt hatte.

Wenn er jemals Erfahrungen gesammelt hätte, wenn er es jemals zugelassen hätte, etwas zu empfinden für eine Frau die nicht seine Mutter war, hätte er erkannt, dass sie beide füreinander bestimmt gewesen waren...

´Vielleicht ist es noch nicht zu spät für uns...`, dachte er. ´Vielleicht überlebe ich. Vielleicht wird alles ein gutes Ende nehmen...`

Moritz nahm wahr, dass Isabella eine Hand unter seinen Hinterkopf schob und mit der anderen seine Wange streichelte.

Er atmete tief ein, um Isabella zu sagen was er zu sagen hatte, doch er kam nicht mehr dazu.

Dieser tiefe Atemzug sollte sein letzter gewesen sein.

Moritz Stahls Lebenslicht war erloschen.

-40-

Auf dem Gelände eines halb verfallenen, längst stillgelegten Holzverarbeitungsbetriebs, endeten die Gleise.

„Was nun?", stellte Jerry die elementare Frage, die sie alle bewegte.

Bis auf Isabella, die mit verweinten Augen neben Moritz` totem Körper kniete und dessen rechte Hand umklammerte, hatten sich die anderen noch lebenden Passagiere versammelt und eine Halbkreis um die dritte Lore gebildet.

Conrad trat aus dem Halbkreis heraus.

„Wir haben immer noch zwei Optionen...", erklärte er sachlich. „Option eins: Wir fliehen und versuchen so viel Abstand wie möglich zwischen uns und dem Wirkungskreis des Nuklearsprengsatzes zu bringen. Option zwei: Wir versuchen den Sprengsatz ohne fachliche Kenntnisse zu entschärfen!"

„Ich bin für Option zwei!", sagte Paul. „Vielleicht kann uns Isabella unterstützen, bei der Deaktivierung des Zeitzünders."

Isabella sah Paul niedergeschlagen an, warf einen letzten schmerzerfüllten Blick auf Moritz, der aussah, als würde er friedlich schlafen, und schwang sich von der Lore.

Sie stellte sich neben Conrad.

„Die Codes für das Scharfmachen des Sprengkopfes kannte nur Moritz Stahl…", erläuterte sie. „Er allein sollte die Verantwortung dafür tragen – das war Teil des Plans. Ich weiss nicht ob Moritz selbst überhaupt wusste, wie der Zündmechanismus wieder rückgängig gemacht werden könnte. Trotzdem stelle ich mich natürlich zur Verfügung, alles dafür zu tun, dass es nicht zur Explosion kommt. Ich hab` allerdings nicht besonders viel Hoffnung dass es klappt…"

Isabella sah in die Gesichter der vor ihr stehenden Gemeinde der Verdammten.

„Es bleiben noch…" Sie schaute auf ihre Armbanduhr. „Etwas über zwei Stunden bis die Bombe detoniert. Also wer abhauen will, sollte es jetzt sofort tun!"

Ein Seitenblick auf Conrad. „Natürlich bis auf die Gefangenen, die der Polizeigewalt unterstellt sind."

Niemand wollte abhauen.

Zurück in der Zivilisation war die Seuche realer, präsenter, als in den unbesiedelten Wald – und Wiesengebieten, in denen sie sich zuletzt aufgehalten hatten.

In der Wildnis hatte man sich der Illusion hingeben können, dass alles im Lot war mit der Welt.

Wo kein Mensch lebte, konnte auch keiner tot sein – auf die eine oder die andere Weise.

Natürlich hatten sie auch in der freien Natur, Kontakt mit Infizierten gehabt, und das Fehlen von Wildtieren, sei es auch nur in Form von Vogelgezwitscher oder dem nächtlichen Ruf eines Käuzchens, war verstörend gewesen.

Hier jedoch, wo normalerweise stets menschliche Geschäftigkeit herrschte und die Anwesenheit urbanen Lebens jederzeit sichtbar, hörbar und riechbar war, fiel es wieder in all seiner apokalyptischen Gnadenlosigkeit auf, dass etwas passiert war – etwas unaussprechlich Entsetzliches…

Sie befanden sich an einem der Übergänge an dem die Industriegebiete mit der City verschmolzen.

Eine lange Brücke galt es noch zu überwinden.

Dann war ihr Ziel in greifbarer Nähe.

Jerry fragte sich, ob es auch wirklich sein Ziel war.

Was hatte er mit dieser beschissenen Atombombe zu tun?

Warum sollte er sich freiwillig, aus nächster Nähe, in ein radioaktives, strahlendes Nichts verwandeln lassen?

Er hatte es schon einmal fast geschafft, das ganze tragische Szenario das die Seuche geschaffen hatte, durch Wolken, Wind und Regen hinter sich zu lassen.

Was sprach dagegen es noch einmal zu versuchen?

Auch von hier aus kannte er den Weg zum Flugplatz des Motorsegelclubs.

Er brauchte nur ein Fahrzeug.

Diesbezüglich herrschte auf der Brücke kein Mangel.

Es gab genug verwaiste Fahrzeuge, die darauf warteten, ihn und Kasia in ein besseres Leben zu befördern…

Kasia war den Umständen entsprechend, in einem relativ stabilen Zustand.

Sie konnte sich fortbewegen, ohne dass Jerry sie ständig am Handgelenk hinter sich her schleifen musste.

Sie war in der Lage einfachen Aufforderungen Folge zu leisten – was bedeutete, dass sie den Bezug zur verbalen Kommunikation nicht verloren hatte.

Was Jerry sich allerdings dringend wünschte, war, dass Kasia wieder anfangen würde zu sprechen und zu fühlen, bevor sie alle zum Teufel gingen…

Ein neuwertiger schwarzer Jeep, erregte Jerrys Aufmerksamkeit.

Der Wagen stand in Fahrtrichtung, war stabil aber schmal genug, um auf der Mittelspur an den anderen verlassenen Fahrzeugen vorbeizukommen.

Die Fahrertür stand offen.

Es gab keine angefressenen Leichen, die er herauszerren hätte müssen.

Das Interieur war weder blutbesudelt, noch lagen irgendwelche Gedärme oder Körperteile auf den Sitzen.

Besser ging es wirklich nicht!

Die einzige Frage, die sich ihm stellte, war: Sollte er den anderen seinen Entschluss, sich mit Kasia zum Flugplatz abzusetzen, mitteilen, oder sollte er sich einfach verpissen, ohne einen Blick zurück?

Beide Möglichkeiten boten genug Raum für Scham und ein schlechtes Gewissen, doch Jerry tendierte zu einem schnellen, grusslosen Abgang.

Er tat sich schwer mit halbherzigen Rechtfertigungen.

Menschen zu enttäuschen und Freunde im Stich zu lassen – damit hatte er genug Erfahrungen gesammelt, um diesen Weg zu gehen.

Conrads Stimme unterbrach seinen Gedankengang.

„Jerry! Schnell!", dröhnte sie brachial. „Der Professor!"

Jerry und Kasia sowie Frau Doktor Frähse und Professor Schmelzing, hatten das Schlusslicht der Gruppe gebildet.

Jerry war durch seine Fluchtgedanken und der Suche nach einem passenden Fahrzeug, derart abgelenkt gewesen, dass er auf nichts anderes geachtet hatte.

Schmelzing trottete nicht mehr vor ihm her, sondern lief auf das Geländer der Brücke zu.

Der Alte war schnell – das hätte Jerry ihm gar nicht zugetraut.

Er hatte wohl auch allen Grund sich zu beeilen, denn er verfolgte scheinbar einen ganz eigenen Plan, bei dem ihm auf keinen Fall jemand dazwischen funken sollte.

Es sah ganz danach aus, als hätte der Professor vor, sich von der Brücke zu stürzen!

Jerry rannte hinter ihm her.

Es waren nur ein paar Meter zwischen ihnen, daher war Jerry sicher, dass es ihm gelingen würde, den lebensmüden Hirnforscher daran zu hindern, sich über das Geländer in die Tiefe zu schwingen.

Eigentlich ging es ihm am Arsch vorbei.

Wenn Schmelzing sich unbedingt umbringen wollte, sollte er es doch tun…

Er hätte sich allerdings keinen schlechteren Zeitpunkt für dieses Vorhaben aussuchen können.

Mit der Aktion versaute er Jerry den geschmeidigen Abgang, der gerade zum Greifen nahe gewesen war.

Auch Kasias Timing hätte beschissener nicht sein können.

Ihr Hirn nämlich beschloss von jetzt auf gleich, wieder ordnungsgemäss zu funktionieren, als wäre nie etwas gewesen.

„Oh mein Gott!", rief sie. „Was machst du da, Jerry? Bleib doch bei mir!"

Jerry traute seinen Ohren nicht.

In vollem Lauf drehte er sich zu ihr um, wollte ihr antworten, wusste nicht ob er erfreut oder angepisst sein sollte, übersah einen auf der Fahrbahn herumliegenden Kindersitz mit aufgedruckten Teddybären, stolperte darüber und landete auf dem Asphalt.

´Was ist eigentlich mit all den Kindern passiert?´, fragte er sich, während sein Kinn über den Strassenbelag schrammte. ´Es gibt keine infizierten Kinder. Was bedeutet, dass sie allesamt aufgefressen worden sind – die meisten wahrscheinlich sogar von ihren eigenen Eltern...´

Er rappelte sich auf.

Schmelzing musste vor dem Suizid bewahrt werden.

Er war wichtig für Conrad Kronberg, der vom spektakulärsten Tribunal seit den Nürnberger Kriegsverbrecherprozessen träumte.

Ein irres Lachen stieg in Jerry auf.

„Es wird kein Tribunal geben!", schrie er. „Es wird nur noch eine grosse Entmaterialisierung geben!"

Gustav Schmelzing hatte lange mit sich gerungen, bevor er sich endgültig für den Freitod entschieden hatte.

Im Grunde war er immer ein Mensch gewesen, der bereit war die Verantwortung zu tragen für die Forschungen mit denen er betraut war – bis zu dem Tag, an dem man ihm angeboten hatte, Teil eines wissenschaftlichen Projektes zu werden, das die Welt noch nicht gesehen hatte...

Von diesem Zeitpunkt an, war es ihm nur noch darum gegangen, das Projekt voranzutreiben, Fortschritte zu machen und Ergebnisse zu erzielen – auch dann noch, als selbst dem Weltfremdesten und Verblendetsten, klar geworden sein musste, an welch einer monströsen, menschenfeindlichen Entwicklung, er und seine Kollegen involviert waren.

Schmelzing hatte ursprünglich vorgehabt, von der Lore zu springen, als die Infizierten um den Zug herum gestrichen waren.

Er war für die Existenz dieser Kreaturen mitverantwortlich, also hatte er es für angemessen erachtet, von ihnen gerichtet zu werden.

Als Frau Frähse jedoch den Anwalt von der Lore gestossen hatte und Schmelzing Zeuge wurde wie die Bestien ihn auffrassen, hatte er sich überlegt, doch lieber auf eine weniger grausame Art zu sterben.

Ebenso wie Gabriele Frähse hatte auch Schmelzing nichts gewusst von den inakzeptablen Ausschweifungen, die im Haus des ruchlosen Advokaten stattgefunden hatten.

Dennoch hatte er Frähses Handeln missbilligt.

Seiner Meinung nach, hatte sie ihr Sündenkonto mit diesem Mord, nochmals schwer belastet.

Als sie die Brücke betreten hatten und sein Aufpasser, Terry oder Jerry hiess er wohl, nicht auf ihn geachtet hatte, war das die perfekte Gelegenheit gewesen, sich kurz und schmerzlos aus der Affäre zu ziehen, um nicht länger mit dem unerträglichen Gefühl gigantischer Schuld leben zu müssen.

Es ging ungefähr zwanzig bis fünfundzwanzig Meter in die Tiefe und es stand ausserhalb jeder Diskussion, dass man den Aufprall überleben könnte.

Sein Aufpasser, der wie Schmelzing nun wusste, Jerry und nicht Terry hiess, war hinter ihm her gelaufen, aber er war gestolpert.

Auch die anderen Mitglieder der Gruppe, die herbei geeilt kamen, würden Schmelzing nicht mehr an seinem Vorhaben hindern können.

Eigentlich hatte er sich über das Brückengeländer schwingen wollen, doch er musste sich eingestehen, dass er zu unsportlich für solch einen Akt war, also kletterte er darauf.

Er gönnte sich einige Sekunden auf dem Handlauf sitzend und dachte an Samuel Weissenbach. Dessen wissenschaftliches Wirken hatte er schon seit vielen Jahren mit Interesse verfolgt.

Im Verlauf ihrer Zusammenarbeit war er zu fast so etwas wie einem Freund geworden.

Weissenbach war es gewesen, der irgendwann darauf bestanden hatte, das Projekt als gescheitert anzusehen und sofort zu beenden – der als erster aufgewacht war, weil er sich der Tragweite dieses ganzen Irrsinns bewusst geworden war.

Er, der sich die chemische Formel für das Antiserum auf den Unterarm hatte tätowieren lassen, war das erste Opfer einer Seuche geworden, die er vorausgesehen hatte und die sich, ausgerechnet durch ihn selbst, tatsächlich so schnell und tödlich hatte ausbreiten können.

Worum war es eigentlich gegangen, bei der Entwicklung des Virus und seiner Nutzbarkeit? Um nichts was der Gesellschaft dienlich sein würde, und auch nicht der Medizin, und schon gar nicht der Menschheit an sich…

Nein, es war um Krieg gegangen, um ein ganz neues biologisches Kampfmittel, das in seiner Perversion, alles bisher Dagewesene, locker in den Schatten stellte.

Als Weissenbachs Gewissen ihn schliesslich immer lauter angeschrien hatte, hatte er alles hingeschmissen.

Selbstbewusst und mit sich im Reinen, hatte er Norbert Grott und Hugo Fleischer, seine Entscheidung mitgeteilt.

Er hatte vorher darum gebeten, mit den offiziellen Auftraggebern, einem internationalen Komitee aus hochrangigen Politikern und Militärs, sprechen zu dürfen.

Dieser Antrag war abgelehnt worden, mit der Begründung, dass es für ihn sicherer sei, wenn ihm deren Namen und Ämter nicht bekannt seien.

Weissenbach, der wie sämtliche andere Wissenschaftler und sonstige Mitarbeiter, nicht wusste, wo sich das Labor in dem sie täglich gearbeitet hatten, befand, da man ihnen auf dem Weg dorthin, in einem glänzenden schwarzen Bus, stets die Augen verbunden hatte, hatte gefordert, dass man ihn auf der Stelle hinbringen sollte, damit er den Virus vernichten konnte.

Schmelzing besass diese Informationen, weil Weissenbach ihn von seinem Mobiltelefon aus, angerufen hatte.

Er hatte sich in einem Zustand äusserster Erregung befunden und war wohl auch nicht mehr ganz Herr seiner Sinne gewesen.

Schmelzing erinnerte sich noch sehr gut an den Anruf.

Weissenbach hatte hektisch in den Hörer gekeucht. „Ich bin infiziert! Fleischer… er war besoffen… er hat mir den Virus injiziert! Grott war wütend deswegen. Damit ich nicht mutiere, sondern sterbe, hat er mir hoch dosiertes Digitalis verabreicht – scheint jedoch wegen des Virus nicht gewirkt zu haben! Ich verlor zwar das Bewusstsein, aber gerade bin ich wieder zu mir gekommen – allein... Jetzt laufe Ich durch die Stadt... Ich brauche das

Antiserum, aber ich weiss nicht, wo das Labor ist... Der Akku meines Mobiltelefons ist gleich

leer und ich merke, dass es mir bereits ziemlich schlecht geht... Es dauert nicht mehr

lange... Sie müssen jetzt handeln, Kollege! Helfen sie mir!"

„Ganz ruhig, Samuel...", hatte Schmelzing gesagt, während er angesichts dieser

Informationen, alles daran setzte, sich nicht zu übergeben. „Wir müssen unbedingt ruhig

bleiben, systematisch vorgehen! Ich komme zu ihnen. Wo sind sie jetzt gerade?"

Der Empfang war schlechter geworden.

Es hatte geknistert und geknackt in der Leitung.

„Ich bin..." Weissenbach war nur noch undeutlich zu hören gewesen. „An der Kreuzung, kurz

vor... Oh mein Gott, ich glaub` ich werde ohnmächtig..."

Dann war die Verbindung abgebrochen.

Schmelzing hatte versucht die Verantwortlichen anzurufen, jedoch keinen von ihnen erreicht.

Er war ruhelos in seiner Wohnung herumgetigert und hatte sich das geniale, aber in

lebenspraktischen Dingen unterentwickelte Hirn zermartert – überlegt, was er tun könnte.

Als er auf die Idee gekommen war, die umliegenden Krankenhäuser anzusteuern, um sich

nach einem auffälligen Patienten zu erkundigen, war es allerdings schon zu spät gewesen.

Zuerst hatte ihn Hoffnung erfüllt.

Wenn Weissenbach, der auf offener Strasse zusammengebrochen war, in eine Klinik

gekommen wäre, die über eine gute mikrobiologische Abteilung verfügte, hätte man die

Situation eventuell noch unter Kontrolle bekommen können – schliesslich trug der Patient die

Formel für seine Heilung, direkt auf der Haut.

Vielleicht, so hatte Schmelzing gehofft, hatte Weissenbach dem Krankenhauspersonal auch

selbst die nötigen Anweisungen gegeben – gesetzt den Fall, dass er seine Bewusstlosigkeit

überwunden hatte und zu Derartigem noch in der Lage gewesen wäre.

Auf jeden Fall hatte die Situation es erfordert, dass er Gabriele Frähse mit in`s Boot holte.

Zwar mochte er ihre ganze Art überhaupt nicht leiden, aber immerhin war sie vom Fach und

kannte sich bestens mit dem Virus aus.

Gerade als er sie hatte anrufen wollen, war seine Wohnungstür aufgebrochen worden.

Breitschultrige Typen mit Sturmhauben und schwarzen Kampfanzügen hatten ihn überwältigt

und daraufhin zu der sogenannten Basis gebracht.

Später waren auch Frähse, Grott, Fleischer, Behrendsen, Siekerloh und Dorn, dorthin gebracht worden.

Man hatte ihnen Lebensmittel, Wasser und einen kleinen Vorrat des Antiserums gegeben, sowie die Illusion, weiterhin verantwortlich zu sein.

Jerry war jetzt fast bei ihm.

Schmelzing dachte dass es vielleicht doch besser wäre, sich von ihm retten zu lassen.

Da die ganze Gruppe ohnehin in Kürze einer atomaren Explosion zum Opfer fallen würde, machte es eigentlich keinen Sinn, sich vorher umzubringen.

Wenn man ausserdem sein ganzes Leben als Einzelgänger verbracht hatte, war es bestimmt gar nicht so übel, wenigstens in Gesellschaft zu sterben.

„Kommen sie, Professor...", sagte Jerry. „Machen sie keinen Scheiss!"

Schmelzing drehte sich vorsichtig auf dem Geländer zur Seite und streckte Jerry seinen rechten Arm entgegen.

Ein plötzliches, grässlich klingendes Gebrüll und das darauf folgende Donnergetöse von Schusswaffen, erschreckte ihn jedoch dermassen, dass er am ganzen Körper zusammenzuckte und das Gleichgewicht verlor.

Er stürzte.

Es fühlte sich nicht gut an.

Wenn er die Zeit dafür gehabt hätte, wäre ihm übel geworden.

Er hatte jedoch für nichts mehr Zeit, ausser zu schreien und sich zu fragen ob es sehr wehtun würde, wenn er unten ankam.

Dort war eine Grünfläche.

Der Rasen dämpfte den Aufprall aus dieser Höhe nicht, aber er sorgte dafür, dass er relativ lautlos von statten ging – auch wenn es kaum einen Knochen in Gustav Schmelzings siebzigjährigem Körper gab, der dabei heil blieb...

Für Jerry bot sich weder die Gelegenheit über die fehlgeschlagene Rettung des Professors nachzudenken, noch sich darüber zu freuen, dass Kasia wieder im Besitz ihrer geistigen Kräfte war.

Der Gedanke, mit ihr in einem nagelneuen Jeep klammheimlich abzuhauen, war so tot wie Gustav Schmelzings zerschmetterte irdische Hülle unter der Brücke.

Wieder einmal gab es nur eins was er tun konnte: Kämpfen!

Kämpfen gegen die Gourmets, die auf einmal überall auf der Brücke herumwuselten.

Sie waren aus einem riesigen Doppeldecker – Reisebus gequollen und schienen besonders aggressiv und blutrünstig zu sein.

Höchstwahrscheinlich waren sie seit Ausbruch der Seuche, und nachdem sie sich allesamt gegenseitig infiziert hatten, in dem Bus geblieben.

Es hatte nachdem alle auf der Brücke tot oder geflohen waren, keine Schlüsselreize mehr gegeben.

Demzufolge musste ihr Hunger auf frisches Menschenfleisch beträchtlich sein.

Jerry lud seine Waffe durch, um es den anderen gleich zu tun, die bereits aus vollen Rohren auf die Infizierten ballerten.

Helmut Siekerloh starb.

Er stand am Brückengeländer, den Blick auf Schmelzings zerschmetterten Körper in der Tiefe, geheftet.

Der Tod war allgegenwärtig – eine Lawine an dessen zerstörerischer Kraft, er seinen Teil zu beigetragen hatte.

Siekerloh erwog, sich von der Brücke zu stürzen.

Er war unentschlossen – vielleicht war er deswegen Politiker geworden...

Die Entscheidung wurde ihm allerdings von zwei Infizierten abgenommen.

Sie stürzten sich auf ihn.

Bevor sie durch Jerrys Beschuss unschädlich gemacht wurden, hatte er sein Leben bereits ausgehaucht.

Chen hatte vor, Gabriele Frähse, Sandy, Kasia und Sara, in Sicherheit zu bringen, denn sie waren teils unbewaffnet, teils sonst nicht fähig sich adäquat gegen die plötzliche Invasion der lebenden Toten zu verteidigen.

Frau Frähse war völlig hysterisch.

Sie schrie und kreischte ununterbrochen und war kaum in der Lage, einen Fuss vor den anderen zu setzen.

Sara hatte sie untergehakt und zerrte sie hinter sich her.

Sandy hatte zwar eine MP aus Conrads Bestand erhalten, konnte sie allerdings nicht besonders effektiv nutzen.

Auch wenn sie die Infizierten unter Beschuss nahm, kniff sie die Augen dabei so fest zusammen, dass sie den Feind gar nicht mehr sah.

Zudem schien sie sich längst noch nicht an den Rückstoss gewöhnt zu haben.

Neunzig Prozent ihrer verschossenen Patronen gingen in's Leere.

Der Rest fügte den Gourmets lediglich kleinere Beschädigungen zu, oder schwirrte als gefährliche Blindgänger durch die Gegend.

Die Gourmets schrien, grölten und kreischten, wie Chen es bislang noch nicht erlebt hatte.

Das harte trockene Knattern der automatischen Waffen, untermalte diesen Chor des Schreckens mit einem chaotischen Rhythmus.

Chen signalisierte Conrad mit ausladenden Gesten, dass er die drei Frauen von der Brücke führen wollte.

Conrad sollte ihm währenddessen Feuerschutz geben.

Conrad nickte – er hatte verstanden.

Jacob und Jiao unterstützten Chen.

Gemeinsam schlugen sie den angreifenden Infizierten ihre verwesenden Köpfe ab, so dass sie sich zügig dem Ende der Brücke nähern konnten.

Sara schaffte es nicht mehr, die mittlerweile nur noch still und abwesend jammernde Frau Frähse mit sich zu ziehen, denn jene hatte als sie zu kreischen aufgehört hatte, auch aufgehört zu gehen.

Schwer war sie auf den Asphalt gesunken.

Sara versuchte ihren Körper an seinen fleischigen schlaffen Armen wieder aufzurichten.

Jacob half Sara und packte Frau Frähse unter beiden Achseln.

Es gelang ihm, sie wieder auf ihre Beine zu stellen, die jedoch sofort wieder einknickten.

„Wir müssen sie tragen!", rief er Sara zu.

Sara nahm sie an den Unterschenkeln hoch.

„Bitte versuchen sie mitzuhelfen, Frau Frähse!", flehte sie. „Wir sind gleich in Sicherheit…"

Ihre Stimme wurde schriller: „Verdammt, reissen sie sich zusammen! Lassen sie zumindest ihren Arsch nicht so ´runter hängen!"

Die Mikrobiologin reagierte nicht.

Sie warf den Kopf hin und her, die Augen unnatürlich verdreht, und murmelte

Unverständliches.

Ihr Geist war dabei sich abzuschotten von dem, das um sie herum geschah.

Sie wollte dass es aufhörte...

Der ganze Wahnsinn sollte einfach aufhören!

Ihr Wunsch erfüllte sich – wenn auch auf sehr schmerzhafte Art.

Die plötzlich aufgehende Tür eines mit hellem Holzimitat verkleideten Wohnmobils, erwischte

Jacob am Hinterkopf.

Jacob ging zu Boden.

Er liess Frau Frähse fallen.

Sara schrie auf.

Ein Infizierter schnellte aus dem Wohnmobil, grabschte gierig nach Frau Frähse, warf sich

auf sie, biss ihr in den Bauch und vergrub sein Gesicht schmatzend und stöhnend in der

offenen Wunde.

Jacob und Sara hatten keine Gelegenheit ihr zu helfen, denn zwei weitere Infizierte die aus

dem Wohnmobil gekommen waren, hatten es auf sie abgesehen.

Es waren junge Männer in kurzen Hosen und Sandalen.

Beide waren grausig verstümmelt und teilweise mumifiziert.

Der Stoff ihrer holländischen Fussballtrikots war zerfetzt und klebte partiell in ihren fransigen

Bisswunden.

Dem Ersten schlitzte Jacob, der immer noch am Boden lag, den Leib von unten auf.

Die Zeit in der das Ungeheuer mit dem Versuch beschäftigt war, seine Eingeweide wieder

zurück in die Bauchhöhle zu stopfen, konnte Jacob nutzen, um den Zweiten zu erledigen.

Jener bedrängte Sara, die wie von Sinnen mit einem Armee – Messer auf ihn einstach, ihm

allerdings nur unbedeutende Verletzungen zufügte.

Sein weit aufgerissener Rachen mit kräftigen, von angetrocknetem Blut dunkel verfärbten

Zähnen, war nur noch wenige Zentimeter von Saras Hals entfernt.

Jacob sprang herbei.

Ein gellender Kampfschrei sollte den hungrigen Gourmet ablenken, ihn dazu bewegen von seinem Opfer abzulassen, um sich Jacob zuzuwenden.

Es klappte – der Bastard drehte sich um.

Trotzdem war er immer noch gefährlich nahe an Sara dran.

Jacob musste höllisch aufpassen, dass er nicht aus Versehen sowohl den Kopf des Infizierten als auch den von Sara abschlug, daher führte er die Klinge seines Shaolin – Schwertes vorsichtiger als sonst.

Er traf nicht richtig.

Statt dem gesamten Kopf, trennte er nur die obere Schädelplatte ab, die wie eine Frisbee – Scheibe davon schwirrte.

Der Gourmet grunzte unwillig – ansonsten schien ihm das Fehlen seiner Schädeldecke allerdings nicht besonders viel auszumachen.

Dann war Chen wieder bei ihnen.

Er hatte es mit fünf oder sechs anderen Infizierten zu tun gehabt und war am ganzen Körper besudelt von deren bröckligem Blut.

Mit der besonnenen Präzision eines echten Kung – Fu – Meisters, vollendete er die Enthauptung von Saras Peiniger.

Ein blutiger Schauer ging über Saras Gesicht nieder und besprenkelte es, doch sie selbst blieb unversehrt.

Als nächstes stürzte Chen sich auf den Infizierten, der dabei war, Gabriele Frähse aufzufressen.

„Bringt euch in Sicherheit!", befahl er Jacob und Sara.

Saras Knie zitterten, ihre Augen waren dunkle Löcher und ihr Mund ein blasser farbloser Strich.

Dennoch funktionierte sie – wie man es eben von einer Krankenschwester erwartete…

Sie lief mit Jacob zum Ende der Brücke.

Ein grosser Lastwagen versperrte die Sicht auf Chen und Frau Frähse.

Auch Jiao war nicht zu sehen.

Die anderen kamen ihnen entgegen, auf die Gourmets schiesend, die ihnen folgten.

Es waren immer noch sehr viele, da sie auch anderen Fahrzeugen entstiegen waren.

Aus ihrem Dämmerzustand erwacht durch die plötzliche Anwesenheit von frischem Fleisch, waren sie ihrem archaischen Trieb zu töten und zu fressen, gefolgt.

„Wir müssen die Biester loswerden!", sagte Isabella Rodriguez.

Sie griff in den Seesack von Moritz Stahl und verteilte Handgranaten.

Jeder bekam eine oder zwei – es waren insgesamt neun Stück.

„Auf Kommando Bügel drücken, Splint ziehen und werfen!", lautete ihre Instruktion.

„Es fehlen noch drei von uns...", sagte Paul.

„Ich hole sie...", entgegnete Isabella. „Sobald wir zu euch aufgeschlossen sind, werft ihr die Granaten! Vielleicht solltest du das Kommando dazu geben, Conrad..."

Conrad nickte. „Aber lass dir nicht zu viel Zeit!"

Es waren kaum ein paar Sekunden, jedoch etliche MP – Salven vergangen, als Isabella mit Chen und Jiao hinter dem Lastwagen hervor kam.

Chen und Jiao trugen Gabriele Frähse, die in einem schlechten Zustand war.

Isabella feuerte auf die Infizierten, die ausser sich waren vor Wut über die Mahlzeit, die ihnen nun zu entgehen drohte.

Kurz bevor Isabella den Rest der Gruppe erreicht hatte, gab Conrad das Kommando zum Abwurf der ersten drei Handgranaten.

Sekunden später erfolgte der Befehl zur Freigabe der nächsten drei.

Als die letzten der hochpotenten Sprengkörper detonierten, war die Brücke in Feuer und Rauch gehüllt.

Grosse knirschende Risse und Löcher auf der Fahrbahn zeugten davon, dass sie gleich kollabieren würde.

Frau Doktor Frähse war rettungslos verloren.

Ihr freigelegter Bauchraum bot den direkten Blick auf ihre Innereien.

Ein Teil ihres Darms lag neben ihr.

Es sah irgendwie nicht richtig aus, dass seine feucht glänzende Oberfläche staubbedeckt war.

Jiao war unversehrt, doch Chen war gebissen worden.

Er war infiziert.

Der Gourmet von dem er Frau Frähse zu befreien versucht hatte, hatte ihn am rechten Oberarm erwischt.

Paul beeilte sich die Wunde zu verbinden und ihm das Antiserum zu verabreichen.

Niemand wagte eine Prognose zu äussern, bezüglich der Wirksamkeit des Impfstoffes…

Der weitere Weg gestaltete sich mutantenfrei.

Die Stadt allerdings sah aus und roch, als hätte sie die Explosion einer Atombombe bereits hinter sich.

Über die Tage und Nächte der Nicht – Existenz von zivilisiertem Leben, hatte es trotz fehlender Elektrizität, immer wieder diverse Explosionen gegeben.

Brände hatten sich ausbreiten können.

Die Strassenzüge lagen in einem Dunst aus Rauch und Dampf.

Asche schwebte durch die in einem blassen Schwefelgelb gefärbte Luft.

Wasserrohre waren gebrochen und die unbeaufsichtigte Kanalisation war offenbar verstopft.

Aus den Gullydeckeln rann eine stinkende schlammige Brühe, die sich auf den Strassen mit Asche, Wasser, Öl, Benzin, Blut und Leichenflüssigkeit vermischte.

„Beinahe wie nach Hause kommen, was?", sagte Conrad zu Paul, als sie den Neo – Preisknüller – Supermarkt betraten.

Er legte ihm eine Hand auf die Schulter. „Hier haben wir beide angefangen gegen die Seuche zu kämpfen – hier werden wir die Seuche auch besiegen!"

Paul schüttelte den Kopf.

„Hier werden wir nur ein nukleares Desaster verhindern…", meinte er. „Die Seuche wartet solange auf uns…"

Auch in dem Supermarkt stank es grauenvoll.

Die Kühlschränke und Gefriertruhen waren abgetaut.

Lebensmittel vergammelten.

Der Leichnam des krebskranken Christenmenschen, den Isabella Rodriguez niedergerafft hatte, verweste in dem immer noch präsenten Geruch der unzähligen zerschossenen Billig – Parfums und sonstigen Kosmetika.

Isabella begann sofort sich mit dem Sprengkopf beziehungsweise seinem Zeitzünder, zu beschäftigen.

„Wie ich sehe, hat das Ganze nichts damit zu tun, irgendwelche farbig gekennzeichneten Drähte durchzuschneiden...", bemerkte Conrad, der sich neben sie stellte.

„Nein...", antwortete Isabella zerstreut, mit vor Konzentration in Falten gelegter Stirn.

Sie begann Icons auf einem kleinen Bildschirm anzuklicken.

Ein Computer war in dem Metallgehäuse das die Bombe umschloss, integriert, aber Isabella hatte keine Ahnung, mit was für Befehlen der Rechner gefüttert werden wollte...

„Noch siebzehn Minuten...", sagte Conrad. „Meinst du, du schaffst es?"

„Vielleicht, vielleicht aber auch nicht...", wich Isabella aus.

Conrad räusperte sich. „Die Zerstörungskraft... Welches Ausmass wird sie haben?"

„Wir haben es mit einem relativ kleinen Sprengsatz zu tun. Die Explosion würde trotzdem ausreichen, um den kompletten Stadtkern in eine Art Mini – Hiroshima zu verwandeln..."

Isabella kämpfte mit dem Computer, der ihr bis jetzt entgegen gekommen war, doch nun den ersten Code einforderte.

Während sie das Menü nach eventuellen diesbezüglichen Hinweisen durchforstete, sprach sie weiter: „Es wird eine Druckwelle geben. Die freigesetzte kochend heisse Energie wird vermutlich einen Feuersturm auslösen. Wie hoch die radioaktive Verseuchung der Umgebung sein wird, weiss ich nicht..."

Conrad schluckte.

Der Kloss in seinem Hals ging davon allerdings auch nicht weg.

„Die Wahrscheinlichkeit dass wir hier alle in wenigen Minuten drauf gehen, beträgt circa neunundneunzig Prozent... Richtig?", fragte er Isabella mit belegter Stimme.

Sie sah ihn ernst aus tiefgründigen, dunkelbraunen Augen an und wandte sich wieder dem Bildschirm zu.

„Okay." Conrads Gesicht verkrampfte sich schmerzhaft, als er versuchte sarkastisch zu lächeln, wie es sich in solch einer Situation schliesslich für einen knallharten Bullen gehörte.

„Hab` schon verstanden! Die Wahrscheinlichkeit beträgt neunundneunzig Komma neun Prozent..."

Isabellas Blick hatte ihn tief beeindruckt.

Er hatte eine tiefgründige Schönheit offenbart.

Sie war ihm gerade wie ein Engel vorgekommen – ein Todesengel!

Conrad wollte sich eine Zigarette anstecken, überlegte es sich aber anders.

Dies war genau der richtige Zeitpunkt, damit aufzuhören, um als Nichtraucher zu sterben.

Da er Isabella nicht helfen konnte, begab er sich zu den anderen, die schweigend bei den Getränkeregalen standen.

Alle hatten ein alkoholisches Getränk in der Hand und tranken in grossen Schlucken, als wollten sie unbedingt voll sein, wenn der grosse Knall kam.

Conrad nahm sich eine Dose Orangensprudel, denn auch der Zeitpunkt das Saufen dranzugeben, war seiner Meinung nach ideal.

„Wenn die Bombe hoch gehen sollte, wird es nicht wehtun…", sagte er, nur um überhaupt etwas zu sagen. „Wir werden einfach nicht mehr da sein – von einem Moment auf den Anderen… Möchte vielleicht noch jemand irgendwas Gehaltvolles von sich geben?"

„Ja!" Paul trank französischen Rotwein, direkt aus der Flasche.

Seine Augen glänzten bereits und seine Stimme klang nicht so angespannt wie sonst.

Angetrunken zu sein stand ihm gut, fand Conrad.

„Wir alle hier haben unendliches Leid erfahren…", meinte Paul.

Er setzte die Flasche an und trank. „Wir haben Dinge erlebt, die ein Mensch nicht erleben sollte, aber wir haben auch etwas gelernt, und zwar: Füreinander einzustehen im Angesicht des Todes! Nach allem das wir durchgestanden haben, ist mir klar geworden, dass ihr meine Freunde seid – egal ob wir leben oder sterben werden…"

Conrad bekam tatsächlich feuchte Augen.

Er applaudierte.

Der Rest der dezimierten Gruppe, tat es ihm voller Enthusiasmus gleich.

Sara vertrat immer noch die Meinung, dass Paul schwierig war, aber sie hegte nicht mehr die Überzeugung, dass es unmöglich sei mit ihm eine Beziehung zu führen.

Genau das wollte sie jetzt nämlich wieder – mehr als je zuvor!

Die vergangenen Tage hatten unschöne Eigenschaften von ihm offenbart.

Seine dunkle Seite hatte sich gezeigt.

Trotzdem hatte er aber erneut bewiesen, dass er ein interessanter, denkender und handelnder Mensch war.

Die Härte, die er sich zugelegt und die Sara zuerst so abgeschreckt hatte, vervollkommente ihn im Grunde...

Paul wirkte selbstbewusster und dadurch attraktiver – auch wenn Sara sich schämte, dass sie darauf achtete, während die Menschheit vor die Hunde ging.

Sie hatte innerhalb weniger Minuten fast eine ganze Flasche Prosecco ausgetrunken, um die Angst vor dem bevorstehenden Tod zu verwässern.

Es hatte geklappt.

Sie fühlte sich stark – stark genug um Paul zu küssen und ihm „Ich liebe dich!", in`s Ohr zu flüstern.

Paul wurde knallrot und grinste so breit wie in seinem ganzen Leben noch nicht.

Abermals brauste Applaus durch den Supermarkt.

Jacob warf einen scheuen Blick auf Jiao Li.

Sollte er sie auch küssen?

Dianas Tod hatte ihn verändert.

Er war nicht mehr nur darauf aus, jedes hübsche Mädchen flach zu legen.

Seine leidenschaftlichen Gefühle für die Halbschwester des Kung – Fu – Meisters Chen, rumorten nach wie vor in seinem Herzen.

Die Vorstellung zu sterben, ohne dass Jiao ihn jemals wirklich wahrgenommen hätte, erfüllte ihn mit unerträglicher Traurigkeit, die fast schon panikartige Züge aufwies.

Obwohl er keinen Alkohol mochte, hatte er sich an der allgemeinen Druckbetankung beteiligt.

Jetzt war ihm schwindlig und er hatte einen ekligen Geschmack im Mund.

Er dachte allerdings auch nicht mehr an`s Sterben.

Er dachte nur noch an eins: Wie sollte er formulieren was er für Jiao empfand, ohne dass ihn Chen deswegen massregelte, und vor allem, ohne dass Jiao ihn abwies?

Die nächsten Sekunden würden Gewissheit bringen darüber, ob sie sich auf ihn einliess und seinen Kuss erwidern würde, oder ob er sich einfach nur lächerlich machen würde...

„Ich hab` auch noch was Gehaltvolles von mir zu geben!", hörte Jacob sich sagen, ohne dass er sich passende Worte zurecht gelegt hatte.

Alle sahen ihn erwartungsvoll an.

Mit Beinen wie aus Pudding, stellte er sich direkt vor Jiao.

„Seit ich dich das erste Mal gesehen habe...", fing er mit dünner Stimme an zu sprechen.

Leider kam er nicht weiter, denn ihm wurde schwarz vor Augen.

Er sackte auf die Knie und kotzte das bisschen Wodka das er getrunken hatte, auf den Boden.

Es rauschte in seinen Ohren.

Sein Blickfeld war eingeschränkt und verschwommen.

Von ihm aus, konnte die Welt jetzt untergehen!

Jemand hockte sich neben ihn.

Ein Arm legte sich um seine Schulter.

Eine Hand strich ihm die Haare aus dem Gesicht.

Ein milder Duft drang in seine Nase.

Jacob kannte diesen Duft – er war ihm lange genug wie ein Hund hinterher gehechelt.

´Sie hat Mitleid…`, dachte er. ´Ihre Religion schreibt ihr vor, gut zu denen zu sein, die sie eigentlich verabscheut…`

Jiao jedoch drehte seinen Kopf sanft in ihre Richtung und lächelte ihn an.

Obwohl Erbrochenes an seinen Mundwinkeln klebte, küsste sie ihn lang und innig – geradezu feierlich, so dass Jacob vor lauter Glück befürchtete, dass er entweder bereits tot war, oder im Koma lag und besonders intensiv träumte.

Er umarmte sie so fest wie es ging, ohne ihr weh zu tun und warf einen Blick auf Chen.

Chen nickte ihm freundlich zu.

Es war noch zu früh, um beurteilen zu können, ob das Antiserum Wirkung zeigte, aber im Moment sah er trotz seiner Bisswunde gesund aus.

Er sass im Lotussitz auf dem Boden.

Sandy sass neben ihm.

Sie hatte ihren Kopf an seinem Hals gebettet und sie hielten einander an den Händen.

„Ich schaff´s nicht!", sagte Isabella. „Es tut mir unendlich leid, aber in sechzig Sekunden wird der Sprengsatz explodieren…"

Kasia schrie.

Sie lief los.

Jerry folgte ihr.

Es war der Instinkt, der auch den anderen befahl, sich in Bewegung zu setzen.

Sie rannten, weinten, lachten und schrien ihre Todesangst heraus.

„Stopp!", rief Isabella irgendwann energisch.

Die sechzig Sekunden waren seit mindestens zwei Minuten abgelaufen, und es hatte keine Explosion gegeben.

„Moritz Stahl ist ein Engel...", meinte sie mit leuchtenden Augen. „Er hat den Zeitzünder aktiviert, aber den Sprengkopf nicht scharf gemacht!"

„Deswegen hat dieser göttliche Hurensohn auch nur immer mit dem Kopf geschüttelt als wir ihn auf der Lore gedrängt haben, zu überleben...", sagte Conrad, vom Rennen atemlos japsend. „Er wusste natürlich, dass wir keine atomare Katastrophe zu befürchten hatten!"

„Dann können wir ja mit dem weitermachen, womit wir uns auskennen..." Jerry deutete auf einen Infizierten, der sich ihnen näherte.

Er brachte seine Waffe in Anschlag, doch er musste nicht feuern.

Der Infizierte atmete wie ein Fisch auf dem Trockenen.

Jeder Schritt schien ihn unglaubliche Anstrengung zu kosten.

Er stürzte, bewegte sich nicht mehr.

Weitere Infizierte kamen angewankt, und auch sie brachen nach wenigen Schritten zusammen.

Die Gourmets starben.

Allem Anschein nach, würden sie auch nicht mehr aufstehen.

„Der Virus...", murmelte Paul. „Er ist nicht mehr aktiv – warum auch immer..."

Der Horizont bereitete sich langsam auf den Sonnenaufgang vor.

„Psst...", machte Sara. „Hört ihr das?"

Ein kollektives Grinsen entstand auf allen Gesichtern.

Ja, sie hörten es – den fernen Ruf von Schwalben, die hoch am Himmel den Morgen begrüssten.

„Es ist vorbei...", seufzte Conrad.

„Wie geht`s deiner Wunde?", fragte er Chen.

„Ganz gut eigentlich...", antwortete Chen. „Das Antiserum wirkt – ich spüre es!"

„Gehen wir jetzt nach Paris?", wandte Kasia sich an Jerry.

„Wir gehen, wohin du willst...", entgegnete Jerry und ergänzte nach einem Blick in die Runde: „Wir alle gehen, wohin wir wollen, denn wir sind jetzt offenbar frei – freier als je zuvor. Auch wenn wir nicht wissen wie es um den Rest der Menschheit bestellt ist, so sind wir doch jetzt, in diesem Augenblick, die glücklichsten Menschen der Welt!"

Für diesen Moment hatte Jerry sicherlich Recht.

Was später passieren würde, konnte niemand wissen.

Ein Segen...